U0906148

江蘇記憶

金伟忻

著

译林出版社

一个时代有一个时代的新闻表达方式，
一代新闻人有一代新闻人的生存姿态。

如果说新闻是时代的年轮，
而时间则是每个人唯一的生命刻度——

新闻易碎，时间不老；
未来已来，情怀犹在……

应时察势　思行不怠

一

行走人生，是记者特有的一种生存状态。

二十多年来，怀着新闻人的情怀与担当，我行走在江苏大地上，边走边看，边记边思，在一个个特定的时空与场景中，以直击者的视角，记录下江苏发展历程中许多重要的历史“瞬间”，由此也汇聚成一部感知岁月温度的“江苏记忆”。

临近退休的人生节点，自然有了一份回望来路的心境。老子云：“万物并作，吾以观复，夫物芸芸，各复归其根，归根曰静，静曰复命。”从社会发展的进程来看，有时唯有理性地“观复”，方能真正体察到历史与现实循环往复中的内在规律。静心“观复”这些往日的作品，自有一种别样的感悟：纵览大局，尤需登高俯察；洞明世事，尚待岁月砥砺。

时间如川，信息如流，应时察势，思行不怠。新闻生产是一条涌动不息的河流，它总是吸引人们把目光投向未知的前方，关注正在或者将要发生的一切。我深知，应时察势是记者的天职，是主流媒体必须肩负的使命，然而又何尝不是新闻人为之追求的终极目标？从一般的表象观察，到融入理性的明察，再到把握社会发展趋势的洞察，新闻人永远都在路上。察势者智，驭势者赢。新闻的本质从特定意义上说，就是引导人们察势、明势、驭势的认知过程。

理性回望，倍感世事之难料，察势之不易。当年许多报道的“流瀑效应”已成过往，但在历经岁月洗涤之后，我坚信，其中仍有着一份独特的历史厚重。

二

身处移动互联网时代，检索自己二十多年来见诸报端的 1600 余篇、260 多万字的各类新闻稿件，犹如穿越一段时光的“隧道”。

漫长的记者生涯，让我有幸经历了很多事，也面对了很多人：其中有寻常百姓、企业家、专家学者、人大代表、各类典型人物，也有基层干部、市县领导、省委书记、国家领导人，直至总理和两任党的总书记。就其报道的题材而言，有特写、消息、通讯、综述、侧记、评论、电视专题片解说词、电影纪录片解说词、网络评论、网络专题等；就其报道的内容而言，既有社会热点、各类典型、节庆纪念、视察调研、年终综述，也有重要会议、重大决策、重大案件和重大事件……

往事历历，时事如海。集子里撷取的几十篇文稿，仅仅是我新闻岁月中的一部分“节点”，抑或是那些曾经令人瞩目的几朵“微澜”。其中有许多现场的亲历亲闻，也有对一些社会现象的所思所忧，既有下接“地气”之勤，也有上达“天线”之望。当我用时间之“经”与时事之“纬”，重新“编串”这些文稿时，那些人、那些事、那些场景，又一一浮现在我的眼前。令人感慨的是，这其中有的早已今非昔比，有的已是人事皆非，还有的则犹如划过天际的彗星，倏然之间就隐没在历史记忆的深处……

荀子言“尽小者大，积微成著”。这些报道当年只是一个个“孤立”的任务与场景，如今“聚合”起来则发现，这些新闻“碎片”客观上大致勾勒出江苏改革开放以来的前行轨迹，从中人们能够聆听到那个年代开拓进取的铿锵足音，感受到那个特定时空中社会进步的认知流变。

三

对新闻价值次序的评判，人们常常会因其观察视角与维度的差异，产生不同的认知与解读，但是万变不离其宗。我以为，“新”有新的吸引力，“重”有重的关注度。从特定的角度看，“新”的时效是短暂的，而“重”的价值则是持久的；“新”是新闻的价值定位，“重”则是历史的价值指向。作为新闻人，既要追“新”，更要求“重”，随着时间流逝，它将成为人们认知历史的重要参照之一。

从这个角度看，对重大事件、重大活动、重大案件、重大典型的参与报道，不只是新闻人自我能力的显现，更是衡量其作品所拥有的标杆高度。

历经多年实践，尤为难忘的是那些亲历亲闻的一系列重大事件、重大活动和重大案件报道。本书收录了许多“见证式”通讯：曾经惊动中央高层的无锡邓斌大案和沈阳马向东窝案；苏南、苏中、苏北区域的重大调整；江苏率先发展的重大战略决策；苏通大桥的历史性跨越；苏北上来了这一历史性拐点的理性呈现；等等。这些重大的事件、案件、决策、工程的采访报道，不只是为我打开了一扇扇深度洞悉社会现实的“窗口”，更是提升自己重大题材采访和驾驭能力的一次次艰辛砥砺。

《世纪警钟——无锡32亿元非法集资大案查处纪实》这篇两万多字的全景式报道，是一段“湮没”二十多年之久的重大历史“定格”。

1995年，江苏省查办一起北京兴隆实业总公司下属无锡新兴实业总公司特大非法集资案，其涉案人员层次之高、涉案金额之巨、查案力度之大、牵涉面之广，实为建国以来罕见。对该案的宣传报道也得到了前所未有的重视，查办案件之初，经由江苏省委书记办公会决定，由《新华日报》特派两位记者前期进入采访，而我有幸成为其中一员，另一位则是时任《新华日报》秘书长姚晓东。

这是一段令我刻骨铭心的独特经历。这起非法集资案涉及全国 12 个省市，引发的案中案多达 85 件，被追究纪律责任的党员干部 80 人，其中处级以上干部 27 人；因严重经济犯罪被追究刑事责任的党员干部 99 人，其中县处级以上干部 19 人。他们当中有时任无锡市副市长、市检察院检察长、市政协副主席以及周北方、王宝森等，最后，直至涉及陈希同。

时光荏苒，时移世易。当年中纪委常委、果断决绝的一线指挥刘丽英早已退休多年，江苏省负责查办此案的总指挥曹克明书记也已去世，而时任省纪委常委、协助指挥的黄树贤早在多年前就已荣升到中央担任要职。办案期间，江苏省纪委副书记季奎顺和无锡市检察院首席检察官先后殉职，许多奋战在办案第一线的年轻人，如今早已成长为全省纪检战线的中坚。此次收录此篇通讯，意在纪念那段难忘的岁月，再现江苏反腐史上的一段辉煌历程，也以此缅怀那些一往无前的反腐先驱们。

《攻克反腐堡垒》是由我牵头报道的又一篇震动全国的反腐斗争纪实。此案有两点背景值得特别关注：一是当年沈阳查处副市长马向东等腐败窝案，历经十七个月未能突破，其中还有几位“反腐者”反腐未成却被腐败者拉拢下水，令中纪委领导震怒不已；二是中纪委为切断各种地方势力和人际“关系”干扰办案，首次推出“异地办案”这一重大举措，江苏省纪委攻克了这一系列“腐败堡垒”，并为全国首开异地办案的重大实践，如今早已成为党中央严厉反腐的常规手段。

岁月流逝，镜鉴犹在。相比之下，今天我们目睹的腐败层级之高，腐败官员所涉金额之巨，则屡屡使人“刷屏”，无不令人瞠目。不只如此，过去那种局部的“窝案式”腐败，现已演变成种种“利益集团式”腐败，学者们称之为“权贵经济”，这其中的贪腐“虹吸”领域之广，社会累积沉疴之重，塌方式官员惩治之艰，自是不言而喻。

这些昭示我们，二十多年前就在深刻反思的社会“痛点”与体制机制上的“堵点”，如今依然突出。近年来，党中央以其雷霆般的气势，抓铁有痕的果决，掀起了打虎拍蝇的惩腐风暴，值得我们为之庆幸。

四

历经新闻职业岁月的磨炼，自己对洞明世事的预期倍感敬畏，对新闻力量的感知也日渐理性。在实践中时常自我告诫：必须坚守新闻的基本准则——客观呈现、本真表达、理性揭示。有人认为，这是记者最起码的职业操守，其实这也是新闻人最高的职业遵循。

在一般性的人物典型与工作典型报道中，我们见到的大多是“格式化”多于“个性化”，“高大上”多于“自然美”，人为“盆景”多于天然“风景”，因而使得许多典型缺少感动人心的内在张力，在一定程度上大大削弱了权威媒体的公信力。而要真正做到客观呈现和“本真”表达并非易事，它需要记者能深入典型人物生活的情境之中，拥有开掘各类生活细节的能力；需要我们贴近和还原工作典型的现实“场景”，从中发现其独到的个性化表达视角。比如《雷锋车，文明的旗帜》，我们采用的是“体验式”采访。寒夜里记者与“雷锋车组”一起守候，与被服务者一起交谈，不回避质疑、矛盾与困惑，层层推进，客观呈现，从多维视角中袒露这个群体的内心坚守与社会评价的外在冲突，传递出一个城市在市场经济生态下所拥有的温度与温情。《大爱无痕》《站立着的灵魂》也都是力求从日常生活的细微处，去展示人物独特的生存方式和悲欢交织的心灵轨迹。实践证明，典型能否打动人心，首要的是报道者先要“过心”，要对笔下的文字心怀敬畏。能否打动人感动人，并不在于我们所赋予的“标签”有多高大，不在于我们是否将其“净化”为纯粹的“标本”，而在于有没有站在应有的认知高度，真实地揭示出引领时代的价值认同。没有困惑和矛盾、没有痛苦和冲突、没有纠结与选择的人生是不存在的，生活中总是充满了喜怒哀乐与悲欢离合，这些都是构成典型报道感动人心的内在要素。显而易见，典型报道一旦失去真实可信，也就失去了可亲、可敬和可学的传播价值，只能是自说自话与自娱自乐，这是提升新闻报道传播力不可逆的“内在大逻辑”。

不同历史时期的典型报道，总会呈现出不同的表达形态。从今天的视角看，集子中所遴选的典型大多是以纸媒为主导语境采写的，与移动互联网时代的表达方式已经大相径庭。但是相比之下自有其不可轻忽的“长处”，因为透过字里行间，我们还能体会到当年的“从容”表达与采访的深入。在这些深入的背后，是多个侧面的深访、多维视点的聚焦和生动细节的挖掘，今天读来依然鲜活。由此我们不难感悟：凡是能够穿越时空的典型无不显现出两个“高点”：一是人物操守和创新成果的制高点；一是报道者对价值认知站位的“智”高点。这是生产优质内容的客观要求，也是提升媒介公信力的必然路径。

时间是一切生命的塑造者。对记者而言，唯有深入采访和本真表达，才能让典型传播得更为久远。

五

在传播媒介发生深刻变革的时代，人们的注意力正在被迁移——许多人已经越来越多地注重“传播用户”的多少和“传播速度”的快慢，而常常忽视其思想力的引领。值得忧虑的是，一方面传统媒体的优质内容生产，正在被新兴媒体呈现出来的商业化、娱乐化、情绪化、碎片化的表达方式所覆盖；另一方面，精致的“利己主义”之风，早已在现实的新闻生态圈里蔓延恣肆，弱化成缺钙的“跟风病”和“献媚潮”，不少传统媒体常常满足于当复读机、传声筒，满足于囫囵吞枣、一知半解，最终只能是人云亦云、亦步亦趋。由此，也带来了新闻队伍整体思考力的缺失与新思想、新理念输出能力的弱化。毋庸置疑，新闻人不能仅仅满足于“信息传播者”的角色定位，也许我们不能成为一位思想家，但是应该努力成为一名敢于直面现实的“思考者”。

时政记者常常有其独特的采访“资源”：因为其接触的对象多数是各级领导和具有重要决策能力的管理精英，他们的所思、所虑、所忧、所做，既有较高的新闻含金量，也有很强的社会关注度。重要的不是我们报与不报，而是怎么报、报什么。只有以敬畏百姓和遵循规律的态度，以敏锐的问题导向和建设性思维去报道，才能使其拥有内在的思考张力。老子云：“信言不美，美言不信。”新闻人一旦失去真实表达的锐气，其新闻报道也就失去了应有的历史价值。

多年来，自己有幸参与各类重要会议，如全国两会、省两会和全国党代会、省党代会，不同层级领导的座谈会、调研会、通报会、协调会等。其实这些“会议场”无不是新闻采集的“富矿”，其中的热议与痛点，也无不是社会关注的焦点与难点。实践中我总是力求带着问题去选题，带着思考去采访，带着难点去交流，带着思辨去表达，诸如《丰收之后防滑坡》《我们面对着什么样的买方市场？》《我们需要营造什么样的创业环境》《冲破思想上的“长江天堑”》《走向“创新红利期”的江苏选择》等，从这些选题中，不难看出报道的问题导向和价值指向，许多话题即使在今天依然值得我们深入反思。就其报道方式而言，则力所能及地做到了几点：

一是将触手可及的重要决策信息提升为对社会关切的回应；二是把人大代表委员的建议和批评转化成对决策盲区的警示；三是从反思流行的社会认知误区中提炼出导向鲜明的新理念新观点。这些报道见报后不仅在当时引起了社会的普遍关注，如今“重读”依然能从中感受到一种责任，一种情怀，能感知到那个特定时期开放包容的舆论生态。

视野决定高度，格局决定布局。新闻的内在张力也源于记者的站位高度与观察大势的能力。好新闻的价值常常是见别人之未见、言他人之未言。而要先人一步，做到“见势利导”，则要善于跳出行业视点与地方视野的局限，能够在多向度中开掘题材的深度，提升理性思维的高度。《聚焦干部辞职经商现象》是我在十多前年通过盐城几位县、市长辞职现象，旗帜鲜明地传达出干部人生价值选择已经步入多元时代的客观趋势。报道发表后立即引起中央领导的重视，批示要求中组部深入调查此事。如今面对越来越多的干部离职潮，人们早已司空见惯见怪不怪，它也从一个侧面证明了当初的判断所拥有的前瞻性与客观性。《从“引进全球”走向“引领世界”》一文，则是力求以“地方视点 + 全国视野 + 全球坐标”，在宏阔的历史与现实维度中，审视江苏举行首届世界智能大会的战略意义，揭示江苏从“引进全球”走向“引领世界”的发展新趋势，给人以信心与启迪。

思考是新闻人应有的担当与“底色”。实践表明，唯有强烈的责任担当、不畏艰辛的职业情怀和勇于砥砺的人生境界，才能给作品注入持久的生命力。

六

凯文·凯利说：“一切都正在生成，我们已经习惯于生活在一个越来越陌生的世界。”随着新兴媒介的勃兴，中国的传播格局和舆论生态正在产生深刻“裂变”，我们习以为常的一切都在重构之中，有的在衰败中没落，而有的则在顺应变局中新生。

流变永无止境。如今纸媒的衰落与移动网络媒介的兴起同样不可逆转，传统主流媒体与商业化传播平台的边界日渐消融，受众和用户角色的多重化趋势不可阻挡，特别是伴随大数据、云计算、移动互联网等新技术革命，每个人都在生生不息的“信息流”中生存，他们既是信息的接受者，同时也是信息的生产者和传播者。信息社会资讯的采集方式与生产方式也在由专业化、职业化逐步走向社会化，智能终端的“算法”，催生了由“人找信息”向“信息找人”的深刻转变，过去是“千人一面”，现在是“千人千面”；过去是“大众媒体”小众传播，现在则是“自媒体”大数据传播；等等。总而言之，我们生活在一个泛传播化、泛媒介化、泛资讯化、泛数据化的“刷屏”时代。

在多元媒介共生分享的生态中，可持续的优质内容生产、平台级传播渠道扩张和新技术应用的快速迭代，其细化分工的趋势日渐明显。在商业网络巨头占尽传播渠道优势、庞大的用户优势和新技术应用引领优势的冲击下,“纸媒已死”的危机与警讯不绝于耳。我以为,无论未来怎样变局,新兴媒体的聚合形态如何,深度报道依然还是主流新兴媒体不可替代的优质资源。传统纸媒从容“打磨”稿件的温情岁月,虽然现在已离我们渐行渐远,但是那一份辛勤耕耘的成果,却依然值得品味与珍惜。

凡是过往皆为序章。当下,已知的在淡然远去,未知的正扑面而来。我想,无论这个时代多么喧嚣,每个人都应该坚守一种信念,一份理性的思考;无论这个年月多么浮躁,身为记者都应该拥有一种定力,一份纯粹的本真。

我自激情,不忘初心;岁月流逝,努力无悔;人生直播,尽力无憾。

不揣浅陋,以此为序。

– 目录 –

热点篇

大案篇

人物篇

现场篇

述评篇

片语篇

典型篇

典型报道是党报的核心竞争力之一。

它需要有开阔的视野与理性的思考，

它应该是对发展趋势与规律的独到发现与深度揭示……

雷锋车，文明的旗帜

这是一辆极普通的车：脚踏三轮车。

这又是一辆很不普通的车：因为它与一个12亿中国人几乎都知晓的名字联系在一起。它叫：雷锋车。

这是一群普通人：连云港市新浦汽车总站长途服务组的姐妹们。

这又是一群很不普通的人：她们在尽心尽责做好本职工作之余，不避风雨，不避寒暑，一年365天，天天两次拉着“雷锋车”，义务为来自天南海北需要帮助的旅客们服务，一拉就是三十五年。

在旅客和市民的眼中：她们就是活雷锋。

在连云港市领导眼中：“雷锋车”是港城一面鲜艳的精神文明旗帜。

带着崇敬，也带着探寻，我们走近了“雷锋车”。

三十五年不变的追求：宁愿自己千般苦 不让旅客一时难

1998 年 1 月 13 日晚，细雨中夹着雪粒。

李保英、滕士花、赵秀英、马保玲像往常一样，拉着“雷锋车”来到火车站，等候着 21 时 27 分最后一班火车。记者举着“有困难请找我们，雷锋车为你服务”的牌子和她们一起等候。

寒夜如冰。她们却平静而又耐心，仿佛是在等候着熟悉的朋友，等候着前来探访的亲戚。

21 时 30 分，到站的人流涌出出站口。“需要帮助吗？‘雷锋车’为你服务。”在人流中，她们一遍又一遍热情地招呼着。

拎着三只装有筛网片和螺母、螺钉大纸箱的旅客施建生被接上了“雷锋车”；女大学生潘辰、李海涛背在肩头的沉重包裹也被接上了车 …… 一阵暖流流过记者的心头。“雷锋车”使寒夜的港城拥有一种烫人的力量。

“雷锋车”义务为旅客服务始于 1963 年。当年，一代伟人毛泽东“向雷锋同志学习”的号召像滚滚春雷响彻神州大地。学雷锋，怎么学？大家不由把目光投向了火车站到汽车站这段路程。

从火车站到汽车站的距离是 500 米。500 米不算长，可是对于携带行李较多和老弱病残的旅客来说，却是一段较为艰难的路。能为转车旅客免费接送行李，扶助老弱病残，不就是最好的学雷锋行动吗?

开始,她们用3条小扁担为旅客服务,半年后,车站领导为了表扬和支持她们学雷锋,专门购置了1辆平板车,并给它起了个响亮的名字——“雷锋车”。时至今日,“雷锋车”已换了6辆,由原先的平板车换成了三轮车;班组人员也换了6茬,由先前的7人增加到22人;过往班车也由一天几班,增加到发往7省3市的200多班。但是,拉车姐妹们“宁愿自己千般苦,不让旅客一时难”的信念一直没变。

多少次,她们为遇到“一时难”的旅客排忧解困,帮助他们与亲人团聚;

多少次,她们把突然生病的旅客送往医院,帮助挂号、就诊、垫付医药费,使他们脱离险境……

一个风雨交加的夜晚,服务员徐梅、史朝荣、许惠珠拉着“雷锋车”到火车站,发现一位年逾古稀的老人独自在雨中发愣,便关心地上前询问。老人来自陕西宝鸡,到连云港看望多年未见面的弟弟。由于少小离家,已记不清到弟弟家的路。三位服务员闻讯后,边安慰老人,边请老人坐上“雷锋车”,冒着大雨为他寻亲。雨越下越大,风越刮越猛,服务员们顾不得自己的衣衫和头发被淋湿,热情地为老人撑着伞。一路上,老人根据模糊的记忆,一会儿指东,一会儿指西,服务员们不厌其烦地一一问询。

眼见姑娘们在风雨中一次又一次扑空,老人实在过意不去,再三恳求她们不要找了，可是姑娘们却不肯罢休。凌晨两点多，在城西6公里处，老人终于见到阔别多年的亲人。望着眼前湿漉漉的姑娘们，老人感激万分："好姑娘，你们就是活雷锋啊！"

1990年2月一个天寒地冻的早晨，车站候车室里一位青年孕妇脸色蜡黄，身旁的丈夫急得团团转。细心的服务员小朱连忙上前询问："你是不是要生了？"孕妇点点头，她的丈夫急得直冒汗："这人地两生，无依无靠，怎么也得坚持到家生呀！""不，你们千万不能走，太不安全了，这儿就是你们的家。"很快，他们把孕妇扶到"雷锋车"上，直奔医院。安顿好孕妇后，服务员们又分头为产妇和婴儿准备必需品……中午12时10分，一个男婴呱呱落地。孩子的父亲，这位涟水的庄稼汉，感动得流下了热泪。产妇秋荣望着酣睡的儿子和面前热腾腾的荷包蛋汤，更是激动不已。她拉着服务员小盖的手说："给这孩子起个名吧。""就叫'路平'好不好？一路平安。""好好，就叫'路平'！"

长途服务组的姐妹们向旅客们捧出一片片真情，而真情的背后却是默默无悔的奉献。

现任长途服务组组长滕士花，当年是怀着激情慕名进站当了服务员的。她外出打篮球经常从车站经过，众口夸赞的长途服务组给她留下深刻印象。当她失去亲人、组织照顾让她挑选工作单位时，她毫不犹豫地选择了汽车站。然而，这岗位并不怎么浪漫：清晨顶着星星上班，晚上踏着月色回家。一天晚上，轮到她拉"雷锋车”，由于班车晚点，深夜才回到家。三岁的儿子关在屋里，只有五岁的侄女在照顾。当睡眼蒙眬的儿子看见妈妈走进家门时，哭喊着一头扑进她怀里：“妈妈，我害怕！”想想孩子的爸爸在边防部队牺牲了，孩子从小就失去了父爱，滕士花忍不住掉下了眼泪。可是，第二天一早，她又把两个孩子锁在屋里，早早出现在候车室。有人好心劝她调个岗位，滕士花却动情地说：“假如生活让我选择一千次，我还要选择现在这个岗位。”

并不只是一个滕士花。在长途服务组，几乎每个人都有一串“宁愿自己千般苦”的奉献故事。

这是一串令人动情的数字：三十五年来，“雷锋车”已无偿接送旅客达 9 万人次，免费接送行李 15 万件，送回家的迷途者和送去医院抢救的危急病人有 300 多位，累计行程 7 万公里，相当于绕地球两圈。

“雷锋车”拉出了一种精神，也在港城拉出了一道亮丽的风景。

走过困惑：只要旅客需要，“雷锋车”就该拉下去

“什么年月了，还拉‘雷锋车’？形式！”

“现在还讲义务服务？出风头。”

跟随在“雷锋车”后，走在流动的人群里，记者的耳边也听到一些冷嘲。

“习惯了。过去还有比这更难听的。”“雷锋车”班组的姐妹们对此早已平静。的确,“雷锋车”就是在这样的议论声中，从 80 年代一直走到今天。

“雷锋车”有过冷遇。80 年代中后期，特别是随着计划经济向市场经济转变，一些人的价值观念发生了扭曲，认为市场经济条件下无私奉献的精神过时了。为此,有人要向“雷锋车”收取场地费；有人嫌“雷锋车”夺去了生意，恶语相对，冷嘲热讽。就连少数旅客也常常投以不信任的目光。

市场经济真的不需要奉献精神了吗?“雷锋车”还要不要拉下去?人与人之间难道只能是冷冰冰的金钱关系吗?

受到这些问题困扰的姐妹们在彷徨。一场颇具导向意义的讨论把大家引进深深的思考。1992 年 5 月,车站领导结合连云港市委宣传部、市总工会和市经委联合发起的“走向市场大家谈”主题教育,在全站开展了“雷锋精神还要不要?创什么样的企业精神?”的大讨论。讨论中，旅客们遇到“一时难”时渴望帮助的焦急神情以及对“雷锋车”珍爱的种种情景又一幕幕再现在大家眼前:

1988 年 3 月，一位从徐州来的军人到连云港转乘汽车去响水老家,刚巧碰上“雷锋车”为旅客接送行李。他感慨万千地对拉车的姐妹们说:“十年前,就是这辆‘雷锋车’帮我拉东西的。那次，我行李太多，一位服务员用小扁担把我的行李挑上了车，并把扁担送给了我,那条小扁担我一直珍藏在家里。十年了,人变了,车变了,雷锋精神没有变。”

1989年9月，一位北方大汉一见“雷锋车”，便热情主动招呼：“又遇到你们了！”原来，五年前，“雷锋车”帮他拉过行李，时过境迁，他还以为“雷锋车”早停了哩。坐在车上的一位老太太忙说：“不会停，不会停，俺年年走闺女家，年年都是这辆‘雷锋车’来接俺。”……

一辆陕西来的军车路遇“雷锋车”，官兵们主动停车让路，并集体下车向“雷锋车”庄重地行军礼……

这一桩桩，一件件，使大家心里热乎乎的。

困难时刻，车站党组织也及时给“雷锋车”组予以全力支持。“我们为人民服务，帮助旅客，任何时候都不会错。我们的行动符合国情、民情。”支部书记范德喜的话掷地有声。由此，站里制定了一系列制度：站领导带头拉“雷锋车”，新工人上岗必须拉一周“雷锋车”，每逢节假日由党员干部拉“雷锋车”。同时，还定期举行职工子女中的高中毕业生联谊会，由站领导亲自给这些即将升学或走入社会的孩子讲长辈们拉“雷锋车”的感人故事。这些举动使“雷锋车”组的姐妹们眼睛湿润了，心里温暖了。

社会和党组织厚爱的仅仅是长途服务组的几个人吗？不。大家感到，他们厚爱的是一种超越时空界限扶危助困的精神，是中华民族绵延传承的优良美德。这种精神，这种美德，无论是过去、现在，还是将来都不可或缺。无论什么年代，人与人之间永远需要真诚和关爱。

“只要群众需要，只要有困难的人需要帮助，‘雷锋车’就应该拉下去。”从此，姐妹们的信心更加坚定。

市场经济，使汽车运输行业的竞争日趋激烈。新浦汽车总站的领导没有回避这一现实。对此，他们自觉地以“雷锋车”为载体，把倡导为旅客排忧解难和无私奉献的精神与争创一流企业形象，优化员工的整体素质，创建文明行业结合到一起，努力使“雷锋车”的光荣传统融入现代企业的管理之中。

连云港市委也始终关注着“雷锋车”组，一直把她们作为全市先进典型予以表彰，并广泛宣传她们的事迹，在全市营造出崇尚先进的良好氛围。

走过困惑的“雷锋车”组，拉得更欢，更稳。

美丽的和弦：荣誉奖章有我们的一份，也有家人的一份

这是一个令人崇敬的群体。

三十五年中，这个服务组先后进出300多人，其中有200多人加入党组织。1982年以来，有500多人次受到上级组织表彰。从这里还走出了30多位省市劳模、全国服务明星、全国人大代表等先进人物。

三十五年的时间并不短，三十五年的默默奉献更不易。是什么支撑着她们能日复一日、年复一年地拉好“雷锋车”呢？当记者把目光聚焦到这个问题上时发现，除了党组织的呵护和社会的厚爱之外，家人的理解和支持，也是“雷锋车”坚持不懈拉下来的有力支撑。

于是，记者探寻着走进了“雷锋车”手们的“后方”：她们的家。

聚兴巷。第一代“雷锋车”手李保英家。

李保英是第一代“雷锋车”手。让她感到安慰和自豪的是丈夫单青松对“雷锋车”的理解和相助。二十年前，一次正值李保英当班，看到一位男旅客怀中的婴儿哭个不止。询问得知这个正在患病的婴儿是饿得哭时，正处在哺乳期的李保英上前抱过婴儿，将自己的奶头送入婴儿的嘴里。谁曾想，她给病婴喂过奶后却给自己的儿子带来了不幸：不久儿子得了一场大病，落下了终身残疾。据医生诊断：儿子是吃了病毒感染的奶水才患了小儿麻痹症。然而无论是当时带着孩子到千里之外的长春求医，还是在之后照料孩子的漫长岁月里，老单没有抱怨过一句。在车站，李保英帮助过许多孤儿、老人和病人旅客，有时还把他们带回家来，老单总是全力支持。一次李保英把九岁的孤儿刁洪海带到家里，老单帮他洗澡，安顿他睡觉，第二天还带他到公园玩，像对待自己的孩子一样，使刁洪海享受到“家”的温暖。小洪海上学、参军、结婚都没忘记给李阿姨和单伯伯来信。“没有咱家老单的支持，我真坚持不下来。”这是李保英的心里话。这些年来，老单站在李保英的身后，以宽阔的肩膀和胸怀默默地支持着妻子。

繁荣路。上任组长郝芳萍母亲家。

“出门在外谁没有个难处？帮一把是应该的。”六十一岁的郝大妈说到女儿拉“雷锋车”的事一百个支持。这些年因老人这儿离车站近，郝芳萍几乎常住这里，郝大妈也成了女儿最得力的“帮手”。1995年端午节的前一天，来自大连的旅客颜怀英老大妈，在车站外不慎摔倒，造成膝关节粉碎性骨折，瘫坐在地上。郝芳萍、沙常梅、董凤珍等发现后，及时用“雷锋车”把她送往医院抢救。很迟才回来吃午饭的郝芳萍把这事告诉了老人。老人悄悄地忙开了。她把家里准备过节的鸡汤、肉圆热好，用保温瓶装着，踏着一辆小三轮车赶到医院，送到颜怀英的病床前。听说颜怀英要做手术，郝大妈一边守护，一边安慰，直到医生把她推进手术室。

不仅如此，多少次，当女儿带回一时遇到困难的旅客到家时，老人不仅热情相迎，还常常把自己的大床让给客人，第二天还给这些萍水相逢的旅客煮上几只鸡蛋带着。

郝妈妈，一位好妈妈。

车站。会议室。

年轻的“雷锋车”手肖彦说起自己的妈妈格外动情。肖彦的妈妈朱秀兰是一位老“雷锋车”手，曾整整拉了十五年的“雷锋车”。1984年她不幸患了癌症。三十七岁的她，瞒着家人和组里的姐妹，依然一趟趟出车。在生命的最后时刻，她对泪流满面的女儿肖彦说：“孩子，妈不行啦，妈把你交给服务组，我就放心了。你长大了，也能像妈妈一样拉‘雷锋车’吗？”“能，我一定能！”肖彦哭喊着,看着妈妈闭上双眼。

肖彦长大后遵照妈妈的遗愿也走进了拉“雷锋车”的行列。拉“雷锋车”的时间越长,肖彦对妈妈的奉献精神也有了更深的理解:“我从妈妈身上懂得,帮助别人也是一种快乐,奉献就是满足,这是人类永恒的赞歌。”

的确,是亲人们用自己的理解和支持,构成了“雷锋车”这支奉献乐章中最美丽的和弦。

“雷锋车”效应:港城劲吹文明风

14 日上午。冒着纷扬的雪花走进车站,记者看到了一幕使人难忘的场景:由连云港团市委负责同志带领的供电、邮电、市政、金融、自来水公司、交通等 6 家单位的 20 多位青年志愿者,正把羊毛围巾、皮手套、100 副线手套和青年文明号服务卡交到 22 位长途组服务员的手上。团市委副书记窦立夫动情地向她们承诺:“你们默默地奉献社会,帮助别人,今后我们愿为你们的生活提供优质服务。”

回应“雷锋车”精神的并不只是青年志愿者。这些年来,许多单位和个人一直用各自的方式关注着“雷锋车”:“雷锋车”这块醒目的牌子是团市委和交通局专门请人制作的;新浦火车站免费给“雷锋车”提供场地;交警特许“雷锋车”进入市区;连云港警备区为使“雷锋车”给更多的旅客解难,特地捐赠了一辆机动三轮车。长途服务组的姐妹们十分感慨地说:“雷锋车”不只是属于汽车站的,也是属于港城的。

长途服务组服务员肖彦、徐梅则用朴实的语言表达自己奉献社会的感受和心愿:“我们相信,受到帮助的人,他们也会去帮助别人。”

“好的社会风尚需要有人带头营造,我们拉‘雷锋车’就是想为此尽一点力。”

是的,我们倡导文明,人人崇尚文明。“雷锋车”组的几代车手正用朴实的行动向我们昭示生活中文明所应有的内涵:文明就是对琐碎实利的超越,是对处于日常迷瞪状态的人们的提醒,是对人类真善美精神的自觉普及、发扬和延伸。

眼下,我们欣喜地看到,“雷锋车”组正感染、影响着周围越来越多的人。

离汽车站近百米的和平桥西侧,有一个修理自行车的摊位。六十二岁的摊主严学金在此摆摊已有十三个年头。近些年来,他为“雷锋车”充气补胎从不要钱。“你为何不收钱?”“我是受她们的精神感动。”老人真诚地说,“每天我都看到她们从桥头经过,不像有些单位忽冷忽热的,不容易。”熟了,老人道出了心里话:“再做个一年半载的就不干了。到那时也跟她们学,来个免费修理。”

连云港海滨疗养院的退休医生冠桂芳,每逢星期天都从 25 公里外赶到新浦汽车站,为旅客义诊。

市铁路小学的一位小学生在救了一位落水儿童后，有人问他：“你为什么会这样做？”他认真地说：“是从拉‘雷锋车’的阿姨们身上学的。”

1997 年 8 月 29 日，长途服务组服务员费月霞的儿子刘涛在迈入大学校门之前，特地到汽车站和妈妈、阿姨们一起拉了一趟车。他说：“拉一次车容易，无偿地为别人拉车几十年，我想不是一般人所能做到的。妈妈和阿姨们的精神让我感动，而这将影响我的一生。”

《新华日报》1998 年 2 月 12 日（17758 期） A01 版 要闻

一座历史名城的世纪章回

——苏州传统文化与现代文明融合鸟瞰

苏州，是一座传统的历史古城。岁月千载，这里文化历史遗存处处：古城门，古园林，古街，古镇，粉墙黛瓦，庭院深深，古韵悠悠。

苏州，也是一座经济发达、高度开放的现代都市。仅去年，人均 GDP 就达 3200 美元，总量位居全国大中城市第七位，还吸纳了 200 多亿美元的国际资本，这里已成为全国瞩目的一块热土。

苏州是丰厚而多元的。走进苏州，每一个人都会有共同的体验与感受：这里幽静与繁华共存，坚守与开放兼容，传统与现代互动。在生生不息的现实流变中，苏州人书写着一座历史名城的世纪章回。

遥看千年吴门烟水

苏州文庙内,有一幅南宋时期的平江府石刻图,图上,一千多年前苏州双棋盘格局的城郭街衢清晰可见。

苏州还有另一张图,那是一幅卫星遥感的苏州地图。两相对照,人们惊奇地发现,从二千五百多年前吴王建阖闾大城至今,虽历经沧桑,几经兴衰,但苏州的城址竟基本没有变迁。

这是世界城市发展史上的罕见奇迹。"君到姑苏见,人家尽枕河。古宫闲地少,水巷小桥多。"如今的苏州古城,依然是河街相邻、水陆并行格局。城内,拙政园、沧浪亭、文庙等历代古迹,风貌依旧。有关部门的统计显示,苏州的文物保护单位达 419 处之多,其中国家级的 12 处,仅次于北京和西安。

多年来,苏州特别注意处理好保护古城风貌和现代化建设之间的关系。早在 20 世纪 80 年代初期,邓小平同志就对全面保护苏州古城做出过重要批示。国务院在关于苏州城市总体规划的批复中也明确指出,要全面保护古城风貌和优秀文化遗产。根据这个精神,苏州按照"重点保护、合理保留、普遍改善、局部改造"的方针,对古城分期分批进行保护性改造和综合整治。同时,在古城西面建设总体规划 53 平方公里的苏州新区,在古城东面与新加坡合作开发建设总体规划 70 平方公里的苏州工业园区,形成了"东园西区、古城居中、一体两翼"带状城市格局,为古城保护和建设现代化新型城市创造了良好的发展空间。

如果说，古苏州城形若巨龟，那么现在的苏州就如同一条腾飞的巨龙。面向未来，苏州的城市总体发展规划又呈现出另一幅宏伟图景：古城居中，东园西区，一体两翼，南景北廊，构成“带状组团”式的城市新布局，未来的苏州将像一朵美丽的玫瑰盛开在吴门烟水间。

开放都市中的古典园林

“苏州好，城里半园亭。”没有园林，苏州，便不是苏州。一泓清水，一叠假山，一方宅院，组合成一个个精致的园林散布在苏州城乡。

园林是苏州人的骄傲。1997 年和 2000 年，拙政园、留园、网师园等九个古典园林先后被列入世界文化遗产名录。一个城市挂有九块世界文化遗产的牌子，举世罕见。

苏州人对珍爱的园林倾注了无数的心力。拙政园天泉亭内的古井看上去浑然天成，一般人并不知道，井口那个八角内圆、大气厚重的老青石井栏圈不是“原配”，是园林工作人员寻遍苏州，在一户普通人家找到的。

苏州人还以刺绣般的功夫护养着园林。1998 年，拙政园玉兰堂北的一棵百年枸骨树生了霉腐病。四位工作人员花了一个星期的时间，用洗洁精将每片叶子的霉菌一一洗净。2000 年底，这棵百年老树又挂上了红珊瑚般的鲜艳果实。像这样的故事，就如同园林里的花朵俯拾即是。

深院幽庭如今也已成为苏州与外部世界交流、沟通现代信息的“大客厅”。苏州园林管理局局长徐文涛告诉记者，改革开放以来，苏州园林接待的国家级元首已有 50 多位，每年接待中外游客达 700 多万人次。在那些富丽雅致的园林厅堂内，泰国公主畅谈中泰友好，哈佛大学校长共议高层人才培养，摩托罗拉总裁交换发展信息产业的意向，联合国教科文组织的官员探讨历史文化遗产的保护。世界上最新的文化与经济信息时时在这里交汇激荡。

园林也从来没有如此之近地走向百姓。如今园林要素已渗透到苏州人现代生活的角角落落。在马路边，在开发区，在工厂，在成片的新住宅小区，随处都能看到几峰太湖石抑或是一翼亭榭，它们使苏州真正成了一座园林城市。

中外商贾共荣古观前

姑苏历史和文化的精华在古城，古城的中心在观前。进入 20 世纪 90 年代以后，这个有着千年历史的商业区特色淡化、商市萎缩、人气衰弱的现状牵动着人们的心。

苏州市委、市政府在深入调研的基础上确定了新的理念：静止的保护只能使古城变成一个没有生气的“木乃伊”，只有在发展和振兴中保护，才能使古城成为一个繁荣的活“化石”。

1999 年，苏州市委、市政府一期投资 2.4 亿元综合整治观前地区。这是一个大手笔。观东，集中保留和修缮了民国以来有价值的建筑；观中，以玄妙观正山门为中心，周边形成了完全保持传统风格的道教文化区；观西则以精品店为主，洋溢着现代化气息。随后完成的二期改造工程，使吃、住、行、游、购、乐的功能进一步完善：碧凤坊美食街和太监弄美食街连成一片，临河的“苏州人家”旅馆让外地人体验地道的姑苏家居，新增辟的停车场、市民广场给游人带来了方便和休憩的空间……

整治后的观前街人气兴旺，更加繁荣。数百个中外商家毗邻而设，商品种类丰富，消费层次鲜明。老字号风光依然，新商家大批涌入，肯德基、必胜客等洋快餐也纷纷前来抢滩。管理部门统计，改造后，观前街日常人流量近 12 万人次，节假日高峰时竟达 35 万。这里的营业额以 25％的增幅快速增长。整治后的观前街，激活了古城的中心商贸旅游区。

新城区的今风古韵

从苏州市中心向东出相门，过东环路，街道顿然开阔，一个令人耳目一新的现代化城区进入视野。

从苏州工业园区中心的国际智能大厦上眺望四周，金鸡湖在春天的阳光下水波浩淼，气象万千；鳞次栉比的现代化厂房坐落在片片绿地之间；海关、国际实验学校、邻里中心掩映在绿树鲜花丛中。从 1994 年起，中国与新加坡共同投入 79 亿元资金进行基础设施建设，使这块原先水塘片片、阡陌纵横的水乡变成了一个国际资本的投资热土和居住者的乐园。在古城西侧，苏州新区作为一个现代化的城区也显现出勃勃生机。狮子山麓的苏州乐园一改苏州旅游项目的传统特色，以其现代感和参与性成为苏州旅游的新亮点。

苏州新城区的开发建设显现了苏州人开放的世界性眼光。

1998 年，苏州成立了规划咨询委员会，成员中有出生于苏州的世界著名建筑大师贝聿铭以及吴良镛、周干峙、齐康等院士。工业园区的规划由苏州和新加坡规划发展局共同编制。金鸡湖、苏州乐园等标志性工程也是由美国、加拿大等国外设计名师设计的。

“充满现代气息的新城区也浸润着古城神韵。”苏州市规划局局长、中国工程院院士齐康的在读博士生谭颖说。

水，是苏州的文脉。从空中俯瞰城市，古城是路河平行的双棋盘格局，新城区则是方格网织、路河交错的套棋盘格局。在水和山的具体处理上，古城区是假山假水城中园，新城区是真山真水园中城。富有灵性的水穿越千年时空，将新城与古城有机地协调相连起来。

新城的建筑也融合了地方特色和时代精神。色彩以黑、白、灰为主，淡雅和谐，在空间处理和建筑材料上与传统风格相呼应，新城与古城的内在神韵得以贯通。

苏州人说，现在我们有三个苏州：老苏州、新苏州、洋苏州。由此，苏州呈现着三种文化形态：传统的吴文化，外来人口带来的区域文化，以及欧美日兼有的外来文化。在吴门烟水之间，多元文化交融互动。苏州人每天就在这多元文化间往来穿梭。

这就是苏州，今风古韵交融，生机勃勃又希望无限的苏州！

《新华日报》2001 年 4 月 23 日（18922 期）A01 版 要闻

龙腾虎跃重写新南京

走出古城、跨江发展，崭新的“一城三区”在老城四周悄然崛起；明朝遗址、民国建筑，古城的历史文化特色在一条条景观路的改造中凸显；高楼生辉，光带环绕，夜晚的南京流光溢彩，美轮美奂……

“做大、做强、做优、做美”，新一轮的快速发展，冲破了南京龙盘虎踞这一千年定势。省委副书记、南京市委书记李源潮提出：南京要形成两个城。历史文化名城看老城，现代化城市看新城。

开拓创新的南京人，自信地挥写着一页页生动精彩的历史新篇。

南京，龙腾虎跃，气象万千！

城市亮化：上海人说，你们用半年的时间，走了我们四年的路

国庆佳节，夜游南京，已成为许多外地游客和南京市民的一个新选择。一个个镜头令人目不暇接：

—— 新街口商圈。彩灯闪烁，变幻纷呈，尽显繁华。人流、灯海、鲜花，汇成欢乐的海洋。近观，路面形体新颖的路灯、步道灯、路两侧的树木亮化形似绿色隧道，路两侧向外延伸到绿地、游园、多层建筑、高层建筑，形成了层次错落的立体画卷。远看，金陵第一高楼 ——218 米高的商茂大厦富丽堂皇，整座大厦由 2490 米光带和近 4000 盏各式射灯、筒灯、泛光灯装扮，宛如一座璀璨迷人的水晶楼；

—— 玄武湖、白马公园。环湖路、五洲岛、古城墙，一组组艺术灯光亦浓亦淡、遥遥相连，如同一条金色的项链镶嵌在欢庆的夜色之中。白马石刻、斑驳的城墙，在灯光的掩映下，营造出幽静、深邃、思古的氛围，尽显山水城林的无穷魅力；

—— 夫子庙。夜色下的大成殿、魁光阁、秦淮人家，连片的仿古建筑群被勾勒出一道道亮丽的轮廓，柔和的灯影，泛舟的游人，彩色的波光，更添桨声灯影的人文意蕴。

放眼全城，180 幢现代建筑在夜色中熠熠生辉。紫金山下，阅江楼台，处处星光灿烂，欢声笑语。短短几个月时间，全市共完成亮化工程 330 个，用电功率近 3 万千瓦，是以前的 5 倍。一个以高层楼宇亮化为主体，以环境亮化为衬托的“三圈、三片、三带”新格局已形成。管理上采取集中控制，30 秒内，全城亮点可齐放异彩，给人耳目一新的惊奇效果。

亮丽的背后，是南京人高标准、高起点做美城市的追求。与过去不同，此次亮化的每项工程都进行公开招标，少的 3 家，多的 10 多家公司参与角逐。这其中，不仅有南京本地的，还有上海、深圳、北京等地的。中标玄武湖亮化设计的上海亚明公司曾参与过北京天安门广场亮化的设计、施工。

亮化不仅使南京城美了，也集聚了夜南京的人气，游客和市民的夜间旅游，商贸区的晚间购物，直线上升。黄金周期间，南京 8 家重点商贸企业 7 天晚间共销售 4200 万元，同比增长 75％。南京的“晚间经济”被激活了。

一个上海代表团来宁参观，看到南京的亮化后，不由得感慨地说：“你们用半年的时间，就走了我们四年的路！”

老城改造：凸显南京明朝民国历史文化轴线

在城市建设的一轮轮扩张中，人们最担心的是城市特色和个性的消失。

作为历史文化名城，南京的特色是什么？在新一轮的发展中，南京要为后人留下什么？市委、市政府认为，南京的特色在老城，历史文化特色是南京的一笔无形资产，也是南京城市的个性品牌。

保护不好，上对不起祖宗，下对不起子孙。因此，他们在老城的新一轮改造中，特别注重保护和挖掘南京独有的历史文化资源。

整治后的中山东路 — 汉中路，就是这样一条充分展现南京明朝民国历史文化轴线的景观路。穿过巍峨的中山门，马路两侧，破墙开店时代的店铺被一一拆除，映入眼帘的是绿地包围下古朴的南京博物院和新辟的中山门城堡公园。

一路西行，仿佛穿行在一条历史隧道中。路北，中国第二历史档案馆、钟山宾馆等民国标志性建筑群格外醒目；路南，连老南京都不知道的东华门、西华门、东安门等明皇宫遗址也被挖掘出来，展现在游人面前。至大行宫以西的现代建筑群共 3.1 公里，是谓“通古达今”。从大行宫到莫愁路的 1.7 公里地段，中间是新街口商业中心，人称“商海畅流”。而从莫愁路至汉中门的 1 公里街面，分布着风格各异、体现着民俗文化风味的各色餐饮店，任你“品味人生”。

以这条景观路为突破口，对历朝历代的轴线进行改造，正是为了做南京历史文化展示系列工程。像中山东路 — 汉中路这样出新的景观路，还有北京西路、进香河路 — 中华路等 6 条。记者了解到，在整个老城改造中，南京市正在实施的“7721 工程”，除了景观路改造和百幢大楼的亮化外，还有 70 条主干道的整治，以及鼓楼 — 北极阁、明城墙风光带狮子山 — 汉西门段这片风貌区的改造。

一个项目的建设，演变成一座新城的启动

2005年，全国“十运会”将在南京举行。根据最初预案，“十运会”的主会场——奥体中心定在河西。南京市委、市政府抓住这一契机，把这个项目的建设，演变成一座河西新城的启动。南京市市长罗志军说，这是城建思路的一次创新。

人们注意到，一个“六运会”，广州市把天河郊区变成了新城区；一个“九运会”，广州又把整个城市框架作了新的拓展。面对相似的机遇，南京该如何动作？决策的最后时刻，南京市经过反复斟酌，提议将奥体中心南移2.8公里，以此带动河西15平方公里的开发，继而带动整个河西南部32平方公里的开发。

这一富有远见的建议当即就被省委、省政府采纳。

奥体中心的投入只有30亿元，56平方公里的新区启动，资金从何而来？南京市委、市政府积极创新，把目光投向了规划，将高水平的规划作为新城开发的“第一资源”。

由此，他们提出了“超前规划、开放规划、科学规划、民主规划”的新理念。整座新城的建设规划，全部面向国际招标，美国、日本、澳大利亚及国内等众多著名的规划公司纷纷前来竞标。在此基础上，经过向市民公示、请专家论证，最终确定了河西新城的规划方案——这里将逐步建成一个以商务、商贸、文体三大功能为主的城市副中心、居住与就业兼顾的中高档居住区和以滨江风貌为特点的城市西部休闲游览地。

河西新城区规划一经亮出，境内外投资者纷至沓来。

9月21日上午。南京古南都饭店。来自境内外的13家企业，与河西建设指挥部分别签下了总额高达120亿元的投资意向或协议，其中外资高达8亿多美元。如此规模的巨额投资，连决策者也始料未及。

站在一马平川的奥体中心沸腾的工地上，河西建设指挥部的负责同志满怀信心地告诉记者，到2005年“十运会”前，这个5平方公里的核心区域，将形成五横七纵12条主干道，接通贯穿主城南北的地铁一号线，建成奥体中心等一大批现代化设施。

从隔江到跨江，南京发展的历史性跨越

5月26日，原来的浦口、江浦合并为浦口区，这里将建成现代化的江北新市区。连日来，区划调整后的浦口区，以独特的资源优势吸引了众多中外客商投资兴业。据统计，从今年6月份至今，已有35个投资项目、194个横联项目进区洽谈投资，总投资达120亿元，开始了南京由隔江发展向跨江发展的历史性跨越。

历史性跨越源于历史的必然。南京的老城人口高达153万，每平方公里超过3万人，是中国人口最为密集的城区之一。从市情出发，南京市委、市政府做出决策，拉开“一城三区”的新框架，江北新市区遂和河西新城区、仙西新市区、东山新市区一道，为南京的扩张开拓了广阔的空间。十年左右，将把沿江一线建成具有滨江特色、环境优美、现代城市功能齐全的新市区，成为南京向苏北、皖南辐射的前沿阵地，成为长江北岸一颗美丽的城市明珠。

按照市委、市政府的要求，要进一步解放思想、破除封闭，高起点、高标准地修编新市区规划。曾参与过黄浦江沿岸等重大规划的国际知名专家刘太格主持其事。采访到此，记者不禁期待：新规划出手之日，愿能重复河西新区一个规划引来 120 亿元投资的故事。

《新华日报》2002 年 10 月 10 日（19457 期）A01 版 要闻

解放思想，“昆山之路”的永恒动力

实践在前，开放在前，创新在前，发展在前。昆山正大步领跑在江苏“两个率先”的征程上。

昆山有着令人瞩目的综合实力：在全国2000多个县（市）中，排名第三；在江苏则排第一。

昆山正释放出巨大的经济活力：2600多个外来项目、4500多家私企在这里汇聚融合。

昆山，是江苏率先发展的一面旗帜。

由“私生子”到“宝宝子”——自费开发区八年得到正名。面对机遇抓住先干，干成了再争取承认，成为昆山人解放思想的生动注释

走进昆山，最吸引人的是昆山经济技术开发区。一个个现代化厂区星罗棋布,绵延成片,与老城区相接,构成了一个中等城市的恢宏框架。

开发区管委会的一位负责人告诉记者,在开发区 72 平方公里的辖区内,已有累计 37 个国家和地区的 936 个项目获批,总投资额 88 亿美元。仅 2002 年,昆山开发区实现 GDP180 亿元,进出口总额 68 亿美元。

今天的辉煌,始于十八年前昆山人的一次历史性的开拓。

1984 年,国务院批准沿海建立 14 个经济技术开发区。昆山作为一个小小的农业县,自然搭不上车。然而昆山的决策者做出了一个超越常规的决策:靠自己的力量兴建工业园区。经过多方考察,最终选择了县城东部 3.75 平方公里的那片土地。这里紧靠苏沪公路,交通发达;又和老城区紧紧相连,加上与上海横连,已有了几个不大的工厂。搬迁、修路、建厂,一切都是自费,一切都得在承受重压的环境下苦干。

1988 年,自费开发区的喜人实绩得到省领导的肯定,面积随之扩展到 6.18 平方公里。

1992 年 8 月 22 日,国务院批文,昆山自费开发区进入国家级开发区序列。当年的“私生子”一下子成了“宝宝子”,而此时已过去了整整八年。

“今天,昆山人每次品味这段艰辛的创业历程,都会从中汲取奋发前行的动力。”见证这一发展历程的市委副书记钱解德别有感慨。

自费开发区给昆山留下的不仅是一个地区持续发展的基业，也为昆山之路的精神内涵打下了创新的底色。

昆山人以尊重规律、尊重实际的无畏勇气开拓出众多第一，把与时俱进融入了一个城市的精神世界

昆山有着令人惊羡的众多第一。

说起昆山第一家独资企业诞生的过程，当事人宣炳龙今天仍难抑那份激动。

1985年3月，日本苏旺你有限公司老板三好先生与昆山合资兴办了中国第一家合资企业。1987年，他向中方提出增资意愿。

具有经济思维的宣炳龙却在算账：在与三好先生合资的中国苏旺你有限公司中，日方占股51%，中方占股49%。合资是政府出资。财政没钱，从银行贷了200万。其时银行年利息是12%，年付息就要30多万。中方所得的利润近40万，扣除利息，中方实际所得已不到10万，照此推算，要等二十年才能还清贷款。再增资，还得贷款。算来算去这是一笔不划算的投入。违背规律的事坚决不做。在市里的支持下，宣炳龙劝说三好先生独资。

1988年9月，全国县级第一个外商独资企业在昆山投产，它为昆山乃至全省引进外资拓开了一个全新的视野。

与独资相比，第一块土地的批租则遭遇了一场大风波。1987年前后，随着一批中外企业进入自费开发区，区内基础设施急待投入。然而，钱从何来？开发区的负责人在市领导的“点拨”下，想到了土地批租。恰巧一位台商来昆山考察，提出购买15亩土地。能不能卖？市里紧急召开常委会。最后决定以每亩9万元的价格出手。

一时石破天惊。卖地就是搞租界，卖子孙，也就是卖国。四套班子顶着压力只解释，不争论。

随后不久，经过省里批准，他们又把开发区B区第15号地块1公顷土地使用权有偿出让并公开招标，最终以100万人民币的价格，有偿转让给上海中大公司。

这些只是昆山发展历程中最为耀眼的几个节点。第一个县级城市留学生创业园，第一所台商子弟学校，第一家外资银行，第一个陆路口岸通关点……这些都诞生在昆山。每一个第一，都伴随着观念和体制的突破。

作家杨守松说，昆山盛产阳澄湖大闸蟹，所以昆山人传承着争吃第一只螃蟹的基因。

出口加工区的建立，引来了一条完整的IT产业链。把理念创新变为实践创新，这是昆山人的又一鲜明特征

1994到1997年，昆山每年的招商引资持续在5亿—6亿美元之间徘徊。昆山的决策者看得很清楚，必须清除体制障碍，才能使世界跨国公司与高新技术产业得以迅速进入昆山。

突破口在哪里？昆山决策者苦思良方，四下问计。

“电子产品需要大进大出，快进快出。这里的手续太麻烦，太慢，能像台湾新竹工业园那样就好了。”台商吴礼淦心直口快。国际通行的规则是“955”，即 95％的产品，要在五天内销往世界各地。

说者无意，昆山的决策者却当了真。

1998 年 7 月，时任昆山市委书记的张卫国带领一个代表团前往台湾新竹学习，千方百计把那里的各种资料带回来研究。他们还广泛搜寻其他国家的经验。墨西哥曾建立自由贸易区，让许多美国企业进入，一度激活了该国的经济。我们能不能把自由贸易区的工业部分保留下来，把贸易部分剔出去，成为纯工业的出口加工区？这是一个前所未有的大胆构想。

一个新理念的接受往往只是一瞬，但是要让新的设想破题并最终变为现实，则需要百折不挠的行动。昆山人整整用了三年的时间，走过了这个艰辛的过程。

2000 年 4 月，国务院在全国一共批准设立 15 个出口加工区，昆山名列其中。

2000 年 9 月 6 日，出口加工区通过国家八个部委的联合验收，成为共和国历史上第一个封关运作的出口加工区，其海关监管、“境内关外”的运作管理模式开启了我国出口加工领域的一次管理革命。仅仅两年多，区内就集聚了50多个大型出口加工项目，总投资12亿美元。去年实现进出口总额21.2亿美元，今年出口预计将突破50亿美元。其中仅6大笔记本电脑整机厂商的出口量将超过1000万台，占全球笔记本电脑产量的25%以上。

前任市委书记张雷对此则有深刻的领悟：在多元理念激荡的现实世界里，地区的发展需要理念创新，但更需要实践创新。

走出过去的成功，永不满足，不断超越。在越来越快的竞争与发展的节奏里，昆山人时刻把捕捉先机的目光投向未来

4月16日，春色宜人。记者驱车来到昆山城东。只见开阔的田野上，车来车往，热气腾腾。面对着一块竖立在路边的巨大规划标牌，昆山市规划局副局长陈国洪给我们描绘着昆山又一个“大手笔”。

“三年之后，我们将在这里兴建起10平方公里的城市副中心，称之为‘小陆家嘴’。”

在他指着的一幅浓缩的鸟瞰图上，记者看到，蓝色的夏驾河流成一个美丽的圆弧，一幢幢造型新颖的商贸大楼，坐落在圆弧之中，一条条纵横的大道，一个个陆上公园、水上公园点缀在疏朗的楼群之间。

昆山提出，打造制造业基地，必须有相配套的容纳第三产业的载体，而“小陆家嘴”的建设，就是想承接中国加入 WTO 之后第一波进入长三角的国际金融与贸易等中介机构。

针对区位优势逐步弱化的现实态势，昆山又在 2002 年规划推出了一个新型的整合型园区 —— 吴淞江工业园，总面积达 165 平方公里，西与苏州工业园区无缝对接，东与上海国际汽车城有机相连；未来将构建成一条贯通沪苏的高新技术密集的工业走廊 ……

“前十年我们‘吃’的是开发区这块品牌，2001 年开始‘吃’出口加工区这块品牌。这块品牌我看最多能再‘吃’两年。”开发区管委会主任宣炳龙向记者坦言，“率先之机只能引领风骚二三年。”

为此他们又在全力延伸出口加工区的功能，又一次向国家有关部门提出新的试点权，以有利于吸引国外的风险资金进入，进而给企业高新技术产品的研发提供源源不断的资金血液。

这也许又会成为昆山再度跨越的新支点！

《新华日报》2003 年 4 月 26 日 (19654 期) A01 版 要闻

张家港，走在时代的节拍上

张家港,是当代中国一个响亮的名字。

张家港,是江苏改革开放发展史上的一个经典缩影。

从 1986 年 9 月 16 日，经国务院批准撤销沙洲县，以其境内天然良港张家港命名设立张家港市，到今天已经整整走过了二十年。

岁月流逝，奋进不息。张家港人在一次次超越中抒写着一个地区的光荣与辉煌 —— 二十年，张家港由当初苏南一个实力平平的县级市，一跃成为 2005 年全国综合实力百强县（市）中的第三名。

二十年，张家港实现了由温饱水平到率先建成全面小康社会的历史性跨越,成为城乡和谐发展的一个“样本”。

二十年，张家港在一任又一任领导班子的接力中，步步走在时代的节拍上，而与时俱进的张家港精神，如今业已成为江苏人的共同财富。

张家港，江苏大地上的一座开放之城，文明之城，魅力之城！

GDP 增长 48 倍，财政收入增长 56 倍，人均存款增长 79 倍

——数字勾画二十年跨越传奇

二十年，巨大变化的数字静静诉说发展变迁。

熟悉张家港的人都知道，1962 年沙洲县建县之初，全县年生产总值还不到 1 亿元，财政收入不足 1000 万元，农民人均分配只有 62 元，一度被称为“苏南的苏北”。而如今的张家港却是实现了巨大的历史性跨越：昔日的“穷沙洲”现已经跻身全国百强县市前列；2005 年底，张家港宣布总体上实现了不含水分、人民群众得实惠、老百姓认可的全面小康，成为江苏全面小康建设的排头兵。

从反映区域经济实力的地区生产总值来看，二十年里张家港的地区生产总值连续翻了“五番半”。生产总值从 1986 年的 14.37 亿元，到 2005 年的 705 亿元，增长了 48 倍，年均增长 22.7%。

从集中代表区域经济总体效益的财政收入来看，张家港市的财政收入二十年前仅 1.9 亿元，2005 年已达到 108.38 亿元，增长了 56 倍。

张家港市委书记黄钦介绍说，如今的张家港市每八天就创造出相当于 1986 年全市的经济总量，平均每周创造的财政收入就超过了 1986 年全市的总量。

2005 年，全市年销售收入超亿元的工业企业达 152 家，全市拥有私营企业 1.34 万家，私营个体注册资本达 205 亿元，全市累计注册外资突破 61 亿美元。

张家港的二十年，是经济快速增长的二十年，也是全市人民生活水平不断提高的二十年。

在张家港市城乡，随处可见一辆辆崭新的宝马、奔驰、奥迪、丰田佳美、广本等高档私家车。近年来，购买私家车已成为张家港人的时尚，到去年底，全市私家车保有量达 4.1 万辆，平均每百户 12 辆。

最让老百姓舒心的，还是居住条件的不断改善。调查显示，至 2005 年底，张家港市市区居民人均住房建筑面积达 40.72 平方米。到 2005 年底，全市农民人均住宅面积达 69 平方米，比省定小康标准高 29 平方米；城镇居民人均住房面积 38.2 平方米，比省定小康标准高 8.2 平方米。

全市城镇居民人均可支配收入达 17 078 元，农民人均纯收入达 8750 元，城乡居民人均储蓄存款高达 3.11 万元，农民人均纯收入、城乡居民人均储蓄存款分别是 1986 年的 10 倍和 79 倍。

—— 张家港精神：自我超越的持久动能

当我们探询一个地区不断跨越发展的持久奥秘的时候，我们不得不将目光锁定在这个地区持久发展的内生动力上，而经过张家港干部群众共同熔铸的张家港精神，正是张家港人不断实现自我超越的动力之源。

这是历史的定格——1995 年 5 月 13 日，时任中共中央总书记的江泽民视察张家港时亲笔题词："团结拼搏、负重奋进、自加压力、敢于争先。"同年张家港市两个文明协调发展，一跃为全国典型。张家港精神在全国叫响，成为许多地方竞相学习的"样本"。

从此，张家港精神成为一种力量，一种激励，一面鼓舞人心的旗帜。

值得赞誉的是，张家港人以全球的视野和开放的胸怀，在实践中不断丰富张家港精神，并注入新的时代内涵。90 年代中后期，张家港人将其集中体现在"争先、创新、务实、富民"上，使之保持了旺盛的生命力。

张家港市市长王翔告诉记者，进入新世纪，张家港人又把弘扬张家港精神与落实科学发展观有机结合起来，不断丰富其内容，拓展其内涵，提升其境界，以无功即过的意识抢抓科学发展机遇，以超越自我的追求提升统筹发展定位，以激励竞争的机制营造协调发展氛围，促进了张家港的大进步和大提高。

在这个精神的引领下，全市干部群众创造了张家港速度和一个又一个奇迹。

20 世纪 90 年代初期，在各方面基础相对薄弱的情况下，张家港人把弘扬张家港精神的实践突出体现在“拼搏、进位”上，以“三超一争”为目标，抢抓机遇，奋力超越，实现了张家港的大变化、大发展；

90 年代中后期，在工业化、城市化的潮流面前，张家港人把弘扬张家港精神的实践突出体现在“科学、奋进”上，以巩固和提升全国典型地位为目标，遵循规律，克难求进，实现了张家港的大开发、大开放；

新的世纪，经济社会进入全面转型阶段，张家港人又把科学发展观融入张家港精神，突出体现了“创新、统筹”，以争当“两个率先”排头兵为目标，讲求质量，协调发展，促进了张家港的大进步、大提高。实践证明，生生不息的张家港精神具有旺盛的活力和强大的生命力。

省委书记李源潮在考察张家港时评价说：“张家港是江苏创业、创新、创优的一面先锋旗帜；张家港精神是江苏‘三创’精神的一个生动典型，要在‘两个率先’的新实践中大力弘扬张家港精神。”

如今，张家港精神已成为江苏精神的重要内容，成为我们民族精神和时代精神的重要组成部分。

农村支起“安全网”、城乡“同饮一网水”、同城共刷一张卡

—— 城乡一体：争创和谐社会建设的新“样本”

深秋的张家港，依然是满目绿色，各种鲜花点缀其间，处处呈现出安定祥和的景象。

近年来，张家港市紧紧围绕“城乡一体文明”的目标，以率先建成首批全国文明城市为突破口，加快文明社区建设，打破城乡二元结构。

如今踏进张家港的乡村，一条条平坦的水泥路蜿蜒延伸，一幢幢农家小院错落有致、干净整洁，处处可见休闲绿地、文化活动场所、购物超市 …… 一幅“人在景中、景在画中、画在村中”的现代农村图。

早在五年前，张家港市就启动农村治水，到今年 3 月底已疏浚河道 5866 条，今年还要疏浚 756 条河道。五年治水，张家港不让老百姓掏一分钱，财政投入超过 7000 万元。

从 2003 年起，张家港市率先在全省推出了全新的纯农民养老保险和农保转城保办法，两项政策几乎惠及所有农民。同时，张家港又推出了全市老年农（居）民养老补贴制度，近 10 万名男年满六十周岁、女年满五十五周岁的老年农（居）民享受到了每月 80 元养老补贴。为此，市财政掏出了上亿元的补贴资金。

2005 年，张家港市再度提高城乡最低生活保障标准，农民最

低生活保障标准由最初的100元/月提高到200元/月，全市5854户农村低保对象应保尽保，发放保障金1200多万元，为保障贫困家庭的基本生活支起了一张“安全网”。

在解决农民生活保障的基础上，张家港又着手建立新型合作医疗体系，解决农民医疗难题。今年，全市99%的农民人手一张新型合作医疗IC卡，实现了刷卡就医。为此，张家港财政专门辟出了4200万元巨额补助。

张家港还实行城乡自来水“同网同价”：无论市民或农民，喝一家水厂的水，价钱一样，城乡“同饮一网水”。

张家港市对不足50户农民的自然村进行搬迁合并，先后将6.3万户农民搬迁到镇区和农村社区集中居住，腾出宅基地面积4.7万亩。目前，张家港正在规划建设300–500个农民聚居点。面对新的形势，在今年6月召开的中国共产党张家港市第九次代表大会上，张家港市又确立了新的奋斗目标：五年再造一个新港城。

回首二十年发展历程，每一步的跨越，张家港人都走在时代的节拍上。

《新华日报》2006年11月2日(20937期) A01版 要闻

苏北上来了

金秋时节,我们走进苏北五市。

从盐城、连云港，到徐州、宿迁、淮安，一座座快速生长的城市,一片片迅速崛起的开发区,一条条宽阔畅达的高速公路,无不向人们直观地呈现出苏北提速发展的铿锵节奏。

采访一位位市、县委决策者,走进建设中的开发区和大市场,与不同层次的投资者交流，我们的心时时被震撼着。越是深入，你就越能感受到这片土地上涌动奔流的蓬勃活力，就越能体察到这片土地上加快振兴的昂扬自信。

历届省委都把关切的目光投向苏北。如今，在天时、地利、人和的合力下，我们看到了一个期待已久的崭新气象：苏北上来了！

苏北的速度上来了

在江苏经济版图上，区域性的落差无可回避：当苏南的人均GDP已超过5000美元时，苏北才到1000多美元。

苏北地区土地面积超过全省的一半，人口数量接近全省的一半，但GDP总量只占全省的五分之一，人均GDP不到全省平均水平的二分之一。

“苏北的事情让我们夜不能寐。”省委书记李源潮深情地说，“没有苏北的振兴，就没有全省的率先。”2005年初，省委又一次应时而变，以其宏阔的视野与一系列更加务实的政策举措，为加快苏北振兴谋划布局。

李源潮书记和梁保华省长去年一年先后10多次到苏北市县乡村调研。基层干部群众为之感奋，为之动情。他们说，省领导到苏北的次数之勤，深入之实，抓得之紧，前所未有。

记者在省苏北办采访时获得的数字，则给人们带来了惊喜。透过一组组数据，我们清晰地看到了苏北在区域发展坐标上所处的现实方位。

以区域的视野横向看，今年1—7月：

苏北地区规模以上工业实现增加值712.16亿元，同比增长22.1%，比苏南高0.5个百分点。

苏北的工业用电量同比增长20.5%，分别比苏南及全省平均水平高2.2个、3个百分点。

苏北规模以上工业实现利税 106.83 亿元，增长 39.5％，分别比苏南及全省平均水平高 13 个、7.4 个百分点。

苏北新批协议注册外资同比增长 112.5％，分别比苏南、苏中及全省平均水平高 64.5 个、43 个、55.6 个百分点；实际到账注册外资同比增长 119.8％，分别比苏南及全省平均水平高 50 个、44.5 个百分点。

以历史的眼光纵向看，“十五”期间：

苏北的经济实力在增强。2005 年，苏北五市 GDP 总量达 3610.8 亿元，比上年增长 14.3％，增幅比 2001 年提高 4 个百分点，年均增速达 13.1％。苏北人均 GDP 继 2003 年突破 1000 美元后，2005 年达 1380 美元。

苏北工业化的进程在加快。2005 年，苏北实现工业增加值 1386.1 亿元，占 GDP 的比重为 38.4％，比 2001 年提高 3.4 个百分点；高新技术产业产值 326.99 亿元，为 2001 年的 3.7 倍，年均增长 38.9％。

苏北群众的“钱袋”在增“厚”。2005 年，苏北五市城镇居民人均可支配收入突破万元大关，达到 10 303 元，与 2001 年相比年递增 10.2％；农民人均纯收入 4297 元，比全国平均水平高 1042 元，年递增 6.9％。

增幅的高位攀升，显示的是追赶的“加速度”。今天的苏北正在悄然实现由农到工、由扶持到创业、由靠政府到靠市场、由封闭到开放的根本性转变。

一位老干部动情地说，这样的局面我们等待了五十年。

苏北发展的劲头上来了

苏北，释放着前所未有的发展激情。

“企业创大业、干部创事业、百姓创家业”，如今在苏北已经深入人心，蔚然成风。

而最让记者感奋的，是苏北各级决策者抢抓机遇的开阔视野，是他们把务实融入坚忍之中的精神特质。

“省委、省政府对发展苏北、发展连云港的重视和支持程度是空前的。”连云港市委书记王建华面对记者一身豪气，极富感染力，“连云港承担着苏北发展第一‘引擎’的现实责任和深远期待。”由此，连云港市委提出“东进，东进，拥抱大海”。他们突破“小城思维”，构建以新海城区、赣榆县城、滨海新城为三极的新的大市区格局，展示出宏大的目标愿景。眼下 170 多公里的金色海岸，大开发、大建设、大招商、大发展，热流奔涌。

“只有让全县的各级干部始终处于发展的兴奋状态，地区性潜能才有望真正激活。”涟水县委书记李卫平坦言心声。在他看来，一个地区的快速发展，最终都要落实到具体的项目上。今年1—8 月，涟水县实施投资 1000 万元以上项目 98 个，完成投资11.1 亿元。这对于苏北经济基础薄弱的县而言，其变化无疑是革命性的。

历史上被喻为“苏北兰考”的响水县，是省里重点帮扶的贫困县之一。现在这里已经建起了响水经济开发区、陈家港化工园区和沿海开发区。“我们正在策应沿海开发，千方百计‘盯’住风能发电这一项目，如果落户，总投资将达 18 亿元。”县委书记潘道津充满自信。这里流传着“双十”的故事：为了陈家港的发电项目，几届县委接力跑了十年，为了吸引新加坡裕廊化工项目来响水投资，他们前后十次登门，最后感动了对方。而这种坚忍正是响水不断跨越的内在“底气”。

“好女不嫁守家郎，打工创业闯天下。”这已成为苏北乡村年轻人普遍的价值选择。2005 年苏北新增农村劳动力转移和新增劳务输出近 80 万人。苏北人力资源的大输出，带来的是思想上的通达，是自我眼界的开阔，是创业致富的冲动。

在盐城，在徐州，在淮安，我们到处都能感受到振兴苏北的内生活力。这使我们自然地想起了苏南，想起了那个曾经创造“四千四万”精神的发展传奇。

苏北区域的吸引力上来了

今天的苏北，无论是在交通设施上，在产业的空间布局上，还是在投资环境上，都有了历史性的突破。

“苏北的交通在一定程度上优于苏南。”几乎每个到苏北交流的苏南干部都有这样的客观比较。眼下苏北交通之便捷，让每一个熟悉苏北的人，都从内心发出由衷的赞叹。

而这正是苏北又一个显著的标志性变化。“十五”期间，苏北兴建的重大基础项目达 60 多项，总投资 4400 亿元。到去年底，仅高速公路通车总里程 1074 公里，密度达到了每百平方公里 2.05 公里的国内先进水平。现在省里又在投入巨资，修建沿海高速、沿海铁路和相关的配套工程。

大交通不仅给苏北带来了物流、资本流、人流和信息流，并且在更大空间上把苏北同上海、苏南、苏中、胶东以及西部，更为密切地联系起来。

与此同时，省委、省政府以全球视野，融入经济带、产业带和地理带的空间概念，对苏北区域产业的空间布局进行优化，做出了一系列前瞻性的决策。

打开中国地图可以看到，作为中国东西交通大动脉的陇海铁路，在进入徐州境内后，自西向东依次穿越徐州市区、铜山县、邳州市、新沂市、东海县和连云港市区，而这里是我省正在隆起的沿东陇海线产业带。

专家们指出，在江苏发展的大格局中，沿东陇海线产业带建设，可以使我省在沿海、沿江开放的基础上，以其沿线开放的新形式，推动苏北的振兴。

而与此相伴随的，还有苏北各地投资环境的日益优化。

一位浙江商人原本想利用邻省一个县丰富的梨果资源，搞一个亿元项目，地址都已选好。但他在与当地领导接触中发现，对方缺少规则意识。后来，这位浙商到沛县考察，一顿饭只吃了40来分钟，便感觉到这里的干部做起事来讲规矩，当即把项目投到沛县。

这只是一个缩影。眼下，徐州已连续两年上台湾区电机电子工业同业公会的排行榜，从过去的大陆“不推荐投资的城市”变为“最受推荐的城市”。盐城、宿迁、淮安也连续多年被浙商誉为最有投资价值的城市。

当前，在宏观调控的新形势下，苏北土地、能源、劳动力资源相对丰裕的优势进一步凸显，各种资本和产业要素在提速向苏北汇聚：去年以来，承接500万元以上产业转移项目3000多个，总投资1255亿元，实际引资496.8亿元。

奋力前行的苏北，站在了一个新的腾飞起点上。

《新华日报》2006年10月27日(20931期）A01版要闻

最深刻的变化是人的“精气神”

苏北平原，沃野平畴。在这片热土上，巨大的变化悄然发生，纵横延伸。

而这其中，最深刻的变化是人。这是一次历史性的精神裂变。

“想干事、会干事、干成事”：干部的本领大了

在苏北采访，记者首先感受到的是苏北干部的忙碌。

“书记正在外地招商，区长正在接待外商。”实在挤不出时间了，就只能在餐桌上采访。宿迁经济开发区管委会主任徐勤忠和记者谈了十分钟，就抓了个馒头接待客商去了。在徐州经济开发区，记者足足坐了两小时的“冷板凳”，管委会主任秦景安抱歉地解释：“一个早晨我已经接待了四拨客商。”

的确忙。“雨天当晴天干，夜间当白天干，一天当两天干，一

个人的活当两个人的活干。”“星期六保证不休息，星期天休息不保证。”这是苏北干部对自己工作状态的生动描述。

走在苏北的大街上，“加快发展”的浓郁氛围扑面而来：在宿迁，“发展大道”和“富康大道”的路牌赫然醒目；在睢宁，“争先进位，争做‘两个率先’后起之秀”的宣传牌催人奋进；在徐州外经贸局，偌大的招商图表挂满整面墙，美洲、欧洲、中东……项目招到哪里，旗子就插到哪里。

只争朝夕，时不我待。徐州市委常委、睢宁县县委一位负责同志动情地说：“抓不住机遇，对不起子孙后代。”

过去，人们形容起苏北的干部，曾有一句经典的白描“说农业大半天，说工业一支烟，说资本不着边”。在苏北基层干部中间也曾流传“不搞工业等死，搞工业找死”的说法。在省里开会，苏北的干部总是喜欢坐在不显眼的位置，轮到发言总也绕不过两个主题，一是谈困难，二是要资金。

对工业的畏惧，缘于对工业的陌生。

现在，这一切，在苏北正悄然发生着变化。

回想起刚招商的情景，徐州市外经贸局副局长雒永信觉得有点好笑：“当时激情奔涌，可怎么也使不上劲。”慢慢他体会到，这里面学问大着呢。比如德国人做事严谨，事先就得做好一份滴水不漏、实事求是的可行性报告，这比一桌丰盛的宴请酒席更能打动他们。

徐州市委常委、经济开发区管委会主任秦景安，改变过去招商只从网上搜信息效果不理想的局面，带队主动出击，一年里跑了 10 多个国家和地区。现在是“天天有洽谈，月月有签约，季季有开工”。徐州经济开发区今年 1—8 月主要经济指标创历史新高，一些指标高于全省省级以上开发区平均增速。

驻点招商、敲门招商、境外招商、网络招商、以商引商 …… 近年来又试行“招商雇员制”“招商代理制”，实现以最小招商成本取得最大引资效益。宿迁经济开发区经济发展高开高走，势头坚挺。截至 2006 年 8 月，已累计实现进区项目 336 个，协议利用资金 192.1 亿元。

在盐城经济开发区，记者发现，握在手里的一次性杯子上印着“外商发财，我发展”的字样。“招商先交友，交友先交心”“招商无小事，细节定成败”…… 在和苏北基层干部交谈中，他们也常常“冒出”格言警句式的感悟。

全民创业，老百姓的血液热了

重义轻利，宁愿“入仕为官”，不愿入“市”为商，长期以来积淀在苏北人头脑中的“官本位”思想也在改变。

“过去在苏北，只要是朋友和熟人聚会，饭桌上谈得最多的常常是某某‘升’了，谁谁‘动’了。而现在，谈的内容则是某某又招到项目了，谁谁又赚了。”盐城市委书记赵鹏以自己的直观感受，描述了干部群众中正在发生的一个微妙变化。

越来越多的苏北群众不再恋土守家，而是走出去闯天下。“留在家的年轻人都被人瞧不起，不去创业的男孩子找老婆都难。”响水县县委书记潘道津说。

统计显示，眼下在徐州，平均五个农民中就有一个到外地打工，2005 年，徐州在外打工的农民超过 100 万，其中境外打工 4 万多人。盐城全市农村劳动力转移就业总量比 2001 年增长 147.91％。

外出打工，不仅鼓了苏北农民的钱袋子，更重要的是开阔了眼界，学到了本领，在内心深处激发了自我创业的欲望。

一个个“凤还巢”的企业如雨后春笋般涌现。五十一岁的盐都县周耀露在上海创办了绿化工程有限公司，从事苗木护理和保洁。他又在家乡兴办了苗木基地，带动本镇 500 多人就业。

泗洪县的杨谋，十多年两次创业，完成了从一名普通技术工人到资产逾百万的苏北“奶王”的蜕变。1992 年初，他带着妻子到深圳挣得了“第一桶金”，2003 年，杨谋筹措 200 多万元，在泗洪县车门乡马公村建立起占地 30 亩的奶牛养殖基地。目前，他又在筹建一个占地面积 200 亩的奶牛养殖小区，让更多的家乡父老加入到奶牛养殖行业中来，实现共同富裕的梦想。

近年来，淮安市坚持每年组织召开一次 10 万人规模的全民创业大会，每年评选表彰一批特别能吃苦、特别能创业的先进典型，让老百姓认识到，“谁创业谁光荣，谁致富谁光荣，谁发展谁光荣”。

如今的苏北，已初步形成了政府鼓励创业、社会支持创业、民众自主创业的浓厚氛围。

“学苏南人招商引资，发展外来经济；学浙江人全民创业，发展本土经济”“没钱的外出打工，有钱的回乡创业”，这些都是当前苏北基层干部群众挂在嘴边的流行语。

创业、创新、创优，已经融入苏北快速发展的进程。这种昂扬自信的精神面貌，也正是苏北赖以发展的持续内力，是最可宝贵的精神财富。

上下齐心：共谋发展的氛围浓了

多少年了，祖祖辈辈，苏北人盼发展，可谓“望眼欲穿”。如今的苏北大地，干部群众齐心协力，形成了共谋发展的浓厚氛围。

上下合力，其利断金。

城市拆迁是加快发展中的一道难题。推进滨海新城建设，连云港连云区坚持“房屋拆迁政策、被拆迁房屋情况、补偿评估价格、补偿安置方式、安置操作过程”五公开。工作组提供几套拆迁方案供拆迁户选择，力求让拆迁户得到最大的实惠。由连云区人大常委会副主任马连贵挂帅的中央商务区建设拆迁指挥部，90%的拆迁协议都是在子夜签订。“白天老百姓上班，当然应该就他们的时间。”马连贵说。

“依法拆迁、有情操作”让老百姓打心眼里支持政府工作。自年初以来连云区拆迁居民 2757 户,没有发生一起群众上访事件。

在连云港柘汪镇产业区建设中,出现了感人的一幕:柘汪镇韦岭村支部书记叩响镇政府办公室的门,对镇党委书记、产业区管委会主任张永波说:“我们村大伙合计,这十车风化石免费送给产业区,就当是一点支持吧。”张永波推窗望去,只见装满风化石的车队整齐地排在路上。

排在路上的十辆风化石车,成为一个标志性影像,深深烙印在人民的记忆里——在加快发展中,苏北干群心力一处,“发展为民,民促发展”,传递出和谐之声。

亲商,不仅成为政府的理念,也凝结着老百姓朴素的情感。2003 年,宿迁市一位领导带团到浙江义乌,拜访浙江芬莉集团董事长刘卫高。其时已是中午 11 点,他们悄悄地在公司附近吃了碗面条,等到下午上班才去叩门。感动之下,刘卫高决定到宿迁去看一看。他来到宿迁,叫了辆三轮车在城里转悠,踏三轮车的老伯听说他是来投资的,硬是不肯收钱。

盼发展心切,但“发展要有所为,有所不为”。苏北在浓厚的发展氛围中,也有一份冷静。

淮安市委常委、涟水县县委书记李卫平说,招商要按照市场经济规律,走出政策洼地、竞相压价的怪圈。在连云港港口集团总裁白力群眼里，生态资源是未来发展不可或缺的资源和竞争力，不能因为要加快发展就引进高污染的项目，不能只盯着技术含量低的产业，反复引进低水平的，就永远在低水平上徘徊。

既激情四溢，又不失理性，苏北人正在科学发展的大道上策马扬鞭。

《新华日报》2006 年 10 月 30 日 (20934 期) A02 版 江苏新闻

苏通大桥，震撼世界的跨越

2007 年 6 月 18 日，苏通大桥在人们期盼已久的目光中胜利合龙。这是一次穿过千年梦想的伸展，这是一次百年期盼的对接，这是一次震撼世界的跨越。

昂然挺拔的身姿，飞卧 6 公里汹涌澎湃的江面。300.4 米高的桥塔巍巍耸立，犹如神闲气定的巨人，挽片片白云，笑对蜿蜒长江，俯视两岸平畴；272 根钢索拉出举世无双的“竖琴”，背依滔滔江水，遥望茫茫大海，风啸弦鸣，弹奏出世界建桥史上激动人心的壮阔乐章。

一桥飞架南北，牵引南通和苏中融入苏南板块；天堑化为通途，万里沿海的经济流从此走向“合龙”。苏通大桥的建设，是江苏构建现代交通路网的辉煌节点，是江苏生产力布局调整的恢宏手笔，是提升区域竞争力的重大决策。

壮哉，苏通大桥！它是江苏人的自豪，也是中华民族的骄傲。

创造世界建桥史上的新纪录

苏通大桥位于距长江入海口 108 公里处，是江苏在改革开放以来，继南京二桥、江阴大桥、南京三桥和润扬大桥之后的又一座具有里程碑意义的大桥。

仰望大桥，宏伟壮观，人们无不发出惊叹和赞誉。大桥工程全长 32.4 公里，由跨江大桥工程和南、北岸接线工程三部分组成。其中由主桥、专用航道桥和南北引桥组成的跨江大桥长约 8200 米，是名副其实的万里长江第一桥。

放眼世界建桥史，苏通大桥创造了四个世界之最：

最大主跨 —— 目前，世界上已建成的最大跨径斜拉桥为主跨 890 米的日本多多罗大桥，而苏通大桥跨径达 1088 米，刷新了世界最大跨径斜拉桥的纪录。

最深基础 —— 大桥主墩基础由 131 根长约 120 米、直径 2.5 至 2.8 米的群桩组成，是世界规模最大、入土最深的群桩基础。

最高桥塔 —— 世界已建最高桥塔为多多罗大桥 224 米的钢塔，苏通大桥采用高 300.4 米的混凝土塔，为世界最高的桥塔。

最长拉索 —— 苏通大桥最长拉索长达 577 米，比日本多多罗大桥斜拉索长 100 米，为世界上最长的斜拉索。

大桥桥位所处的复杂自然条件，是世界建桥史上少有的。这里一年中风力达 6 级以上有 179 天，降雨天数超过 120 天；江面宽阔，水深流急，主塔墩处水深超过 30 米；通航密度高，日均通过船只 2700 多艘，高峰时期达 6000 多艘。面对如此复杂的环境，苏通大桥的建设者们展示出敢于挑战世界纪录的自信与魄力。

大桥现场总指挥、省交通厅副厅长游庆仲介绍说，这是我国建桥史上建设标准最高、技术最复杂、科技含量最高的现代化特大型桥梁工程。为确保建桥质量，从 2003 年起，江苏省政府聘请了 30 多位国内外顶尖的桥梁专家，组成国际桥梁界最高级别的智囊团，为大桥建设提供强有力的技术支持。其中，有前任国际桥梁协会主席日本的伊藤学和丹麦的克劳斯，有曾担纲设计诺曼底大桥的法国桥梁大师米歇尔。

据统计，自建桥以来，江苏省已先后组织国内实力最强的 30 多家科研单位，开展了 100 多项科研专题攻关。国际著名的桥梁专家赞誉说，苏通大桥的建设代表着世界建桥技术的最高水平。

盛世建桥，江苏基础设施建设的“头号工程”

2005 年 11 月，省委书记李源潮在视察苏通大桥工程建设时意味深长地说，苏通大桥是江苏基础设施建设的头号工程。

的确，苏通大桥的建设，有着深远的战略意义。为此，几届省委、省政府的决策者都把目光一次次地投向这里。

在中国的版图上，处于沿海经济带与长江经济带 T 型结构交会点和长江三角洲洲头的城市只有两个，一个是国际大都市上海，另一个就是与其一衣带水、处于长江北岸的南通。

从经济地理上看，南通“据江海之汇、扼南北之喉”，隔江与中国经济最发达的上海及苏南地区相依，因此被誉为“北上海”；北接广袤的苏北大平原，通过铁路与欧亚大陆桥相连；从长江口出海可通达中国沿海和世界各港。

苏通长江公路大桥的建成，不仅使南通步入“上海 90 分钟经济圈”，进而带动整个苏中板块融入苏南，而且也为全省沿海开发和沿江开发开辟出一个战略性通道，成为国家路网中贯通沿海南北经济流的重要枢纽。

省委、省政府对大桥的建设给予了前所未有的支持和高度关注。李源潮书记多次视察工程进展情况，勉励大桥建设者建成世界一流大桥。梁保华省长先后五次来大桥工地视察，每到台风季节，都要亲自询问大桥安全。从交通部先后三任部长，到几届省委、省政府决策层；从国内外一大批桥梁建设专家，到万余名工程建设者；从省交通厅的指挥者，到工程规划设计人员，苏通大桥的建设倾注了无数人的关心与智慧，凝聚着方方面面的心血与奉献。

“百年工程，盛世建桥。苏通大桥的建成，同样是国家综合实力的缩影。”交通部专家委员会副主任王玉另有一番感悟。她曾经历了我国自虎门大桥以来几乎所有特大型桥梁的审批，是国内知名的桥梁专家。

回溯中国的建桥史，就是一部经济社会发展的进步史。

翻开《江苏统计年鉴》，从大桥动工兴建的2003到2006年间，江苏全省GDP翻了近一番，财政总收入也由2000多亿元提升到3936亿元。建桥，不仅是人心所愿，而且必须有坚实的经济实力支撑。

从改革开放以来，江苏桥梁建设无论是数量还是规模都是过去不可想象的。十多年来，我们建起了当时中国第一、世界第四大跨径的悬索桥——江阴长江大桥；随后又建成了中国第一、世界第三的悬索桥——润扬长江大桥；接着，当时中国第一、世界第三的斜拉桥——南京长江三桥也宣告建成。这每一座大桥的修建，都积淀了宝贵的造桥经验。

如果说南京长江大桥给人的印象是雄伟，二桥是秀气，润扬大桥是飘逸灵动的话，那么，苏通大桥展现的则是挺拔、宏伟和刚毅。大桥身后，显现的是飞速跃升的桥梁技术和日渐成熟的桥梁文化。作为“世界第一斜拉桥”，苏通大桥的建成，标志着中国正由桥梁大国向桥梁技术强国的新跨越。

彩虹飞卧，南通翻开划时代一页

南通人已经梦想得太久。南通，南通，贵在往南通。早在公元958年，周显德在江海交汇处筑城，命名通州，其取意就是通往吴越之路。

南通人已经期盼得太长。20 世纪初，我国著名实业家、教育家张謇对“通”字感悟至深。他不仅在南通陆地上大修公路，而且开通南通到上海的长江运输航线，从而使南通进入了一个江河新时代。

南通的发展已经等得太切。南通市市长丁大卫报出一串数字：20 世纪 70 年代，南通与苏州经济总量比为 1∶1.09；80 年代经济总量比为 1∶1.32。然而，进入 20 世纪 90 年代，当现代交通格局形成之后，这种差距被迅速拉开。到 2004 年，南通 GDP 为 1195.74 亿，而苏州则达到了 3336.74 亿。

从 1991 年进行规划研究，到 2003 年 6 月开工，苏通大桥前期工作历时十二年。几届南通市委、市政府一直把过江通道作为“一号工程”来积极推进。他们调动了一切可以调动的力量和资源，经受了一次又一次的波折，全市上下，百折不挠，矢志不渝。

“一切服从苏通大桥，一切服务苏通大桥，一切保证苏通大桥。”市委书记罗一民慷慨激昂。南通举全市之力，倾全民之情，关心着大桥，支持着大桥建设。

在南通，没有什么能比苏通大桥更有号召力和凝聚力。闻讯大桥工程立项，许多孩子寄来热情洋溢的信件，寄来他们的压岁钱。南通市著名企业纷纷表示，愿意为苏通大桥投资认股。一位年逾九旬的退休教师欣然赋诗表达自己最大的愿望：期颐扶杖过彩虹。

还有无数个感人的故事，还有无数个动人的场景，还有无数个攻坚克难的传奇。

大桥合龙，使南通人有了前所未有的体验：自北岸跨越长江，时间从 1 小时缩短到仅仅 5 分钟！

彩虹飞卧，必将带来巨大的人流、物流、资金流和信息流，它将给南通的跨越发展提供空前的动力，它将使南通的改革开放和全面小康建设翻开划时代的一页。

《新华日报》2007 年 6 月 19 日 (21165 期) A01 版 要闻

热点篇

我们身边的难点、痛点、冰点、盲点，换一种视角就是新闻热点。

热点报道的核心是问题导向，贵在切入要准、视角要新、材料要实、分析要透……

新的机遇正注视着我们

机遇，从来没有像今天这样离我们这么近。

正在举行的省八届人大一次会上，有人留心到，“战略”“机遇”已成为与会代表们使用频率最高的词汇。

“希望你们不要丧失机遇。对中国来说，大发展的机遇并不多。”邓小平同志这番深谋远虑的叮嘱，激励着江苏人自觉地用理性的目光重新打量自己的现实方位。

抓住机遇，发展自己，这一时代的呼唤，人民的企盼，正给江苏走向新的跨越注入新的活力。

机遇意味着什么？发展是硬道理。

江苏经济飞速跃升的现实昭示了一切。

对于参加人代会的代表们来说，从来没有像今天这样具有强烈的机遇意识。虽然大家所处的区域不同，发展的历程各异，但感受相通：发展是硬道理。江苏经济飞速发展的奥秘之一，就是把握住了机遇这把开启大门的金钥匙。

在发展的历程中，我们创造出了令人瞩目的辉煌：

全国农村综合实力百强县，江苏占了 22 个，其中前 10 名就占了 6 个；中国城市综合实力 50 强排定座次，江苏又占了 6 席。这背后离不开机遇。

乡镇企业为何能够在江苏异军突起，成为我省经济的"半壁江山"？省人大代表、无锡市委副书记陈璧显有自己的感受：前些年有人对乡镇企业议论颇多，然而，他们依然是"咬定青山不放松"，不去争论，积极采取"扶"的政策，引导乡镇企业自我调整。如今，在无锡的经济发展格局中，乡镇企业已成了"三分天下有其二"的主角。

其实，长江"金三角"的崛起，沿海经济带的迅速启动，昂首阔步地走向国际市场，也无不与抓住机遇密切关联。

纵观 1992 年我省经济建设，也正是因为抓住了国际国内良好的外部环境这一机遇，才有了令人振奋的跃升：

国民生产总值比上年增长 27%，国民收入增长 30.5%，出口创汇增长 35%，合同利用外资增长 8.8 倍，邓小平同志提出的江苏"应该比全国平均速度快"的要求正在成为现实。

代表们说，丰硕的经济之果来自对机遇的及时把握。

回首昨天,代表们并不讳言,我们抓住过机遇,也曾错失过机遇。只有认清自己的现实方位,才能走向未来。

省长在政府工作报告中指出，办好开发区，要走昆山之路。昆山的代表对此感慨尤多。

在改革开放的历史进程中，昆山人一直以理性的目光注视着扑面而来的机遇，他们因此创造了许多个第一。1984 年办成全省县一级中第一家中外合资企业；1989 年办成了全省第一家独资企业；第一个自费开办开发区，开创了县级自费开发区进入国家序列的先例。

在这些“第一”的背后，证明了一个朴素的道理，机遇青睐那些有准备的头脑和勇于创业的精神。

然而,应该看到,我省的经济发展并不平衡,我们也曾错失过机遇。许多代表在审议政府工作报告的过程中，同时，也在自觉地审视着自己。

省人大代表、海安县委书记冯祖祥说:“海安县在改革开放的初期，广大农民自发进入流通领域，创造过‘百万雄鸡下江南’的壮举。然而,终于没能紧接着再向前迈出一步。”而现在他们全力开发市场补上这一课。

一位代表提出的“修路现象”,或许更令人回味：某地修路,领导决策先往上海修，理由是那儿靠近国际大市场，而与此近邻的另一地方领导，则完全相反，首先把路修往上级领导机关集中的都市。观念上的差异结果使这原来处于同一起跑线上的竞争对手,拉开了越来越大的距离。

连云港代表张学仁指出：“有的人是看别人发财，自己发呆。”应该说这种精神状态在现实中并不少见。他们或自怨自艾，讲客观条件；或等待观望怕担风险；或因循守旧，满足于既有的规定，其结果只能是坐失发展自己的良机，与迎面而来的机遇失之交臂。

比认识机遇更重要的是如何善于抓住机遇？抓机遇抓什么？新的机遇正以平等的目光注视着我们。

在人代会上“抓住机遇，发展自己，缩小差距”已成为代表们的一致心声。然而，许多代表认为，当前摆在江苏面前的已不只是能不能认识机遇的问题,更重要的是怎样去抓住机遇。

省人大代表、南大商学院经济系主任洪银兴从理性的高度指出：“机遇对不同的区域和部门来说既是平等的又是不平等的。关键是要抓住真正属于自己的机遇。苏南地区前几年的发展主要是政策机遇抓得好。但在转向市场经济以后，过去的政策‘空隙’不存在了，再用老办法显然不行。现在要抓住市场给予的机遇。”

省人大代表、昆山市委书记李全林从自己的实践中体会到，抓机遇必须做到三条：一是要不断解放思想，转变观念；二是要有超前意识,有清晰科学的发展思路;三是要真抓实干,不能只做“口头君子”,他强调这三者是一个整体,缺一不可。

抓机遇抓什么?许多代表指出,必须不断开拓与发现新的经济生长点。有的代表指出,目前要在确定已有成绩的前提下,花更多的精力搞好国有企业;有的代表认为,前段时间较多重视投入去发展,今后应着力深化改革去驱动经济;还有的代表说,乡镇企业和外向型经济是过去我省经济跃上台阶的支柱,现在必须寻找新的生产要素的投入,这就是抓高科技产业化。苏北的机遇抓什么?一些代表认为苏北的发展不需要步人家的后尘,要从自己实际出发,尤其要在两个方面下功夫,一是加快基础设施的建设,一是加速自己企业家的培养。

错失机遇就是最大的失误。新的机遇正以平等的目光注视着我们,让我们站在更高的起点上去迎接未来的挑战。

《新华日报》1993 年 4 月 18 日 (16004 期) A01 版 要闻

我们会玩物丧志吗?

—— 文化消费热与冷的忧思

只要你稍稍留心就不难发现,如今城里的卡拉 OK 厅、歌舞厅、夜总会就像施多了肥的“青苗”似的“疯长”。据一位分管文化市场的领导透露:1992 年全省只有 800 多家各类舞厅、歌舞厅、卡拉 OK 厅,今年上半年猛增到 1400 多家,几乎翻了一倍。而十年前仅有 4 家舞厅的南京城,眼下也已扩增到近 250 家。

这本是一件好事。娱乐业的勃兴不只亮丽了都市的夜晚,也改变了都市人夜生活的节奏。

然而,使人侧目的是这些娱乐场所中“一掷千金”的畸形消费以及由此而产生的社会文化消费的巨大落差。

“现在的人敢玩”。二十八岁的于仁是一家大企业的公关部主任。由于要经常陪同客户,他成为一些高档歌舞厅的常客。"城北一家歌舞厅门票已卖到380元一张。KTV包厢一小时几百元。加上饮料名酒之类,一拨子人进去一个晚上没个几千上万的出不来。就这样,里面也没个断档的时候,门口拉客的小车跟长龙似的。有人说这是'千金撒尽还要来'。"他对此也十分咋舌。

一位熟悉内情的圈内人介绍,眼下南京城里每天晚上到夜总会、歌舞厅、娱乐城等各类娱乐场所潇洒走一回的有2万到3万人。其年营业额也高达1亿元。巨大的利润,使许多经营者趋之若鹜。硬件投入动辄几十万、上百万,一个赛一个豪华。

与这些热得发烫的舞厅、歌舞厅、夜总会相比,藏书量排居全国第3位的南京图书馆则是一番门庭冷落车马稀的窘境。当年人头攒动争办借书证,排队借书的盛况早已成为遥远的风景。"从1983至1988年之间,我们馆年接待读者最高达60万人次,普通借书证持有者高达7万人,参考借书证持有者也有2万多。可现在不同了。"该馆的一位副馆长不无感慨地说,"今年1—9月份接待读者仅有11万人次,两种借书证的持有人数也分别下降到1.5万份和8000多份。"

被冷落的并非只是南图,无锡图书馆近年来读者人次下降了近40%。有关工作人员为了方便读者,专门到公园以及居委会设点为科技人员办证,结果一周只办了80张。有统计数字显示,1991年全国人均购书1.27元,其中纯个人购书才3.5元,而在我们周围“一顿宴席一头牛，一只屁股一座楼”的现象早已比比皆是。

这种文化消费的热与冷、涨与落，显露出当前正蔓延着的短视、浅薄、浮夸以及及时行乐的社会心态。

忧虑同样来自学校和许多青年对待人生态度的选择上。已有二十多年中学教龄的王珺芳老师抱怨说：“中学生中也流行着厌学的情绪，一些学生不是比谁读的书多，而是比谁玩的游戏机种类多，谁穿过名牌多，谁见过的歌星多。”前不久，在南京电视台组织的金陵“十大青年偶像”评比活动中，当选的“青春偶像”绝大多数是港台歌星，使人沮丧的是，偶像中间没有一位科学家。

而有关部门在进行的一项社会调查中发现，眼下，许多青年人正在不同程度上实践着这样的人生：追求享受但又不愿艰苦创业，追求潇洒但又缺乏社会责任，追求完美但又甘于平庸。他们最爱唱的是《潇洒走一回》，最爱说的话是“玩的就是心跳”，最欣赏的是“过把瘾就死”。

值得指出的是，家庭教育消费的失衡同样使人不可掉以轻心。许多家长舍得花几万元送孩子上贵族学校，舍得花钱买游戏机给孩子消遣，给孩子在电视上点歌，但一位细心的小学老师在班上调查时发现，将近80%的家庭没有给孩子订课外读物。

的确，我们渴望富裕，我们正逐步走向富裕，但是越来越多的迹象昭示，当前悄然滋长的“玩”风正侵蚀着我们的社会，许多人正有意无意地陷入“富裕的贫困”这一怪圈。

社会的真正发展与文化的增长是紧密相关的，而能否塑造国民健康的文化意识是一个社会得以健全发展的重要前提。知识的贬值与此格格不入。

“我们应该充分估价近几年取得的巨大成就，但绝不能因此讳言在经济发展过程中所带来的社会病，”一位经济学家直率地说，“就正如金钱能使人摆脱贫困，但同样也能剥蚀人的心灵一样，社会应该着力引导每个公民注意用科学的人文精神来变革现实的生活空间。”

“玩风”盛行是一个民族的不幸，玩物丧志是中华民族古老的警言。今天，对于我们来说缺少的也许并不是清醒的认识，而是实实在在的行动。

《新华日报》1993 年 9 月 17 日 (16156 期) A07 版 青春

热流中的冷思考

为期三天的省第三届人才智力交流大会，8日降下了帷幕。作为我省一年一度最大的人才智力交流活动，它不只为人才的双向选择提供了极好的机会，同时，也向人们全面展示了新的人才市场的供需信息以及走势。连日来，记者穿梭于涌动的人才热流之中，强烈地感受到，我省的人才市场已从往年的短缺型转向了饱和型，人才市场的主体正逐步走向成熟。与此同时，一些新的问题也随之而来，值得普遍关注。

数字表明人才的增长已呈饱和。然而，风物长宜放眼量，未来呼唤人才储备的战略意识

省人事局提供的一份材料表明，今年我国高校共有毕业生

89.5 万人，是建国以来最多的一年，我省需要接纳的毕业生达 9.5 万人。而各地上报的需求数字则普遍呈下降趋势。记者在与苏州、无锡、扬州、盐城等人事部门的负责同志交谈中了解到，有些地区人才需求量下降 30%。

另一方面人才培养依然呈上升趋势，省委要求，到 2000 年，全省普通高校招生数要增至 10 万人，成人高校招生数达 7 万人。

人才真的饱和了吗？面对记者的提问，扬州市人事局严仁德有自己的看法，他认为“饱和”带有虚假因素。就扬州地区而言，有三方面情况，一是城区人才的确趋于饱和；二是由于宏观经济调整，一些基层企业效益不好，想需人才而无力招聘；三是随着各级人才市场的建立，越来越多的单位择人的自主意识增强，所需人才数字留有一手。

由此，采取有效措施，适应新的形势，加大地区性人才的吸纳量，特别是要强化各级领导人才储备的战略意识已是刻不容缓。

记者注意到，刚刚结束不久的江苏省第九次党代会，为我省的发展规划了一幅宏伟蓝图：到本世纪末全面实现小康，到 2010 年基本实现现代化。按照这个规划，江苏的经济发展速度要超过全国平均发展速度，而要实现这些奋斗目标，最关键的是离不开人才。对此，苏南等地已在抓住机遇着手实施自己的人才工程。苏州市人事局吴全生说，1990 年前后，当时许多地方不要大学生，他们则广为接纳，实践表明，这些人才如今正成为发展经济的骨干，为此，他们千方百计动员基层企业前来招揽人才。无锡市则制定了一系列措施，如凡本科生要到无锡，户口一律开绿灯等。盐城市提出的“政策跟着人才走”的口号使人心热。

与此同时，记者也发现有些地区对人才呈消极态度，似乎只愿接受一些短缺专业的大学生。现实告诉我们，风物长宜放眼量，谁拥有超前的储备人才的战略意识，谁就会在未来尝到甜果。

紧俏的依然紧俏，饱和的愈趋饱和。人才结构性失衡的“旧症”急需重药化解

综观三天的人才智力交流，记者发现不同层次的人才结构性失衡现象，较之往年显得愈加突出。这主要表现在以下几个方面：一是过去紧俏的专业如计算机以及工科应用类专业依然紧俏，特别是大量的工科应用类专业为越来越多的中小企业所欢迎，而原来饱和的一些专业则显得愈加饱和。二是人才结构的地区性失衡在继续扩大。以苏南与苏北相比，苏南所需短缺人才除本地培养的外，外地的源源不断地流到门下，供其挑选。而苏北地区则相反，自己培养的短缺人才比人家的多，而留下的却少，使得短缺的依然短缺。同时，还得背着过剩的饱和专业人才的包袱。三是行业之间人才结构性失衡也很明显。

像银行、税务、外贸等行业依然是各类高层次人才竞相选择的热点，其他如一些艰苦的、地处偏僻的行业和部门虽然急需高层次人才，但响应者却依然有限。

造成失衡的原因是什么？有关人士一针见血地指出，来自于体制滞后和宏观调控乏力。譬如，目前高校招生的计划数基本上是计划性的，而毕业生分配却是市场性的，这就不能不造成培养的人才与市场需求的“错位”。自然，市场对人才的需求带有急功近利的因素，但是作为生产人才的基地——高校，如何适应新的形势，与有关部门密切合作，切实加强人才需求信息的市场预测，也就显得十分迫切。南铁医，过去有个别专业就因市场饱和，学生就业困难。对此，前两年他们果断进行了调整，并开设了新的专业，今年学生还未毕业，就被“预订”一空。像这样的例子很多。无疑，加强人才培养的宏观调控，眼下已到需要“重药”化解的时候。

水往低处流，人往高处走，但是这要量力而行。市场的反作用：人才择业也要有长远眼光

在偌大的江苏展览馆二楼上，凭高观察，不难看到这样的场景，进出口部门、银行部门以及省级单位和苏南地区的摊位前，人头攒动，久集不散。而一些苏北市县和乡镇企业的摊位前，人们常常是稍停即走。这种现象背后，反映了当前人才择业的价值取向。显而易见，选择大城市、高福利、风险系数小的单位，已是许多人才流动时首先考虑的“前提”。从人才利益驱动的原则来说，这自然无可厚非。但记者也发现，不少专科生首选的目标则是苏北的一些乡镇企业。一位学金融专业的大专生张和轩说，到小企业、小公司往往更容易受到别人重视。

省人事局副局长朱国禧认为，人才择业也要打破世俗的价值定势，要具有长远的眼光。他说："重要的不是追求择业一步到位，你能享受到什么待遇，而应该看是否有利于自己的未来发展和增长自己的才干。"

今年许多大学生正面临着择业的重要关口，这番忠告，无疑令人深思。

如何评估人才？许多单位依然沿用一看材料，二凭感觉这一传统。然而，市场却期待科学化和规范化手段

"研究生当场拍板，本科生研究研究，大中专生不要不要。"这是记者在人才交流现场听到的顺口溜。这一方面表明今年许多用人单位选用人才的层次比过去提高了，但同时，也隐含着只重牌子而忽视能力的倾向。

走遍展览馆内 400 多个摊位，记者发现，绝大多数用人单位在评估人才的方法上依然是传统型的，即先看材料，再提问交谈，然后拍板。在常州金狮集团的摊位前，正在与人才洽谈的张义正告诉记者，他们评估人才的手段主要还是靠经验和感觉，并说以后将采用一些科学的手段。

无锡华光电子有限公司却与此不同，他们在初步与择用的人才签订意向性协议时，要求对方在 1 月 20 日到该公司进行另外测试，所花路费与住宿费用均由该公司承担。据悉，测试将包括笔试、口试和心理测试等。遗憾的是这种采用科学手段来评估人才的单位还不多。

是的，采用科学化方法评估人才，而不是仅仅看材料，看牌子，靠感觉，从而给更多的优秀人才以平等竞争的机会，这不也正是人才市场走向成熟的必然呼唤吗？

《新华日报》1995 年 1 月 11 日 (16636 期) A01 版 要闻

丰收之后防滑坡

去年，是举世瞩目的农业丰收年，也是我国 90 年代以来农业形势最好的一年。有关统计表明，1995 至 1996 年两年全国增产粮食 400 多亿公斤。

然而，记者注意到在许多代表的眼里，看到的并不只是喜悦，更多的还是那份冷静、理性和忧虑。他们坦言：在农业形势严峻的时候，固然要强调重视农业，今天在丰收之后更要重视和加强农业，更要重视保护农民的利益。

四十七年的农业发展历史表明，粮食生产的徘徊期往往是在高产之后。

说起我省去年的农业形势，全国人大代表、江苏省人大副主任俞敬忠用“三高三超”来概括：一是粮食总产创历史最高纪录，达 347.5 亿公斤，一年增产 19 亿公斤，这是历史上少见的，它使我省人均粮食占有量达到半吨水平。二是农业增长达 7%，是 90 年代以来增长速度最高的一年。三是农民人均纯收入突破 3000 元，实际增长 12.6%，亦是 90 年代以来增长率最高的一年。

这一成绩的取得无疑是令人欣喜的。但是，全国人大代表、中国社会科学院社会学研究所所长陆学艺则从历史的角度提醒人们，建国四十七年来农业发展的现实显示，粮食生产的徘徊期往往是在高产的第二年发生的。

有关材料表明，我国四十七年来先后共出现过七个粮食增长高峰。以改革十八年来计即有四次：第一次是 1978 至 1979 年，两年增产 493.5 亿公斤；第二次是 1982 至 1984 年，三年增产粮食 823 亿公斤；第三次是 1989 至 1990 年，两年增产粮食 525 亿公斤；第四次即 1995 至 1996 年，两年增产粮食 400 多亿公斤。

"与此同时，我们必须看到另一个严峻的现实，"陆学艺代表说，"前六次粮食增产高峰之后，除 1952 年之外，都出现过或长或短的粮食生产徘徊期，而且在高产第二年都有较大幅度减产。"为此，他列举了一系列数据：1968 年减 87.5 亿公斤，下降 4%；1972 年减 100.5 亿公斤，下降 3.9%；1980 年减 115.5 亿公斤，下降 3.5%；1985 年减 282 亿公斤，下降 6.9%；1991 年减 109.5 亿公斤，下降 2.5%。

当然，造成高产之后减产的因素是复杂的，但也有不少是相同的。譬如从 1984 年与 1990 年两次丰收后的情况看，就是因为出现卖粮难，使粮食价格下跌，造成农民增产不增收，严重挫伤了农民的积极性，结果导致第二年减产。

历史的教训使人警醒，更令人深思。

丰收不是句号，防止丰收之后新一轮滑坡问题已严峻地摆在我们面前。

去年农业的全面丰收来之不易，这已成为代表们的共识。大家认为，其中最根本的一条就是市场导向、宏观调控与农民愿望趋向一致，形成强大的合力，加上老天帮忙，使生产力得到了集中释放。特别是在市场粮价节节攀升的情况下，中央果断决策，大幅度提高定购粮价格，大大激励了广大农民的积极性。这种“顺势疗法”是十分成功的。

然而，代表们为之心忧的是，在丰收之后，农业发展中一些旧的问题没有得到根除，又出现了一系列新的矛盾。

“当前出现的新一轮卖粮难现象需引起各级领导重视，”俞敬忠代表说，“市场粮价跌势不止，市场价与定购价形成倒反差。另外，现在农民的收入有的仅是账面数字，部分粮食还压在手里，增产难增收，粮食到手愁难卖，势将挫伤农民的积极性。”

全国人大代表、盐城市人大常委会副主任蔡秀民指出：“当前农民负担重的问题并没有得到彻底解决，特别是在欠发达地区和贫困地区又有重新反弹的趋势。有的地方设农民负担卡，卡内的负担控制住了，但卡外变相向农民增加负担的现象又逐渐多起来。”

“农业的‘脆弱性’目前还没有得到根本性改变,”邹家祥、艾德福等指出,“不少地方水利设施严重老化,难以抵御大自然的灾害;一些地方口头上喊加大农业投入,实际上常常急功近利,为了显示政绩把钱用到发展工业上,使农业的有效投入得不到保证。”

丰收显然不是句号。无论是历史还是现实,都在昭示我们:要想继续维持好的农业发展势头,就必须切实解决现实中存在的问题,保护农民的利益,否则,我们难免又要重蹈覆辙。

现在农产品供求宽松,正是改革农业特别是粮食流通体制的极好时机。

这些年来农业和粮食生产之所以出现曲折、波动,问题的根源在哪里?怎样才能从根本上保护农民的积极性?

许多代表把脉会诊,争献良策。他们指出,根源还是出在农业外部,即宏观调控系统还没有理顺,特别是农产品如粮食等方面的流通体制不适应已经变革的农业生产体制。因此,要解决农民增产不增收以及卖粮难的问题,保护广大农民的积极性,就必须进一步改革粮食流通体制。

全国人大代表、徐州市副市长高之均建议,要进行粮食销价与购价并轨的改革,将粮食收购的数量和价格放开。同时,要加大粮食企业改革的力度,转换经营机制。取消粮食企业的双重身份,打破垄断经营,使农民能与粮食企业进行公平交易。另外,应在全国范围内尽快形成开放、统一的粮食市场,在产区和销区之间建立起利益平等的交换机制。

陆学艺代表认为，除了粮食购销体制要抓紧改革，现行粮食生产、流通、加工、储存由各部门分隔管理的体制也应改革。

还有一些代表目光看得更远。俞敬忠代表提出，当务之急是尽快落实各项措施，真正解决好农民的收入问题，保证增产增收。因为这不仅关系到今年的粮食生产，同时也直接关系到农村市场的开拓。农村是大众化商品的主要市场，是中小企业的主战场。大力开拓农村市场，是国有企业特别是中小企业走出困境的重要途径，更是启动新一轮发展的希望所在。

是的，我们坚信，未来的农业和粮食生产还可以继续攀登高峰。而这一切都取决于我们到底怎样去做。

《新华日报》1997 年 3 月 5 日 (17416 期) A01 版 要闻

让历史警示未来

——静海寺“警世钟”铸建的前前后后

4月南京，姹紫嫣红。社会各界迎香港回归活动蓬勃展开，捐款铸建“警世钟”成了人们关注的热点。

铸建“警世钟”的建议，原是省工商银行的一位普通干部俞效东提出的。4月28日下午，在南京市长江路东箭道17号一间拥挤的办公室里，记者采访了他。今年四十五岁的俞效东留着平顶头，看上去敦厚而又谦和。他坦诚地向记者介绍了这一建议的初衷。

去年，他正在小学读书的儿子回来说，学校里有同学在参加一次爱国主义知识测验时闹了笑话：把“9·18事件”答成是“开封文物被盗大案”，把《南京条约》的割让地写成“南京”。孩子说的无意，却深深地震动了俞效东的心。一定要让我们的孩子了解历史，懂得历史。由此他感到了一份沉重的责任。

随着香港回归之日渐近，俞效东把关注的目光投向了静海寺。这里是中国近代史上第一个不平等条约——《南京条约》的议约地，这里，无疑是对广大青少年进行爱国主义教育的最好基地。于是，他在工作之余进行了近两个月的调查和酝酿，终于形成了“筹铸静海铜钟”的设想。

1996 年 11 月，俞效东毅然向省有关领导呈上了自己“关于筹铸‘静海警世铜钟’，开展相关爱国主义教育活动，迎接香港回归的建议”。他提出，以静海寺为中心，开展一系列爱国主义教育活动；动员全市各界人士积极参与，捐款筹铸“静海警世铜钟”永镇古静海寺，以庆香港回归之喜，以雪《南京条约》之辱，以示后人，勿忘国耻，振兴中华！

建议很快得到省领导和有关方面的高度重视和支持。省委书记陈焕友接到建议后，当即批示：“此建议好。”南京市市委领导立即将建议批转给下关区政府。今年 3 月，经过多方协调，由省委宣传部、省委教育工委、省教委、团省委、省教育工会、南京市下关区委联合组成了铸建静海寺警世钟活动组委会，并就若干事项达成共识。最后，将铸造“警世钟”的任务，落实到了南京金陵古艺术青铜研究所。

4 月 28 日，记者采访了“警世钟”的设计者王钟泉所长。他们那几间简陋的工作室里，堆满了各式各样大大小小的青铜钟、鼎、法器。这位自学成才的有色金属冶炼专家，刚刚从省冶金机械厂的“警世钟"浇铸工地回来,正忙着校阅"警世钟"制模的铭文。

谈起静海寺"警世钟"的设计构思,王钟泉抑制不住心中的激动。他介绍说,"警世钟"集庆、警于一体,既要有特定的历史内容,又要有鲜明的时代特色,同时还要把我国流传几千年的青铜文化表现出来,难度很大。但是,接到这一光荣任务之后,全所的同志群情振奋,都下定决心把钟铸好。大家从3月初到现在没休息过一天,一直加班加点,"警世钟"的设计方案基本确定,现在已进入钟体的制模阶段,预计5月上旬可完成整个钟的浇铸工程。

当记者发现在工作室的显眼位置摆放着一座两头龙形、张须怒目的青铜铸像,王钟泉手抚着青铜铸像的犄角告诉记者:"'蒲牢'现在已是个专有名词,特指钟的吊挂系统。传说龙生九子,其一子名'蒲牢',平生好鸣,所以便成了钟上兽纽。'警世钟'的'蒲牢'特意选择了威武、生动的龙形,顶端有一火球,球高7.1厘米,象征香港于7月1日回归。"

据了解,铸建中的"警世钟"总体造型为仿明钟形式,重约三吨半。钟的肩高为1.842米,寓意《南京条约》签订于1842年,以此警示后人铭记这一耻辱。钟的顶部浮雕为12只飞翔于云层中的和平鸽,寓意12亿中国人民热爱和平。钟的前部为"警世钟"三个字,两侧从左往右镌刻铭文。钟体的下沿浮雕为二龙戏珠,象征我们祖国的长江和黄河。钟的撞击点就设计在"珠"的位置上,而这颗"珠"的平面设计为南京的市花——梅花形状。王钟泉说："浇铸普通的青铜古钟一般需经过泥模、石膏模、蜡模、型腔、浇铸等工序，而'警世钟'不同于一般的青铜古钟，我们采用的是精密铸造，工序更要复杂得多。而且铸钟的金属配料很有学问，浇铸'警世钟'的青铜在钟用青铜中是最好的。此外，铸钟还涉及声学、力学、金属学、史学等多门类学问和技艺，可以说是一项综合艺术……"

王钟泉是我国第一家专业古艺术青铜研究所的创始人，曾经为姑苏寒山寺铸造了一座5吨重的青铜大梵钟。由他铸造的仿唐式青铜大梵钟，还漂洋过海到了日本。眼下，为了赶铸这座静海寺的警世之钟，王钟泉和他的同事们，正倾注满腔心血，不舍昼夜地忙碌着。

据悉，6月30日深夜12时，"警世钟"的钟声将在静海寺内响起。

《新华日报》1997年5月1日（17472期）A01版 要闻

我们面对着什么样的买方市场？

连日来，如何看待初步形成的买方市场，成为江苏团许多代表关注的热门话题。

我们到底面对着什么样的买方市场？企业在买方市场的条件下如何增强自己的应变能力？在代表们的审议中，我们感觉到了信心和振奋，也感觉到了清醒和凝重。

“卖不掉”与“买不到”共生的买方市场

毋庸置疑，对于曾经饱尝短缺经济之苦的中国老百姓来说，商品丰富，品种齐全，既是多年的期盼，也是来之不易的历史进步。但是在对此予以充分肯定的同时，也提出了在市场上有许多“买不到”的尴尬。全国人大代表、盐城市市长李全林脱口举了这样一个例子：我省纺织行业现在是生产能力过剩，同时，每年却又要花 40 亿美元到国外进口面料。如果我们能做，纺织行业又怎么会存在过剩？

全国人大代表、中央商场营业员张霓说，眼下，许多大中城市彩电降价战浪头一个接一个，但有许多农民仍然要付出不菲的“车马费”进城购置大家电；城市生活类消费品日趋饱和，而在广大农村集镇，农民们还在用原始的赶集方式采购日用消费品。城市商品房更是如此，一方面是超乎承受能力的高价房“空关”，另一方面是大量无房者左顾右盼“买不起”……

对此，李全林在分析这些“卖不掉”现象时认为，目前，我们初步形成的买方市场，还只是低级阶段的“温饱型”买方市场和区域性的买方市场。

许多代表指出，买方市场不等于供求平衡，这永远是一个动态的过程。同时，我们还必须看到，由于经济发展的多层次性差异，我国的市场发育有先有后，城乡之间、发达地区和欠发达地区间存在着很大的梯度与不平衡。目前一些产品的过剩、消费无热点只是相对的。

“盲点”与“亮点”并存的买方市场

买方市场下，一些企业家觉得市场什么都不缺，搞什么？很茫然。

全国人大代表、无锡市市长吴新雄认为，企业家必须要承认这样的现实，即在过去十几年中，随着人们生活水平的提高，积蓄的购买力已呈排浪式一一释放出来，经历了从无到有、从小到大的跨越。今后还期盼有这样的旺盛需求无疑是不大可能的。但“饱和”并不等于没有“空间”，市场无限大，关键在于发现。从理论上说，人的需求是无尽的，而无尽的需求就是永恒的市场。谁能善于揣摩人们的消费心理，把握住消费习惯的变化，谁就能把“盲点”变成“亮点”。

全国人大代表、扬州市市长蒋进对此自有另一番感受。这几年，电风扇在国内一直是买方市场，而扬州的“捷康”到非洲办工厂，一下子使电风扇变成了卖方市场。被人们誉为“买方市场一道亮丽风景”的“扬州包子”也是如此。蒋进认为，“捷康”电扇的成功之处在于把握住了不同市场层次的“梯度性”；而“扬州包子”则是在客观上顺应了人们生活节奏加快、家务劳动日趋社会化的需求。因此，企业家们应从传统的狭窄的市场定位中走出来。

在审议中，有代表提到这样一件事。省里不久前组织一批市长去“海信”参观，市场上彩电价格战打得“头破血流”，而“海信”却是“任凭风高浪急，我自岿然不动”，它的“定力”源于“一天一个新品，三天一个专利”。由此，许多代表提出，在买方市场条件下，企业要善于用技术创新来培育“亮点”，要学会以全新的产品去引导市场消费。

机遇与挑战同在的买方市场

与一些企业面对买方市场无所作为、无所适从、等待观望相反，全国人大代表、红豆集团董事局主席周耀庭快人快语：“买方市场是对企业家的挑战，也是磨砺优秀企业家的练兵场。短缺经济时，生产什么都赚钱，生产多少卖多少，这种状态永远培养不出敢于搏击风浪的企业家。”他认为，买方市场是道越来越高的坎，跨过去了就海阔天空，跳不过去，只能淘汰出局。

面对买方市场的挑战，企业靠什么来把握未来的市场呢？全国人大代表、熊猫电子集团公司副总工程师金以铭指出，振兴名牌和科技进步是两条必由之路。大型企业必须踩着高新技术的“肩膀”借“梯”上楼。科技含量的高低、创新能力的强弱、现代营销网络的构建已成为增强竞争力的重要手段。而面广量大的中小企业与大企业叫阵也许不是对手，但瞄准方向“会搭车”“搭快车”“补缺口”则是他们的强项。“小而专”“小而精”“小而高”也会闯出一条生存的路子。

《新华日报》1998 年 3 月 9 日 (17783 期) A01 版 要闻

创新：世纪之交的呼唤

几天来，江苏代表在审议中使用频率最高的词汇是创新，议论最多的是创新，期盼最切的还是创新。

创新何以会牵动这么多人民代表的心？

竞争呼唤创新

处于跨世纪之交的中国正面临着新的"瓶颈"制约，这就是科技创新不足，科技对经济增长的贡献率与发达国家的距离明显拉大。

全国人大代表、中国科学院物理所所长杨国祯在审议中报出了这样一组数字：目前我国的国民生产总值已居世界第七位，增长幅度是全世界第一。但是我国的科技竞争力从 1994 到 1996 年已连续三年下降，由世界的第 23 位下滑到第 28 位。同时，反映知识创新能力的专利指标仅居世界第 21 位，基础科学指标只居世界第 32 位。

显然，这种位次对具有 12 亿人口的经济大国来说是不相称的。

与此相对应的是，一些代表提出了另一组数据：从世界科技发展史上看，科学理论与发明和被应用的周期越来越短。18 世纪的蒸汽机花了一百年，19 世纪的电动机和电话机花了五十年，电子管和汽车花了三十年，而 20 世纪的雷达、电视机、晶体管、原子能和激光仅分别花了十五、十二、五、三和一年。科学出版物过去约十年增长一倍，现在全世界每天发表科技论文 6000 至 8000 篇，一年半就翻了一番。

这是一串无情的数字。它勾画出当今正在进行的一场全球性知识与科技的较量和竞争。这种竞争是决定一个民族荣衰兴亡的竞争。对此，杨国祯代表呼吁，为保证国民经济持续健康的发展和下世纪中叶达到中等发达国家的水平，必须大大提高全民的创新意识和创新能力。

许多代表指出，改革开放以来特别是近五年，我国国民经济得到了很大发展，取得了举世瞩目的成就，但是也应看到，其中不少是粗放型经济，简单的引进多，自己的创造少。而靠引进是不可能得到发达国家的最新技术的。经济的持续发展只能建立在自主创新的基础上。

有关资料显示，现在世界专利技术80％已为跨国公司所把持。由于知识产权转让的要价和条件是由占有者所决定的，因此随着全球经济竞争的加剧，为了自身的利益，发达国家已常常利用知识产权作为限制发展中国家发展的一种手段。

现实不容回避。竞争的世界呼唤创新。

科技创新呼唤教育创新

创新是相对于“旧”的、“老”的而言的。从这个层面上审视我国科技创新的现状,就不难发现一些人们司空见惯的弊端。

南京大学校长蒋树声代表指出，目前我国科技人员正逐步走向市场,但所采用的科技成果的评审方式却是传统的,是计划经济时代的，在高校、科研部门鉴定科研成果主要还是论文和证书，很少从转化现实生产力的角度来评定，我国现在科技成果的转化率不足6％。这种评审体系和方式应该改变。“急功近利的心态也在较大程度上制约了我们的科技创新。”全国人大代表、中科院院士苏定强说,“科学创新并非易事,要在一个领域里有所创新,有时要经过相当长时间的研究和积累，尤其是那些比较大的创新。现在不少科研部门强调科技人员要在一定的时间内出成果，强调出经济效益,这些道理是对的,但一定要适度和实事求是。对有意义、有希望的项目,要学会‘风物长宜放眼量’。”

许多代表直言：科技创新并不只是科技本身的事，它在客观上呼唤着教育创新。有人这样概括我国教育中的不足：小学教育是“听话教育”，中学教育是“分数教育”，大学教育是“知识教育”。这种说法虽然失之偏颇，但从一个侧面形象地表达出我国教育中不注重创新能力培养的现状。一位代表提到这样一件事：在一所城里的小学里，学生把标准答案“萝卜青菜”写成“青菜萝卜”，把“阳光洒在草地上”写成“阳光洒在草坪上”，结果给了零分。为了使学生拉开分数档次，语文老师在考核中让学生去数几个笔画复杂的汉字有多少笔画，试问这样的教育有何意义？

曾多次出国做访问学者的南京医科大学博士生导师管晓虹代表对此十分感慨。在国外做实验时，她发现我国培养的硕士研究生与美国的研究生相比，虽然书本知识扎实，但创新能力和创新欲望相差很大。除了专业知识外，其他学科的知识面也比较窄。

创新意识不是先天具备的，而需要后天培养。创新能力是一种综合素质的表现，教育创新是科技创新最重要的基础，代表们的呼吁，令人深思，更令人警策。

全面创新呼唤制度创新

在审议中，苏定强代表讲了一件自己亲身经历的事：两年前，他与另一位天文学家共同提出了一个大天区面积多目标光纤光谱望远镜方案。这个望远镜如果建成，在获得大规模天体光谱方面将是世界上最强大的。然而，就是这样一个具有先导型的工程，在主项报批时，由于国家没有适合这种创新型的立项类别，结果无可奈何地被作为基建项目列在中科院建筑设计院的名下。

与此相反，苏州市市长陈德铭代表则向大家报告了苏州工业园区的一则“喜讯”：这里已由政府投资4700万元建立了“高科技孵化器”，其作用在于给那些处于萌芽状态的高新技术项目予以扶持。被接纳的项目，园区将负责贷款，并帮助寻找最佳的产业化“嫁接点”。

“这两件事看似毫无联系，实际上涉及一个共同的问题，就是制度创新。”陈德铭代表分析说，前者表面上看是没有新的立项类别，实际上深层次的原因，是现有的科技创新机制滞后，它已不能适应科技进步的要求。而苏州工业园区的尝试则是一种全新的制度创新。因为科技创新总伴随着一定的风险，任何新技术的产生不可能一帆风顺。苏州工业园区之所以要建立这项新的扶持高新技术项目的制度，其目的就是为科学家们分担风险，进而最大限度地激发科技创新。

需要制度创新的并不只是科技。许多代表指出，随着改革的整体推进和市场经济体系的逐步完善，必然要求全面的制度创新。构建现代企业制度是创新。这次国家机构改革，减少一批直接管理经济的部门，使政府职能由过去的直接的紧密型管理向间接的调控方面转变，也是为适应市场经济的需要，面对传统的经济管理制度进行的重大改革和创新。

江泽民总书记最近指出，创新是一个民族进步的灵魂，是一个国家兴旺发达的不竭动力。我们的社会呼唤全面创新，如果说，科技创新是核心，教育创新是基础，那么制度创新则是全社会全面创新的根本保证。

《新华日报》1998 年 3 月 12 日（17786 期） A01 版 要闻

靠什么确保 10%

连日来，代表、委员会上会下关注的话题逐步集中到一个带有全局性的重要问题上来，那就是怎样正视市场经济形势的变化，确保政府工作报告中提出的今年经济增长 10%的速度。

如何看待 10%？

今年我省经济增长率比去年下调一个百分点。如何看待 10%的速度呢？

“这是一个适当的速度。”省人大代表、南京大学副校长洪银兴说，下调一个百分点是考虑到多方面的因素。首先从国际环境看，亚洲金融危机虽然到了谷底，但滞后的影响还将持续。世界经济发展的周期表明，危机之后的经济回升必然要经历一个相对的停顿期。其次，目前整个世界的经济也处于低速发展阶段，有关方面预计全世界今年经济增长的平均速度为2%左右，在这样的背景下，10%的速度，仍然是一个积极的、比较理想的速度。

省政协委员、南京经济学院院长徐从才认为，把我省经济增长的目标确定为10%左右，是一个实事求是、协调可行的目标。他说，从纵向看，我省去年经济增长率为11%，就经济持续健康稳定发展而言，也需保持10%；从横向看，中央提出今年全国的经济发展速度为7%，周边发达省份大体在9%至13%之间，从小平同志对江苏的要求以及江苏的实际情况来看，10%的确是一个协调发展的速度。此外，我省的产业结构正处于较大的调整期，这必然会带动各种利益结构的调整。而有些利益是刚性的，所以必须要有一定的速度，才能保证经济的顺利进行。

实现10%目标的优势在哪里？

从我省经济发展的历史看，10%并不是一个难以企及的速度。许多代表、委员在冷静分析国际国内不利因素的同时，更看到了许多有利条件。

许多代表、委员在审议政府工作报告时指出，从宏观上看，江苏确保10%发展速度最大的有利条件是我们党和国家有一个以江泽民为核心的、成熟的、坚强有力的、能够驾驭各种复杂局面的第三代领导集体，这是我们的经济能够健康快速发展的根本保证。

“江苏有比较雄厚的物质基础。”省人大代表余世袁、吴冬华等指出，“去年全省国内生产总值达到 7200 亿元，人均 1 万元。这表明我省的综合实力已达到一个较高的水平。具体地说，我省有一个高产稳产的农业，基本原材料供应充足，基础设施日趋完善；有一批现代化的骨干企业，经济国际化发展势头良好。这些‘硬件’完全能托起 10％的增长速度。”

近几年来，省委、省政府及时抓住第三次发展机遇，不断加大结构调整力度，全省一、二、三产业发展日趋协调。与此同时，我省在建和将建的重点工程也比较多，这些都会对实现全省预定的增长目标发挥明显的拉动效应。

怎样确保 10%？

从理论上说，加快发展速度，不外乎加大投资、扩大需求和增加出口三条途径。季允石在政府工作报告中，对这些都作了阐述。几天来，代表、委员们在审议和讨论中，结合本地和部门的实际，就如何确保 10％这一目标，提出了不少建设性意见和建议。

省人大代表洪银兴、省政协委员张雷认为，当前，国际国内都面临着一个共同的问题，即市场需求减弱。因此，就江苏的情况来看，既要加大力度扩大内需，同时也要尽量扩大出口需求，要千方百计扩大江苏产品在国际国内市场的占有率。

省政协委员、江苏天地集团董事长杨休认为，江苏的科技企业虽然人才多，素质高，但缺少“旗舰”。如果能抓住我省被国家定为科技创新试点省这一机遇，扶强、培育一批科技企业中的小“巨人”，可为江苏实现10％的增长目标起到强大的助推作用。再一个就是要发挥民营科技企业，特别是民营高科技企业作用。去年全省民营科技企业工业增加值就高达20％。

省人大代表、中国人民银行无锡分行行长董伟指出，要确保10％的增长目标，还必须重视钱的投向。在继续拓展投资需求的同时，要更多地依靠增加最终消费需求拉动经济增长。当前迫切需要研究和调整消费政策，积极引导社会消费方式的转变，下力气培育新的消费热点。金融部门要积极防范风险，但绝不是拒绝风险。因此，必须要根据实际情况适时调整投资方向，尤其要大力拓展消费信贷领域。

要实现预期的目标，还要求我们必须有一个好的精神状态。代表委员参政议政的建设性意见启迪我们：只要我们振奋精神，埋头苦干，更新观念，措施得当，增长10％的预期目标定能实现。

《新华日报》1999年2月5日（18117期）A02版 要闻

农民增收：突破口在哪里

稳定农业，不能不稳定农民。稳定农民，不能不增加农民的收入。

然而，近几年来，在农业连续丰收、农产品供给全面好转的形势下，农民收入却出现逐年下滑的势头。连日来，江苏代表围绕这一难题，积极寻求破解良方。

农民增收为何减缓？

谈到增收话题，代表们列出了一组耐人寻味的数据：近几年我省农业连年丰收，全省粮食总产连跨 250 亿公斤、300 亿公斤、350 亿公斤三个大台阶，水稻单产连续四年超千斤。与此形成反差的是，农民收入的增幅却逐年放慢。全国也是一样。有关统计显示：1997 年全国农民人均增收为 4.6％，增幅比上年下降 4.4 个百分点；1998 年为 4％，增幅又下降 0.6 个百分点。

是哪些因素制约了农民的增收？俞敬忠代表认为，最主要的是因为我国农产品的供求格局正在发生根本性的变化，已由供求短缺转为需求约束。过去农村工作的重点是“保供增收”，短缺时代，保供是第一位的。因为短缺，所以增产就能增收。现在情况不同了，由于供大于求，生产出来的不一定就能卖掉，卖掉了也不一定就能卖出好价钱。这在较大程度上影响了农民的增收。

研究农民增收难的问题，不能不关注农民的收入结构。李全林代表说，目前，农民收入的主要来源，一是“口粮”里的种植业收入；二是多种经营方面的收入；三是劳务输出收入。从调查的实际情况来看，大多数农民的收入靠的还是种植业和多种经营。随着国家对农业支持保护体系的建立和逐步完善，靠提高农副产品价格来增加农民收入的时代已经结束。

从农业结构本身来看，农产品品种和品质结构不适应市场需求也制约了农民的增收。周古城代表分析说，眼下农产品的销售，价格下跌幅度大，大规模出现卖难，大多是那些品质低、质量差的农副产品。

显而易见，目前制约农民增收，主要已不是自然灾害的原因和农村政策上的问题，而是农村经济发展阶段性变化中带来的新矛盾、新问题。

农民增收面临新挑战

农民收入增长缓慢,事关大局。许多代表认为,增收下滑,一方面会直接影响农民生活水平的改善和小康目标的实现,直接影响再生产的投入和农业的稳定增长;另一方面也直接影响扩大内需拉动国民经济增长。统计数字显示,1997 年底,全国城乡储蓄余额 4.6 万亿元,其中,农民的储蓄只占 19.7%。农民占全国人口的 70%多,而其市场份额只占 40%,储蓄额仅占 20%。由此可见,当前农村市场启而不动,其根本原因还是农民的收入上不去。没有购买力,农村市场又从何启动呢?

当然,我们必须看到,在新的形势下,增加农民收入还面临着一系列新的挑战。对此,俞敬忠代表概括为"三降一重"。一是随着农产品需求约束的加大,农副产品在较长时间内面临着价格下跌的挑战。二是乡镇企业正处于新一轮的调整分化期,发展势头减缓,农村面临吸纳劳动力能力下降的挑战。"八五"期间,全国乡企每年吸纳 700 多万人,目前却出现了负增长,不少农民已经"退厂还家"。三是农村劳动力转移面临着新的挑战。今年一些地方已经出现了民工潮回流的现象,这些都会给农民增收带来新的压力。重,就是农民的负担仍是有增无减。

朱建平代表指出,对于农民增收,我们要有科学的态度:既要有高度的责任感和紧迫感,同时也要看到解决这一问题的艰巨性和复杂性。在宏观形势没有发生大的变化的情况下，要想大幅度使农民增收是不现实的。因此，各个方面都要调适自己的心态，既要千方百计，又要实事求是。

农民增收的新思路

今年我省提出农民增收的目标是6%。显然任务并不轻松。农民增收靠什么？许多代表指出，解决新问题和新矛盾，必须要有新思路。

姜永荣代表说，优化农业结构，首先要优化农产品品种结构和品质结构，必须从过去单纯追求量的增长，转向质的提升。在新的市场形势下，只有将农产品供给结构与需求结构协调起来，才能从根本上改变农业增产与增收不同步的局面。其次，是要把发展乡镇企业与实行农业产业化经营结合起来，提高农业的比较效益。要积极引导农业产业一体化经营，使农民充分分享农产品加工和流通领域的利润。

“要做好增收这篇大文章，还必须追求技术进步。”朱建平代表认为，要防止农村经济结构调整中出现的低水平重复现象，比如说你搞大棚我也搞大棚，你搞特种养殖，我也搞特种养殖，结构雷同，最终结构调整的效果仍会被价格下跌所吞噬。因此，追求技术进步，有利于减轻农业投入的成本，克服雷同，提高农产品的利润率。

陆学艺代表指出，从长远角度看，当前我们还必须跳出就增收抓增收的圈子，要从调整社会结构的视角来寻找突破口。这个突破口就是通过加快城镇化建设，减少农民来提高农民的劳动生产率。他提出了一组数据，1996 年，全世界城市化比例平均达到 42%，其中一些发达国家要高得多，俄罗斯是 73∶27，美国是 85∶15。而中国目前仅为 30%，离世界平均水平相差 12 个百分点。如果我们能达到世界平均水平，就会增加 1.5 亿城镇人口。1.5 亿人生活方式的改变，不仅会扩大需求，更能大幅度提高农民的劳动生产率。

《新华日报》1999 年 3 月 11 日（18150 期）A01 版 要闻

聚焦“走出去”

鼓励企业走出国门，发展境外投资，抢滩国际市场，在此基础上尽快培育出有国际竞争力的江苏跨国公司，这是连日来许多江苏代表关注的热点话题，也是江苏开放型经济向更高层次发展的必然选择。

走出去：江苏开放型经济的必由之路

朱镕基总理在政府工作报告中强调，鼓励有比较优势的企业到境外投资。季允石省长在小组审议中提出，江苏应积极实施“走出去”战略。江苏是沿海重要的开放省份之一。有关统计显示，江苏的外贸出口额已占到全国的 1/11；利用外资额已接近全国的 1/6，这些均居全国前列。值得一提的是，江苏工业基础较强，一些工业领域和部门的生产装备与技术水平处于较高水平，像机械、纺织、电子等产品在国际市场上的竞争能力，初步具备了到国外开拓发展的实力。

“我们应该从战略的高度来认识走出去。”省外经贸委主任叶坚代表分析说，“对外开放也有初级阶段和高级阶段之分。引进外资、对外贸易、引进设备这些都是初级阶段。十多年来我们走过的就是这样一个阶段。但是在拥有了一定的人才实力、技术实力和资本实力时，就应该到海外去拓展市场，走向开放型经济的高级阶段。江苏的经济发展目前仅有由内向外的推力是不够的，必须尽快培育由外向外拉的新格局，这样就可以赢得更大的发展空间和更高的经济效益。”

有些代表指出，当前全省各级领导应该像当年重视“引进”一样，高度重视“走出去”，决不能将其对立起来。否则慢走一步，就会差之千里。

走出去：必须全力培育国际竞争主体

综观目前世界最大企业 500 强的排名和国别及各项指标的变化，人们可以得出一个基本判断：一个国家的经济实力，很大程度上都是由这个国家所拥有的世界级大公司所支撑，而这些公司无一不是跨国公司。从这一角度看，培育出具有国际竞争力的跨国公司，将是决定江苏企业能否走远的必然选择。

近些年来，我们已有不少企业把目光投向海外的许多国家。譬如南京“金城”在哥伦比亚、阿根廷创办了摩托车组装生产企业，镇江江奎集团去年先于日本企业，第一个在美国创办了DVD组装生产企业，所生产的DVD已进入美国音像销售网络，开业第一年就带动出口750万美元。苏州机械控股集团在美国创办生产加工电动自行车和测量仪的独资企业，带动出口600多万美元。当然，这些企业尚处于起步阶段，离“跨国公司”的实力和目标还有很大的距离，但它们的成功却给人以信心和希望。

“重要的是我们的企业家要有走出去的勇气和胆识。”江苏梦兰集团董事长钱月宝代表说。她认为，如果我们的企业仅仅满足于国内运作，在国内市场称第一，而不主动参与国际竞争，那么这种优势在全球经济一体化浪潮的冲击下，必定是脆弱的和暂时的。梦兰集团床上用品1999年销售额达3.5亿元，国内第一。面对加入WTO的逼近，梦兰集团及时调整战略，在与美国代理商和台湾最大的印染老板合作的同时，去年11月已到南非投资2000万元人民币，开办了“梦兰”销售市场。

红豆集团董事长周耀庭代表提出，培育江苏的跨国公司必须要机制上的创新。政府部门应尽快制定和建立一整套的法律法规和配套措施，对企业境外投资予以扶持。特别是在银行信贷、出口退税、风险保障、进出口权审批、进出境手续方面给“走出去”

的企业以政策上的扶持和保证。

走出去：江苏的战略定位和立足点

许多代表提出，江苏实施“走出去”战略，既要勇于进取，大胆开拓，不畏风险，又要坚持科学求实的态度，要在对境外投资产业、投资区域和投资方式等方面进行深入研究的基础上，予以准确定位。

叶坚代表说，我省的境外投资应突出重点。一是境外投资设厂应与我省结构调整相结合，将较成熟、有比较优势的产业推出去；二是境外投资应以境外加工贸易为突破口；三是要筛选和确定一批能发挥江苏比较优势的项目，带动国内产品出口的项目；四是境外投资应重点开拓南美、西亚、北非等一些双方有相当经贸合作基础的国家和地区。

周古城代表认为，对外劳务输出和工程承包也是“走出去”战略的一部分，在突出到境外投资办厂这个重点的同时，应继续加强工程承包和劳务输出等对外经济技术合作工作。

缪昌文、钱月宝等代表指出，这些年来，大量跨国公司进入我省，特别是苏南地区跨国公司的投资额度不断上升。在这种情况下，我们的企业可以利用后发优势，获取自己发展所需的资金和技术，借鉴发达国家的经验教训，绕过探索的弯路。譬如在出资方式上，要坚持以利用企业现有设备及成熟技术和原材料、零部件等实物投入为主，从加工装配业务起步，逐步提高境外企业的开发能力,最终建立起自己的跨国公司。

《新华日报》2000 年 3 月 15 日 (18519 期) A01 版 要闻

副厅公选冲击波

我省首次副厅级领导干部公开选拔成为全省上下共同瞩目的焦点。在历经两个多月大规模的“赛场选马”后，21 名青年才俊一路竞争闯关，终于问鼎 21 个副厅职位。然而，作为江苏深化干部人事制度改革的重大举措，此次公选的收获并不仅仅是 21 位副厅级领导干部，它对江苏传统的干部选拔制度和用人观念等许多方面都带来了前所未有的冲击。

更新陈旧用人观念：不拘一格选人才

8 月 5 日，令全省关注的副厅级领导干部公开选拔动员大会在宁举行。大会宣布由省委书记回良玉和省委副书记、省长季允石亲自担任公选领导小组的正、副组长。江苏第一次高素质优秀领导人才公选由此拉开帷幕。人们从公选的高规格和 21 个职位中，切实感受到了省委求贤若渴的迫切心情和不拘一格选人用人的改革力度。

我省在“九五”期间曾创造了历史的辉煌。应该说，这一成就的取得原因是多方面的，其中重要的一条，就是我省拥有一支整体素质比较高、凝聚力和战斗力比较强的干部队伍。然而，随着改革开放和经济建设迈向新的发展阶段，我省的干部队伍也进入一个整体性新老交替的重要时期。审视国内外大势，我们看到，世纪之交，国际国内经济环境正在发生新的深刻变化，经济全球化趋势加快，对各国的影响日益加深，经过二十多年的改革发展，国内的市场供求关系、发展的体制环境和对外经济联系都发生了重大变化；与此同时，我省经济社会的发展也将进入全面建设宽裕型小康社会，这对各级领导干部提出了新的要求。与这一要求相比，我省领导干部队伍的素质、结构还存在着较大差距。组织部门的统计显示，一些厅局领导班子和市级党政班子出现了整体性年龄偏大的现象；不少县以上党政领导班子的知识和专业结构不合理，互补性不强；后备干部的数量和质量也难以满足领导班子建设的需要。省委从全面落实“三个代表”重要思想，确保江苏跨世纪发展目标顺利实现和巩固党的执政地位这一高度着想，推出了一系列培养和选拔高素质优秀领导人才的举措。公开选拔副厅级领导干部就是省委的突破性举措之一。

公选首先突破了传统干部任用制度中对副厅级后备干部的

各项“常规”：副处可参与副厅级竞争，具硕士、博士学位和高级技术职称的不受任职年限限制，年龄则从四十五岁往下没有限制。

公选也冲击着那种论资排辈、迁就照顾，以及凭个人好恶选人的种种陈旧观念和偏见。省委为竞争大造声势，鲜明地提出：“敢于竞争，是一个干部必备的素质。”应该赞誉的是，各市、省级机关各部门和许多部、省属企事业单位也显现出了应有的开放度，毫不“惜才”，积极动员并组织具备条件的干部全部报名。公选在全省党政干部中营造出了一种前所未有的竞争氛围。

省委的这一重大举措，顺应了大势，顺应了人心，在全省各地赢得了积极的回应。8 月 29 日，报名结束“盘点”，21 个职位竟然共有 2686 人报名，一个职位报名最多的有 318 人。这些报名者来源分布合理，整体素质很好，其中，具有硕士研究生以上学历的占 28.7%，具有高级技术职称的占 49%，还有 33 位副厅级以上的干部报了名。

平均 128 个人竞争一个职位 —— 这样的比例在全国各省市进行过的公开选拔中是名列前茅的。

突破传统选拔机制：靠竞争定上下

人们注目公选，还在于这是完全区别于传统干部任用制的一种全新的选拔方式。

从谨言慎行、讳莫如深到广泛发动、公开选拔；从“伯乐相马”

到“赛场赛马”；从“少数人选少数人”“在少数人中选人”到“扩大视野”“好中选优”，公开选拔，冲破了干部传统选拔机制，建起了一个在竞争中选人才，靠竞争定上下，真正追求公开、公平、公正的干部选拔新机制。

人们看到，在公选中，组织部门一改过去做得多、说得少的“神秘”形象，成为频频亮相的新闻发言人。整个方案和计划在严密而规范操作的同时，把包括命题思路、考试范围、试题题型、如何迎考等凡是可以公开的事项全部通过新闻媒体和网站向社会公开。

考试，是公开选拔区别于传统干部选拔方式的重要标志。试题的合理是最大的公正。本次公选的笔试和面试题得到了考生的普遍叫好。为此，省委组织部却付出了惊人的工作量。他们在全国独一无二地为公选建立了有 240 多套试卷的专用考试题库。此后，又组织全国 56 位知名专家教授，为公共基础知识、专业知识、英语命制了 48 套备选试题。考试结果表明，这是一次知识积累、理论与实践相结合的成果检验，是一场高水平的竞争。笔试无论是公共科目还是专业科目得分分布状况都比较合理，应试者的成绩呈正态分布，各项指标良好。考得最好的，通常是年纪较轻，学历较高，实践经验比较丰富的同志。因此，在先后三次入选对象中，有两个数据基本没有变化，一是四十岁以下的占 80％以上，二是研究生学历以上的超过 50％。

公选本身就是深化干部制度改革的一次创新实践。因此，整个公选过程始终贯穿着改革精神，很多配套措施在不同阶段一一亮相：

在考察、任用前，实行公示制，广泛听取群众对考察、拟任用人选在工作、生活、社交圈各方面情况的反映。

进行广泛的民主测评，本次公选在对考察对象考察期间，召开了60多场民主测评会，共有3375人参加了测评。既充分发扬了民主，又坚持了群众公认原则。

实行任职试用期制。21名走马上任的副厅长坐的并非铁交椅，一年的试用期将是对他们更全面、更严格的考验。

冲击“动力缺乏症”：凸显新的用人导向

平均年龄37.2岁的21名副厅长，无疑是江苏领导干部队伍中一道清新的风景线。

公选的收获远不止21位副厅长，省委常委、组织部长徐国健欣喜地说，通过公选，我们还发现和储备了大批优秀的年轻干部。特别是进入面试和组织考察阶段的人选，都将分别纳入各级党委的视野。其中还有不少比较优秀的同志，由于受公选职位限制没有任用，今后将根据本人特长和工作需要，逐步合理使用。

公选产生了一系列的联动效应和鲜明的导向作用。长期以来形成的论资排辈、缺乏竞争的选拔机制曾压制了很多年轻干部的进取心，使他们中不少人患上了一种“动力缺乏症”。随着一批优秀年轻干部的脱颖而出，很多原来信奉“三分靠水平，七分靠关系”的年轻干部正在重新审视社会、审视干部选拔制度、审视自己。入选省质量技术监督局副局长的原南林大经济管理学院副院长孙春雷说，得知消息后，我的同事比我还高兴。大家都说，这次公选让我们看到了公平，看到了努力的方向。

公选对促进干部进取，激发学习动力也起到了“不用扬鞭自奋蹄”的作用。入选省农林厅副厅长的夏春胜此前已经历过南京市的公选，他说，考一次就发现一次自己的不足。公选考试成绩是 90 分 +10 分的关系，这 90 分靠的是平时的学习积累，临时抱佛脚是来不及的。入选省体育局副局长的颜争鸣考完试后，复习资料被单位的年轻干部全部借走。许多参与者感慨地说，公选对各级干部学习的引导作用比办培训班、开会大得多。

记者注意到，公选为当前正在进行的省级机关机构改革以及全省干部人事制度改革也提供了一个范本。自省里开始公选副厅以后，全省已有 20 多个市、县也开始公开选拔各个级别的干部。

毋庸置疑，此次公选所产生的冲击力和回应力将要比人们的预期更为深远。

《新华日报》2000 年 11 月 9 日 (18758 期) A02 版 宏观视野 • 深度报道

我们需要营造什么样的创业环境

连日来，无论是大组审议，还是小组发言，许多代表都不约而同提到了一个话题：江苏要在新一轮竞争中继续位于“领跑者”行列，必须下大力气优化创业环境。那么今天我们还需要营造什么样的创业环境呢？

激励创业：制度创新已比区位和硬件环境更重要

“目前创业环境的竞争，正从区位优势与硬件条件优势的比拼，上升到制度设计创新的竞争。”全国人大代表、省科技厅厅长王永顺坦陈心声。

今天当我们重新审视江苏在“八五”和“九五”期间所取得的辉煌成就时，不难发现，我们所以能够抓住发展乡企和外向型经济这两个机遇，很大程度上正是得益于制度创新。乡企的灵活分配机制和用人机制曾一度使上海乃至西部许多国有企业中的人才汇聚于苏南许多名不见经传的小企业之中。而特有的政策优惠空间与良好的区位优势相结合，也使江苏领先一步，引来了台湾、香港地区以及世界500强中的许多跨国公司到我省落户。代表们指出，这些年来，我省的创业环境与过去相比，的确有了根本性的变化，譬如政府官员的亲商意识在日趋增强，交通和生活居住的环境明显改善，等等。但是，随着市场经济改革的不断深化，我们过去曾经拥有的制度持续创新力度在弱化。由此而造成的直接后果就是有许多优秀企业经营者、高层次科技人才乃至资金出现了逆向流动的趋势。

“这一点值得我们反思。”全国人大代表、省经贸委主任吴瑞林说，“加入WTO以后，商品、资金和人才的流动将进入一个全新的阶段。我国政府必须与全世界各国政府展开一场投资环境，尤其是创业环境的竞争。”显而易见，谁的创业环境好，谁才能够吸引世界上最多的投资和最好的人才，谁的综合实力才能增强。从这个意义上讲，未来的经济竞争也是一场政府和地区之间制度设计创新能力的竞争。

这样的例子现实中我们并不少见。有专家曾对京、沪、深三城市发展高新技术产业进行比较得出结论：北京科技力量最为雄厚，上海的产值规模最大，深圳的发展速度最快。特别是深圳，进入20世纪90年代,高新技术产品产值以年均61.4%的速度增长,2000年深圳高新技术产业产品产值跃升1160亿元,占工业总产值的比重达50%左右。这其中固然有其毗邻港澳、与国际资本市场较近等优势,但核心还是源于制度与机制创新。它们许多做法在全国都是“率先”的。如率先推行技术入股制度,建立无形资产评估制度,2000年又率先出台了鼓励创业资本投资高新技术产业的暂行规定,并成立了创业投资同业会,等等。

反观江苏,我们制度的持续创新就显得不够。“在我们现有的一些激励制度中,一方面还沿袭有计划经济的内容,另一方面则缺少开阔的视野和应有的前瞻性与先进性。”全国人大代表、无锡市市长吴新雄说。激励创业制度的设计,应努力做到“三个符合”,即符合投资者、创业者的要求,符合全球经济发展规律的要求,符合中国人民和国家本质利益的要求。只有在这个前提下,才能保证激励制度的激励效应。

加快分配制度改革:别让人才价值与市场价格背离过久

在小组发言中,无锡市市长吴新雄代表说到了这样一件事:无锡小天鹅集团董事长朱德坤1990年经营该企业时,企业还在亏损,到今天他经营的企业已为国家创造净资产达20个亿。眼下,朱德坤已接近退休年龄,为此,市长呼吁应加快分配制度改革,给优秀的经营者以应有的期权回报,而不能使其一退了之。

他说，这对于企业的继任者以及无锡市其他优秀经营者都有着不可忽视的导向作用。

对此也有着切身感受的还有全国人大代表、亚星一奔驰有限公司总经理鞠宝才。1992 年他接手企业时，亚星的固定资产只有 7000 多万，现在则已达到 12 个亿。让他最感为难的不是自己能够得多得少，而是眼下企业之间人才的竞争已达到白热化程度。如何吸引更多优秀人才是他面临的最大难题。民营企业与外资企业，吸引人才动辄几十万甚至上百万，而他却没有这样的激励手段,其原因就是分配制度还没有改革到位。

吴瑞林代表将这一现象概括为人才价值与市场价格的背离。而长期背离则导致了许多人见而不怪的现象：即国有企业普通人才的成本普遍高于社会平均价，而高层人才则普遍低于社会平均价。由此带来的后果是，在许多国企中一般的人才大量涌进，高层次人才则逐步流失。推而广之，社会上也是如此。他说，现在上海、广东、浙江等地的分配改革迈的步子比较大，这一点正是江苏所缺少的，应该引起高度重视。因为分配制度的改革，追求解决的是内在的发展动力。

当前分配制度改革的障碍在哪里？许多代表指出，关键还在于人们的观念和心理承受能力。目前有两种循环：越穷的地方，障碍越多，越推不动，就越发达不起来；发达地区，越放得开，就越走得快，而越往前走，就越放得开。因此，正确的选择无疑应是后者。

“分配制度的改革不能停留于传统的思维模式。”王永顺代表认为,发展高新技术产业,可以带来区域间经济跨越式发展,因此吸引高新技术创业人才,必须要有超常规的激励机制。创业的风险越大,回报也应该越大。这方面仅靠过去的工资、职称和住房的激励手段是不够的,需要有更高的预期激励。

鞠宝才代表提出,现在各级政府开设的种种奖励多了,这相对于没有奖励是一种进步,但应防止其人为的随意性。政府应尽快制定相关的政策,使其具有相对的规范性、公平性和可操作性,这样才能真正达到激励创业的目的。

的确,我们不能也不该让人才价值与市场价格背离得过久。

《新华日报》2001 年 3 月 13 日 (18881 期) A01 版 要闻

冲破思想上的“长江天堑”

“促进苏中快速崛起”，省委、省政府在苏中区域发展座谈会上提出的这一重大战略举措，赢得了南通、扬州、泰州三市干群的强烈共鸣和积极回应，正在激荡起新一轮发展的思想冲击波。

如果说，前不久苏北区域发展座谈会对苏北是“雪中送炭”，苏南区域发展座谈会对苏南是“锦上添花”，那么，此次在南通举行的苏中区域发展座谈会对于苏中来说则无疑是“釜底加薪”。记者看到，这把炽热的“薪火”，不只照亮了新世纪之初苏中新的发展坐标，给苏中快速崛起注入了新的动力，同时，也使苏中干部群众更加深刻地看清了自己所处的现实方位。

“促进苏中快速崛起，不仅要冲破地理上的长江天堑，更为紧迫的是要进一步冲破思想上的‘长江天堑’。”这是苏中广大干群在自我审视中形成的共识，也是现实的迫切呼唤。

一

将南通、扬州、泰州三市作为一个整体划为经济区域，这在我省是第一次。这不仅仅是区域概念上的界定和划分，重要的还是经济意义上的重新定位，更是省委、省政府和全省人民对苏中地区充分发挥承南启北独特作用的新的期许。

苏中三市滨江临海，位于我国沿江、沿海两大经济带的接合部，是联接和沟通苏南、苏北两大区域的重要过渡带。从区位功能看，苏中一方面接受上海、苏南的辐射，壮大自己；另一方面也发挥着向苏北地区乃至更大区域辐射能量、梯度转移的功能。

从苏中经济发展的态势看，改革开放以来，苏中地区的经济总量不断扩大，结构调整进一步加快，城市化水平不断提高。基础设施建设取得重大突破，人民的生活水平不断提高。2000 年，通、扬、泰三市 GDP 总量已达 1621 亿元，人均 GDP9360 元，是 1995 年的 1.6 倍。这些数字显现出苏中地区总体上已开始步入工业化中期阶段，初步具备了快速崛起的物质基础和基本条件。

从承担的责任看，面向新世纪，要想加快全省经济社会发展，实现富民强省和率先实现现代化的宏伟战略目标，也迫切地需要苏中在未来的发展中走得更快一些，更好一些；需要苏中尽快缩小与苏南的差距，早日融入苏南经济板块；需要苏中在壮大自己的同时，为促进区域共同发展做出更大的贡献。显而易见，促进苏中快速崛起，既是苏中的大事，也是全省的大事，全局的大计。省委书记回良玉指出，没有苏中的快速崛起，就没有江苏长江两岸的共同繁荣；没有苏中的快速崛起，就没有江苏区域共同发展战略的顺利实施；没有苏中的快速崛起，就没有江苏经济的全面腾飞。

这是时代的要求，是历史的重托，更是全省人民的共同期盼。

二

与促进苏中快速崛起的现实要求相比，苏中人心里都很清楚，目前正面临着“南北夹击”的严峻态势。这是一组令人倍感重压的数字：苏中地区人口占全省的24.1%，土地面积占19.9%，但是，GDP总量只占全省的19.2%，财政收入仅占15.3%。到2000年度，苏中的人均GDP只占全省的80%，人均财政收入还不到全省的60%。与苏北相比，经济发展的相对差距呈缩小趋势。1995年苏北人均GDP是苏中的64.8%，2000年上升到67.8%，相对差距缩小了3个百分点。与苏南相比，“九五”期间，人均GDP的差距由7650元扩大到12 950元，差距扩大了1.7倍，人均财政收入的差距由636元扩大到1755元，差距扩大了2.8倍。如眼下在苏中排位第四的江都，20世纪80年代初，GDP与江阴比只少2个亿。到2000年底，江阴已达340多亿，已是江都的三倍多。

就苏中区域内部发展来看也不平衡，南北县与县之间还存在较大差距，14 个县(市)中，北部海安、如皋、如东、宝应、高邮和兴化 6 县(市)，人口占全区的 39.9%，GDP 总量仅占全区的 24.3%，人均 GDP5820 元，只占全区平均水平的 62.3%。特别是有 220 万人的黄桥老区，人均 GDP 和农民人均纯收入还低于苏北的平均水平。数字是无情的，一比就比出了差距，比出了危机，比出了压力。

三

不同区域间发展差距的形成，原因无疑是多方面的，但最主要的还是人的思想观念上的差距，是精神状态上的差距。苏中的各级领导对此直言不讳。

南通是我国首批 14 个沿海开放城市之一，具备丰富的农产品资源、独特的旅游资源和得天独厚的海洋资源，港口优势也十分明显。市委书记周福元坦陈："九五"期间，南通经济虽然上了一个新的台阶，但许多得天独厚的优势条件还没有得到充分发挥，其原因就是思想解放不够，我们不少人满足于中游状态，存在"小胜即满""小成即安"的思想。通州市委书记陈照煌给我们讲了这样一件事：建筑是通州的强势产业。十年前通州建筑公司是整建制地开进上海的，而被人称为"游击队"的浙江建筑队伍则是开着拖拉机进城的。然而十年之后，浙江建筑队伍在上海无论是获得的“白玉奖”项目，还是经济实力与承建能力都超过了通州的建筑公司。“在优势和劣势转换的背后，反映出了我们体制改革的滞后和思想观念的保守。”对此，陈照煌一针见血。

“跳出扬州看扬州，我们还存在不少差距，”扬州市委书记孙志军自抖不足，“差就差在思想解放不够，差就差在利用外资不多，差就差在启动民资不快，差就差在二产没有突破。”

实践证明，“中”是相对的，安于现状，按部就班，甘于居中，没有争上游的思想，就意味着后退。苏中人冲破思想上的“长江天堑”，突破点在哪里？

四

许多同志提出，首先要引导苏中的广大干部群众冲破“小富即满”“小成即安”的思想，从求稳妥，易满足的观念中解放出来。泰州市委书记陈宝田认为，促苏中快速崛起，各级领导必须率先在思想观念上、思维方式上，破除“长江天堑”，坚定奋起直追的信心，自觉提升决策的参照系，唯其如此才能使苏中全方位地融入苏南经济圈。

冲破思想上的“长江天堑”，还要从强调客观困难，强调外部条件的思维定式中解放出来。靖江、兴化等市的同志指出，滨江临海，西进东出，承南启北，是苏中得天独厚的区位优势，也是加快崛起的潜力和希望所在。近几年苏中许多重大基础设施项目的建设，有效地改善了外部环境，缩短了与苏南和上海的时空距离。苏中地区应充分利用这一有利条件，努力在开发开放上取得新突破。靖江与江阴过去隔江相望，如今一桥飞架南北，拥有了便捷的“三分钟”距离优势。靖江市委书记张正方表示，他们将主动加强与江阴市的联合与协作，请江阴到靖江联合建立江北开发区，加快实现区域梯次推进。南通市人民盼望已久的苏通长江公路大桥项目已经由国务院正式批准立项，这将从根本上改善南通的交通状况。南通市提出，要建物质上的有形大桥，应先建观念上的无形大桥，做到大桥未建，开放先热，接轨先热，发展先热。

冲破思想上的“长江天堑”，必须从计划经济条件下形成的老经验、老路子、老办法的旧框框中解放出来，真正做到敢想、敢闯、敢试、敢做。“在当前引进外资竞争日趋激烈的形势下，引进内资、启动民资已成为吸纳生产要素、促进发展的一条重要渠道。苏中应充分利用民间资本比较充裕的优势。”兴化市委书记陈骏骠说，“戴南、张郭两乡镇快速崛起，走的就是这条路子，对此我们决不能瞻前顾后，要拿出引进外资的力度和政策去启动民力，激发民间投资的热情。”许多同志深刻地指出，苏中要加快崛起，还必须在地区开放程度、引进外资内资、沿江沿海开发等方面实现全方位的突破，要用创新的思维，探索新的思路，开拓新的发展途径，转换传统的工作方式和领导方式。只有这样，才能实现经济上的大发展。

苏中的发展正站在一个新的起点上，快速崛起的序幕已经拉开，冲破思想上“长江天堑”的自省意识正在转化为新的精神动力。

一个充满活力和希望的苏中必将再创辉煌。

《新华日报》2001 年 8 月 3 日 (19024 期) A01 版 要闻

苏南城市综合竞争力亟待提升

一位经济专家说过，在经济全球化时代，国家和地区之间的竞争已更多地表现为城市之间的竞争。应对这一趋势，江苏正在加快推进城市化进程。作为苏、锡、常都市圈的两个中心城市，如何在更高层次上构筑自己的发展平台，全面提升城市的综合竞争力？两会间隙，记者就此与出席九届全国人大五次会议的省委常委、苏州市委书记陈德铭和常州市委书记李全林代表进行了对话。

记者：城市竞争要赢得发展先机，关键是找准自己的定位。在新一轮的竞争中，苏州和常州如何审视自身的比较优势并确立未来的发展目标？

陈德铭：苏州作为长江三角洲重要的经济、科技和历史文化名城，无疑应该在这一区域发挥重要作用。苏州有着独特的区位优势，它紧靠上海这个我国最大的经济、金融、贸易和航运中心，接受辐射，错位发展是苏州的现实选择。形象地说，就是要在“大树底下种好碧螺春”。同时，苏州作为江苏的先发地区，理应对全省的发展发挥带动作用。由此我们给苏州作了这样的定位：国际新型科技城市、国家园林城市、最佳人居创业城市、文化强市、学习型城市和健康城市。

李全林：常州正在加快走向特大城市。目前国际上公认以上海为龙头的长江三角洲地区为世界六大城市带之一，也是中国城市化水平最高的地区之一。就常州来说，提升城市竞争力不能局限在缓解瓶颈制约和还清历史欠账上，而要以更新的理念、更宽的思路、更高的眼界和更开放的姿态，着眼于整个长江三角洲的城市化进程，争取跨越式发展。总的来看，常州外向型经济近年来落后了，但常州在工业基础、区位条件和教育人才等方面有着独特的优势。因此，在不久前召开的市党代会上，我们对常州的城市发展目标作了新的定位：把常州建设成为长江三角洲重要的现代制造业基地和区域中心城市。

记者：“城市综合竞争力”是个综合评估概念，除人均GDP等经济指标外，还包括城市所提供的产品和服务能力、管理水平、市民素质及环境可持续发展方面的要素。这是城市经济、社会、科技、环境等综合发展能力的集中体现。苏州和常州将通过什么途径来提升自己的竞争力？

陈德铭：城市的竞争力最终还是要体现在经济实力上。竞争的主体不在政府，而是企业。但政府应为竞争主体——企业创造良好的承载环境，这是影响城市竞争力的重要因素。政府所能打造的环境包括基础设施环境、生态环境、人文环境和法制环境，这也是国外评价城市竞争力比较注重的四个标准。

着眼长江三角洲乃至全球的竞争态势，苏州将从四个方面提升自己的竞争力。在基础设施方面，要突出建设好与上海连接的快捷通道，包括轨道交通、信息高速公路等，更好地接受来自上海这个经济、金融、贸易和航运中心的辐射。在生态环境建设方面，要保护好苏州的蓝天、青山、绿水，增强对高科技制造业和跨国公司研发中心的吸引力。在人文法制环境方面，要加紧培养一批通晓国际知识和规则的领导人才、企业高级管理人才和高级技能型人才。再就是要全力建设一个廉洁、高效、亲商的政府。

李全林：制造业在常州经济发展中一直处于主导地位。目前，一批具有较高技术含量和强劲发展势头的制造企业，正带动着常州由传统的工业明星城市迅速向现代制造业基地迈进。常州目前发展制造业，主要把握这样两个大背景：一是主动接受全球产业的梯度转移，二是主动接受上海经济的辐射，要把常州建设成为跨国公司的加工厂和上海的后方基地。

为在更高的层面上打造现代制造业基地，提升常州的城市综合竞争力，我们正在着力建设“三座城”：第一是创建学习型城市，引导全社会确立“学习为本”“终身学习”“学习与工作相结合”

等先进的学习理念，以知识的积累和创新来增强城市经济发展的驱动力。第二是创建“数字常州”，把实施信息化带动工业化战略作为建设现代制造业基地的龙头工程。第三是建好“大学城”，积极构筑高等职业技术教育的高地，为城市经济的发展源源不断地提供高素质的应用人才。

记者：苏南要提升城市综合竞争力，一个无法回避的现实是必须走出雷同，这种雷同包括城市功能定位的相近、产业结构的趋同、基础设施的重复建设等诸多方面。同处一个都市圈的苏州和常州，在新一轮竞争和发展中如何避免这种现象？

陈德铭：重要的是错位发展。苏州、无锡和常州都要从各自的比较优势出发，进行合理的分工与合作，这样才能最大限度地发挥苏、锡、常都市圈的整体效能，进一步增强参与全球经济竞争的能力。

李全林：在苏、锡、常都市圈中，不同城市间的配套协作、共同发展非常有必要。例如机场、自来水、供电等基础设施和各类优质教育资源，完全可以实现资源共享，减少城市建设的重复投入，提高城市公共设施的利用率。即使是大家都依托上海发展制造业基地，也可以在不同的产业上形成自己的特色，或进行相互配套。

《新华日报》2002年3月15日(19247期) A03版 省辖市要闻

身居市长、副县长等要职岗位的干部主动辞职，一时激起阵阵波澜，由此传递出社会淡化“官念”的新趋向——

聚焦干部辞职经商现象

四位县处级干部先后辞职震动盐城

2002 年 12 月，盐城市县处级干部进入换届阶段，全市干部格外关注自己的岗位变动与职务升迁。然而现年四十八岁的东台市市长王小平却主动向市委提交了辞职报告。市委经过慎重研究同意了他的请求。消息一经宣布，引起强烈反响。王小平是 2001 年 1 月到东台市任市长的，任职还不到两年。特别值得一提的是，东台是盐城经济实力最强的市。

与此同时，建湖县副县长、四十九岁的胥正洋也向市委主动提出辞职。据了解，2002 年在盐城市县处级干部中主动提出辞职的还有两位：一位是滨海县委常委、宣传部长，年仅四十岁的唐逸；一位是建湖县政协副主席，三十八岁的戴梅。他们是于 2002 年 6 月辞职，离开自己所在岗位的。

四位县处级干部的先后辞职，在盐城干部队伍中激起了阵阵波澜。

令人注目的“建湖现象”

盐城市级机关的一位知情人告诉记者：“这几位辞职的干部有一个共同点，即都是建湖籍人。”

据了解，在盐城最早提出辞职的县处级干部是原阜宁县副县长顾成荣，顾于 2000 年 9 月辞职后受聘于山东黄河药业集团，曾轰动一时。有消息说，他不久又离开了黄河药业，他也是建湖籍人。由此，盐城市许多干部将他们五人辞职称为“建湖现象”。

记者从市和县等有关方面采访时获悉，这五位不仅仅是建湖籍人，而且他们的干部生涯都是从建湖县起步的。从以下的简历中人们可以一目了然：

王小平曾先后任建湖县县委秘书、副科长、县研究室主任、县委办副主任、颜单镇党委书记，1994 年 12 月任副县长、副书记，2001 年 1 月到东台市任市长；

唐逸曾先后任建湖县庆丰乡工业助理、乡长助理、庆丰镇副镇长、副书记、镇长、书记等职；2001 年 1 月，任滨海县县委常委、宣传部长；

胥正洋，曾任建湖县外贸总公司副经理、总经理，县外经委主任，1996年3月起任建湖县副县长，直至辞职；

戴梅，女，先后曾任建湖县棒针衫厂副厂长、建达公司总经理、县外贸公司副经理、经理，建达公司董事长，1997年11月任建湖县政协副主席，期间，她的董事长之职没脱；

顾成荣则曾任建湖县近湖乡工业公司经理助理、副乡长、副书记、乡长、书记，1997年11月任阜宁县副县长。

从他们的简历中，人们还不难发现另一个共同点，辞职的几位都从事过不同层次的经济工作，其中有的担任过公司经理、企业厂长或董事长，有的在基层直接主管过工业经济，对企业和市场的运作情况比较熟悉，这也许是他们敢于辞职的深层基础。

探寻辞职缘由

平心而论，在基层能走到市长、副县长一级的岗位并不容易，为何还要辞职？许多人对此有着诸多推测。对此，当事人在其辞职报告中则从不同的角度表达了其中的理由：

“市委鼓励机关干部到经济一线工作，本人愿意响应号召”；“个人准备到经济一线谋求新的发展，到外地从事新的工作”；辞职是“为了谋求自我跨越性转变，适应目前竞争激烈的形势，接受新的挑战……”

2003年1月18日，受聘于建湖县永林油脂化工有限公司总经理的王小平在向记者袒露心迹时承认，做出辞职的决定先后考虑了近一年，的确不是件容易的事。主要是想找一个新的发展平台，更好地体现自我的人生价值。

耐人回味的是，与其他辞职者不同，王小平义无反顾地选择了建湖县永林这家民营企业。理由有二：一是这家企业老板过去熟悉，为人真诚，待人厚道；二是该企业年销售额虽然只有近亿元，但是具有发展前景，是成长型企业，与企业发展同甘共苦，更能体现个人价值，自己也心安。此前东台、建湖以及外地知名度比永林高得多的企业都曾先后向他伸出过橄榄枝，但被他一一婉言谢绝了。

记者专程到厂里探访时看到，新上任的总经理办公室被安排在一幢十分简易的平房里，且没有专车，这与过去当市长时相比形成巨大反差。王对此早有心理准备，看得很淡。

为何会有这么多建湖籍干部辞职？建湖的一些干部认为是受森达集团的潜在影响。森达集团董事长朱相桂从牛棚起家，经过十多年的拼搏，将一村办企业发展成为全国鞋业的龙头老大。他的成功，对建湖上上下下起到了难以言喻的激励作用。

王小平对此点头认同。

干部人生价值选择进入多元时代

在盐城市领导干部大会上，市委书记张九汉对几位县处级干部的辞职举动予以理解和支持。他说，我们的市、县长辞职到经济一线，这是思想解放的表现。在盐城市这样的同志不是多了，而是少了。

无论是在东台，还是在盐城市级机关大院，言及此事，人们都对辞职者的勇气表示出了高度赞许和敬佩：淡化“官念”是社会的进步。

的确，在经济欠发达地区，人们已习惯于把一个人官阶的高低，当作衡量其成功与否的重要标尺，于是许多人千方百计挤这座“独木桥”，跑官、要官之风屡禁不绝。由此，也演变成为阻碍地方改革发展的一大顽疾。

“几位县处级干部主动辞职给人们传递了一个重要信息：眼下干部的价值选择已进入多元时代。”盐城市委组织部一位同志的话意味深长。

可以预见辞职者们未来的结局不会一样。他们当中有的人可能成功，也有的人可能失败。然而有一点是可以肯定的：他们的个人发展会有更多的机会，也会有更大的选择空间！

《新华日报》2003 年 1 月 20 日（19559 期）B01 版 要闻

生态城市：苏南城际间新一轮“品牌”竞争

一场新的品牌竞争正在苏南悄然展开。

记者在采访中发现，昆山、常熟、张家港等经济强市的“较量”，正从单一的经济层面逐步提升到生态领域，无论是在新一轮的城市扩建中，还是在产业集聚中，都表现出强烈的生态意识。打造生态品牌，已成为各城市间吸引多元资本的又一核心竞争力。

记者在与几个市的“一把手”交谈时发现，他们在介绍本地经济发展的实绩时，都不约而同地谈到了城市的生态建设。“绿色城市”“绿色长廊”“绿色通道”等，已成为他们除“招商引资”之外使用频率最高的词汇。

昆山市委书记张雷：“环境也是一种间接生产力。这已成为我们吸引外资强劲的‘磁场’，对提高城市的品位和知名度起着非常重要的作用，它是现代文明的重要内涵。”

常熟市委书记杨升华：“生态环境的好坏直接反映区域竞争优势的强弱，直接影响经济发展的速度和质量。未来竞争，说到底就是环境的竞争。常熟要锦上添花，这个‘花’就是环境。”

张家港市委书记周伟强：“张家港决策层有一个共识，发展经济不能以牺牲环境为代价，要把生态环境作为生产力来培育，作为投资环境来保护。我们始终把生态平衡、节约资源的理念贯彻到政府的决策中，并称之为‘绿色行政’。”

张家港市是全国首座环境保护模范城市，眼下正在进行生态城市规划编制，并为 35 个大中型项目编制环境影响报告书。张家港工业经济每年增长 30％以上，然而污染物排放量一直保持在 1995 年以来的低水平。

昆山市在每个新区开发立项时，政府都赋予规划和环保局两个“一票否决权”，近年来，他们组织编制了《昆山可持续发展规划》《昆山生态城市建设规划》等，实施了“五律协同”，即自然、社会、经济、技术、环境规律协同，建成了昆山“资源节约型”和“环境友好型”的经济体系。

常熟市始终坚持生态保护与建设并举，建立“一把手”负责制和“一票否决权”“第一审批权”，专门请同济大学和联合国合作创办经济与环境可持续发展学院，编制生态规划，全面实施“绿色通道”、“绿色屏障”和“绿色家园”工程。市区绿化覆盖率达57%，人均公共绿地面积25.6平方米，城市污水处理率达65%。由此也成为全国唯一的县级园林城市。

在昆山，我们听到了“宁要黄菜花，不要别墅楼”的故事。

一年前，有一家开发商意欲在水乡周庄投资亿元修建别墅群，当该报告呈送到市里时，引起主要领导的关注。经过再三权衡还是拒绝了这个项目。对此，这位领导对记者作了这样的解释：周庄最吸引人的是什么？不是到处可见的别墅，而是古朴的明清建筑，是田野里满目飘香的油菜花。这是周庄多年沿存的生态原貌。

这样的故事不只是在昆山，在张家港、在常熟，人们都能说出一串。

800万平方米的尚湖，一直是常熟人的骄傲。过去曾以每年60万元的价格承包给外地人养鱼养蟹。由于多年投放鱼食饵料，使水质出现了富营养化的趋势。2002年市委决策者断然决定停止承包，用财政支付了这笔损失。他们算了一笔账：现在付出的是60万，但如果水质变了，以后付出的是6000万甚至6个亿。为还尚湖一汪清水，他们还迁走了湖边的污染型企业和种猪场。如今，尚湖水质已达到国家二级饮用水标准，一年四季万鸟聚集，远山近湖碧水蓝天，成为常熟一道最靓丽的风景。

近些年来，苏南经济强市在招商引资中所取得的巨大成就令人们感叹不已，然而许多人并不知道，对那些不符合环保的项目，他们也曾一次次拒绝：

在常熟，仅去年一年，就有37个项目被“绿色壁垒”拒之门外。该市还投入12.5亿元对城区47家工业企业进行提高性、嫁接性、扩张性搬迁。市区138家印染企业和300多家小电镀、小化工等企业也将被陆续关停并转。

昆山市严格限制和禁止发展消耗高、污染重的产业。几年来，被环保部门拒批和劝阻的项目达196个，其中1000万美元以上的污染项目就达30个。

张家港市在把其他门槛越放越低的同时，却把“绿色门槛”越抬越高。近几年来，全市审批项目“砍”掉了804项，唯独环保“第一审批权”不仅未被精简，反而加强了。近五年，先后共有106个项目因污染被拒批和劝阻。

在经济高速发展的现实进程中，苏南各城市都在遵循一个原则：当经济利益和环境发生冲突的时候，一律以环境为重。

令人欣喜的是，苏南环境“品牌”的效应正在日渐释放出它的巨大能量。

前不久，台湾一著名机构公布了“2002年最受台商推荐的前十大城市”名单，昆山市名列推荐城市榜首。消息一经传开，新一轮的投资热潮又在昆山涌动。

随着城市环境的根本改善，常熟已被国家确定为唯一的县级生态城市示范点。外资纷纷流向该市，今年前两个月，合同利用外资达 16 亿美元。

《新华日报》2003 年 4 月 12 日 (19640 期) A01 版 要闻

沿江开发，全球视野中的战略谋划

800 里的江苏沿江黄金岸线，以其得天独厚的区位资源，巨大的多元产业要素的吸附能力和未来无限的发展空间，吸引着全世界投资者的目光。

日新月异，人气升腾，欧美资本、日韩资本、我国台湾和香港资本纷纷朝这里集聚；

从南京、扬州、泰州到江阴，长江二桥、润扬大桥、江阴大桥，临江飞架，天堑变通途。园区相融、两岸联动，开发的浪潮层层推进。

“把沿江开发作为一项全局性的重大战略举措”，省委、省政府的这一决策，是江苏在全球视野下新的发展战略定位，反映了江苏人民的共同愿望。

把握新机遇：决策层目光锁定沿江

实施沿江开发战略，是省委、省政府决策层对一系列重大机遇的及时把握。

1992年，党中央、国务院深谋远虑，提出以浦东开放开发带动长江三角洲以及整个长江流域的战略决策。由此，呼应浦东，发展沿江经济成为江苏调整生产力布局的一个重要内容。

20世纪90年代中后期，江南5市开发成效明显，经济加速发展，而江北的开发则相对滞后，南北差距呈不断拉大趋势。

进入新世纪，随着经济全球化和世界范围内产业结构调整的加速推进，长三角成为新一轮外资集聚的热点地区，越来越多的外资项目在沿江寻找新的落户之地。

省委、省政府决策层的目光再一次聚焦到沿江两岸。

2001年下半年，省委、省政府把加快沿江开发提到了重要位置。2002年8月，时任江苏省委书记的回良玉提出，新一轮沿江开发的特征，应该是两岸的联动开发、苏南的跨江开发，并且应当在最有条件的区域率先启动和突破。

2003年元月初，在省委十届四次全会上，省委书记李源潮明确要求，要把实施沿江开发战略作为一项全局性的重大举措，加快推进实施。3月，省长梁保华在所作的《政府工作报告》中，也把沿江开发列为重点之一。他提出，要支持苏中与苏南联动发展产业，联动开发产业园区，联动建设基础设施。

李源潮和梁保华跑遍了沿江各市，对沿江开发进行深入的专题调研。调研中李源潮这样说，人们通常把“日月经天”和“江河行地”并列起来，说的就是江河在经济发展中的重要作用，历史上是这样，现实更是如此。江苏跨江滨海，优势在江，不尽长江滚滚来，这是何等宝贵的资源。我们要认识、利用这个资源，把它和承接国际制造业向中国转移这个机遇结合起来。

省委、省政府决策层如此关注沿江开发，是因为这其中蕴涵着江苏实现新一轮发展的重大历史性机遇。

从世界大江大河流域的发展轨迹和世界产业集聚的规律来看，大江大河的沿岸地区一直就是经济发展的热点区域。依托长江优势，承接国际资本，加快发展江苏，这是天赐良机。现实也昭示，江苏的发展既得益于长江，又受制于长江。北岸的发展难就难在有长江这个天堑阻隔。只有提升苏南，促进苏中崛起，带动苏北发展，才能在更高层次上推动区域共同发展。

基于这样的认识，决策者们在全球背景下，以前瞻性的眼光，做出了深刻的战略判断，赋予了沿江开发新的历史定位：开发沿江，是江苏未来十几年经济发展新的增长点，是促进苏中快速崛起、推进区域共同发展的突破口，是江苏经济发展再创新优势的必然选择。将沿江开发作为事关全局发展的重大战略，使江苏长江岸线成为国际制造业走廊，成为中国生产力发展最旺盛的地带之一。

沿江开发的定位、内涵和思路也更为清楚、更为系统、更为明晰。李源潮提出，沿江开发要整体开发、有序开发、高起点高标准开发，对岸线资源实行保护性开发。与此同时，规划要先行，项目要跟进，政策要配套，体制要放活。

实施沿江开发，拥有“天时地利人和”

新一轮的沿江开发，而今已是“天时地利人和”兼备。

经济全球化，首先是贸易的全球化，然后是生产的全球化、资本的全球化。2001 年以来，江苏正面临着这样的发展机遇。国际资本开始向长江三角洲地区加快转移，江苏全省利用外资大幅度增长，而新增的项目，大部分集中在沿江地区。这一地区的产业基础比较雄厚，应该说是最好的承接地。机遇背后，更有其深层内涵：国际产业的转移与江苏加快工业化进程这一发展的“第一方略”相结合，将提升江苏制造业在国际产业分工体系中的层次，加快国际制造业基地的形成，进而增强江苏在整个长江三角洲地区的竞争力。

江苏还有承接国际产业转移、构建制造业基地的“地利”。发达国家大量外迁的重化工、冶金等基础产业，需要大进大出的物流通道和丰富的水资源，这些条件，恰恰是江苏沿江地区不可替代的竞争优势。与此同时，经过多年的发展，苏南的交通投资环境日臻完善，能够吸引更多的国际资本，江阴、张家港、常熟等沿江经济开发区已具相当规模。大江北岸，苏中的润扬大桥、苏通大桥等过江通道正加紧修建，为苏中沿江的开发创造了条件。南北携手联动开发,再不是遥不可及的梦想。

新一轮的沿江开发,也是两岸干部群众的共同意愿,这是“人和”。人们注意到，长江南岸的岸线资源目前利用得比较充分，投资的产业基础比北岸好，但后续的开发受到资源的限制。从苏中地区看，沿江经济带尚未形成，开发空间很大。统计数据显示：1990 年，苏中地区的 GDP 占沿江地区的比重为 29.5％，人均 GDP 相当于苏南的 50％。到 2001 年，这两项比重分别为 24.5％和 40％，下降了 5 个和 10 个百分点。拥有丰富的资源条件但缺乏开发能力，沿江开发急需两岸联动，让苏中成为接受苏南辐射的前沿阵地和传导区域。

省委的重大战略决策,应时而出。

科学规划，汇集各方才智

沿江开发是对我省发展具有全局影响的大事，是江苏实践“三个代表”、力争“两个率先”的战略性工程。为了使这一重大决策更加符合科学规律、符合客观实际、符合群众意愿，省委、省政府决策层广泛听取专家学者意见，汇集各方才智。李源潮一再强调,我们的各项决策都要经得起今人的审视、历史的检验、后人的评说。

去年9月以来，由省委研究室、省计委等部门组织的沿江开发专题调研组，深入沿江各市县调研。参与调研的省委研究室的同志说，各地实施沿江开发不仅闻风而动，取得了良好开端，还对沿江开发提出了一系列建议。

5月初，李源潮书记给南大校长蒋树声捎信，希望组织专家专题研究沿江开发。

5月19日，江苏发展高层论坛第15次会议主题聚焦沿江开发，20多位专家学者积极献计。

南京大学副校长洪银兴教授、省社科院院长宋林飞教授、南京大学商学院刘志彪教授、中科院南京地理与湖泊研究所陈雯研究员等专家学者，对省委、省政府的重大战略决策给予高度赞誉，纷纷为沿江开发献计献策。他们从开放内涵、产业集聚、开发模式、岸线资源的合理开发和管理等方面提出了建设性的意见。提出要打破行政区经济与地方保护主义的阻隔；要重视各具特色的产业带建设，因地制宜，与沿海及周边区域形成合理的协作分工，避免开发方式的雷同。

省里成立了沿江开发与规划工作的调研小组。省政府几次召开政府常务会议讨论沿江开发的有关问题，沿江开发听取各民主党派意见和建议。

6月14日，省委学习中心组举办专题讲座，请专家学者介绍世界大河流域开发的历史演变过程、开发特点以及可供我省沿江开发借鉴的经验教训。

汇集各方才智的新的开发规划，将全面“指点”新一轮的沿江开发。根据省委、省政府的部署，由省计委原国家计委宏观研究院国土所、中科院南京地理与湖泊研究所共同承担的沿江开发总体规划5月初完成编制。规划明确了沿江开发的发展基础、战略定位、发展目标、产业布局、岸线资源开发与布局、基础设施建设与布局等内容。

省委的重大战略决策，已赢得沿江八市干部群众的热切回应，他们正以自己的实际行动，融入到沿江开发的大潮中。

《新华日报》2003年6月20日（19709期）A01版 要闻

留住千年姑苏的“城市记忆”

一座城市多元的物质文化遗产，是这个城市绵延的历史“记忆”和外显的文化标志，是不可复制的“文化资本”。

今天，当一个城市的物质遗存和非物质文化遗产越是丰富完整，也就愈能凸显这个城市深厚的历史底蕴，愈能彰显这个城市的文化个性。于是，这座城市也就愈有魅力。

苏州，就是这样一座城市。在历经了 2520 年沧桑岁月的今天，它又成了中国吸引外资最多、IT 产业的高密度聚集地。于是这里形成了一幅让世人感叹的城市图景：传统与开放在这里兼容互动，历史遗存与现代文明在这里交相辉映。

而这一切都源于一个理念：留住千年姑苏的“城市记忆”。这已成为一任又一任苏州市领导班子薪火相传的目标任务之一，这已内化为每一个苏州市民的自觉行动。

“文化遗产保护好了，对我们整个城市的升值，意义非同凡响——”

遗产保护创造全国“六个率先”

6月10日——我国首个遗产日前夕，经国家文物局组织的专家严格评审，苏州市又有19处文保单位经国务院批准被公布为第六批全国重点文物保护单位。这个数字是此次江苏公布66家总数的近三分之一。

2520年的漫长历史，为苏州人留下了丰厚而又独特的遗产“家底”：

苏州有许多远古文化遗址的发现，尤其是新石器时代晚期的良渚文化最为丰富。重要的有赵陵山遗址、少卿山遗址、绰墩遗址、草鞋山遗址、罗墩遗址。其中赵陵山遗址1992年被评为全国十大考古遗址重要发现。

苏州古城体系完整，个性独特。苏州建城已有2520年，虽历经沧桑，城址至今未变，与宋《平江图》相对照，古城的总体框架、骨干水系、城墙位置、路桥名胜等基本相符，为世界所罕见。苏州古城得长江、运河和太湖三大水系的滋养，水绕城转，城在水中，水城特色鲜明，被誉为“东方威尼斯”。

苏州的非物质遗产也极其丰富。昆曲、评弹、苏剧被誉为苏州传统戏曲“三朵花”；苏绣是苏州传统工艺，历史悠久，久负盛名，与湖南的湘绣、广东的粤绣、四川的蜀绣并称中国四大名绣。苏扇、雕刻、琢玉、戏服、乐器、桃花坞木刻年画等传统工艺美术，技艺精湛，名闻中外，全国24大类工艺美术品种中，苏州拥有22大类，3000多个品种。

这些蔚为壮观、保存完好的文化遗存令人为之赞叹；这些经久不衰的灿烂艺术，无不让人为之沉醉。

统计显示，苏州市文物遗存数量多、分布广，全市现有各级各类文物保护单位539处，其中全国重点文物保护单位15处，省级文物保护单位101处，市级文物保护单位423处，控制保护建筑560处，790处古桥梁、古驳岸、古牌坊、古井等古构筑物。仅市区列入保护的文物建筑遗存就约33.8万平方米，还有近100万平方米的传统古民居。

丰富的古迹遗存见证着苏州发展的历史轨迹。在生生不息的日常生活中，它们传承着苏州儒雅精致的文化形态，负载着独特的人文观念和价值。

值得赞誉的是，苏州市始终坚持把保护各类古迹遗产作为城市发展的永恒主题。苏州市的一任又一任决策者形成一个共识：继承和保护城市的自然和文化遗产，本身就是城市现代化建设的重要内容之一。省委常委、苏州市委书记王荣明确提出：“文化遗产是绝对不可再生的宝贵资源，文化遗产保护好了，对我们整个城市的升值，意义非同凡响。”

正是基于这样的认识，苏州在任何时候、任何情况下，都坚持把文化遗产本体及其原生环境的保护和保存放在首位。仅从2003到2005年，苏州固定资产总投入就高达4800多亿元。在这片丰饶的土地上，一幢幢大楼拔地而起，一片片开发新区快速崛起，但一座座古迹遗存也得到了有力的保护。

每当遇到建设和保护发生矛盾时，苏州的决策者态度坚决：建设服从保护。仓街地区人口稠密、道路偏窄，相关部门曾研究了近两年，准备适当进行拓宽整治，考虑到仓街的遗存丰富，又连接世界遗产地耦园，为了完整保留平江历史街区风貌，遂调整方案，仓街不动，拓宽北仓街，向北打通交通瓶颈。后来市、区领导深入现场，经过多次踏勘研究，认为北仓街毗邻平江历史街区，传统风貌保存较好，最后决定，北仓街也不动，重新调整道路走向，搬迁工厂，拆除障碍性建筑，作为道路用地。这样的例子俯拾即是。

良好的遗存保护，使得苏州所拥有的世界性文化含量不断升值。记者注意到，改革开放以来，苏州经济创造了一个又一个高速发展的奇迹，成为江苏乃至全国的先行区与引领者。而在这些成就的背后，无不与其独具的人文环境密不可分。苏州工业园区建设项目的引入以及大量外资向苏州地区的迅速聚集，都从侧面印证了苏州“文化资本”的价值与吸引力。

近年来，苏州市对各类古迹遗存保护的视野更加开阔，措施更加有力，目标也更加明确。如今，苏州市在文化遗址保护领域中,创造了六个率先：在全国率先实施城市紫线管理,把文化遗产保护纳入城市规划强制性内容；率先将文保工作列入各市(县)、区政绩考核指标，明确一把手政绩与当地历史遗产保护挂钩；率先颁布政府资金奖励引导办法，加快形成文物保护多元化投入机制；率先建立古建筑评估体系,使文物保护从经验型转向科学化；率先出台文物维修工程准则，进一步规范文物维修行业；率先制定文物保护单位和控制保护古建筑完好率测评办法，并对各级文物和控保古建筑进行完好率测评。

为此国家文物局局长单霁翔评价说：苏州人用自己的智慧和实践证明,保护和发展可以相互促进、相得益彰。

“十年先后推出七部地方法规、十个政府规章和规范性文件——”

构建完整的地方遗产保护法规体系

坚持依法保护古城，建立健全切合苏州实际的地方法规体系,为古城保护提供强有力的法律保障,这是苏州市委、市政府追求的目标。

据介绍，近十年来该市先后制定颁布了《城市规划条例》《园林保护和管理条例》《市区河道保护条例》《古树名木保护管理条例》《苏州古建筑保护条例》《历史文化名城名镇保护办法》《文物保护管理办法》等七部地方法规，并细致地落到实处，如古建筑保护法律地位一经确立，2003 年，苏州市政府重新公布了 200 处控制保护建筑。

与此同时，还研究出台了《城市紫线管理办法》《城市规划若干强制性内容的暂行规定》《民族民间传统文化保护办法》等十个规章和规范性文件。尤其是 2003 年 12 月出台的《苏州市城市紫线管理办法(试行)》，主要是通过对各类文物遗存划定城市紫线，并将其纳入城市规划强制性内容，强化文物保护的权威地位。

在这些法规和政府文件出台的基础上，苏州古城保护被有效地纳入了法制化和规范化的管理轨道。权威专家们评价说，一个地级城市能出台如此完整的古城保护法规体系，在国内无疑是第一家。

与此相适应，苏州还建立健全了自上而下的组织体系。为了保护好苏州古城、古镇，苏州市专门成立了历史文化名城名镇保护管理委员会，由一把手市长担任主任，分管副市长等任副主任，下设办公室，负责日常管理工作。市政府还与各县(市)、区政府、文物局与各文物保护责任单位分别签订了保护管理责任书，明确保护要求和保护责任。每年年底，由分管副市长带队，对各市、区的文物保护责任书落实情况进行年度考核，并将考核结果进行通报。

有了法律法规的强力支持，苏州市在全省较早成立了文物执法稽查队，并配备了专职人员和执法专用车，制定了文物行政执法规程与文物执法人员工作纪律、文物执法文书归档程序等执法制度,并建立了执法稽查台账。

值得称赞的是,苏州还对城市总体规划进行修编,扩大保护范围,使其法律法规的刚性保护与科学保护相结合。2003 年,该市对城市总体规划进行了新一轮修编,在原来四个历史文化街区的基础上,增加了阊门历史文化街区,划定了 39 个历史地段。除三级文物保护单位外,又公布了控制保护建筑,作为文物保护单位的后备资源。

近年来,又对古城内的古构筑物进行了调查,公布了保护古井 639 口,古驳岸 22 处,古牌坊 37 座,古桥梁 70 座和砖雕门楼 37 座,进一步扩大古城文物保护的范围。同时,花大力气治污,改善水质,增加城市绿化,严格控制古城内建筑的高度、色彩、形式和体量,切实全面保护古城风貌。

据统计,近三年来,全市共抢修保护古建筑 155 处,加上周边环境整治共投入资金约 3.8 亿,这是继 1986 年苏州建城 2500 年之后,苏州对古建筑实施抢修保护的第二次大规模行动。这在业界和苏州都产生了巨大的社会反响。

“从古城、古镇再到十四个古村落——”

走出遗存保护的“空白地带”

专家发现,苏州古城、古镇、古村落三位一体,体系完整,形态完备，为其他古城所没有。这是苏州的又一大特色。

记者在采访中了解到，苏州除了古城之外，还有周庄、同里、甪直、沙溪、木渎等五个中国历史文化名镇；东山、西山、光福、震泽、千灯等五个省级历史文化名镇以及一大批古村落。

应该说，相对于古城、古镇的保护，苏州古村落的保护则相对较晚，但发展速度较快。2005 年，苏州第一个“文化遗产保护日”期间，苏州市政府颁布实施了《苏州市古村落保护办法》，同时还公布了《苏州市第一批控制保护古村落名单》，正式启动了古村落的保护工作。苏州市市长阎立先后多次到古村落考察调研，提出了具体明确的指导意见。当地文物部门已研究编制了《苏州市古村落概念性保护规划》，提出用五到十年时间，分期、分批、分段做好古村落保护工作。

记者注意到，苏州市是目前全省唯一一个公布保护古村落的省辖市。全市约有十四个市级控制保护古村落（陆巷、杨湾、三山岛、明月湾、东村、堂里、甪里、东蔡、西蔡、徐湾、植里、后埠、恬庄、金村、南厍），古村落的数量和级别在全省位于前列。

在吴中区西山镇的明月湾古村，记者看到，古河埠、黄氏宗祠、邓氏宗祠等一批颇具江南水乡古村特色的古建筑已经修葺完整，一座古村落已经完好地展现在人们面前。

据了解，苏州第一批控制保护的十四个古村落，十一个集中在吴中区和太湖度假区。当地领导对此十分重视，设立了专项资金，已经启动了保护性修复工程。目前，东山的陆巷、三山岛，西山的明月湾、东村等古村落已率先实施保护并取得了初步成效。其中西山镇去年就投入1200多万元对明月湾和东村进行保护性修复，维修古建筑近万平方米，为古村落的抢修保护带了一个好头。

苏州文物部门的负责人对记者坦言，古村落保护时间长，困难多，资金大。据他们初步测算，仅十四个古村落的保护，就需资金25个亿。下一步，他们将尽快完成古村落保护规划的编制，并研究制定积极的扶持政策，如安排专项土地拍卖指标、鼓励民间资本进入等，对价值较高，险情严重，濒临坍塌的古建筑要克服困难，抓紧先修，确保珍贵的建筑遗产得到有效保护。

古村落，这一藏在深闺、散落湖边的千年遗珍，正在吸引着越来越多关注的目光。悄然兴起的探寻热，又一次给古老的村落带来了新的活力和发展机遇。

《新华日报》2006年6月28日(20810期)B01版 江苏要闻

重大历史任务与长远战略布局

—— 多元视角中的江苏新农村建设

建设社会主义新农村，是党中央提出的重大历史任务，是用创新思路解决“三农”问题的重大战略举措，也是江苏“两个率先”总体部署的重要内容。

改革开放以来，特别是最近几年，我省农村改革取得了巨大成就，农村的生产、劳动、收入、消费等结构都发生了深刻变化，呈现出令人振奋的发展态势：江苏的农业和农村发展已经进入了新的阶段，站到了一个新的起点上。

江苏的新农村建设有着自己的现实坐标。当前，怎样科学认识新农村建设的“新”内涵、准确把握好现实的着力点？如何因地制宜、因时而异、因势利导，创造性地将中央关于新农村建设的部署和省委关于用“三化”思路解决“三农”问题的要求，有机地融合到实践之中？

在省领导干部专题研讨社会主义新农村建设学习会上，大家结合本地、本部门的实际，踊跃发言，畅所欲言，以多元的视角进行了启迪性的思考，提出了建设性的意见。

新农村建设：是长期的发展过程和紧迫的现实课题

李源潮书记指出："建设社会主义新农村是一个长期的、艰巨的、复杂的农村现代化发展过程。这是我们用科学发展观为指导认识新农村建设的立足点。"梁保华省长强调："新农村建设涵盖面宽，涉及面广，在推进过程中，要统筹兼顾，科学谋划，全面把握。"这些重要观点已转化为大家学习交流中的共识。大家认为，只有从这样的视角去认识新农村建设深远的战略意义，在实践中才不会急于求成，才不会去做表面文章，才不会将其当作一时兴起的"运动"和短期突击的"工程"。

新农村建设五句话的要求，内涵十分丰富。副省长黄莉新提出，推进新农村建设应把握"三个关键"，一是把加快经济发展、增加农民收入作为新农村建设的中心任务；二是把深化农村改革、创新体制机制作为新农村建设的根本动力；三是把加强基层组织建设、推进乡村民主管理作为新农村建设的重要保障。

徐州市委书记徐鸣、淮安市市长樊金龙说，建设社会主义新农村的过程，是一个改善农业、改造农民、改变农村的历史过程，不可能一蹴而就，也不可能毕其功于一役，因此要引导各级干部和广大农民树立长期努力、艰苦奋斗的思想。新农村建设既有长期性，同时又有紧迫性，必须以实际成效造福农民，鼓舞士气，取信社会。农民需要看到农村建设实实在在的进展，看到自身利益实实在在的增加，看到农村面貌切切实实的变化。能否切实把握好两者之间的“度”十分重要，这是对各级党委和政府执行力的深度考量。

新农村建设一个“新”字内涵丰富。“新”在哪里？省文化厅厅长章剑华、扬州市市长王燕文说，我们决不能把新农村建设简单地等同于新村庄建设。这次新农村建设，与历史上比，与国际上比，更加全面，更高层次，更有特色，应该涵盖这样“五个新”：经济有新发展、生活有新提高、面貌有新变化、管理有新方式，还要培育新农民。

许多同志认为，目前，江苏农业和农村的发展虽然站到了一个新的平台，但仍处在艰难的爬坡阶段，与落实科学发展观的要求相比，与建设新农村的目标相比，面临的任务还十分艰巨。镇江市委书记史和平、连云港市市长刘永忠等提出，建设社会主义新农村，既要带着深厚的感情、良好的愿望，更要从社会主义现代化建设全局的高度，进一步深化对建设社会主义新农村重大意义的认识。从江苏的实际看，建设新农村，是推进“两个率先”的紧迫任务；从扩大内需的角度看，农村人口是潜力巨大的消费群体，加快发展农业和农村经济，是保持国民经济长期持续较快发展的战略举措；从构建和谐社会的要求看，新农村建设也是构建和谐江苏的重要基础。如果说农村稳定是社会稳定的基石，那么农村和谐则是全省和谐的关键。

新农村建设：须直面重点、攻克难点

农民增收难度加大，农业生产效率不高，是我省“三农”工作中存在的现实难点，也是新农村建设中亟待解决的重点问题。大家在交流中坦言，工业发达、城市密集、人多地少、南北差距较大，是江苏新农村建设必须面对的客观现实。而向农业之外找出路，向农业本身要效益，走“三化”发展“三农”道路，则应是我省新农村建设的必然选择。

常州市市长王伟成结合常州的实际提出，农民增收是新农村建设的核心任务，也是全面小康的核心指标，关键是要找到增收富民的渠道。对照省定的实现全面小康农民收入达到 8000 元的指标，常州今年要增收 1000 元，它主要来自八条渠道，这主要是大力发展工业、加快发展现代服务业，转移更多的农村劳动力；通过专业化、规模化、标准化、品牌化、市场化，让高效农业帮助农民增收；放宽政策发展多种类型民营企业，增加农民的经营性和资产性收入；完善农村社会保障体系，提高社会保障的标准，通过农村社保扩面增收。

“我省提出的以工带农、以工投农、以工办农是贯彻中央新农村建设要求的创新，是借鉴国外新农村建设经验和做法的再创新。”省农林厅厅长刘立仁、省委农工办主任吴洪彪认为，这一方面可以依托工业企业将新农村建设中发展农村经济、增加农民收入这个首要任务落到实处；另一方面农业发展可以为工业经济和外向经济寻找新的增长点，并实现工农要素相互渗透，把工业理念传递给农民，在工农互动中培育新型农业企业。

长期以来，农村的公益性事业发展滞后，公共产品服务严重不足。交流中，省级机关职能部门从不同的层面提出了自己的建议。省财政厅厅长包国新、省教育厅厅长王斌泰、省卫生厅厅长郭兴华等提出公共产品应向农村倾斜：我省应建立健全财政支农、资金稳定增长机制，重点是促进教育、文化、卫生和社会保障，朝向城乡一体化方向发展。尤其要重点支持农村公共卫生事业，改善农村生产生活条件。要着眼长远建立农村义务经费教育的长效机制，把农村义务教育全面列入公共财政的保障范畴。要重点支持农村公共卫生和医疗服务体系建设，加强苏北乡镇卫生院的更新和设备改造，支持培训乡村医务人员，省市级医院的医疗卫生队伍将深入基层到第一线。

“城市像欧洲，农村像非洲”，是人们的“戏言”；而“垃圾靠风刮，污水靠蒸发”则是许多农村随处可见的现实窘境。省环保厅厅长史振华、省水利厅厅长吕振霖对此提出，要加快实施农村小康环保行动计划，积极开展以清理垃圾、粪便、秸秆、河道、工业污染、乱搭乱建和建立相应管理制度为重点的“六清六建”工作，把农村作为环境保护的主战场。水利部门将抓紧推进以水系环境整治为重点的河道疏浚、以解决因洪致涝问题为重点的区域治理、以改善山丘水资源条件为重点的水库除险加固、以节水增效为重点的农业灌区改造、以提高农民饮水质量为重点的饮用水安全等五项重点工程。

规划和交通在新农村建设中至关重要。省建设厅厅长周游、省交通厅厅长潘永和坦言，村容整洁是新农村建设的重要内容，但不是它的全部。高效农业示范区、农民集中居住区、农民生态保护区要统筹规划，整体设计，全面推进，分步实施。下一步我们应按照城乡规划全覆盖的要求，着力抓好村庄建设规划的编制和村庄设计，积极稳妥地引导农民集中居住，推进 1000 个农村居住示范点和 200 个村庄环境整治试点，努力改善农村生产生活条件，推进农村建设集约发展。加快农村公路建设，是农民群众最关心、要求最迫切的关键点。“十一五”期间，我省同样应全力“倾斜”：将完成新建改建农村公路 4 万公里，新改建桥梁 5000 座，除了所有的行政村通上农村公路，还将重点完成通往规划的集中居住点的农村公路建设，力求为“三农”发展构筑更加有力的基础设施和公用设施支撑体系。

“当前我省平安创建的工作重点在农村，影响稳定问题的源头也在农村。”在分析新农村建设中的社会治安环境问题之后，省公安厅厅长黄明提出，新农村建设，安全稳定的社会环境是基础和保证，这也是公安机关义不容辞的职责，下一步警力部署将向农村延伸，治安防控部署也将向农村覆盖。

新农村建设：要以改革的精神创新发展模式

“建设新农村，没有一个固定的模式。”这是大家在讨论中的共鸣。

“建设新农村，不是单一的政府行为，要重在营造市场运行机制。”省社科院院长宋林飞认为，在新农村建设过程中，政府的行为主要是给政策、给资助、搭平台，起引导和推动作用。要通过市场化运作，把农村的土地、山林等生产要素导入市场，推向社会，盘活资产存量，吸引资金增量。在市场机制作用下，土地、劳动力等这些最重要的生产要素才能加快流转和优化配置，农村才能由自然经济步入资本农业和规模农业，这是新农村建设的必经之路。

城乡协调互动并进，是苏南地区经济发展的一大优势。经济发达地区的新农村建设该从何处推进？南京市市长蒋宏坤依据中央关于农业农村发展两个趋向的科学判断，立足南京实际提出，我们要充分利用已经具有的工业化、城市化和市场化发展基础，实行工业反哺农业，城市支持农村。通过以城带乡、以工促农和苦干实干，扎实推进新农村建设进程。

苏州市市长阎立认为，当地城乡二元结构尚未完全打破，农民持续增收的长效机制仍未形成，农村规划、建设和环境改善的任务依然繁重，各项改革有待进一步深化。下一步要根据苏南地区的特点加强科学规划，使村庄规划与城市总体规划相衔接，积极推进村庄整治、改造和建设，加快“三个集中”。同时，要切实把握好提升农业、建设农村、转化农民这三个环节，大力发展现代都市农业，致力构建城乡统筹制度框架，促进城乡基础设施对接，加快实施农村新五件实事工程，积极建设乡村文明。

苏中和苏北地区城乡差距较大，新农村建设面临的压力显而易见。“农民不富、农村滞后、农业薄弱是‘三农’问题最大的要害，新农村建设的当务之急是通过有效地发展农村经济、致富农民，使农民逐步跟上城市生产、收入、消费、文明水平的步伐。”南通市委书记罗一民说，苏中地区新农村建设，关键是抓好高效农业规模化和就业创业全民化，挖掘农业自身的增收潜力，拓展农业外部的增收渠道。同时，要加快提升农民素质，以生产生活方式文明化培训新型农民，加快推进村民自治，以管理民主促进农村和谐。

苏北地区是全省“三农”比重最大、比例最高的地区，从人口、土地资源等要素看，盐城和宿迁一直是传统农业大市，当地新农村建设的任务无疑更为艰巨。宿迁市代市长缪瑞林说，针对特殊市情，苏北在突出工农之间、城乡之间协调发展的同时，要坚持以“三化”化“三农”，即以工业化化农业，城市化化农村，市场化化农民。特别要提高乡村规划水平，增强农村基础设施的承载能力，把城市的文明成果向农村扩展。在农业生产实践中，盐城和宿迁等地在市场竞争主体与农民利益联结上探索了一些值得关注的新模式，如“一次收购，两次分配”的东台富安茧丝绸模式；“按股份分红，交易返利”的宿迁江鹏合作社模式；等等。对苏北来说，今后还要以特殊的政策、创新的机制，吸引“三资”直接参与高效农业规模化的工程。目前，盐城市的高效种养业“双百工程”开始启动（100 个 500 亩、亩效益 2000 元高效种植业示范区、100 个年效益 10 万元规模养殖示范户），宿迁市全省首家外向型农业示范园区也已经启动建设。

一次主题教育培训，从省部领导的报告到市厅主管的交流，让参加学习研讨的同志对社会主义新农村建设的内涵、目标、思路和举措有了更加深入的了解，认识提升到了新的高度，信心有了进一步增强。我们有理由相信，依靠全省上下的大胆实践，江苏新农村建设完全有条件实现良好开局，江苏“三农”工作完全有可能走在全国前列。

《新华日报》2006 年 8 月 8 日 (20851 期) A01 版 要闻

从“引进全球”走向“引领世界”

——写在世界智能制造大会开幕之际

金陵古城冬阳和煦，紫金山麓层林尽染。

历史会铭记这一“江苏时刻”：今天全球瞩目的世界智能制造大会高峰论坛在南京拉开帷幕，来自全球近20个国家和地区的近300家企业、世界500强企业中38家智能企业负责人、27位中外院士和近4000位嘉宾，带着交流、分享和展示的期待汇聚金陵，可谓是高朋满座，大咖云集，亮点纷呈。

这是江苏继世界物联网博览会之后，又一次智“汇”全球科技和业界翘楚的盛会，也是新一届江苏省委把握科技革命和产业变革大势，为集聚高端要素、发展高端产业，积极融入全球智能制造创新发展潮流的又一重大“江苏行动”。

在世界工业革命的进程中，中国曾经一次次缺位。面对扑面而来的智能化时代，我们拥有了千载难逢同步竞争的现实良机

继蓬勃兴起的互联网大潮之后，一场以智能制造为核心的新兴工业革命再度成为全球关注的焦点。权威们预言：人工智能已日益成为新一轮产业革命的引擎。

放眼世界近代工业革命的历程,中国曾经历过一次次缺位：

二百多年前,蒸汽机的发明,带来了工业文明的曙光。

一百多年前，电动机的诞生，带来了继工业文明之后的第二次技术革命。然而，其时闭关自守而又战乱频仍的中国，只能错失分享先进技术革命带来的发展良机。

20 世纪中期，互联网的发明深刻改变了世界的传播格局和生存方式。

二十二年前，中国以开放的姿态正式接入国际互联网，成为互联网世界的第 77 个国家。

伴随着百年强国梦的铿锵脚步，中国由互联网大国跃上了互联网强国的宏伟征程。今天，改革开放使中国站在了世界第二大经济体的位置,同时也拥有了在奋力追赶中引领世界的自信。

“人工智能”概念,于 1956 年达特茅斯会议一经提出,立即引起世界制造业的高度关注。智能制造是信息通信技术、电工电子及微系统技术、生产技术及机械工程自动化、管理及物流技术多技术交叉融合形成的技术体系。几经起落，在进入新世纪之后，智能化终于引发了全球范围内传统制造业创新变革的“蝴蝶效应”。中国以其敏锐的战略视野和宏阔的开放气度，热情地拥抱智能化时代。

2016 年是我国系统推进智能制造发展的元年。在全国两会上，中国“十三五”规划纲要草案中首次出现“人工智能”一词，在“科技创新 2030 项目”中，智能制造和机器人被确定为重大工程之一。

值得自豪的是，在智能化领域我们赢得了与世界先进发达国家大体同步的发展机遇。我们相信，首次世界智能制造大会必将开启重要的“江苏时刻”：它不仅率先创建起智能制造的世界级交流平台，也是江苏制造业实施从“跟随发展”走向“引领发展”的重大战略抉择。

智能制造已持续成为世界主要制造业大国竞合的焦点，我们只有智“虑”当下，才能造就未来

放眼全球经济强国，无一不是制造业大国。打造具有国际竞争力的智能制造业，是我国提升综合国力、建设世界强国的必由之路。

中国改革开放近四十年，一次次证明了这一铁律，一项项重大项目与工程令世界瞩目：遨游太空的中国神舟飞船和天宫实验室，拥有世界先进集成技术、施工技术和装备制造技术的中国高铁，在建的世界迄今最大单口径射电望远镜FAST工程，还有世界上规模最大的三峡升船机，以及打破国外近一个世纪技术垄断的中国国产首台铁路大直径盾构机……在这些国之重器和世界级工程的背后,无不体现出中国制造的非凡实力。

然而,随着物联网、移动互联网、大数据和云计算技术的快速发展,中国传统制造业也面临着“颠覆性重构”的现实挑战。工信部部长苗圩强调，智能制造+互联网，正在成为未来制造业发展的重大趋势和方向。

从全球视野看，智能制造已持续成为世界主要制造业大国竞合的焦点，各国都在力图抢占先进智能制造业发展的制高点。日本于20世纪90年代就启动了由日本、美国、澳大利亚等国参与的“智能制造系统”国际合作计划；美国借助实施“先进制造业伙伴计划”加强信息物理系统软件开发和工业互联网平台建设；德国推行“工业4.0”战略,搭建以CPS为核心的智能制造系统架构。2015年5月8日公布的《中国制造2025》，是我国实施制造强国战略第一个十年的行动纲领,并提出了“力争用十年时间,迈入制造强国行列”的第一步目标。

世界跨国巨头也纷纷把人工智能作为最核心的突破领域，特斯拉、谷歌、Facebook和亚马逊在内的各大公司都在加大布局。2015年11月,谷歌开发了一个名叫TensorFlow的机器学习平台，把复杂数据结构传输至人工智能神经网中进行分析和处理。Facebook 人工智能研究院推出基于 Torch 机器学习框架的能提升人工神经网络运行性能的开源工具。我国的互联网巨头也在同步推进，阿里的智能云、百度的智能大脑、华为的麒麟 960 手机 soc 芯片……

斯坦福大学客座教授、人工智能时代领军人物杰瑞·卡普兰在第三届世界互联网大会上说，对于互联网的未来，人工智能将无处不在。互联网巨头们坦言，移动互联网时代已经结束，未来属于人工智能。由中投顾问最新发布的《2016—2020 年中国智能制造行业深度调研及投资前景预测报告》显示，2015 年我国智能制造产值在 1 万亿元左右，2020 年有望超过 3 万亿元人民币，年复合增长率约 20%。

现实昭示我们，人类正在步入万物智能时代。我们只有融入智能化大潮，才能在主动应变中引领新一轮发展。

集聚高端要素，发展智能产业，是江苏制造业转型跨越的必然抉择。从“引进全球”走向“引领世界”，我们肩负着探索“江苏路径”的使命

江苏以实体经济见长，是制造业大省，工业规模值效全国领先，增加值约占全国 1/8、全球的 1.5%。制造业是推动江苏转型发展的重要战略支撑，一组数据表明了江苏制造业的重要地位——

2016 年 1 至 8 月，江苏战略性新兴产业销售收入超过 3 万亿元，同比增长约 105%，成为全省经济发展的原动力和主引擎。

回溯历史，江苏第一次转型，得益于乡镇企业的崛起。而从“星期天工程师”起步的乡镇企业所依托的正是制造业。第二次转型是开放引进，我们分享了“引进全球”的红利。

省商务厅统计数据显示：目前世界 500 强企业中有超过 300 家企业集聚江苏。“十二五”期间，全省有 56% 的实际到账外资进入了制造业领域。今年前十个月，以先进制造业为主的十大战略性新兴产业实际使用外资达 80.2 亿美元，占全省实际使用外资的 41.1%。在这份“引进全球”的成绩单背后，显现出江苏拥有吸引世界先进制造业的巨大魅力。李强同志在省第十三次党代会报告中提出，要聚焦最有条件、最具优势领域，加快建设具有全球影响力的产业科技创新中心和具有国际竞争力的先进制造业基地。

在新一轮发展中江苏志存高远，这就是要从“跟随者”向“引领者”角色转变，实现从“引进全球”向“引领世界”的跨越。为此，江苏闻“智”而动，高起点谋划，在全国率先推出了《中国 2025 江苏行动纲要》，明确提出以推进智能制造和突破核心关键技术为主攻方向。

江苏的布局宏大：“十三五”实施百千万的战略，争取 100 家企业进入国家培育的隐形冠军领域，有 1000 家企业成为江苏培育的隐形冠军企业，10 000 家企业成为专精特新企业，形成既有顶天立地又有铺天盖地的江苏制造业格局。与此同时，江苏还将力争建成 1000 个智能车间和工厂。

在推进智能化的进程中，江苏制造业面临着又一次“涅槃重生”,肩负着探索智能制造“江苏路径”的历史使命。

让“中国智能”引领世界，让“江苏智造”照亮未来，这是我们的愿景,更是我们奋力前行的不竭动力。

《新华日报》2016 年 12 月 7 日 (24607 期) A01 版 要闻

走向“创新红利期”的江苏选择

新年之初，我们带着探寻、希冀和思考，走进苏南、苏中、苏北七市。

江苏如何顺应新一轮全球创新要素流动的客观趋势，理性标定聚力创新的现实方位，走出一条独特的创新发展路径，在更加开放和包容中激发出引领发展的创新动能？

从南京、苏州、无锡，到南通、扬州，再到徐州、宿迁，我们一次次感受到聚力创新的现实脉动，领略到内生驱动的蓬勃激情。

一个个举措快速落地，一项项政策精准对接，亮点频现的“动作”营造出前所未有的“创新浓度”

1 月 3 日，苏州。市长曲福田一见面就拿给我们一本还散发着墨香的“苏府 1 号”文件，104 页的文件聚焦一个关键的热词：

创新发展。此前一周，北京、上海、深圳、南京、杭州五地13位智库专家受邀“对话苏州”，刮起了一场“聚力创新——苏州如何引领”的“头脑风暴”。

1月6日，无锡。“人才是聚力创新的核心要素，要舍得下大力气、花大投入。”市长汪泉告诉记者，无锡市在打造“太湖人才计划”升级版，引进人才个体综合扶持可高达1800万元。市委、市政府提升政策“含金量”，意在引进更多的科技创新领军人才企业。

1月13日，南京。副市长谢志成向记者透露，江苏省和南京市共建的“江苏省产权技术交易中心”即将正式上线，一批技术公司、金融公司正在陆续入驻。与此同时，多方酝酿的500亿元产业基金也即将推出。

如果说这些令人瞩目的“动作”，传递出苏南推进创新举措落地的快节奏，那么苏中、苏北的行动则表现了拉长短板的决心与魄力。

1月9日，扬州。扬州在新年之初出台的“2号文件”，已第四次把目光聚焦于服务企业，今年的服务重点是各类创新型企业。

1月10日，徐州。我国云计算、大数据的领导厂商“浪潮”签约入驻，它们将与市政府合作，形成完整的大数据“双创”生态。此前，微软“云暨移动应用孵化平台”、甲骨文区域总部已落户徐州，IBM、华为、中科、曙光等也纷纷在徐州布局生根。刚参加完签约仪式的徐州市市长周铁根难掩兴奋：“徐州已从‘兵家必争’

之地变为‘商家必争’之地。”

1月12日，宿迁。一批含金量高的“工具箱”政策正在当地酝酿出台，包括减税费降成本、促进实体经济企业发展、风险补偿资金池等“工具”。

力度催生热度，热度彰显浓度。一个个行动给我们展现出令人欣喜的图景：江苏引领创新的强大动能正在释放，各类创新要素的热流正在汇聚。

宏阔开放的全球视野、体系引领的产业思维、核心技术的前沿追踪，处处显现出理性的江苏选择

创新行动需要先进的创新理念引领。江苏省第十三次党代会提出“聚力创新”，为江苏发展注入了新动能，也标定了清晰的实践方位。

从改革开放以来的发展进程看，江苏经历了从乡镇企业崛起的“资源红利期”，到引进外向型经济发展的“模仿红利期”，再到今天走向以创新驱动发展的“创新红利期”，一路前行，不同的发展阶段赋予了不同的创新内涵，也不断地提升人们对创新发展的认知与思考。

新视野引领新布局。在深入采访中我们强烈地感受到，各地的决策层和企业家们，思考多于亢奋，淡定多于急功。在苏州、无锡、南京，无论是政府新型政策支持体系的构建，还是重大创新平台的搭建，抑或是实力型跨境企业“创新链”的目标定位，人们的视野日益宏阔，配置全球创新资源的意识更为自觉。苏州市经信委主任周伟介绍，为强化先进技术的引领力和产业的核心竞争力，苏州已有许多企业在美、德、澳等国设立了离岸人才孵化机构，其成果基本上都在当地孵化，市里对此类人才同样给予奖励。无锡市在物联网、智能制造、新能源等一批新兴产业的布局上，追求的是要在未来全球相关产业细分领域中能有几家最强的无锡企业。

新思考厘清新定位。与苏南相比，南通和扬州各自的产业基础与资源禀赋差异明显，但是也有相同点：两地都毗邻上海、南京这样的特大城市。“聚力创新，聚什么力？南通的回答是，聚人才之力、载体的承接之力，以其要素成本洼地的优势，主动承接上海各类创新成果的溢出转化。”南通市长韩立明在思考，南通人也在思考。扬州城市精致，生态优美，生活安逸。扬州市代市长张爱军认为，精致安逸的扬州还缺少创新力度，需要找准自身的发力点。面对扬州与南京城际之间的落差，扬州瞄准的是南京非核心竞争的“大院大所”。在错位中引进，在差异中求胜，成为扬州创新发展的理性选择。

新理念拓展新境界。老工业基地徐州聚力创新的路径在哪？市长周铁根认为，徐州必须从自身的“断点”上寻求创新。他们全力构建完善的“产业＋高校＋企业＋平台＋人才＋金融＋政策”

的创新协同圈，增强区域性要素成本和整体创新生态的吸引力，一批国内和全球的产业巨头纷纷落户徐州进行新一轮战略性布局。南京是科教资源富集区，他们的着力点是提升各类研发成果产业化的转化能力。“研发成果不等于创新发展。”南京市副市长谢志成说。南京梳理出全市各大高校、大院大所科研成果，“一表清”后与企业精准对接。

从单一的政策支持到完整产业体系的构建，从新兴产业的战略性选择到自觉的同质化舍弃，人们对聚力创新的认知更为深刻，对创新发展的定位也更为理性。

“链式创新”与“体系式布局”兼容，“高端要素集聚”与“低端挤出效应”并存，变化中的新趋势意味深长

在变中求新，在新中求进，在进中突破，江苏面临着挑战，也生长着希望。

采访中我们深刻感知到创新发展的现实压力。劳动力和土地的红利在不断消失，引进创新要素的成本在快速上升，政策性让利的吸引力在渐趋弱化，过去所依赖的发展路径走不通了，重塑新优势、探索新路径的要求尤为急切。

采访中我们充分领略到聚力创新的蓬勃力量。省委书记李强提出的“创新四问”，引发了苏州全市上下的热议，激发出引领创新的激情。无锡世界物联网博览会和南京世界智能制造大会的平台搭建，不只拓展了无锡、南京新兴产业布局的宏阔视野，也为全省创新发展标定了未来路径。

这些都在同一时空中交汇激荡，由此催生出一系列令人瞩目的新趋势。

“链式创新”与“体系式布局”在开放中走向深度融合。苏州制造业规上产值达 1.51 万亿元，新材料、新型平板显示、高端装备制造等七大新兴产业的产值也分别达到 1000 亿至 4000 亿元的量级，产业链、创新链和价值链的关联度与融合度日益紧密，瞄准创新链部署产业链的意识也更为自觉。如今苏南各地已普遍实现从项目招商向依托产业链“招所引院”、从引进“世界工厂”向集聚全球创新资源的深刻转变。

“高端集聚效应”与“低端挤出效应”在分化中凸显。从苏南到苏中、苏北，我们发现对新一轮创新资源的争夺日趋激烈，高端创新资源全球性流动与区域性集聚趋势尤为明显。无锡市已累计建成市级以上工程技术研究中心 1100 多家，其中国家级 9 家、省级 500 余家，省属科研院所有 20 多家，省级以上外资研发中心突破 50 家。与此相适应，产业低端要素的挤出效应在不断强化，形成了两极分化格局。苏州从 2014 至 2016 年，先后淘汰低值低效生产企业 3347 家，未来三年还计划淘汰 2000 家。

“高铁网”叠加“互联网”加速重塑区域创新优势。记者发现，高铁时代的交通版图与创新要素资源流动分布趋势渐趋“重合”。

位于高铁线上的徐州，距上海和北京都只有 3 小时，加之创新要素成本较低，如今拥有了堪比苏、锡、常的区位优势，赢得一批世界 500 强企业在此落户布局。而互联网则让宿迁发生了颠覆性变化，成为令人瞩目的电子商务大市，2016 年全市电子商务交易额达 740 亿元，开设的经营网店 5 万余家，带动相关从业人数 45 万人。

机遇在前，目标在前，聚力创新的江苏正以稳健的步履奋力前行。

《新华日报》2017 年 1 月 21 日 (24652 期) A01 版 要闻

无锡为万物互联烙上“太湖印记”

世界物联网博览会的平台价值正在日益显现。

一年前，省委、省政府以其前瞻性的战略眼光，依托无锡率先获得“国家传感网创新示范区”称号和物联网产业快速集聚的基础，构筑起世界级物联网博览会平台。如今人才、资本、技术多元要素在此集聚，创新潮、应用潮和创业潮在太湖之滨涌流激荡。

省委常委、无锡市委书记李小敏坦言：“一年来的实践，让我们对举办世界级物联网博览会的重要意义有了更深的认识，它让无锡产业转型升级有了重要的切入点，使无锡在新技术新产业领域占据着战略制高点。”

放眼全球，物联网产业正在迎来前所未有的应用“爆发期”，而无锡人正用智慧和魄力为物联时代烙上独特的“太湖印记”。

依托平台布局“创新矩阵”——

在“落地生根”中抢占新兴产业制高点

在新技术快速迭代的物联时代，构建世界级平台的价值日益彰显。无锡市积极依托平台布局，全方位多向度“精耕细作”，努力实现多点突进。

无锡高新区，健康物联网“中国商业创新中心”。记者在这里感知到了“无锡速度”，中心虽然才启用两个多月，就已吸引了西门子、爱立信等 30 多家国际知名企业入驻。全球最小的肺功能检测仪、最精准的“三高”监测手环和距离最长的远程会诊，都能在这里找到实际运用。

首届世界物联网博览会后，无锡的“磁场效应”迅速显现，吸引了全球最前沿的技术和最具雄心的创业家们。去年 10 月，阿斯利康参加了首届世界物联网博览会，不到一周便向高新区政府提出了建设健康物联网的设想。三个月后，双方签署战略备忘录。今年 6 月 28 日，创新中心正式交付使用。

记者注意到，随着第二届物博会日益临近，全球物联网巨头“链接”无锡的步伐已经明显提速。100 亿元的中电海康物联网产业基地项目、55 亿元的浪潮大数据中心、50 亿元的赛伯乐物联网产业基金、华为开放实验室等一批重点项目纷纷抢滩落户。8 月 2 日，总投资超 100 亿美元的华虹集团集成电路研发和制造基地项目落地；8 月 16 日，无锡太湖新城和阿里集团合作打造的雪浪物联网小镇又闪亮登场。

物博会举办一年来，物联网与云计算、大数据、人工智能等一系列新技术在无锡落地融合，一个以集成创新、迭代升级为鲜明特征的战略新兴产业“创新矩阵”已在无锡初现端倪。对此，无锡市副市长高亚光充满自信：“物博会，让世界看到了中国、江苏和无锡在物联网发展上取得的巨大成就，吸引全球物联网相关领域最优质的生产要素快速集聚，并通过这个平台，快速有效地配置到行业前沿。”

无锡物联网产业发展态势喜人。统计显示，截至今年 6 月底无锡全市列入统计的物联网企业近 2000 家，营业收入 2100 亿元，增幅连续三年超过 30%。

借力平台影响力吸引“最强大脑”——

在聚合高端人才中瞄准转型升级发力点

衡量一个平台的国际影响力，全球创新资源的集聚度是其重要指数之一。无锡决策者深知，人才特别是高端和领军人才，是提升物联网产业持续创新力和爆发力的现实根基。

8 月 26—27 日，由无锡市委、市政府主办，国家“千人计划”专家联谊会协办的 2017 年高层次人才创新创业交流大会在无锡举行，吸引了人们关注的目光。12 名中外院士、217 名国家“千人计划”专家汇聚无锡，其中由“千人计划”专家李东升及其团队成员陈宝兴、丁伟、赵琪等参与设计的C919和ARJ21飞机，由“千人计划”专家潘建伟及其团队研发的科学实验卫星“墨子号”等国之重器纷纷在现场亮相。

邀请国内外高层次人才与无锡的企业、产业、园区进行对接，只是无锡吸引高端人才的方式之一。无锡市现已征集了500多个海内外人才创新创业项目，与该市园区、重点企事业单位开展对接洽谈。其中，国家“千人计划”项目85个、海外人才创业项目93个、产学研项目392个。

物联网产业的竞争必将更多依靠一流人才团队的竞争。在无锡本地成长的跨国企业已把研发机构布局全球，以此集聚更多国际和国内的一流人才加盟。无锡透平叶片有限公司，是一家创建近四十年的传统制造企业，因其率先导入物联网智能化生产方式，一跃成为全球航空锻造行业的“领军者”。在无锡，我们看到，一汽锡柴的智能制造项目、小天鹅股份的数字化工厂、海澜集团的智能仓库等，大幅提升了劳动生产率，使企业实现了从粗放式制造向柔性化定制的转型。“双良云”、“先导云”、华润医药物流等物联网应用平台也相继推出，为企业开启了全新的增值业务。无锡已拥有国家智能制造试点示范项目1个、国家纺织智能制造综合标准化研究与试验验证平台1个、省示范智能车间39个、省级以上两化融合示范企业34家，承担省级以上研发项目2000

多项，申请专利超过 5000 件，数量均居全省前列。

无锡市不断优化高端人才的引进机制和生态。今年 6 月，无锡市委、市政府印发实施了《关于深化“太湖人才计划”的若干意见》，对物联网、智能制造等领域来无锡创新创业的顶尖人才或领军团队给予更优厚的资金支持和配套服务，以此提升无锡集聚全球人才资源的吸引力。去年，全市共引进物联网领域高层次人才 400 多名、创业团队 50 多个，全市累计落户物联网重点研发机构 41 家。尤为值得关注的是，近年来已先后有 11 位诺贝尔奖得主、21 位外国院士与无锡民营企业牵手合作，在高端产业领域形成了特有的诺奖“无锡板块”。

延展平台构建优良生态系统——

在拉长产业链中打造战略支撑点

无锡始终把构建物联网发展的良好生态体系作为延展平台价值的着力点，全力让技术研发、产品开发、应用推广、模式创新等，都能找到适宜的生长土壤和广阔的发展空间，在拉长产业链中打造引领发展的战略支撑点。

以开阔开放的视野，前瞻性地健全政策规划体系。无锡紧贴实际，根据国务院《无锡国家传感网创新示范区发展规划纲要（2012—2020 年）》《江苏省“十三五”战略性新兴产业发展规划》等文件精神，深入实施产业强市主导战略。今年上半年，市委、市政府制定出台了《无锡国家传感网创新示范区建设实施意见》《加快发展以物联网为龙头的新一代信息技术产业三年行动计划》《智能制造三年行动计划》等政策措施，进一步明确发展方向，也加强了政策支持的力度和精准度。与此同时，无锡市人大常委会不久前审议通过了《关于加快发展以物联网为龙头的新一代信息技术产业的决议》，以此加快发展以物联网为龙头的新一代信息技术产业。

以构建完整产业链为主导，强力吸引大企业、大项目落地。大企业、大项目纷纷涌入已经成为一种“无锡现象”。华为、阿里巴巴、华虹集团、中电海康、浪潮集团、赛伯乐集团、中国电信、航天科技、微软、西门子等大企业、大项目，在无锡国家传感网创新示范区迅速集聚，与本地细分领域企业彼此“叠加”良性互动，形成了包括芯片、元器件、设备、软件、系统集成、运营、应用服务等在内较为完整的物联网产业链。如华为的开放实验室和鸿山小镇城市客厅、浪潮的大数据中心、赛伯乐的物联网产业基金等重大项目先后落户无锡并陆续启动实施，并取得阶段性进展。近年来，无锡物联网骨干企业规模快速增长，涌现出一批掌握核心技术、保持较高增速的龙头企业和“专、精、特、新”的中小企业，各类上市物联网企业累计达到 24 家，新三板挂牌企业 54 家，这些也已成为吸引大项目落地的重要基础。大项目、大企业的“落地生根”，一方面为无锡带来了最前沿的技术、雄厚的资本和高端人才资源，同时也与本地关联产业互为借力,构成了良好的产业生态圈。

以健全公共服务体系为核心,做到全方位“亲商安商”。无锡现已建成一批共性技术研发、检验检测、成果转化、人才培训、知识产权、信息服务等公共服务平台,为许多中小物联网企业发展降低运行成本发挥出较好作用。此外,该市还采取加大银行授信、引入设备融资租赁等举措,有效助力中小微企业发展。目前,物联网中小企业很多都是轻资产,缺乏银行认可的抵押品,迫切需要解决融资难问题。无锡研究出台了《无锡市中小微企业信用担保风险补偿业务管理暂行办法》,首期资金规模为 2 亿元,将带动银行 20 亿元增量信用贷款。

阿里云 IoT 事业部业务总监杜浔评价说:“一个世界级的物联网创新生态圈已在无锡形成。”从全球范围来看,无论是其产业规模,还是跨界融合的广度,无锡的物联网生态圈也是首屈一指的。

《新华日报》2017 年 9 月 8 日 (24879 期) A01 版 要闻

共赴“太湖之约” 引领物联时代

——写在 2017 第二届世界物联网博览会开幕之际

2017 年 9 月 10 日，中国无锡，太湖之滨。2017 第二届世界物联网博览会再次成为全球物联网行业瞩目之地。

这里全球科技大咖荟萃，巨头咸集，高朋满座，人们带着期待而来，共赴“太湖之约”；这里全球引领效应凸显，聆听权威声音，集聚各方智慧，“物语”最新趋势，彰显江苏视野和江苏格局，展示了江苏奋力争先的新作为。

万物互联，浪潮迭起。物联网在改变着世界，而江苏则以其一流的平台引导着物联网。

一

比尔·盖茨在他1995年出版的《未来之路》一书中写道："因特网仅仅实现了计算机的联网，而未实现与万物的联网。"这是一个"时代之憾"。时至今日，当技术的壁垒被不断突破，一个真正的万物互联时代正迎面而来。

权威专家认为，全球正迈向物联网2.0时代，其重要标志是：一个集成人工智能、云计算、大数据、5G等新技术在内的多维度物联网生态系统在加速构建。确实，伴随高速无线通信、窄带物联网等技术的突飞猛进，万物互联的梦想已照进现实——从产业转型升级，到日常衣食住行，再到众多模式创新，物联网世界边际浩瀚，包罗万象，令人仰望。

物联网产业的前景令人振奋。据麦肯锡预测，未来十年内，全球物联网将创造10多万亿美元的价值，约占全球经济规模的1/10，并与城市管理、生产制造、家庭事务、汽车驾驶、能源环保、物流运输、消费结算、个人健康等重要领域结合，形成数个千亿美元级的细分市场。面对这样一座庞大的"金矿"，发达国家持续投入，纷纷进行前瞻性战略部署，跨国公司与互联网巨头也竞相布局。

当信息成为继物质和能源之后的第三大生产资料之时，它必然给物理世界的万事万物带来结构性的时空重塑，也给人们的理念、思维和行为方式带来深刻的变革。

“讨论物联网，这是一个推动世界发展的共同主题。”微软公司副总裁、微软大中华区董事长兼首席执行官柯睿杰说。当我们看到“万物互联”带来的巨大红利之时，也不能轻视其如影随形的弊端与不足。当前我国物联网发展还面临一系列挑战，诸如基础核心技术仍有待突破，平台发展面临诸多短板，规模应用存在诸多限制，产业链多个环节标准缺位，安全问题日益严峻，等等。顺时应势，未雨绸缪，正视物联网发展中面临的挑战与凸显的“短板”，举行集聚全球智慧的大会，显得格外紧迫和必要。

如何拥抱飞奔而来的物联时代，理性标定其前行方向？大咖们各抒己见。中国工程院院士、中国互联网协会理事长邬贺铨前瞻性判断：中国市场空间广阔，多元需求旺盛，物联网应用将进入爆发期。国家物联网 973 首席科学家、无锡物联网产业研究院院长刘海涛认为：当下国际物联网架构之争就像是“一场没有硝烟的战争”；“物联网标准好比物联网的‘宪法’，集全球智慧为己所用。掌握制定标准的主导权，也就掌握了第三次信息化浪潮和第四次工业革命的核心”。阿里巴巴技术委员会主席王坚则表示：“未来有 260 亿的物体联接在网络上，数据将成为一个新的货币资产。”有了这些不同“己见”的碰撞，搭建世界物联网博览会平台才更显价值，因为它赋予了物联网未来发展更大的想象空间。

不难预见，在万物互联大潮下，它的影响已渗透至全球的每一个角落，每一个产业，乃至每一天的运行，它在悄然改变和颠覆一切我们习以为常的生活。

二

省委书记李强指出：面对这场全新的变革，一场没有硝烟的未来争夺战已经打响。我们只有顺时应势、乘势而上、及早布局，才能牢牢把握物联网带来的巨大机遇，抢占未来发展的制高点。

机遇从来都是为有前瞻性眼光的人而准备的，引领发展必须先人一步。9 月 1 日，中新社《2016—2017 年中国物联网发展年度报告》在无锡发布。2016 年以来，全球物联网技术与应用空前活跃，创新潮、应用潮、融合潮兴起。我国物联网初步确立系统性竞争优势，正迈入“重点突破、系统创新、跨界融合、协同发展”的新阶段。

从数字看，物联网在“中国制造”的沃土上飞速发展。统计显示，我国物联网产业规模从 2009 年的 1700 亿元跃升至 2016 年的 9000 多亿元，同比增速连续多年超过 20%。机器到机器应用的终端数量超过 1 亿，占全球总量 31%，成为全球最大市场。预计到 2020 年，我国物联网产业规模将超过 1.5 万亿元。从政策看，我国物联网“十三五”路线图出炉，NB-IoT 建设上升为国家战略。从需求看，中国经济正处在深度调整和变革之中，制造业向中高端加速迈进，物联网将成为一把利器，助力中国制造华丽转身、破茧成蝶。

江苏也在从“跟跑”，逐步转向“并跑”和领跑，推动“万物互联”具备了天时地利人和的条件。从发展纵向看，改革开放以来，江苏经济已先后经历了两次大的转型：第一次是发展乡镇企业，实现了由农到工的转变；第二次是发展开放型经济，实现了由内到外的转变。现在正在进行第三次转型，而物联网必然是江苏的“优先选项”，是提升江苏新一轮发展竞争力的重大战略抉择。

从现实基础看，江苏优势明显。一是产业优势，江苏是制造业大省，增加值约占全国的 1/8、全球的 1.5%，物联网能够促进产业之间相互渗透重组，客观需求旺盛。二是先发优势，2009 年国务院就在无锡市部署建设国家传感网创新示范区，构筑了以无锡为核心，苏州和南京为支撑的一体两翼产业布局，在全球近 30 个国家、200 多个城市都有物联网应用工程项目，主导或参与制定的物联网国际标准多达 20 项。

正是基于此，省委、省政府在率先布局中明确提出：“江苏有能力打造世界物联网发展的新高地，以此推动经济迈向中高端，加快实现由大到强的转变。”

三

2017 世界物联网博览会开幕前夕，东道主无锡市推出的一幅幅倒计时创意海报刷爆朋友圈。

翩翩渔舟扬帆太湖碧波，憨态阿福笑迎全球来客，无不传递出独特的江苏元素和太湖印记。网友评价：把人的情感、地理标识和盛会期待相联，本身就体现了“物联网精神”，是“物联世界共创未来”主题的形象表达。

无锡全市上下凝心聚力创办盛会，更在全方位地依托平台、借力平台、延展平台，着力打造走在发展前列的物联网之城。连续多年的产业集聚和“太湖论剑”，使无锡在世界物联网发展进程中拥有了坚实的基础。如今无锡已率先在国内建成全免费 WiFi 城市、率先成为省内首个全光网城市、基本建成城市大数据中心和四大平台、实现 NB-IoT 窄带物联网全域覆盖，成为全国首个物联网全域覆盖的地级市。

我们看到，首届盛会给无锡带来新的喜人变化：上半年无锡物联网产业规模达到 1197 亿元，一大批数十亿和百亿级物联网项目纷纷落户，全球唯一的物联网小镇——雪浪小镇也已揭开面纱，向人们又一次展示出敢为人先的“无锡精神”、专心专注的“无锡定力”、创新创造的“无锡经验”。

“2017 物博会就是一个全球发展要素集聚互联的大平台。”无锡市政府有关负责人表示，此次大会高峰论坛密集，精彩看点纷呈，邀请了几乎所有全球物联网、互联网、云计算、大数据等产业中的前沿企业。这里正在成为人们把握趋势的“观察哨”，先进技术的“展示台”，产业要素的“集聚地”。

我们坚信，今天的盛会是一个新的起点。共同探寻通往万物互联的现实路径，中国责无旁贷，江苏任重道远。

万物互联，未来已来；引领时代，时不我待。

《新华日报》2017 年 9 月 10 日（24881 期）A01 版 要闻

大案篇

执政的腐败风险，是百姓的关注焦点，也是社会的制度“痛点”。

这其中有二十多年后才披露的重大案情，岁月流逝，镜鉴犹在 ……

世纪警钟

—— 无锡 32 亿元非法集资大案查处纪实

在历史大潮汹涌前进的过程中，总会伴随着种种暗流和漩涡……

无锡，以富庶和秀丽闻名于世的江南名城，一度出了一个赫赫有名的女“能人”—— 北京兴隆实业总公司下属无锡新兴实业总公司总经理邓斌。她和一批不法分子、腐败分子相勾结，连续四年大肆破坏国家金融秩序，疯狂进行非法集资活动，作案金额累计 32.15 亿元，造成直接经济损失达 12.03 亿元。

党中央和地方党委对此案的查处给予了高度重视和有力指挥。各级有关部门先后派出 1512 人参加查案。经过一年多的艰苦侦查，大案已告审结。

翻开厚厚的卷宗，呈现在人们面前的是深重的危害、沉痛的教训、凝重的思考……

新兴公司特大投机倒把案的查处再次证实了这样一条法则：为非作歹者纵能得逞一时，最终逃脱不了正义的裁决！

一封举报信惊动高层。非法集资贻害四方，令人触目惊心。一场震惊全国、规模宏大的反腐败斗争拉开帷幕

—— 正义之剑　应声而出

1994年6月23日，中共江苏省纪委信访室第六期《信访情况》送到省委副书记、省纪委书记曹克明手中。

落款"江阴市深受其害的单位"的举报信摘编，引起曹克明的高度重视：

"北京兴隆实业总公司在无锡成立的新兴实业总公司总经理邓斌，在江阴、无锡等地招摇撞骗，仅江阴市就有26家单位巨额集资资金到期不还，金额高达10多亿元。而邓斌等人却大肆挥霍，过着灯红酒绿的糜烂生活……"

"情况属实！"十余天后，奉派赴锡查核的省纪委调查人员得出结论。

7月初，省纪委召开常委会对此进行专题讨论。7月13日，中共江苏省常委会听取了省纪委的汇报，决定：将新兴公司非法集资案列为全省第一大案，迅速出击，予以彻查！一场规模宏大的

反腐败斗争自此拉开帷幕。

7 月 15 日，省纪委副书记季奎顺率领公检法等部门人员参与的省委调查组抵达无锡。各路信息络绎不绝地汇总到调查组驻地，逐渐组合成一幅幅触目惊心的图景：

在以经济发达而著称的无锡，巨额资金的逾期不还使得一大批企业前所未有地陷入停产半停产的困境乃至倒闭破产的绝境。江阴市峭岐镇有 9275 万元资金落入新兴公司的陷阱，经济机器“断了油”，1993 年全镇还有工业利润 2080 多万元，到 1994 年上半年骤然亏损百余万元。

债主们为向新兴公司讨债被折腾得精疲力竭。几个月来，每天守在新兴公司讨债的达一两百人，还有一批人马则到邓宅守候。“邓斌家养的狗好凶的，但见到我直摇尾巴，”江阴市桐岐镇一位副镇长苦笑着说，“几个月来每天早出晚归找邓斌，汽车跑坏了两副轮胎！”

由于相互拆借搞集资，企业间的债务链越拉越长、越缠越乱，强要钱硬逼债的比比皆是。仅无锡市中级人民法院 1994 年上半年就受理了 47 个单位 54 笔集资纠纷，总标的金额达 2.4 亿元。许多企业与外界感情断、关系断、资金断、信誉断，多年的苦心经营一夜间付诸东流。无锡县供销社一些下属企业原是省级银行 AAA 级、AA 级信用等级单位，因向新兴公司出资，银行将其排除出信用等级评估行列。

当初组织职工群众参加集资的单位领导，此时被取不回血汗钱的群众痛骂为“骗子”，一些人家中的彩电、冰箱被搬走。一时间，一些组织集资的领导吓得不敢上班、不敢回家，个别的干脆离家出走。

父子间、夫妻间、亲友间埋怨吵闹者也屡见不鲜。无锡一家公司的职工彭某，组织家人及亲戚投入 25 万元集资，到期无法收回，亲戚上门哭骂，女儿女婿闹离婚，病妻急得疯疯癫癫，他走投无路，直想寻死。

……

当时江阴城乡流传着这样一副表达群众愤懑之情的对联：“哭声、谩骂声，声声刺心，私债、企业债，债债逼身。”人们说，新兴公司非法集资造成的危害和损失，远超过 1991 年那场百年不遇的洪涝灾害，真是“人祸胜于天灾”！

嫉恶如仇的调查组成员加快了工作的节奏。他们连续四次到新兴公司查看账册，但均遭拒绝 —— 操纵公司人员为调查设置障碍的，是此时远在深圳躲债的邓斌。原来，调查组到无锡的当天，她就得到了手下的密报。一番热线联系之后，她的上司 —— 北京兴隆实业总公司董事长李敏、总经理兼新兴公司董事长李明南下深圳，一边为邓斌打气，一边共商对策。

一场争夺关键罪证的较量随之展开。

7 月 18 日，5 名兴隆公司来客悄悄来到无锡。19 日清晨，他们将新兴公司所有账册运至下榻处南洋大酒店，准备当天中午赶往上海，乘飞机将账册转移到北京去。

他们自以为这番手脚做得天衣无缝，孰料全部落入警惕的侦查人员眼中。当天上午8时半，调查组负责人季奎顺得到报告，当机立断："立即查封账册，决不能让他们切断查案线索！"上午10时许，3辆警车直扑南洋大酒店，干警们在三楼北京来客的房间床底，将满满6箱账册全部搜出，依法查封。

当夜起，调查组人员同抽调来的财务人员一起，开始全面查账。经9天9夜通宵达旦地奋战，调查组初步查出新兴公司非法集资额达26.5亿元（后来，先期被转移到北京的充作新兴公司"第二集资部"的杨市机电设备公司账册被运回，集资数增至32.15亿元）！

罪证脱手，邓斌慌了。7月28日，她从深圳潜回无锡打探消息。侦查人员获知，她已买好上海至武汉的机票，准备第二天6时乘车赴沪，9时登机。种种迹象表明，邓斌已预感末日来临，此次离锡很可能"黄鹤一去不复返"。

就在这一天，曹克明从南京赶到无锡。得知邓斌的动向，他立即和政法部门负责人研究对策。公安机关依法决定：立即严密监控邓斌！

当晚，市公安局机智的侦查人员利用逼债人要找邓斌算账的情势，为已如惊弓之鸟的邓斌设计了一个"保护"方案。9时许，接连接到几个讨债电话的邓斌正躲在办公室里六神无主，一名公安干警上楼，称可以护送邓总到安全的地方去。邓斌如释重负，不暇细想,随警车来到一家僻静的饭店……

在这些日子里，无锡至南京之间的信息渠道时刻畅通着。查封账册，监控邓斌的有力措施，受到江苏省委的充分肯定。7月31日,省委召开常委会,鉴于此案案情重大、牵涉面广,决定立即向中央报告。

8月1日,北京。在接到江苏省委的报告后不满20小时，一次非同寻常的高层协调会在这里举行。由中央纪委牵头，中央政法委、最高人民检察院、最高人民法院、公安部、国家安全部和北京市纪委负责人与会，听取了江苏省委的汇报。会议决定，新兴公司案件由中央纪委牵头，江苏省委负责查处；各项查处工作依法全面展开；不论牵涉到谁,都要一查到底。

8月4日，江苏省又一次召开常委会。省委书记指出这是一宗特大案件，一定要查个水落石出；要排除阻力，依法办事，采取果断措施，对罪犯不能手软，省委全力为办案人员撑腰。会议决定由曹克明副书记分工主抓此案，由省纪委牵头立即成立省委、无锡市委工作组,全面行动,彻查大案。

高层决策既定，各方雷厉风行。8月5日，省、市委工作组精选的人马聚集无锡展开大规模查案工作。

8月6日，邓斌被依法逮捕。在新兴公司就职的一批犯罪分子随后一一落网。

号称有“特殊背景”的新兴公司神秘面纱，随着侦查工作的深入而被揭开。北京兴隆实业总公司在新兴公司非法集资过程中的种种所为日渐明晰，兴隆公司总经理李明、副总经理韩万隆伙同邓斌大肆进行投机倒把犯罪活动的事实得到多方证实。

9月5日上午，由中央纪委主持再次召开协调会，听取江苏一个月来查案情况的汇报，予以充分肯定。政法机关负责同志决定由江苏方面抓获李明、韩万隆。

下午6时许，韩万隆独自一人从北京兴隆公司办公楼内出来，两辆轿车快速驶到他面前停住，几名身手敏捷的干警迅即将韩拉入车中。乱嚷着“有人绑架”的韩万隆弄清这是无锡来的警察后，一下泄了气，随即交代李明尚在办公室内，他是准备为李去买药的。

李明正犯腰疼，趴在办公桌边的一张小床上，等着韩万隆买药来。干警们冲进后，他虽感到意外和惊慌，开口却还是保持着总经理的一丝威严：“你们是干什么的？”“公安人员，江苏来的！”行动人员依法出示证件。李明一下瘫了下来，沮丧地嗫嚅道：“江苏来的……没想到你们来得这么快！”

至此，邓斌、李明、韩万隆，这三名操纵新兴公司大肆进行非法集资的首恶者全部落入法网，这起全国罕见的特大投机倒把案的真相将随之大白于天下。

厮混商海找靠山，绕线工骤成“财神婆”。巧设陷阱，网罗“中介人”，搅起集资狂潮。穷奢极侈，一掷千金，吞噬百姓血汗钱

——光环背后　骗局惊人

一度成为无锡地区风云人物、被视为“财神婆”的邓斌究竟是怎样一个人，她是如何发迹的？新兴公司为何能聚敛起巨额资金？邓斌和李明、韩万隆及其他犯罪分子是怎样勾结到一起，策划、设置巨大陷阱的？……

现年五十七岁的邓斌，原是无锡市无线电变压器厂的绕线工。她那好逸恶劳、诓人钱财的本性早在1978年就曾漏过马脚——以帮人代购自行车、缝纫机、木材等为由，骗取同事的钱财，拆东墙补西墙混了一阵，终于东窗事发，受到行政开除出厂留厂察看两年的处分。

1982年邓斌因病提前退休，还是丢不下这条“生财之道”。她称当远洋公司船长的丈夫能买到家用电器，人家把钱给了她，却看不到彩电、冰箱、洗衣机的影子。为此，1984年2月，邓斌被公安机关责令具结悔过。其后，她的行为有所收敛，在居委会办的小店里干了几年，接接电话，卖卖酱油。

然而，向来虚荣贪婪、满心出人头地的邓斌，怎耐得这种平凡而寂寞的生活？凭着能说会道、出手大方、善于察言观色，她博得了一些人的赏识。1988年下半年，无锡县政协副主席、金城湾开

发总公司总经理倪品良认识了邓斌，急欲求人提携的邓斌抓住机会，对这个既有名气又有实力的老板百般逢迎，倪品良兴之所至，封了她个副总经理。几个月后，邓斌通过倪品良和金城宾馆经理张某的介绍，在深圳结识了中光公司总经理李允若，又牢牢地搭上了这条线。

线索通到李允若，邓斌从事非法集资的源头便可以探寻了——1989 年 8 月，经李允若居中牵线并担保，邓斌以金城湾工贸公司的名义，同深圳四维电脑公司签订了一份联营协议。协议规定，由四维电脑公司提供 152 万元资金，交邓斌经营空调压缩机，期限为 27 天，到期返还本息计 161 万元（折月息 6.58%）。这笔钱邓斌按时还了，空调压缩机的经营却子虚乌有，原来，她又将以前代购家电的把戏故伎重演，集新资还了旧债。

李允若后来聘用邓斌当了中光公司无锡办事处主任。他满口称赞邓斌"借钱生财"的办法，在其怂恿下，邓斌继续通过中光公司以这种方式集资。

身为高级会计师的李允若，称得上老奸巨猾，他深知继续这样下去无异于玩火。既然自己已从非法集资中获利千万余元，邓斌又不像开始时那么言听计从，他便使出"金蝉脱壳"之计——向上司北京兴隆公司密报邓斌欲携款外逃。

1991 年 2 月底 3 月初，李明、韩万隆到无锡考察邓斌。邓斌亦忧亦喜——忧的是倘若问题败露，自己便前功尽弃；喜的是如果借此直接同根基深、实力大的兴隆公司搭上关系，自己便可进一步飞黄腾达。一番精心安排之后，她把李明、韩万隆接进无锡最豪华的美丽都大酒店，先是以山珍海味款待，继之以歌舞娱乐、礼品馈赠。见二人客套一番之后照单全收，邓斌不由心中窃喜，打出最后一张牌 —— 满面堆笑地递上两万元："这点零用钱，给领导随便买点东西 ……"

半推半就之间，红包笑纳囊中。一次原本应当严肃认真的审查，此时达成了心照不宣的默契。回京后，李明、韩万隆宣扬此次无锡之行，发现了以合作经营形式做生意、善于"借鸡生蛋"的能人，积极张罗由兴隆公司在无锡办企业，让邓斌施展身手。

1991 年 8 月，兴隆公司一下属企业与无锡某单位组建了新兴工贸联合公司，邓斌出任总经理。1993 年 1 月改称新兴实业总公司，成为兴隆公司的全资下属企业，李明亲任董事长，邓斌为总经理。其间，邓斌还先后被任命为副处级、处级干部。

社会上的不法分子与党内的腐败分子相勾结，孕育了新兴公司这一怪胎。从此，邓斌就背靠兴隆公司这棵"大树"，与身为党员干部的李明、韩万隆等人沆瀣一气，十八般武艺齐用，肆无忌惮地扩大非法集资规模。

邓斌在一切场合都不会忘记竭力渲染后台老板兴隆公司的背景、实力和路子，打着牌子四处招摇。李明、韩万隆等人则同她一唱一和。他们先后近 20 次到无锡、江阴，在新兴公司举办的各种活动中露面。当人们对集资为什么有这么高利息提出疑问时，李明、韩万隆拍着胸脯说："新兴公司生意做得不差，现在要开拓国外业务，把生意做到国外去。""资金投到老邓那里去保险没问题。""只要共产党不倒，新兴公司就垮不了。"

他们用正当经营的幌子，把违反国家金融法规倒腾资金的底细遮盖得严严实实。对每一个出资者，他们都要签订"合作协议书"，声称资金用来共同经营一次性注射器、医用手套、丝素膏等，而实际上新兴公司自成立以来从未生产或经营过这些产品，所谓联营纯属骗局。

在营造骗局的过程中，邓斌一伙充分利用并进一步煽动社会上一部分人的趋利和投机心理，以高利率为诱饵引诱投资者上钩。他们把月利定在 5%（即年利 60%），个别关系特殊的甚至月利高达 10%（即年利 120%），超过国家规定的银行储蓄存款利息数倍至 10 倍以上。在非法集资初期，为把诱饵做得更香、更真，他们每两月分利一次，有的在交款时当场就煞有介事地兑现首期两个月 10% 的利息。一传十，十传百，向新兴公司出资一时成为令人艳羡的致富门路，许多人想方设法寻找资金来源，走后门、找关系和新兴公司"合作"。高峰时，每月有几千万元、上亿元的各路资金狂潮般地涌向新兴公司专为集资开设的 9 个银行账户，以及作为新兴公司"第二财务部"的杨市机电设备公司 6 个银行账户。

李明来自京城，眼界比邓斌又高出一筹。他多次点拨邓斌，要从多方面设法“塑造良好的企业形象”。邓斌心领神会，依计行事，在制造假象、沽名钓誉、捞取政治资本方面多管齐下：用上亿元集资款换成美元汇往香港，由那里和邓斌串通一气的两家公司再汇至境内，搞了28家假合资公司，每家都举办隆重的开业庆典，人为地制造虚假繁荣景象；在没有做一笔生意的情况下，用集资款主动缴纳营业税378.5万元，显示其经营兴旺效益佳；向130个单位提供各类赞助167笔，共854.64万元，以“广结善缘”，博得热心公益事业的名声……邓斌的种种骗术迷惑了一些头脑不清醒的领导干部。几年中，先后有16个机关单位聘邓斌担任“经济顾问”“名誉董事长”等，有10个机关单位向她颁发奖状和荣誉证书，给她戴上“十佳新人”“先进工作者”等桂冠，当地一些新闻媒介也为她提供频频亮相的机会……

他们深知，要将非法集资之网撒得更大，需要有一批人来为她奔走宣传、穿针引线。邓斌和同伙为此四处活动，寻找关系，金钱铺路，用请客送礼、给回扣、支中介费、行贿、送空股等手法，拉拢腐蚀一些有一定影响的干部和有“门路”的人为其服务。花费76万元给33名党政领导干部及其家属出国出境旅游，就是其中一个突出的例子。此计果然甚妙，十多个“有头有脸”的人欣然应聘担任新兴公司的顾问。邓斌煞费苦心地与一些权力部门的“三资产业”合作经营，结为利益共同体，这样，新兴公司的各种活动，自然能请来一些头面人物捧场，不是保护伞也能遮风雨。在此过程中，还有一批中介人“脱颖而出”，为牟取个人私利积极组织、介绍集资，对新兴公司非法集资在时间、地域、规模上的扩展起到了推波助澜的作用。他们中少数人与邓斌等人同流合污，为虎作伥，违法乱纪，如：姚静漪，无锡县电子工业公司出纳会计，先后组织介绍非法集资 2.84 亿元，从中非法获利 1178.85 万元；黄桂芬，江阴市虹澄物资公司经理，原是农妇，结识邓斌后承包两家公司专做集资生意，共介绍 50 多个单位和个人非法集资 1.05 亿元，从中非法获利和贪污单位集资利息共 919.5 万元；金惠珍，无锡县公安局退休干部，以市检察长夫人的身份自重，与邓斌称姐道妹，互相捧场，让一个村专门成立一个经营部给她儿子承包，作为非法集资中转站，先后组织非法集资 1876 万元，非法获利 100 万元……

据事后清理，政法机关认定的中介人有 108 名，共为新兴公司组织非法集资 14.73 亿元，从中获取非法所得 5340.17 万元。

邓斌的周围聚集起形形色色的拥戴者，而新兴公司的字号上也笼罩起一层层人造的美丽光环，俨然成了一颗耀眼的“新星”。它以企业界巨子面目出现，不问市价购置十多处房产，花费巨资买回奔驰、皇冠等十多辆名车，大肆铺张举办数十次各类庆典，其中 1993 年 8 月 8 日新兴公司成立两周年庆典，宴开 137 桌，发给千余与会者每人 288 元的“红包”！

新兴公司鼓胀的钱柜，就这样被不法分子视同自家腰包，随意支取，疯狂花销。兴隆公司及其下属单位以各种名义调走和无偿占用新兴公司非法集资款 5.13 亿元。李明、韩万隆等人动辄以一个电话、一个便条，甚至一个眼色，就让邓斌进贡上万元、数万元的“交际费”“交通费”“零花钱”，数十万元巨款有去无回。他们每次来无锡，邓斌都将接待工作做得细心周到：住必星级饭店，行必豪华轿车，食必美味佳肴，“业余”则每晚包租华丽 KTV 包厢，还安排小姐陪歌伴舞…… 数十万资金换来了如此这般的“潇洒”。每次进京“汇报工作”，邓斌都不会空手，“礼单”上列有外国皮衣、嵌宝戒指、进口空调、红木家具等各色昂贵物品。她越来越受宠于北京的上司，1992 年、1993 年连续被评为“先进工作者”，两次共获奖金 60 万元。

主宰着巨额资金的邓斌，在对上司出手豪阔、大慷投资者之慨的同时，自己也急不可耐地上下其手，圆了暴富之梦。她利用职务上的便利，大肆索要、收受出资单位的钱物，侵吞集资款，贪污、挪用公款，并多方行贿。经法院认定，其金额共计高达 413 万余元！

利用这些非法所得，邓斌过上了挥霍无度的生活——

她乘上了 80 多万元买来的奔驰轿车，又花重金搞来尾数“8888”的汽车牌照，招摇过市，得意非凡；

她为自己添置了 400 多件高档四季服装（包括上万元的裘

皮大衣)，用各种名贵化妆品精心修饰自己，全身上下珠光宝气，腕上一条镶着108颗钻石的金手链，价值高达21万元；

她到处摆着一掷千金的派头，认两个干女儿，一出手就是1万元、5000元的见面礼，请个巫婆祈福算命，一高兴，香火钱甩手也是1万元。

她共有5处住宅，常住的一处有7室4厅，花50多万元做了豪华装修，内有空调9台、彩电7台，摆放着80件红木家具。办案人员依法搜查时，从她家中扣押金器珠宝200多件，价值90多万元。

邓斌、李明、韩万隆这些蠹虫，就是这样吞噬人民的血汗的！

一批腐败分子问题暴露。中央、省委态度坚决，一查到底。王宝森等案中案被查处，世人瞩目

——穷追不舍 彻查隐案

随着查案的深入，一批隐藏得很深的腐败分子也露出了蛛丝马迹。种种线索不仅牵涉到一些曾经闻名一时的改革家、企业家，还通向一些身居高位、握有大权的领导干部。这些，还要不要查，能不能查，敢不敢查？

江苏省委和省纪委主抓此案的曹克明态度坚决，旗帜鲜明，帮助工作组和地方上的同志坚定信心，鼓舞士气："邓斌等人非法集资之所以能够得逞一时，是与那些腐败分子相互勾结、大搞权

钱交易密不可分的。只有穷追不舍，清除腐败，经济建设才能得到真正的健康发展！”

与此同时，他一次次来到无锡，亲自调阅案卷，与办案人员一起研究审讯笔录，确定侦查方案，并理清重要线索，及时将重大情况上报省委和中央纪委。

中央纪委和江苏省委在关键时刻给了纪检、监察和司法机关及省市委工作组强有力的支持和指导。

1995 年 1 月 6 日，由中央纪委、最高人民检察院、北京市 27 人组成的中央联合专案调查组来到无锡。调查组由攻克过一系列大要案的中央纪委常委刘丽英带队。最高人民检察院、最高人民法院、公安部领导同志也亲临无锡指导办案。

江苏省纪委再次增派力量，从机关抽调 50 多人、省检察院抽调 30 多人，奔赴无锡，主攻“案中案”。

在追查中，最早进入视野的，是无锡市郊区山北乡会龙实业总公司总经理谈根发。经查，1994 年 7 月 19 日，就在调查组截获新兴公司账册的当晚，谈根发趁着夜色，带着邓斌之子汪浩等人，急匆匆地将邓斌住宅中 18 箱财务账册，分用两辆汽车转移到会龙公司。

谈根发为何要冒此风险为邓斌效力呢？原来，他除积极为邓斌组织介绍非法集资外，还以会龙公司的名义在邓斌处集资 2782 万元，邓斌给了他不少关照。

谈根发被收审后，其贪污、受贿、行贿、挪用公款方面的罪行逐一暴露，同时，这个交友甚广的老板通向大要案的线索也牵了出来。

奉“有钱能使官推磨”为人生信条的谈根发，早就把攻下无锡市副市长丁浩兴这个“关系”列为自己的一个目标。1992 年上半年的一天，他以感谢为公司项目牵线为由，来到丁浩兴的办公室，给丁递上一张写有“集资 3.5 万元”的纸条说：“这笔钱放在公司里，以后按 30% 的年利率结算。”

丁浩兴心领神会，将白条收入袋中。

1993 年 8 月 8 日，丁浩兴依约来到会龙公司，要领到期“集资款”利息。谈根发立即吩咐会计取出 10 500 元。他没有想到的是，丁副市长只收起了 5500 元，余下的又顺手递给了谈根发：“本钱凑个 4 万整数吧。”

签领利息时，为掩人耳目，谈根发给丁浩兴虚构了“王丽菊”这个假名，丁依言签了（假名签字笔迹后来成为攻破丁案的重要证据）。第二年，4 万“本金”生息 1.2 万元，丁浩兴又全部“转存”。

当然，谈老板的付出得到了“回报”：丁浩兴先后利用职权之便挪用 1550 万元的政府专用基金给会龙公司周转，其中有 300 万元被谈根发直接拿到新兴公司集资去。谈根发对这种交易直言不讳：“我给他钱，他就得给我办事。”

丁浩兴被查处的同时，另一位要员也在谈根发案件中露出马脚，他就是无锡市检察院检察长高振家。

高振家爱打麻将，五毒俱全的谈根发便投其所好，不仅主动为其安排“活动”场所，且每次都为他提供赌资：赢了，高检收好；输了，谈某来掏。

打牌之余，红包、礼品不断。谈根发的种种“美意”使高振家渐渐忘记了自己检察长的身份，忘记了一名政法干部应有的原则。应谈根发的要求，高振家授意无锡市郊区检察院为谈办理了监察助理员的证件，谈凭此四处招摇，八方炫耀。

打这以后，身为检察长的高振家不务“正业”，却异乎寻常地与一些小老板们打得火热，终于同他那充当非法集资中介人的妻子金惠珍一起，一步步走向犯罪的泥淖。

经查，1993 年 1 月，高振家利用职务便利，帮助无锡县钱桥建筑公司经理唐锦清办理一辆皇冠 3.0 轿车牌照以及警灯、报警器使用证件等，事后收受对方送给的价值 6600 元的雷达牌手表一块；1993 年 8 月，高振家向唐锦清承诺将市检察院和某公司联合开发干警宿舍楼的工程安排给唐，从中收受 2000 美元（后因拆迁工作不顺利，唐至今未能接到此项工程）。对检察院办的阳光饭店等三家三产企业，高振家在诸多重要事项上不经集体讨论而擅自做主，放松管理、疏于监督，以致造成了亏损近 2000 万元的重大损失。

对谈根发的侦查突破了重大案中案，对新兴公司演变过程的深究也挖出了一个腐败分子 —— 鼎鼎有名的倪品良。倪品良曾是邓斌在金城湾工贸公司时的上司，无锡县政协副主席、金城湾开发总公司总经理。早在 1993 年，他在担任无锡县堰桥乡党委书记的时候，率先将农村家庭联产承包责任制的机理运用于乡镇企业的经营管理，创造了著名的“一包三改”经验（即实行经济承包制，改干部任命制为聘用制、改职工固定制为合同制、改固定工资制为浮动制）。然而，就是这位当年改革的知名人物，却有着与邓斌共同作恶、违法犯罪的重大嫌疑。他的问题要不要查？面对广大群众疑问的目光，办案人员毅然排除了各种干扰，1995 年 4 月 26 日，司法机关对其立案侦查。现已查实，倪品良在金城湾开发总公司担任总经理期间，收受贿赂人民币 31.9 万元、美金 5500 元、港币 1 万元；贪污人民币 15.7585 万元；挪用公款 43.5945 万元；贿赂邓斌 18 万元。

倪品良为什么会堕落成罪犯？许多了解他的人说，随着自己知名度的提高和金城湾经济实力的增强，倪品良居功自傲，把金城湾当成了他的“独立王国”。在审讯他的检察官面前，倪品良自己坦言：年纪大了，掌权的时间不多了，因此想多弄点钱，为将来留点后路。

新兴公司非法集资案牵扯出的案中案之多，在中国办案史上是罕见的；办案人员所遇到对手之狡诈，突破之艰难也是少有的。突破案犯姚静漪，并由此挖出作案金额共 380 多万元的 8 名重大经济犯罪分子，包括原纺工部生产司副司长、北京华诚纺织总公司总经理周涵春（正厅级）和上海电器联合总公司物资供销公司的几名腐败分子，可算是典型。

邓斌案发后，先后组织介绍非法集资达2.8亿元的无锡县电子工业公司出纳会计姚静漪惶惶不可终日。为逃避罪责，在一些亲友的共同策划下，姚一边与亲友及当事人订立攻守同盟，转移赃款，开假证明、假发票、假单据，企图对付审查；一边又向无锡检察院假自首、假交代，以求蒙混过关。

1994年9月26日，侦查机关对姚静漪依法收容审查。由于她事先做了充分准备，拒绝交代真实情况，加之她的女婿许某、无锡市工商银行某办事处的言某等多次为专案组提供伪证，使侦查一度陷入僵局。

办案人员改变策略，从审查新兴公司同姚静漪本人在其单位所做的资金往来账入手，并立即指派两名处级干部充实专案组。在追踪查清有关资金的来源时，审计人员发现姚静漪与省内外26个单位有资金往来。专案组就此顺藤摸瓜，又分别对这26家单位的财务往来账目逐笔进行审核，查出自1992年1月至1993年6月间，姚静漪曾先后从这些单位筹集资金1.97亿元投入新兴公司。

就在此时，新的线索又出现了——在姚静漪做的账册中，新兴公司曾先后将18万元汇到吴江市横扇供销社。这背后隐藏着什么？

侦查人员立即赶到吴江市清查账务，果然有了收获。吴江市物资公司经理俞冬晓贪污145万元、党支部书记范辛炎贪污5.9万元，以及他们共同向有关人员行贿的犯罪行为被揭露出来。

在政策的感召下，俞某交代了自己的大舅周涵春通过北京某金融机构，为他及姚静漪提供巨额资金用于非法集资的犯罪事实。侦查人员迅速返回无锡再审姚静漪。确凿的事实一举戳穿姚与周涵春事先订立的攻守同盟。至此，姚不得不交代出周涵春通过自己在邓斌那里集资3100万元，拿走利息540万元，以及自己与胞弟去北京行贿周涵春38万元等重大犯罪情节。

1995年1月20日，周涵春落入法网。从周涵春处，专案组又先后查出了上海电器联合总公司物资供销公司经理汪曾祥（正处级）、副经理沙天麟（副处级）和业务科长何运久等案犯。经查，这三人计受贿钱物110多万元。这一首尾相接的串案的查处，成为反腐败斗争又一串沉甸甸的成果。

纵观案中案的查处，最为振奋人心，最具有全局性意义的，是突破了李敏，带出了王宝森。

根据邓斌、李明、韩万隆的交代，北京兴隆公司董事长李敏（副厅级干部）有严重经济问题。1994年11月23日，李敏在北京被司法机关依法逮捕，押来南京审讯。曾先后审讯突破邓斌、周涵春、李允若的检察官季克谦和他的助手们接下了这一艰巨任务。

多次询问何时可以回家过春节的李敏，一开始并未把几位检察官放在眼里。他的傲慢和自信似乎有些“资本”：一是他曾在北京大机关做过五年秘书；二是在邓斌、李明、韩万隆事发之后，有关问题他已做好了手脚；三是由于他在部队等要害岗位工作过，具有较强的反侦查能力。

审讯人员摸透了他的心理，针锋相对，首先打掉他的“面子”，拉下他的“架子”，进而推倒他有恃无恐的心理靠山。

在经历了半个月的交锋和相持之后，李敏终于低下了头。他交代说，他和北京某领导机关秘书陈健以及曾任某领导机关秘书、后任北京城乡通讯公司经理的何世平一起，帮助办了首都钢铁公司总经理助理周北方的妻子和孩子去香港定居的手续，为表示感谢，周北方请三人吃饭，席间给每人送了 20 万港币。后来，周北方又将 60 万元港币送到李敏办公室，李收下了。

周北方和陈健、何世平因此而被依法逮捕。根据他们交代的线索，又追查出中共北京市委常委、副市长王宝森滥用职权，贪污、挪用巨额公款，造成巨大经济损失等重大犯罪问题。中共中央政治局委员、北京市委书记陈希同也因此涉嫌有严重问题而引咎辞职，接受中央纪委审查。此案公布后，在国内外引起极强烈的反响。广大人民群众盛赞党中央反腐败的决心和能力，看到了希望，增强了信心。外电评论：中国肃贪动真，高官也不例外。

新兴公司案中案的查处，成果是巨大的。一年多来，因这起非法集资案引发的案中案多达 85 件 94 人，全部立案查处。据统计，共查处违法违纪人员 179 人，其中县处级干部 27 人，厅局级干部 16 人。构成违法犯罪的 99 人，其中县处级干部 10 人，厅局级干部 9 人；违反党纪政纪的 80 人，其中县处级干部 17 人，厅局级干部 7 人；全案共查处违反党纪政纪和违法犯罪的党员、干部 137 人。

中央纪委负责同志评价说，新兴公司案件的查处为全国的反腐败斗争做出了贡献。我们可以相信，彻查此案的胜利，将为反腐败斗争的发展史添上浓墨重彩的一笔！

审计开路，摸清 32 亿底数。办案人员八方催款，有序清退，无锡地区人心稳定，重焕生机

—— 竭尽全力　挽回损失

新兴公司投机倒把案持续时间之长，涉及人员之多，覆盖范围之广，资金数目之大，作案手段之新，迄今全国罕见。查案工作的复杂性、艰巨性是可想而知的。

根据中央和江苏省委的指示精神，省、市委工作组从查案一开始就明确以“查清问题，减少损失，惩处罪犯，维护稳定，促进发展”为指导思想和总要求。

北京和南京的高层领导说，这五句话是一个统一体 —— 查清问题是前提，惩处犯罪、减少损失是关键，维护稳定是保证，促进发展是目的。

工作组负责人说，这五句话是一把钥匙 —— 千头万绪的工作在它的统领下，分若干战役有条不紊地展开。

办案人员说，这五句话是一种激励和鞭策 —— 为此他们度过了多少个不眠之夜，经历了多少次长途跋涉，进行了多少次激烈交锋 ……

主犯落网，初战告捷之后，紧接着的一个战役便是查清新兴公司非法集资底数。1994 年 8 月初，省、市委工作组一成立，就从省、市、县（区）的审计部门抽调 260 多名专业人员，对新兴公司及杨市机电设备公司的账册进行全面清账审计。

在近三个月的时间里，审计人员对新兴公司一团乱麻般的账目进行条分缕析，审核了新兴公司 12 万张原始凭证，从 6 万多笔业务中整理出 48 万个数据，建立审计底稿 5000 多张，建立新的规范账册 40 多本。在此过程中，13 个对账小组同出资地区、单位逐一进行全面核对 ……

廓清迷雾。新兴公司非法集资的底数呈现在人们面前 —— 在其 32.15 亿元的集资中，一级出资者（直接向新兴公司投资的，不含转投者）涉及 7 个省市 368 家单位和 31 个个人，其中无锡地区 297 个单位和 31 个个人，出资 25 亿元；江苏省内其他地区有 42 个单位，出资 4.28 亿元；外省市有 29 个单位，出资 2.87 亿元。案发前，新兴公司有 16.27 亿元本金没有归还，公司债权股权同债务相抵后，留下 12.03 亿元的大窟窿！

如果说清账审计的顺利结束突破了专业性方面的障碍，那么对中介人的圆满清理则是解决政策性问题的一项重要成果。

针对中介人在本案中的作用和特点，为有利于搞好资金清退、扩大办案成果，办案班子认真研究政策的制定和运用。经省高级人民法院、省人民检察院批准，1994 年 10 月 6 日，无锡市中级人民法院、无锡市人民检察院根据国家法律、法规和有关政策，发布了《关于责令新兴实业总公司非法集资的中介人限期交代问题的通知》。

在规定期限内，有 134 人先后到执法执纪部门交代问题争取从宽处理。政法机关区别不同情况，对认定的 108 名中介人分别作了从严、从宽处理。其中，触犯刑律的 19 人，违反党纪政纪的 35 人。

本着严格依法办事的精神，执法机关各司其职，严格按照法律和程序运作，做了大量过细的工作。各办案小组坚持边审边查，审查结合，先后派出 1200 多人赴北京、广东、上海、湖北、黑龙江、海南、安徽、吉林等地以至香港调查取证，形成 1.5 万多份证据材料，连同 400 多卷审讯卷宗，为定罪审判奠定了基础。

依法办案同样表现在对案犯的看管方面。公安部门抽调近百名干警，加强对重要案犯的监护，配合审讯耐心细致地做好思想工作。

邓斌看病，看管人员定期请医生为她检查，及时给予治疗。

关押期间被发现胰腺癌晚期发作的李明，得到了人道主义的对待：工作组及时将他送到医院全力救治，请专家为他会诊，并用了大量贵重药品；检察官、公安干警和武警战士昼夜护理，为他喂药擦身，甚至用手指帮他抠出卡在喉间的痰……

面对这一切，李明那罪恶的心灵深深地受到了感动。在因抢救无效而死亡的前夕，他发出“我罪行累累，对无锡人民作了孽”的忏悔，真心诚意地要他儿子向办案人员叩头，表示谢意。

各级党委、政府和工作组在维护稳定方面创造了一个奇迹：查案工作全面展开之后，无锡市区和江阴市、无锡县没有一人上访，秩序井然，人心安定。新兴公司造成的直接损失，省、市委工作组依法采取了多项得力措施：查封新兴公司财产，组织核价、拍卖，用于抵债；催讨新兴公司的债权欠款和集资还本付息大于本金的那部分超兑付款；对新兴公司投资的下属40家企业资产股权进行全面清理评估；对新兴公司以各种名义付出的赞助款、公费出国旅游款、内部职工宕欠款进行清理追缴。

由无锡市中级人民法院院长、工作组成员王金大率领的催款队伍在一年的工作中跋山涉水、不辞辛劳，为了群众利益，听惯冷言冷语，任劳任怨、想方设法实现资金归位。51个催款小组跑遍了全国12个省市中26个市县的300多家单位，有的多次上门，耐心做欠款单位的工作。据统计，催款人员累计行程达17万多公里，人均行程9400多公里！

有时，对方单位拿不出资金便用财物抵算，催款人员不厌其烦地运回无锡。东北绥芬河边境地区某单位用5辆俄罗斯“卡马斯”重型卡车抵款，催款人员在冰天雪地中将车押到大连，水运至上海，再用平板车拖回无锡。虽然吃尽了苦头，但看到又减少了一笔损失，他们却是满心的愉快。

在派专人赴京学习借鉴处理长城公司非法集资的做法和经验，并深入出资地区、单位广泛听取干部群众的意见后，工作组制定了清退工作的原则意见和实施方案。1995年初起，清退工作分三步逐步提高比例进行。经过各级党委政府的艰苦努力，新兴公司非法集资造成的直接经济损失从12亿多元降到不足2亿元，平均清退率达到94%！

出资地区、单位的干部群众发自内心地说，党和政府为我们办了件大好事！

显而易见，新兴公司非法集资带来的严重危害并不是短期内就能消弭的。但是，无锡人民没有消沉，非法集资重灾区的干部群众正重新振奋起来。

江阴市峭岐镇信达物资公司原来因为高额出资，导致建设中的热电厂成了“半拉子”工程，部分设备置于露天锈蚀损坏，如今工程已重新上马兴建，工地一片繁忙。

无锡县供销社系统对一度瘫痪的日杂、果品、采供等企业采取兼并、帮扶等措施，助其重焕生机。

无锡，这颗在中国经济舞台上引领风骚的太湖明珠，拭去一度蒙上的灰尘,依旧那么熠熠生辉。

对于为查处新兴公司案件做出无私奉献的办案人员来说,没有什么比无锡地区清除毒痈后焕发健康发展生机更值得欣慰的了。

人们感到痛惜的是,有一位好战友——无锡市人民检察院刑检处副处长石争平已不能分享这份喜悦。这是一位经验丰富、责任心强的女检察官。去年 11 月起,石争平参加查办新兴公司非法集资案,担任主犯邓斌第一公诉人的重任。她全力以赴,日夜工作,为查清邓斌犯罪事实,坚决惩治腐败做出了贡献。5 月 13 日,在向省检察院汇报案情后,返锡途中发生车祸。石争平同志因伤势过重,不幸因公殉职,年仅四十四岁。

更为不幸的是,就在全案查处胜利结束之际,新兴公司大案查处的一线指挥员,江苏省委工作组组长,省纪委副书记季奎顺同志,于 1995 年 11 月 8 日意外因车祸去世。江苏省委、省政府追授季奎顺同志"模范纪检干部称号",记一等功。斯人已去,风范长存。

历史做出正义裁决。中国不容腐败,中国有能力清除腐败。深刻的教训警示人们

——大案过后 警钟长鸣

天网恢恢,疏而不漏。

1995 年 7 月 20 日,无锡市人民检察院以投机倒把、贪污、

行贿、挪用公款罪，对新兴公司非法集资主犯邓斌、韩万隆提起公诉。李明因病死亡，终止诉讼。

8 月 23 日，无锡市中级人民法院刑事审判第一庭开庭，对此案进行公开审理。

能容纳 500 多人的大法庭，连续三天座无虚席，走廊上站着许多旁听的群众。把邓斌、韩万隆押上被告席，是旁听者和因人数所限不能到庭旁听的广大无锡人民群众的强烈愿望。

经合议庭合议，邓斌、韩万隆被指控的各项罪名成立，证据确凿。

11 月 13 日，法庭重新开庭。审判长庄严宣告：判处邓斌死刑；判处韩万隆有期徒刑 20 年。二被告均不服，提起上诉。11 月 24 日，江苏省高级人民法院驳回二被告上诉，维持原判。

11 月 29 日，最高人民法院核准死刑，邓斌被押赴刑场，执行枪决。其他罪犯也受到了法律应有的惩处。

中国不容腐败，中国共产党完全有能力清除腐败，这一现实的承诺和宣告，在这里再次得到有力的印证。

回溯此案查处的全过程，这样的印证也贯穿其中：江泽民、李鹏等党中央、国务院领导同志先后对查处新兴公司非法集资案作了重要批示和指示，明确要求和全力支持江苏省委彻查此案。

中央纪委直接牵头，先后七次在查案的各个重要阶段召开由中央政法委、国务院办公厅、最高人民检察院、最高人民法院、公安部、国家安全部、财政部、国家税务总局、国家工商局、中国人民银行、北京市纪委等12个部门领导参加的汇报协调会，中央政治局委员、中央纪委书记尉健行同志亲自过问，中央纪委副书记侯宗宾、陈作霖、王德瑛，常委刘丽英、安启元等同志亲自主持会议，听取调查进展情况汇报，协调解决有关疑难问题。

江苏省委一年来先后召开八次常委会、四次书记办公会，专题研究查处新兴公司非法集资案中的重要事宜。省委主要领导同志经常过问此案，并对查案中遇到的问题和困难，及时给予指导和支持。

在查案的关键时刻，中央纪委及时派出调查组到无锡，有力推动了查案工作向纵深发展。中央纪委常委刘丽英先后三次亲临无锡，在第一线检查指导办案，历时近四个月。她对重要案件逐个听取汇报，进行具体指导，对催款、清退、办案中涉及外省市的问题，亲自出马协调解决。

……

这一切都给人们以深刻的启示：大案要案能否得到有力查处，反腐败斗争能否扎实有效地深入开展，关键取决于领导的认识和决心。只要各级党政领导高度重视，下决心真抓实干，再大再难的案件也一定能够办好。

新兴公司案件查处成功提供的另一点启示是，上下左右步调一致，各方通力协作，充分发挥合力优势，是查处大案要案工作顺利进行的重要保证。

在一年多的查处工作中，江苏省先后派出 1512 人参战，分别来自省、市、县（区）三级党委、政府、纪委和政法委、检察、法院、公安、司法、监察、信访、财政、工商、税务、审计、银行等 12 个执纪执法部门的主要领导多次到现场办公。在查处案件的过程中，党委重视、纪委牵头，司法机关全力参与，政府有关部门积极配合，各司其职，配合默契，既加大力度，又严格执法，既紧张忙碌，又有序渐进，从而形成了一支阵容强大、极富有战斗力的“合力兵团”。

大案的查处终于画上了一个圆满的句号，新兴公司的一场闹剧虽已收场，但它所提供的沉痛教训和反面教材，却令人不得不为之警醒，深长思之——

“执政党的党风问题是有关党的生死存亡的问题。”新兴公司案件中暴露出的种种腐败现象及其对党和政府的形象造成的损害、对社会主义市场经济健康运行造成的危害，对社会风气和社会心理造成的侵蚀，令人触目惊心，从反面印证了陈云同志这句充满忧患意识的振聋发聩的名言。在新形势下，我们应当如何使“两手抓，两手都要硬”的方针真正落到实处？应当如何切实加强党的建设，开展反腐败斗争，并首先抓好党政领导机关和要害部门的反腐倡廉？

邓斌一伙之所以能历时数年，敛资巨大，某些领导干部头脑不清醒而为其假象所蒙蔽，待其为尊客、视其为能人，不能不说是一个相当重要的原因。那么，在纷繁复杂的社会现象面前，究竟应当如何明辨是非，高度警觉，保持政治上的敏感性、原则性和坚定性？

从宏观背景上看，新兴公司大案发生在计划经济向社会主义市场经济体制转换的时期，发生在新旧体制交替、碰撞形成的某些“模糊地带”中。要避免邓斌之后再出“王斌”“李斌”，我们该怎样在全社会真正确立“市场经济是法律制度”的意识？怎样建立和完善适应社会主义市场经济发展的法律制度？政府部门尤其是监管部门对企业如何做到既积极转换职能、还权于企业，又坚持依法行政、不放任自流？如何切实提高全民法制意识，做到“真正使人人懂法，不仅不犯法，而且积极地维护法律”？

耐人寻味的是，在向新兴公司出资的单位中，国有大中型企业几乎没有，就是在乡镇企业中，也有许多不为种种诱惑所动，坚决不参与非法集资的，如著名的江阴市华士镇华西村，邓斌先后四次上门都碰了一鼻子灰，无锡县东镇大桥村也多次拒绝了谈根发介绍集资的要求。改革本身就是利益关系的调整，市场经济中，不可能没有诱惑，也不可能没有风险。重要的是，企业如何始终坚持正确的经营方向？如何克服投机取巧发横财的心理，真正按经济规律办事？

在大案中，参加邓斌之流非法集资，或利用职务之便、大搞权钱交易的党员干部人数之多令人瞠目。“树立正确的世界观和人生观，无论过去、现在和将来，对于每一个干部和党员来说，都是首要的问题。”

失去监督的权力必然导致腐败，我们应当如何进一步建立健全防范以权谋私等行为的约束机制，充分发挥党内监督、法律监督、群众监督和舆论监督的作用？

面对这些严峻而不容回避的问题，每一个人都应当做出自己的回答，这是时代的要求，更是现实的呼唤！

愿全体党员干部都警钟长鸣！

愿全社会都来参与构筑一道让共和国的肌体不受侵蚀的坚强防线！

攻克腐败堡垒

惊天的沈阳腐败窝案暴露于一个偶然事件。

“在澳门葡京酒店、东方酒店等处的赌场内，发现有几位大陆高级官员多次出入其间参与豪赌。”1999 年初，中纪委接到确切举报。

中纪委经过缜密的调查，发现这些官员是沈阳市委常委、常务副市长马向东，沈阳市建委主任宁先杰等人。随后，马、宁等人被中纪委“双规”，接着被辽宁省检察机关立案。审查中发现他们除赌博外，还涉嫌私分 12 万美元、挪用 40 万美元等犯罪事实。然而，马向东等人与其亲友，依仗盘根错节的关系网四处活动，拉拢腐蚀了一些政府官员和参办此案的人员，使得案件查处阻碍重重。他们转移巨额赃款，销毁犯罪证据，还扬言要为自己翻案，致使此案拖了近十七个月仍没有实质性进展。国外媒体借此大做文章,社会影响极为恶劣。

腐败分子的猖狂行径,令人震惊。

紧急电令:江苏异地接手"沈阳大案"

2000 年 11 月 14 日上午。

江苏省纪委办公厅的值班电话骤然响起。中纪委急电江苏省纪委负责同志,立即赶赴沈阳接受重大任务。

15 日上午,原江苏省委副书记、省纪委书记曹克明带领省纪委、省政法委的领导同志和省公安厅厅长、省高院院长、省检察院检察长等有关方面负责人一行由上海飞赴沈阳。

飞机降落沈阳机场。出乎他们意料的是,中纪委副书记刘丽英和辽宁省委副书记、纪委书记等人已等候在连接舷梯的栈桥出口处。如此高规格的礼遇,让人感到此行非同寻常。

一到驻地,刘丽英和最高法院副院长刘家琛、最高检察院副检察长赵登举等就向江苏的同志通报了此次特别任务。备受海内外关注的"沈阳大案"中,由辽宁省检察机关立案侦查的主要犯罪嫌疑人马向东、宁先杰和沈阳市财政局长李经芳、沈阳市检察院检察长刘实等交江苏侦查、审判。

"为了彻底查清案情,中纪委协调最高法、最高检决定此案指定江苏管辖,实行异地办案。不管涉及什么人都要一查到底。你们要向人民交一份满意的答卷，要让党中央放心。”在下午的案情通报会上，刘丽英正式宣布说。

大案实行跨省异地管辖，这在新中国成立以来还是第一次。

曹克明坚定地说：“反腐败全国一盘棋，尽管江苏反腐败任务很重，但中央领导机关已决定，我们还是无条件接受任务。这是一个重大的政治任务，我们要在辽宁省的配合下，集中最强的力量，以最快的速度、最好的质量办好案件。”

以接受任务的时间为代号，“11・15”专案就此被江苏列为查办的第一大案。

周密谋划　调兵遣将

命令如山。

江苏省委、省政府高度重视。17日，曹克明等一行返宁，经向主要领导汇报请示后，当天即成立了“11・15”专案领导小组和专案指挥组。专案领导小组由曹克明亲自挂帅。

侦查工作由检察机关任主角。在省纪委的协调下，省检察院紧急行动，把查处此案放到最优先的位置。张品华检察长当即拍板，要像当年查处无锡邓斌大案那样，从全院和全省抽调精兵强将，需要多少人就调多少人。

当晚，各种方案迅速拟定，一个个指令立即发出。

在反腐败斗争中曾荣立一等功的省检察院反贪局局长季克

谦正在北京开会。此时被紧急召回，担任专案前线指挥组组长。

18 日晚，省检察机关以及南京、无锡、徐州、淮安等地检察机关的办案好手悄然汇聚南京城外的办案地点 —— 绿园。

侦查“11・15”专案，难度不言而喻。办案人员对犯罪嫌疑人的社会背景和社会关系一无所知。外围侦查既要迅速展开，又要绝对保密，不能打草惊蛇。加上前期马向东等人依仗社会关系网，收买拉拢一些办案人员，已知晓中纪委和检察机关掌握的“底细”，并抢得先机，转移了大量赃物和证据，且侦破时间又十分紧迫。怎么办？

专案组充分分析了有利因素和不利因素。有利因素之一是党中央、省委反腐败的决心大，会给予强有力的支持；二是这些犯罪嫌疑人一下子从东北转到江苏审查，思想准备不足，心理压力大。不利因素是办案人员对案件情况不熟悉，且缺乏必要的资料。

针对案情的复杂性和特殊性，专案组确定了以审讯为主线突破全案的策略。他们决定采取审讯与取证、取证与追赃同时并进的方法进行。对每一个犯罪嫌疑人，办案组都根据中纪委和辽宁省有关方面提供的材料，深入细致地分析其个性特点、心理状况、文化程度和社会阅历等情况，制定了详细的审讯方案。

专案组在办案之初明确提出，审讯必须坚持形势教育、政策教育、法律教育和前途教育，同时必须做到“五不”：即对犯罪嫌疑人做工作时不急躁、不对立、不动怒、不讽刺挖苦、不侮辱人格。

真正做到以理服人、以情感人、以政策法律教育人。事实证明，这些策略和措施是非常得力和有效的，在以后的审讯中，为突破全案、扩大战果起到了至关重要的作用。

就在检察机关抽调精干人员之时，省纪委与公安厅两路也同时行动。省纪委立即派员赶赴沈阳，设立联络组，负责联系、协调两地相关事宜。省公安厅迅速抽调精干力量负责押解、布控、追逃等重任。

让专案组领导尤为关注的是此案还有“涉黑”背景，这使此案的侦查不只多了一分危险，也让他们在全局的遣兵布阵中不能不多了一分细心，以防万一。

事实证明这份担心并非多余。仅仅过了几天，专案组领导及办案人员名单已被人悉数公布上网。专案人员的手机也神秘地被人掌握，时常在深夜受到匿名电话骚扰。在沈阳江苏办案人员的大本营——“天光会所”，起初也常有不明身份的人于深夜开车到楼下，向保安打探上楼的通道。在沈阳另一办案点——空招，也有人扒在窗栏向室内窥视，被发现后迅速开车逃离。犯罪分子的种种干扰，不仅没有起到恐吓的作用，反而更加激发办案人员全力彻查全案的决心。

20日前后，主要犯罪嫌疑人马向东、李经芳、宁先杰、刘实以及马向东之妻、沈阳医学院副院长兼附属第二院院长章亚非等在辽宁与江苏公安人员的严密布置下，先期被秘密押解到江苏省看守所。随后，随着案情的不断深入，迟若岩、泰明、马声、翟利、于海洋、冯奎、吴文文、韩春颖、贝仕新等一批涉案人员也被相继押解到江苏。

据办案人员介绍，押解犯罪嫌疑人来江苏是一项非常艰巨的工作，一切都是在高度保密的状态下进行。一是因此案涉黑，二要防止犯罪嫌疑人有异常举动。在押送原沈阳市铁西百货大楼总经理贝仕新时，刚上飞机，此人就大叫肚子疼，原来，贝仕新已偷偷吞下指甲钳和铁钉进行自戕。押解人员立即将其送往沈阳市医院开刀救治，一个月后才押解到江苏。办案人员还专门为他找来医院专家进行恢复性治疗。

从第一批犯罪嫌疑人押解到江苏，绿园就失去了往日的宁静，灯火彻夜通明。一场反腐败的攻坚战在这里悄然拉开了帷幕，一起令世人为之瞠目的腐败窝案由此浮出水面。

突破腐败分子精心构筑的防御堡垒

“沈阳窝案”的主要犯罪嫌疑人确非等闲之辈，他们大都具有研究生文化，领导职务较高，有较强的反侦查能力，特别是前期历经了与办案人员近十七个月的对抗，使他们产生“死顶硬抗，谁奈我何”的顽固心理。

对每一个犯罪嫌疑人的审讯都是一场攻坚战，审讯者与被审讯者之间进行了一次次斗智斗勇的激烈交锋。

打掉嚣张气焰，四天突破自傲自大的马向东

2000 年 11 月 21 日上午 9:30，江苏办案人员与马向东进行了第一次面对面的交锋。这距马向东押解至南京不过两天多的时间。

被“11·15”专案组列为一号的犯罪嫌疑人马向东，在沈阳绝对是个炙手可热的人物。他自幼家贫，父母早逝，与姐姐相依为命。当年，他从搬运工干起，一步一步走到了常务副市长的位置。此人权欲膨胀，即使在辽宁关押之时，依然做着“异地做官”的黄粱美梦。

“回顾从政十几年来，我是清官，不是贪官。扪心自问，我对得起党和人民，对得起生我养我的土地。”审讯一开始，马向东就为自己大唱赞歌。

“你先谈谈自己的问题。”审讯人员针锋相对。

“我与犯罪无缘。”

“为何去澳门赌场赌博？”

“我去澳门是酝酿谈判方案，从未专门去玩。”

“你作为政府官员，为什么要在香港成立私有的‘香港定志公司’？”

“这完全是政府行为，是为 H 股上市做准备，为沈阳筹集更多的资金。”

“如果不让我为人民服务，这是人民的损失，而不是我个人的损失。”马向东表现得很激动。

要么拒绝回答，要么矢口否认，要么大肆炫耀，马向东要尽花招，一副目空一切的架势。但实际上他也在暗暗估量对手的实力。

“你的案子已审查了十七个月，为什么突然转到江苏来审？这说明什么？说明你的问题很严重。你的问题一定要在江苏解决，不要抱任何幻想。”审讯人员以坚定而严厉的语气打消马向东侥幸、抗拒和依赖的心态。

马向东被审讯人员的威严气势所压倒，脸红了一下，又故作镇静。

面对死猪不怕开水烫的马向东，审讯人员又抛出一枚重磅炸弹：“你知道同你一起来江苏的还有哪些人？是宁先杰、李经芳。你们三人处在同一条起跑线上，谁先交代谁主动。”

审讯人员神定气闲，不急不躁。一次次向他宣讲党中央反腐败的决心和有关政策、法律，并将有针对性的法律条文印送到他手里。

通过第一天审讯，办案组已初步掌握了马向东的个性和谈话特点。他们认为，表面平静的马向东实质上内心已受到强烈震动。私下里他会将法律条文与自己的行为对照起来看，不可能不对今后何去何从做出选择。特别是抛给他思考的问题，他想避也避不了。

此后几天，审讯人员继续对马向东进行政策攻心，法律攻心，对其施加强大的压力。不管马的态度有多倨傲，也不管他多么善于狡辩，审讯人员都坚持审讯的“五不”原则，表现出神定气闲的风度，这无形中使压力很大的马向东更加忐忑不安。

审讯归审讯，在人格上，办案人员对马向东给予了充分尊重。马向东烟瘾很大，他们就自掏腰包买烟给他抽；马是回民，他们就叮嘱厨师给他另做回民饭菜；马有糖尿病，他们就请来专家定期为他检查和治疗，很好地控制了病情。审讯之余，他们与其谈社会，聊人生，侃家庭。说起家庭，马向东不禁心有所动。他与妻子章亚非感情很深，唯一的儿子又患病。想想妻子和孩子，失去外援的马向东心理防线开始松动了。

24 日下午，一直强硬的马向东变得沉默不语。这一态度的微妙变化被办案人员捕捉到了。在漫长而无声的对峙中，马向东的心理防线垮了。他开始试探性地询问自己行为的法律后果。

“就你现在的受贿数额来说，按照国家刑法，就可以判有期，无期，甚至死罪，弹性为何这么大？关键是看情节的严重性和所造成的后果。你的案子社会影响这么大，你判断一下，会怎么样？”审讯人员反问道。

已无退路的马向东终于交代了沈阳嘉阳实业集团董事长、黑社会头目刘涌向他行贿 4 万美元，北京一家房地产公司向他行贿 2 万美元的犯罪事实。

四天的交锋有了突破性进展,整个专案组长长地舒了一口气。

口子已经撕开,怎样进一步扩大战果?“马向东暴露出的只是冰山一角。他还存在着‘好歹讲一点,让江苏、沈阳对上面好交差’的想法。”办案人员并未就此收手。马向东后来的交代证实办案组的这一判断是正确的。他们明确下一步的审讯要点:必须向马讲清楚,他现在已不是数额大小的问题,而是如实坦白交代全部犯罪事实并争取自首立功的问题。

尽管以后马向东一会儿开口,一会儿封口,讲一句留半句,但他的犯罪事实还是如剥茧抽丝,一点点暴露出来。马向东利用职务之便,先后为迟若岩、刘涌等 69 人在职务提拔、工作调动、工程招标、减免费用等方面谋取利益,358 次非法收受对方财物共计人民币 340 多万元、美元 23 万元、港币 11 万元、内部职工股 10 万股,另外还伙同宁先杰索贿 50 万美元,用于赌博等。如此“硕鼠巨蠹”,令人震惊。

头上顶着许多光环,身居副市长高位的马向东还是个嗜赌如命的赌徒。

马向东交代,是在一次到美国引进项目时迷上赌博的。在“热心人”的安排下,他走进拉斯维加斯赌场玩了几把,手气不错,从此一发不可收拾。但凡招商引资,他必定是走一路赌一路,香港、澳门、韩国、马来西亚、菲律宾,在那些最豪华的赌场里都留下了他一掷千金的身影。就连 1997 年在中央党校学习期间,他也忍不住伙同其赌友宁先杰多次溜到香港、澳门进行豪赌。

“一到赌场，就控制不住自己。输就输它个精光，赢就赢它个痛快。”这是马向东向别人炫耀的赌风。每一次输赢都是十几万、几十万。然而与别人不同的是，马向东始终都是赢家。为何？马向东自己交代，由于他手中握有副市长的权柄，每到赌场，早就有人为其买好筹码。输了自有人做东，赢了则一律装进自己的腰包。

运用“感情策略”，击垮章亚非的心理防线

专案组突破的另一个重点是马向东的妻子章亚非。提起章亚非，这里不能不多说几句。正是因为她四处活动，干扰办案，严重影响了案件的侦查。

时年四十六岁的章亚非，是辽宁省九届人大代表，案发前任沈阳医学院副院长兼该院附属第二医院院长。

章亚非出生于沈阳一个条件优裕的家庭，父母都是干部。自小争强好胜的她社会阅历丰富。她给办案人员的印象是：头脑反应灵活，社交能力特别强，有相当的语言表达能力，算得上是个“人物”。

章亚非属于“感情型”的女人。她当初不顾母亲反对，坚持嫁给了还属于小人物的马向东，对马关怀备至。每天，不管马回来有多晚，她都坚持等他并为其准备好吃的。冬天，再迟，也要起来给马倒盆热水让他烫脚，有时甚至用暖怀为其焐脚，夫妻感情甚笃。马向东被“双规”继而立案侦查后，她不顾一切，疯狂地与沈阳市浑河开发区管委会副主任于海洋一起四处活动，收买、拉拢上至中央有关部门、下至看守所一批党政干部和司法人员。

“只要钱送到位，人找到位，就没有什么摆不平的事儿。”章亚非坚信自己奉行的人生哲学。她的金钱攻势的确频频奏效：

沈阳市检察院检察长刘实接受于海洋的2万元贿金，将处于侦查阶段的马向东案件的管辖情况、关键证人等机密泄露给于，而于又随即告诉了章亚非；

某大报驻辽宁记者站记者冯奎先后接受了章送上的2.9万多元现金和礼品，接连写了两篇内容严重失实的内参，严重干扰了执法机关对马向东案件的查处；

吉林省看守所看守员解文秀被章2万多元打倒，在马向东羁押于此时，鞍前马后奔走效力，并接受章提供的手机，为马、章二人串供创造条件。如此等等，不一而足。

一年时间里，章亚非用于打通关节送出去的钱物高达100多万元。

为了“拯救”马向东，章亚非使尽浑身解数。她随身携带的黑包里，装着3只拷机、3部手机，分属3条专线：一条联系工作，一条联系亲戚，一条联系马向东。

有道是机关算尽太聪明，反误了卿卿性命。

2000年11月18日，中纪委专案组将章亚非涉嫌行贿犯罪问题移交辽宁省检察院，同年 11 月 22 日最高检将此案指定江苏管辖，随后，江苏省检察院以涉嫌受贿、行贿犯罪决定对其逮捕。

审讯时，章亚非认定办案人员只掌握她通过解文秀与马向东串供的一点情况，避重就轻，避实就虚，尽谈些不着边际的事情，追问得紧了，才像挤牙膏似的挤点儿出来，还不断云里雾里地瞎编故事，以此转移审讯人员的视线。如谈到 186 万美元赃款转移到马来西亚一事时，她信口雌黄地说这是因为马来西亚商人林法坤要与沈阳华阳物业集团联合搞一个移民计划即“银发计划”。

审讯人员不为她的如簧巧舌所迷惑，紧紧抓住她与马向东的串供问题不断向深层次挖掘，挖得越深，章亚非的漏洞就越大，也就越不能自圆其说。审讯人员还列举我省两位厅级犯罪分子的夫人一个配合调查免予起诉，一个设障阻挠锒铛入狱的不同命运，以案说法，规劝她放弃对立，悔过自新。

值得一提的是，在开始的几天里，章亚非还大耍市长夫人的派头，提出牙齿不适应南京的水质，要用“高露洁”牙膏，并想喝咖啡缓解长期精神紧张引起的失眠，办案人员一一满足了她的要求。随后她又提出，今年是马向东的本命年，要办案人员给马买一条红色短内裤。大年三十，办案人员冒着雨雪连跑几家超市，终于买回包装盒上印有“本命年”字样的红裤头交到马的手上。章亚非非常想念母亲、儿子，2001 年 1 月 1 日，在沈阳取证的同志冒着大雨找到章母家，安排她和母亲通了电话，并带回了她母亲和儿子的生活照。在马、章犯事以后，他们的儿子死活不肯上学，江苏同沈阳方面联系，妥善处理了孩子的入学问题。这一切都极大地感动了章亚非。

这一天，办案人员交给章亚非一封信，是马向东写给她的。

“最亲爱的亚非：我以无限的懊悔向你深深地悔罪。即使在你面前长跪不起，也难表达万一。我出事后，没有从自身找原因，怨天尤人，不能正确审时度势，配合组织审查，反而一再要求你帮我活动、开脱，才铸成今天的大错，既害了你，害了幼小的孩子和全家，又坑害了许多亲朋好友，更重要的是损害了党和政府的形象。事已至此，只有面对现实，积极配合组织的审查，以实际行动取得组织谅解。”

章亚非知道大势已去，大哭一场，逐步交代了全部犯罪事实。

到案发时止，章亚非交代其本人收受、与马向东共同收受他人贿赂 55 万余元，以及转移家财折合人民币高达 2000 多万元。

在依法搜查马向东、章亚非在沈阳的住宅时，细心的办案人员从一个不起眼的衣柜后面发现了一个密室，里面藏着大量的玉器、珠宝等贵重物品。

“一年多时间，我花了这么多的钱，找了这么多的人，没想到还是从起点回到起点。”章亚非发出绝望的哀叹。

发起法律政策攻势，冲开李经芳紧闭的防守“闸门”

李经芳也不是等闲之辈。早年曾干过八年搬运工，后考上沈阳财经大专班，毕业后分配到市财政局，用他的话说是在没有任何后台背景的情况下，靠自己的努力一步步从办事员干到市财政局局长,具有相当强的工作能力。

在同事、朋友圈中，李经芳有着不错的口碑。他处世圆滑，待人和善，从不与人红脸，且会笼络人，谁都认为他是自己最好的朋友。他是孝子，每次大老远看望寡母，母亲都为他包顿饺子，即使吃不下，他也会硬撑下三大碗，让母亲开心。他又是慈父，1997 年他就同妻子分开过,儿子是他唯一的精神安慰和希望寄托。

此人最大的性格特点就是稳得住，定力强。办案人员有次看他吃盒饭时胃口不好，特意破例为他做了份鸡蛋面条，他感动得眼泪流到眼眶又生生地压了回去。

李经芳的问题反映在案卷材料里只涉及他与马向东、宁先杰私分 12 万美元实得 4 万美元，并涉嫌挪用公款。并且他一直坚持那 4 万美元后来送掉了。但审讯人员从零碎材料里发现，李经芳在香港有笔 300 多万元的存款，以前受审时，他说这是他与别人合伙炒股所得，报了几个合伙人名，经查，不是这人死了，就是那人不知去向。此事作为悬案也就暂时搁下了。

“李经芳的个人问题没见底。”经验和直觉告诉审讯人员。

根据李经芳的个性特点，在缺乏其沈阳社会关系、人际关系等许多背景资料的情况下，办案组确定审讯思路：不同他在具体问题上纠缠，先把政策、法律交待到位，再反复让他思考和回答：“你到江苏来说明了什么？意味着什么？你准备怎么办？”这几个问题令他坐卧不宁，忐忑不安。

李经芳对法律有一定的研究，审讯中他坚持所有的存款都是个人间的交往，开出的个人交往单也是三部分：财政局内部处室的经济往来，有关单位、人员的经济往来，有关朋友间的经济往来，坚决否认利用职务之便为他人谋取私利，企图钻法律的空子，逃避法律制裁。为试探审讯人员究竟掌握他多少犯罪事实，他还故意写错几个人的名字，但都被一一戳穿。

这是一个难缠的角色。审讯人员尽管比较年轻，但都具有丰富的审案经验。他们从容不迫，沉着镇定，不断拓宽话题，任由李经芳海吹，抓住关键点后，则连珠炮似的审问，不给李经芳圆谎的时间。毕竟做贼者心虚。第五天，李经芳招架不住了。

“有人给我送钱了吗？谁送的？送了多少？3 万？5 万？30 万？”李经芳自言自语道。

“不！先从 50 万考虑起。”审讯人员不失时机地接话。

“哦？对。张某是送了我 6 万美金。”李经芳“恍然大悟”。

李经芳说的 6 万美元是他帮张某申办证券公司成功后所收的“感谢费”。张某后畏罪逃往美国。

据李经芳交代，他利用职务便利，先后非法收受他人财物

129 万多元，非法所得折合人民币 159 万多元。这些非法所得被李分批汇往香港"红颜知己"金某处后存进银行。

1998 年 12 月，他在马向东的指使下，与宁先杰及香港的朋友尤某，在港注册成立"定志有限公司"，李任董事长。次年 1 月 27 日，李根据马向东的安排，将发给港商招商引资 100 万美元的奖金中的 40 万美元打入该公司账上，作为马、宁二人的赌资。李与马向东、宁先杰又从剩下的 60 万美元中共同侵吞 12 万美元，每人将 4 万美元揣进腰包。后因马向东赌博事发，在马的指使下又转回到原汇出单位。

沈阳市财政局以前曾牵头联合其他三家财政单位成立了东北"四联公司"，并在美国登记注册"发而达"分公司。中央通令禁止党政机关办公司后，李经芳明脱暗不脱，悄悄雇了几个在美中国留学生经营，并企图将公司拥有的房产转为在美国上学的儿子所有，终因此案查处而未能得逞。具有讽刺意味的是，"发而达"虽让李经芳发达一时，却最终将他送"达"人生的穷途末路。

在法与情的攻势和感化下，办案人员势如破竹，连连突破"11·15"专案主要犯罪嫌疑人精心构筑的"防线"，就连马向东、章亚非、李经芳等也不得不承认："江苏依法办案，文明办案，水平高，令人佩服。"

乘胜追击　拎出一串惊天窝案

突破马向东、章亚非、李经芳等人后，如牵出葫芦带出瓢，依附在他们周围的一批腐败分子逐个被“拎”了出来。

“心腹赌友”宁先杰浮出水面

习惯于培植势力范围的马向东有个“核心圈”，原市建委主任宁先杰就是这个圈子里的主要成员。

与马向东堪称“赌坛双雄”的宁先杰是原沈阳市建委主任，曾多次陪同马向东出入香港、澳门等地赌场豪赌。为了使自己和马向东在香港、澳门有充足的赌资，他们共谋向私营企业“借”钱。为此，宁利用职务之便，找到沈阳私企华阳物业集团老总高某，为其在建的华阳大厦工程减、免、缓电贴费和联建费千余万元。此后，宁在马的指使下，向高某索取50万美元汇往香港指定账户，供他们赌博。从1998年2月到1999年6月，宁与马到香港、澳门等地十余次赌博，将50万美元挥霍殆尽。

据查，宁先杰还利用职务之便，先后为沈阳嘉麟房地产开发有限公司、沈阳天辰能源（集团）公司、华阳集团、沈阳新港澳房地产开发有限公司等私营企业，在承接工程，减、免、缓交电贴费、配套费等方面谋取利益，9次从上述单位有关人员处收受钱款共计人民币115万元、美元9.2万元。

自称是“最廉洁的干部”刘实现出原形

一直自称是“沈阳最廉洁干部”的原沈阳市检察院检察长刘

实也现出原形。应该说，刘实还不属于马向东心腹级的人物，但他却想千方百计地往上靠。马向东被立案审查时,刘错误地估计了形势，以为马还会有东山再起的机会。所以，当于海洋出面为章亚非游说并行贿他 2 万元时，他毫不犹豫地出手“救援”，将有关审查马向东的核心内容及时告之于海洋，使章亚非有充分的时间转移赃款赃物,为查处马向东设置了重重障碍。

与“吃相难看”的马向东、章亚非、宁先杰相比，原沈阳市检察院检察长刘实的确表现得比较“文雅”，这只是因为他学法律又从事法律工作,懂得收敛、善于自我保护罢了。受审时,他一直强调自己社交范围小，是“沈阳最廉洁的干部”。但经调查，1993 年 12 月，市财政局拨款 27 万元给时任沈阳市中级人民法院院长的刘实购买住房。根据刘实安排，将其中的 6 万汇至某福利厂以补刘实 1993 年 12 月购房之不足，21 万余款此后就在市里许多公司、银行、拍卖行间进行市际“大旅行”，最后回到市法院招待所，刘指使财务人员以打白条报销的手法冲抵应收款，将其贪污。此外，他还利用手中权力，多次收受他人财物计人民币 27 万元，美元 3 万余元。这就是所谓“沈阳最廉洁的干部”的本来面目。

三个借助权力“靠山”自肥的副秘书长相继落马

“马案”事发,三个明里溜须拍马,迎合马向东所好,暗地里借助靠山大肆自肥的副秘书长相继落马。

其中最突出的要算是原沈阳市政府副秘书长兼市政府驻京办主任翟利。在慕绥新、马向东等人的眼里，翟利是个非常“善解人意”的能干人，他服务细心，安排周到，出手阔绰。然而他们却不知，翟利正是利用他们的权力“靠山”，在私下里大肆索贿钱财，贪污公款。

1995 年底，沈阳市政府决定购买北京银泰国信经贸有限公司建设的十里河大厦，作驻京办的办公场所及接待基地。翟利觉得这是索要回扣的好机会，于是，他利用谈判之机，以解决单位职工住房为由，擅自向谈判方海南银泰置业股份有限公司索要回扣 700 万元左右。对方无奈，只好向其指定的银行和公司汇去了 300 万元，翟利尽收囊中。

1998 年沈阳市政府驻京办事处下属的沈阳富通房屋开发有限公司为开发富通小区，沈阳私营俊野电子有限公司老板苏某找到翟利请其帮忙，翟利一口答应，把小区部分项目交给苏某与军安公司合伙开发。此后不久，苏某对翟表示，要帮翟改善在新加坡生活、学习的妻儿的生活条件，翟利让其帮“整”点美元，苏某一次就给翟利送上 20 万美元。

1999 年国庆节前一天，沈阳驻京办下属俱乐部的副总胡某为感谢翟利的关照，以翟需去加拿大探亲为名，给翟送去了 5 万美元，翟尽数笑纳。

现经检察机关查明，从 1996 至 2000 年 11 月，翟利利用主管下属公司的职务之便，为他人谋取利益，索取和收受他人贿赂共计人民币 421.5 万元，美元 48.5 万元，价值 44.88 万元的日产丰田吉普车 1 辆；挪用公款 1520 万元给自己和他人使用；贪污公款 165 万元。若不是“慕马案”东窗事发，不知还需多少国家财产和人民血汗才能喂饱他的贪欲。

原沈阳市政府副秘书长泰明则是另一位很会“自我关照”的主儿。1998 年底，泰明听说马向东要买房子，便主动带马向东到他搞房地产开发的同学焦某处看房子，因马嫌该房位置不好而放弃。泰明惋惜地对焦某说“挺好的机会失去了”。受到暗示的焦某立即感到机不可失，又提出要给马新买的房子搞装修，泰明干脆挑白了，让焦某准备 50 万元人民币，以“庄一飞”的假名（章亚非的谐音）存入银行，最后由泰明把存折交给章亚非。

泰明利用帮焦与马牵线之功，先后收受焦某送给的 15 万元人民币和 3 万美元。对于焦某的投入，泰明给予了丰厚的回报。他利用兼任浑南开发区建设领导小组办公室主任职务之便，指使有关部门于 2000 年 5 月在焦某 100 亩土地使用权转让上给予帮助。

与泰明不同，原沈阳市副秘书长迟若岩则是另有“高招”。迟知道马向东好赌，为此，他千方百计投其所好。1998 年 3 月至 5 月间，迟若岩两次陪马向东、宁先杰去马来西亚“云顶”赌场赌博。在赌场送给马向东共计 4 万美元的筹码，并送给宁先杰 1 万美元。

此外，迟为谋求个人职务升迁及工作安排，多次行贿马向东，折合人民币 60 万元。

迟若岩的“出血”，只不过是为自己大发横财付出的一点代价而已。1998 年，迟向朱某索要 5 万美元、10 万元人民币，同年三四月份向张某索要 2 万美元，当年 5 月又向另一姓张的索要 20 万元人民币。1998 年 10 月，迟若岩以在境外考察费用不够为借口，向香港汇津中国有限公司“暂借”3 万美元，并将此款非法占为己有。后由沈阳市自来水总公司用存放在香港中国银行的一笔信用保证金利息偿还。经查证，迟若岩共侵吞公款 47 万元，向他人索取 121 万元。

这一串腐败窝案的名单还可以开得很长。原江苏万丰投资公司董事长吴文文接受章亚非交给的 4 万美元、40 多万元人民币和三幅字画，为马向东案件找人说情帮忙；原沈阳市政府驻京办事处秘书处副处长韩春颖，利用职务之便，先后 5 次挪用公款 190 万元人民币，归个人进行营利活动，非法获利 147.44 万元…… 在“慕马窝案”中，先后交由江苏查办的共 22 人，其中已判决 13 人，其余人员将依法做出处理。

迭出新招　追赃取证并进

“彻底查清犯罪嫌疑人的犯罪事实；尽力挽回国家损失。”“11·15”专案组成立之初，就提出了这“两项要求”。

曹克明为此调整了办案思路：由传统的预审、取证、追赃程序，改为预审、追赃、取证。这让多年战斗在一线的办案人员眼前一亮。赃即是证，是固定犯罪事实的有力证据。正是这一新招，为迅速突破窝案发挥了意想不到的作用。

千山万水不辞辛劳艰难追赃

2000 年 12 月 1 日晚，曹克明召开专家领导小组会议，决定立即转入追赃。突破“11 · 15”专案的两大战场同时摆开：南京，主攻审讯；沈阳等地昼夜追赃、取证。最多时开赴沈阳的江苏办案人员有 198 人。他们与辽宁省和沈阳市的执纪执法人员互相配合，协同作战，组成了一张立体的“恢恢天网”。

2000 年深冬。五十年不遇的严寒袭击沈阳。许多同志不适应这里的气候，相继生病了，但重任在肩，谁都不轻言辛苦。最大的困难还在于人生地不熟，就连查个人名，找个地名、路名都得花很多工夫。特别是一批沈阳的涉案官员、老板、个体户等，一看江苏突然接手此案，顿觉大事不妙，纷纷隐身。有的长期“出差”，有的或逃往外地，或避到国外，还有许多人甚至“下落不明”。许多人更换了手机号码。不仅如此，由于此案发案时间较长，大部分涉案嫌疑人资产已转移，有的已转移出境，且许多犯罪嫌疑人都是外地人，这些给面广量大的追赃工作带来了极大的困难。

一切困难都动摇不了江苏反贪斗士们的坚定决心和坚强意志。他们在辽宁省、沈阳市纪委、公安、检察院等部门的密切配合下，克服重重阻力，运用策略和智慧，尽最大努力挽回国家损失。12 月 2 日，江苏办案人员从一个叫鲍志凡的人那里追缴了章亚非藏匿两年之久的密码箱，内藏巨额现金、存折等，大家精神顿时为之一振，乘胜追击，每天都有收获。

2000 年 12 月 15 日，省反贪局的办案人员来到章亚非的妹妹处，交给她一封章亚非的亲笔信，信中要求她配合检察机关收缴存款，但她坚决否认姐姐有存单在她这里。此后，章妹以小孩发高烧为由，执意拖延。

办案人员强压下焦急的心情，耐心等到第三天，冒着大雪再次来到章妹处。这次，他们一边催缴存单，一边明确要求章妹必须将章亚非放在这儿的所有东西取出。在取证人员的正气面前，章妹最终不得不将藏在空调连接室内机和室外机软管里的股票账户取了出来。经查，章亚非拥有 13 种股票，计 48 万多股，其中收受沈阳特种环保股份有限公司董事长刘某送给的 10 万股“沈阳环保”职工股，几经送配，已达 46.8 万股。

此后几天，办案人员当起了“操盘手”，将 46.8 万股股票全部变现，翻番增值的 846 万多元被悉数追回。

这是另一个真实的故事。去年 1 月 12 日，香港某银行上海办事处来了位西装革履、派头十足的“大老板”，后面跟着位形影不离的“秘书”。“老板”在要求提款400万的单子上麻利地签上了“宁先杰”的名字,顺利办好了提款手续。出了门即坐上“专车”,回到江苏省看守所。跟随的“秘书”随即成了他的审讯者。此前,办案人员已查清了宁先杰存在香港某银行的赃款,但对方在与宁先杰通话后,还一再坚持必须要宁本人签字。为及时追回赃款,便导演了以上这一幕。

办案人员追赃,还追到了境外。去年5月的一天,香港,一家咖啡馆临窗的位子上,坐着一位三十岁左右的女士和两位先生,看得出交谈的气氛并不愉快。女士就是被李经芳称为“红颜知己”的金某,两位先生一个是应金某要求以“民间身份”专程赴港追赃的江苏办案人员,一位则是金某的律师。

办案人员赴港前,曾让李经芳和金某通了电话,此次前来还特地带来了李给金某的信。

虽然办案人员满足了对方的一切要求,但金某只说账上有钱,还是不漏底有多少钱,并推托这笔钱要运作一段时间才能办妥。第一次会面就这样无果而终。好在金某并未关闭对话的唯一渠道:电话联系。

此后,办案人员反复与其电话交涉,动员她放下思想包袱。直到第十天,金某终于被感化,相约到律师楼办理交割手续,将350多万港元的本票交还。香港追赃就此大功告成。

“想尽千方百计、走遍千山万水、吃尽千辛万苦、说尽千言万语”。这是办案人员对追赃艰难程度最形象的概括。到目前为止，江苏办案人员已依法扣押、追缴涉案款物折合人民币 8000 多万元,其中从境外追回钱款 1268 万元。

巧与周旋　斗智斗勇　八方取证

追赃难,取证同样艰难。

办案人员千方百计地通过家人、亲友、单位寻找取证对象，千言万语地规劝和敦促他们协助办案，其中经历了多少酸甜苦辣，遭遇了多少冷眼冷脸，但他们始终把反腐败的大局放在首位，巧与周旋,斗智斗勇,体现了他们的毅力、耐心和智慧。

常居香港的罗某是宁先杰的好友,他不仅是马向东、李经芳、宁先杰等人在港澳进行赌博等活动的重要知情人，而且是宁先杰在港存款的重要经办人。通过分析，办案人员判断罗在香港的可能性较大。

为确保去港取证的成功率，办案人员事先在境内做好充分的准备。经过多方打听得知，罗父去世多年，母亲现居住在沈阳。当晚,办案人员顶着刺骨寒风,终于在市郊一幢别墅找到罗母,并向她委婉说明来意。罗母却称不知儿子的电话、住址和去向。其实哪里是不知而是不讲。办案人员并没因碰壁而灰心，还是主动留下了联系电话。

果然,第二天,罗某即回电表示愿意配合,但又提出在香港面谈。办案人员当机立断，同意他的要求，2001 年 1 月 5 日去港与其会面。罗讲清了有关情况，并协助将宁先杰在港的 43 万美元和 99 万港元巨额存款追回。

在追赃取证中，专案组领导和一线的办案同志还坚持原则性与灵活性相结合，赢得了取证对象的信任和配合。

宁先杰受贿数额巨大，行贿人大多逃往省外、境外、国外，如方某在外地，张某在澳大利亚，陈某在香港，许某在美国，没有他们作证，宁案难结。

为此江苏办案人员从摸清这些取证对象的社会关系入手，得知沈阳市建委下属单位城建开发公司总经理杨某与他们相交不错。

杨深明大义，积极支持江苏查案取证工作。去年 2 月 10 日，杨先联系上方某，劝其主动向检察机关说清问题。杨转达江苏办案人员的承诺，只要说清问题，就可以回家。对此，方心存顾虑，口头答应，背地里却仍偷偷买了去美的机票，结果在机场被控。经过做工作，方如实交代了先后送给宁先杰 3 万元人民币、4 万美元及价值 1.8 万元人民币的“尊皇”手表等情况。

按照事先承诺，方某谈完情况后当即被放回家，实行取保候审。灵活的取证策略产生了很好的连锁效应。随后在杨某的协助下，取证的同志多次到躲避到美国的许某家做通了他父亲的工作。在亲友的共同劝说下，打消疑虑的许某回到沈阳，主动谈清了送给宁先杰53万元人民币的问题。见此情形，躲避到澳大利亚的张某也转道香港，向取证人员交代了行贿宁先杰62万元人民币、4万美元，和马向东在澳门赌博时行贿1万美元的问题。

在取证中，取证人员巧与周旋，化解了许多惊险。

三十多岁的安某第一天刚到江苏在沈阳的办案点“天光会所”里，就极其爽快地交代了给章亚非送20万元的问题，并在记录材料上签名后回了家。第二天，他突然找上门来要翻供，并向取证的同志强行索要取证材料，遭拒绝后，他暴跳起来，要跳窗自杀，又把头往电视机柜角、墙角上撞，4个取证人员只得团团将他围住，耐心地开导他。经了解，此人回家后，母亲、妻子责备他不该讲实话“对不起章亚非”。此人犟得很，材料不给就死活不走，一直磨了两三天。取证员又要做他的思想工作，又要防止他自杀，晚上都不敢睡觉，最后全都累垮了。

五大三粗的韩修福是一家房地产公司老总，涉嫌行贿原沈阳市副秘书长翟利100万元。取证时突然犯病，被送到医院治疗。前去的两位取证人员在其病床前取证。中午来人送饭时，姓韩的突然趁两位取证人员接饭菜的当口，拔下吊针，一跃而起，冲到窗前，翻身就跳。取证人员当即摔掉饭盆，箭步上前，硬是将大半个身子已挂在窗外的韩修福拉了回来。原来，前一天，他家人送饭时给他送了南京盐水鸭和一包开心果，还有猕猴桃，暗示他，一开口就会被带到南京，要想办法逃走。

取证中既有寻死觅活的，又有抽筋吐白沫装死的，可谓花样百出。对这些冥顽不化的死硬分子，江苏则采取果断措施，决不心慈手软。

原沈阳市政府副秘书长迟若岩是个身高 1.9 米的东北大汉。在找他取证时，他死活不开口，江苏办案人员告诉他："我们可以等到明天早晨，否则便采取法律措施。"但他就是拒不开口，并寻机将头往有棱有角的地方撞，企图以死逃避法律制裁。经请示专家组领导，办案人员再次给他机会到晚上，让他将送钱问题讲清楚。辽宁省、沈阳市纪委主要领导亲自出面找迟谈话，做其思想工作，但迟顽抗到底，为此，办案人员断然采取法律措施并将他押解到江苏，第二天他就乖乖地交代了自己的罪行。

特别需要强调的是，在整个案件的侦查过程中，江苏非常注意工作方法，尽量减少对沈阳工作的影响，特别在大规模开展取证工作时，正值沈阳市开人代会，江苏当即决定，暂停取证十天，以免给当地工作造成被动。对此，辽宁和沈阳的同志表示非常感谢。

据统计，从 2000 年 11 月开始，江苏先后派出 478 人次赴沈阳、大连、北京、山西、广西、香港以及美国、马来西亚等地调查取证，共谈话 1300 余人，调取书证、物证材料 5800 件，及时固定、完善了证据。

中纪委副书记刘丽英对大案查处十分关注，每到关键时刻，每当遇到重大问题，她总是亲自听取汇报，果断做出部署，及时解决困难。去年 6 月，她专程来江苏，详细听取汇报，作出了很多重要指示，确保了大案查处的顺利进行。

在查处此案中，公安机关抽调警力，积极做好犯罪嫌疑人的缉捕、押解、监管等工作。在省检察院和省法院的组织、协调下，南京、宿迁、淮安、徐州四市审查起诉部门和审判机关抽调骨干力量，提前介入此案，严把质量关，确保了认定的犯罪事实清楚，证据确凿、充分，使专案两批 14 名被告人在法定期限内提起公诉和公开开庭审理，取得了良好的政治、法律及社会效果。

有道是："金满箱，银满箱，转眼乞丐人皆谤。"

马向东等一批大肆贪污受贿、挥霍人民血汗的腐败分子最终都没能逃脱党纪国法的严惩。经判决，以贪污罪、受贿罪、挪用公款罪、巨额财产来源不明罪并罚，判处马向东死刑，剥夺政治权利终身，并没收和追缴赃款赃物、非法所得等 3150 多万元；以贪污罪、受贿罪并罚，判处宁先杰死刑，缓期两年执行，剥夺政治权利终身；李经芳因贪污罪、受贿罪、巨额财产来源不明罪被判处有期徒刑二十年；刘实因故意泄露国家机密罪、贪污罪、受贿罪并罚，被判处有期徒刑二十年。章亚非、翟利、泰明、迟若岩等也先后受到法律应有的惩处。

去年 12 月 19 日，经最高人民法院核准，马向东在南京被执行死刑。

江苏办案人员在侦破“慕马窝案”中的赫赫战功，受到了中央领导机关和广大人民群众的高度赞誉。

《新华日报》2002 年 2 月 19 日（19223 期）A01 版 要闻

一串贪官是怎样挖出来的

2000年，淮阴市肃贪的成绩令全省瞩目：市纪委立案查处县处级干部案件15件。现已基本查结的有：原淮安市副市长李海峰、顾凤生受贿案；原淮安市人大常委会副主任兼淮城镇党委书记贾连生受贿案；原金湖县委常委、纪委书记潘玉龙行贿受贿案；原市经济开发区副主任赵来庆贪污受贿、挪用公款案；原盱眙县副县长李士传受贿案；原市粮食局副局长康夫林受贿案；原涟水县政协副主任罗运山受贿、挪用公款案；以及原市交通局副局长时长生（正处）、刘秉轩受贿案；等等。与此同时，还查处了乡科级16名党政"一把手"案件。

在这么短的时间内立案查办这么多的贪官，淮城为之震动，百姓为之称快。而此次惩腐肃贪的过程，也给我们留下了深深的警示。

深挖细查　牵出串案窝案

1999年8月30日,淮阴市人民检察院举报中心收到一封反映淮安市工商局局长连会林在局办公大楼装潢过程中收受贿赂的举报信。

农民出身的连会林,二十八岁任淮安市范集乡副乡长,曾经是当时淮安最年轻的乡长。此后仕途一帆风顺,先后任淮安市徐阳乡党委书记、林集乡党委书记、淮安经济重镇平桥镇党委书记,1998年任淮安市工商行政管理局局长。面对金钱和名利的诱惑,连会林一步一步滑下了深渊。从1995年开始,他利用担任淮安市平桥镇党委书记、市工商局局长的职务之便,在工程发包、干部人事调整等过程中,大肆以权谋私。根据举报人提供的可靠线索,淮阴市纪委、市检察院和淮安市检察院迅速对其违法违纪问题展开了调查,依法对其住宅进行搜查,先后查获数十张存单计人民币93万元。

在连会林的违法违纪问题突破之后,办案人员并未就此罢手。他们通过政策攻心,使行贿人个体业主金某等不仅进一步交待了自身的问题,而且接二连三地检举他人,于是一批更大的贪官浮出水面。

曾担任过淮安市工商局局长的淮安市副市长李海峰进入办

案人员的视野，经查实：李海峰在担任副市长和原淮安市工商局局长期间利用职权为他人牟利，先后 30 次收受贿赂总额达 17 万余元！

随后，淮安市人大常委会副主任兼淮城镇党委书记，现年四十五岁的贾连生也被从“优秀干部”的宝座上拉下来。案卷记载：贾连生仅在一个小小的村支书位置的调整上就收受贿赂 3.2 万余元。几年下来他积攒的不义之财达数十万元。

继贾连生之后，还带出了原淮安市委书记、宿迁市副市长陈子龙，原淮阴市开发区副主任赵来庆，等等。与此同时，又挖出了淮安市平桥镇党委书记、物资局长、政府办公室副主任等 20 余名科级干部，总涉案金额达 320 万元的串案窝案。

由此及彼　斩断腐败链

实践证明，大要案的形成并不是孤立的，它的背后常常有一条隐形的腐败链。2000 年，淮阴市纪委先后协助省纪委查办了原市委常委、宣传部长欣立忠，原宿迁市副市长陈子龙等大要案。对此，他们并没有就案办案，而是通过以上带下，由此及彼，寻查县处级干部违法违纪的蛛丝马迹，先后发现了原盱眙县副县长李士传，原金湖县委常委、纪委书记潘玉龙等人的重金行贿问题。经过认真分析，办案人员感到，如此重金行贿背后可能隐藏着重大受贿问题。于是，纪委会同有关方面组织力量主动出击，对涉案线索深挖细查，终于查清了李士传受贿 10.58 万元、潘玉龙受贿 16.2 万元的经济问题，以及原市粮食局副局长康夫林、原淮安市副市长顾凤生、原淮安市旅游局局长潘套林等人的受贿问题。

主动出击，下查一级。去年 7 月，市交通局纪委和市纪委先后收到市航道处航政科科长唐海成妻子王某的举报信，反映唐在某乡扶贫期间与女个体业主有生活作风问题和经济问题。在听取交通局纪委有关情况的汇报后，结合平时掌握的情况，市纪委察觉到唐的问题很可能是一个新的重大串案窝案的突破口。于是决定市纪委直接介入，三个纪检监察室协力配合，市交通局纪委及有关县纪委协办，进行彻底调查。办案中，办案人员咬住疑点不放，在查清唐的问题基础上，先后挖出了市高速公路指挥部材料员孙国君、淮阴县蒋集乡原弘扬公司经理蒋银田的重大经济违法违纪线索，并发现了原蒋集乡党委书记陆云贵等人重大违法违纪问题。考虑到案情重大，市纪委再次充实办案力量，并请淮阴县纪委、县检察院协办，终于在较短时间里相继突破了蒋集乡两任党委书记高林昌、陆云贵以及乡人大主席、党委副书记孙中华的重大经济违法违纪窝案。至此，仍未收兵，继续围绕扶贫项目和资金的审批、运作等问题，对有关案件当事人作进一步调查，又挖出了市交通局副局长刘秉轩涉嫌受贿 37.5 万元、原副局长时长生（正处）涉嫌受贿 5 万元的重大经济问题。同时采取倒剥皮的办法，结合调查刘、时问题，再次集中力量攻坚，挖出了市公路管理处副处长葛荣銮和王业广、市交通供销总公司总经理刘景新，以及市公路工程总公司二〇公司经理刘志春、清河区北京路街道办事处主任李遵友等人重大违法违纪案件。此案历时四个多月，先后涉及党员干部20余人，追缴违法违纪金额220余万元，有 13 名党员干部被移送司法机关追究刑事责任。

举一反三　放大惩腐肃贪的正面效应

惩腐肃贪是党心所向，民心所向。淮阴市委、市纪委对干部腐败案件发现一起查处一起，决不手软。与此同时，他们十分注意针对暴露出来的问题，举一反三、总结经验教训，自觉放大惩治腐败的正面效应。他们有一个共识：查处腐败的根本目的，是为了从体制上最终杜绝腐败的滋生。

淮阴市纪委在查办大要案的过程中，始终坚持做到三个“一”。

一是通过查办一案，治理“一线”。在查处原淮安市副市长李海峰案件中，他们发现，这是一起典型的工程建筑领域违法违纪案件。李先后 23 次接受 15 个单位和个人贿赂 17.95 万元，其中基建工程方面收受贿金超过一半。此案暴露出该市工程建设专项治理工作仍存在一些薄弱环节。对此，他们进一步规范了有形建筑市场，加强驻场监察工作，并加大了执纪力度，在全市集中排查该领域案件线索，连续查处了 21 起 21 人的违法违纪案件，追缴违法违纪金额 179.74 万元，有力促进了全市工程建设专项治理工作的深入开展。

二是通过查办一案，加强一县。淮阴市纪委通过查办淮阴县陈春娣非法集资案、原涟水县县委书记陈广礼重大受贿案，以及其他重大受贿串案窝案，推动和促进了这些县（市）的党风廉政建设和反腐败斗争。去年，淮阴县、涟水县、淮安市分别办案 228 件、197 件和 193 件，合计占全市案件总数的 53.6%。淮安市通过深入开展党风廉政建设，进一步密切了党群、干群关系，有力推动了该市经济的快速发展。

三是通过查办一案，警示一片。坚持把查办案件的过程作为教育党员干部的过程，努力扩大教育面，缩小惩处面。近年来，淮阴市委、市纪委充分利用这些反面典型，在全市开展了生动具体的案例教育。去年市里以查办的 10 余起重大案件为例，召开了全市县处级干部警示教育大会，并推行了县处级干部十项廉政承诺制。在淮安市李海峰、贾连生等重大串案窝案查处过程中，为了挽救干部、给犯错误者一个改正的机会，市委、市政府几位主要领导联名给淮安市全体党员干部写了一封公开信，提出凡是经济上有问题的干部要立即纠正，把已经得到的不义之财退出来，争取从轻从宽处理。此举收到了良好的社会效果。

淮安市、盱眙县、淮阴县结合查办案件专门设立了廉政账户，公开账号，以案说纪，加大宣传教育力度，督促有关党员干部主动上交所收受的违纪款物，截至目前，廉政账户已收到上交钱款 55 万元。

《新华日报》2001 年 1 月 11 日 (18821 期) A04 版 江苏新闻

人物篇

典型人物是一个时代的标杆，是社会风尚的引领者。

人物报道，重在采访深入，贵在本真表达，赢在温暖人心……

站立着的灵魂

—— 瘫痪女青年骆焱的几幕人生

骆焱做过无数次站立起来的梦，最终还是凝固在那张病榻上。三十五年的人生，她已躺了三十四年。

有腿不能动，有臂不能抬，就连脖颈也已开始萎缩……的确，病榻上重叠了太多的煎熬、苦痛和失望。然而，骆焱却以一颗站立着的灵魂拥抱着不幸的人生，用一腔热血铺就了一条自强之路。

有医生说她活不过十二岁。她一次次挣脱死神之手。轮椅终于碾过了少年的岁月。骆焱的黑色病历命运对她来说是残酷的。

1959 年 3 月，骆焱出生在一个军人家庭，父母给她起了一个非常普通的名字：骆小萍。

漂亮可爱的小萍不满周岁就学会了站立，开始在父母的笑声中，扶着床沿骄傲地挪步。

可是就在父母忙着为女儿庆祝周岁的时候，小萍突然高烧不退，啼哭不止。一周后，父母突然发现小萍的腿再也不能站立了，就连全身都软了。望着不幸的女儿，父母心如刀绞。

求医问药，四处奔波。日复一日，年复一年，小萍的身上布满了被针扎的血印，留下了 20 处开刀的疤痕。意志坚强的父母面对着一次次的失望，也不得不背着女儿暗自落泪。

小萍不知道。院子里追逐蹦跳的孩子们让她特羡慕，坐在轮椅上的小萍一次次幻想着自己也能突然站起来，然后，悄悄地回去叩开家门，给爸妈一个惊喜。别的孩子背着书包像蝴蝶一样飞向学校，可小萍却只能用一块小方板搁在轮椅把上，上面摆满妈妈带回来的识字卡片，一个人自言自语。

十一岁那年，小萍又一次和妈妈来到一家大医院，一位女医生诊视之后说："您女儿的病治不好，也许活不过十二岁。"

不远处的小萍听到了，可她懂事早，望着泪流满面的妈妈她装着不知道，只是背着父母偷偷地哭。

死神的威胁还是来了。1970 年，虚弱的小萍又患上了肺炎，病危昏迷，抢救脱险；再后，又因感冒输液反应，经抢救再次挣脱死神之手。

终于，这种病有了确诊：先天性、脊髓性、进行性肌营养不良，百万分之一的发病率，目前世界尚无法治愈的绝症。

而此刻，小萍的轮椅早已碾过了童年和少年的岁月。

骆小萍改成了“骆焱”。自学了两门外语。她说：“让这三把火要么把我烧成灰烬，要么将我的生命点燃。”

骆焱的不屈自强

命运之手终于叩响了骆小萍的意志之门。

1976 年初春，小萍度过了自己的十七岁生日。就在生日周末的晚上，小时候的几位伙伴来到小萍的病榻旁道别：有的要去工厂，有的要去军营，还有一位就要成为白衣天使。欢笑之后便是一个匆匆离去的背影，从未有过的失落和孤寂向骆小萍袭来。

我活着为了什么？未来的路又在哪里？

痛苦的小萍想到了死。一星期不吃不喝，阴郁不语。

“你的病虽然治不好，但一个人不能没有站立的精神。”父亲的劝慰，母亲期待的目光，敲打着她的心。

于是，一股力量在她的躯体里奔涌，她把自己的名字改成了“骆焱”。“让这三把火要么把我烧成灰烬，要么将我的生命点燃。”她说。骆焱第一次向自己挑战的是学绣花。一次院子里的一位姑娘学绣花使骆焱动了心。进行性疾病使她的脊柱成了“S”形，两只手臂逐渐萎缩，只有手腕手指能动。骆焱倔强地让家人把花绷紧紧地绑在方凳和床沿之间，一针一针地硬是绣出了四对枕套。当她把自己绣着红梅的枕套送给身边的亲人时，第一次感受到生活是那么美好。

1977 年，骆焱随父母工作调动来到承德滦平，正值兴起外语热。恰巧一位大学女老师到部队探亲，于是骆焱好奇地跟她学起英语来。看到女儿好心情，家里人也就随她了。终于有一天，骆焱向全家人宣布了一个惊人的消息，她已报考滦平电大英语专业。

寒往暑来，病榻上的骆焱开始了艰难的学习历程。她的手臂不能动，跟着电视学只能全靠脑子记。不懂的单词要查字典，沉沉的字典拿不动，就让人把它斜放在靠心口的被头上，嘴手并用。滦平的冬天很冷，一次骆焱不能自主的脚滑落保姆刚刚倒进热水的脚盆里，烫脱了一层皮，钻心地疼，她让家人用纱布一裹，又一天不落地跟着电视学。酷暑，长时间躺在床上，后背生出了许多痱子，可她连抓痒的能力也没有，只有任其刺骨般的疼痒……

1980 年，她以合格的成绩毕业，当她接到电大颁发的单科毕业证书时，激动得泪如雨下。

1984 年，骆焱随父母定居镇江某部 24 干休所，这一年她又报考了大连市函授外语部日语系学习。在经历了整整三年之后，骆焱又获得结业证书。

骆焱并没有停止自己的追求。不久，她又用一双艰难的手勇敢地敲击文学殿堂的门环。她千方百计请人找来中外文学名著以及《现代汉语》《写作基础知识》痴迷地自学。如今她已在报刊上发表了近 20 篇文章。《妈妈，我的生命之柱》一文还获得了 1993 年全省优秀征文奖。

骆焱用不屈的意志浇铸了自信：人的生命热能不管多么微弱，只要点燃就能发出耀眼的光亮。

她说，自己的生活从未离过别人的关照。她想，我也应该为社会尽点力。

骆焱的爱心回报

骆焱的床头，有一叠醒目的英语练习册，那是她定期辅导的几位学生交来批改的作业。每个星期，骆焱就是躺在自己的病榻上来备课进行义务辅导的。

1991 年夏天，放了假的孩子在院里嬉闹。一心想着要把自学的知识发挥作用的骆焱，思考了很久，一天终于鼓起勇气问他们："你们想学英语吗?""想学。"孩子们好奇地围到了半躺在轮椅上的骆焱身边。从此，已经是六年级的娜娜和另外两名小伙伴，便成了骆焱课外辅导的第一批学生。其实，只有家里人知道，骆焱的生活起居有多么艰难。变形的脊柱使得她每次坐起来都得用竹片制成的特别腰箍"夹"起来。备课、批改作业要把所需的东西放在床头，然后，再帮她侧过身子，用左手托住右臂固定好位置才行。为了少给家人添麻烦,她常常侧着身子一躺就是几个小时。

辅导的学生年级不同,为了提高质量,她就采用复式辅导法。接受辅导的蕾蕾说:“骆老师上课可认真呢。有时我来得早,她刚给别的同学辅导完,水都不喝一口就跟我讲。”几年里她就是这样先后辅导了12位红领巾。而她有时累得连一口饭都吃不下。

是什么力量支撑着骆焱呢?“像我这样全身瘫痪的人,如果没有亲人的照料和其他人的帮助,绝活不到今天。所以,我也要力所能及地尽点爱心,也应该为社会尽点力。”骆焱动情地说。

的确,骆焱的父亲常向她说起,50年代父亲任南京军事学院警卫营的协理员,与院长刘伯承在一个党支部。那时,无论是元帅自己抑或家人偶尔请来专家看病,总不忘让人抱来骆焱请专家诊治。

骆焱自己的感受就更深。镇江汽车钢圈厂“八小伙民兵班”的小伙子们,知道骆焱的现状后,自筹资金,利用工余时间改制成一辆轻巧、舒适的轮椅车送到她的床边。刚刚六十出头的母亲早已是满头白发,为了女儿从未吃过一顿好饭,未为自己添过一件时兴的衣裳。正是从这些无私的关怀中,骆焱理解了为他人奉献的价值。一次住院,骆焱吃药时偶然得知装药的小药袋都是医院花钱买来的,便主动向药房主任提出帮助糊药袋。药房主任为她的热心所感动,答应了她,就这样骆焱无偿地为医院糊制了2000

多只小药袋。

1992 年，镇江市残联让骆焱代表全市参加全国残疾人征文比赛。骆焱接受任务后全身心投入写作之中。一个星期后由于太累，发烧成肺炎，可她一声不吭，自己背着父母大把大把地吃药。直到母亲发现她呼吸急促，脸色不对才知道。于是急忙送到医院抢救。但病情稍好，她又在床上艰难地写起来。一篇 2000 多字的《路》,她写了整整一个月,完成了任务。

病榻上她递交了入党申请书。她认为人生不可能没有坎坷与不幸,但是人不能没有自己的追求。

骆焱的质朴思忖

骆焱很朴实。病榻前与她漫话人生、社会,她总是那样地坦率。

“我不是钢铁浇铸的，我也软弱过，想到过死，也恨过生活对自己太残忍,没有腿给我也罢,能给我两只听使唤的胳膊也行啊，最终自己悟通了，人生不可能没有坎坷和不幸，但是人不能没有自己的信念和追求。

“我知道自己的生命不会太长久，所以我想人不能白白地来世上一趟,应该做一些事 ……”

正是凭着这种信念，骆焱时刻以自己的方式关注着身边的生活。《镇江日报》曾开辟一个《大家沙龙》专栏,骆焱也十分积极地参与其中。

“‘子规夜半犹啼血，不信东风唤不回。’镇江唯有凭借广告的优势，方能走出一条有特色的发展道路，在各大市场搏击中，振羽奋起，展翅腾飞。”

“诚然，要建立‘民族特色街’，需要大量的资金投入，‘舍不得金弹子，打不来金凤凰’。有远见的镇江人，应加快城建步伐，以此来促进市区乃至全城的经济繁荣。”

谁会想到这些慷慨激昂的建议竟是出自一个全身瘫痪的病人之口？以至一些读者在来信中尊称骆焱为先生。《大家沙龙》的笔友朱旭海在见到骆焱之后不由得激动地写下这样的话：“请相信骆焱，走出你的家门，你的生命将流进我以后的路。”

骆焱的生活里有时也会遇到不快，一个星期天，她请保姆推着轮椅车到街上去看商场，可是轮椅车上不了台阶，她请身边的人帮一把，他们竟无动于衷。但是，骆焱并没有去责怪，而是有着自己的思忖：转变社会风气应该从每个人自我净化做起。我愿意做一滴纯净的水，长江不就是靠一滴滴水汇聚而成的吗？！

今年3月8日，骆焱经过反复思考，又一次鼓起勇气向干休所家属支部交上了自己的入党申请书。

是的，一个人若能够在坎坷的人生拼搏中孜孜不倦于对真理的追求，不断认识和战胜自我，他便最终能够获得一种超然的自由。那时人生于他便是常青之树，他于人生虽残疾也一样是自在之主。

“志在顶峰的人，决不会在半山腰停止。”骆焱正以无履的双足实现着自己的格言。

《新华日报》1994 年 4 月 22 日（16372 期）A01 版 要闻

守护根基

六十七岁的赵其国依然很忙。眼下仅他所参与研究和指导的土壤学领域的重大课题就可以报出一串：中、美、印国际合作项目“人口增长和土地利用变化相互作用”、国家自然科学基金重点项目“我国东南部红壤退化机理与调控对策”以及向国家和江、浙、沪两省一市地方政府所作的“长江三角洲可持续发展”专题咨询报告等。更不用说，他还要带博士生、指导博士后了。

赵其国是党的十三大、十四大代表，这次又当选为十五大代表。“比信任更重的是责任，”赵其国动情地说，“我不能懈怠，也不应懈怠啊。”

万物土中生。土壤无疑是人类赖以生存和发展的根基。为了守护这个根基，赵其国在四十五年的科学生涯里孜孜以求，探索不息……

一

站在那张四百万分之一的中国土壤图前，赵其国院士的手指从南方的红壤区域轻轻划滑向北方的黑土区域和黄淮海平原。“除了喜马拉雅山，每一类土壤分布区我都去过。”他说得很平静。把他说的一一展开，那是一个科学家不倦探索的辉煌画卷：

50年代到60年代初，刚出校门的赵其国奉命参加了全国具有战略意义的橡胶宜林地调查，十多年里，他奔波在云南、贵州等地的崇山峻岭中，总结了以橡胶为主的热带作物开发利用与土壤分布及土地性质的相互关系，提出了热带作物利用等级评价方案，为国家制定热带作物发展规划与布局提供了科学依据。

70年代，赵其国又率队对黑龙江70万平方公里的荒地资源进行全面考察，在九年时间里，先后查出宜农荒田1200万公顷，对黑龙江商品粮基地建设以及国家农业生产的发展做出了重大贡献。

进入80年代，赵其国又转向黄淮海平原豫北地区中低产田综合治理开发研究，几年里，通过对八县的盐碱、风沙、洼地的治理开发，使这一地区的粮食产量和人均收入三年翻了一番，并为黄淮海同类地区的治理提供了范例。

开拓的背后是艰苦的付出。赵其国工作四十五年，有三十年时间是在野外度过的。他是两个孩子的父亲，却从未见过夫人怀孩子大肚子的模样；去南方找橡胶宜林地，连续十多年和热带丛林中的蟒虫过年，从西双版纳归来时，带回家的是发炎两个月而未做任何治疗的左肾；在东北找荒地，连续九年，他与狍子在茫茫沼泽中共赏中秋明月，凯旋时，见到妻子第一眼，便因严重缺钾而瘫倒在站台上……

二

赵其国认为，一个科学工作者也应该像体育竞赛者一样，要有强烈的金牌意识。在土壤学研究领域里，他正是以此为目标，不断地寻求着一个个突破。

我国的红壤分布面积达 220 万平方公里，是我国发展粮食及热带、亚热带经济作物和林木的重要基地。长期以来，国内外不少土壤学者对红壤现代成土过程中的本质、物质迁移和转化规律，特别是对红壤的发育年龄问题均未能彻底阐明。赵其国从 1984 年起，与同伴们一起，开创性地在热带、亚热带红壤生态试验站，利用排水采集器等装置，通过长达十年的定位观察，进行动态和定量研究，阐明了我国红壤现代成土过程的特点，推动了我国土壤学的发展。

80 年代后期，赵其国与同事一起，在江西鹰潭创建了红壤生态试验站，积极探索红壤与环境间物质交换与能量转换的特点，并开创地提出了“顶林、腰园、谷农、塘鱼”这一丘陵红壤地区立体种植布局的模式，在第 14 届国际土壤学会上，国际土壤学家评价这项研究达到了国际先进水平。鹰潭生态试验站因此成为中科院第一个亚热带对外开放的实验基地。

1992 年，赵其国又创办了中国在世界上唯一的一本英文版《土壤圈》杂志，目前已在 124 个国家发行……这些仅仅是赵其国几十年丰硕成果中的一部分。他曾先后 3 次获得国家科技进步奖，8 次获得中国科学院奖。1990 年在第 14 届国际土壤学会上，他被国际土壤学会授予国际道库恰也夫奖，成为我国获得这项国际土壤学界最高奖的第一人。

三

土壤作为人类赖以生存的重要自然资源，由于持续的集约利用，正在迅速地发生变化。赵其国无时无刻不在深深地关注着这一现实。他坦言，人类正面临着人口—资源—环境间的尖锐矛盾。由此，他列举出一系列触目惊心的数据：目前我国土壤侵蚀面积已达 150 万平方公里，沙化和濒临沙漠化的面积已达 33.4 万平方公里，且平均每年以 2100 平方公里的速度扩展。同时，随着工业的发展，污染日益严重，每年废水排放量为 368 亿吨，烟尘排放量为 1445 万吨，受污染的耕地面积约 670 万公顷。由于肥力减退等原因，全国中低产田也已占总耕地面积的 1/3。

与此相对应的则是人口的急剧增长，预计到本世纪末，人口总数可达13亿左右。以人均400公斤的年消费水平计算，需要粮食5.2亿吨。换句话说，就是要在仅占世界耕地面积6.8％的土地上获得世界粮食生产总量的23.6％。

面对这一严峻的挑战，赵其国又把自己探索的目光，投向了土壤退化的时空变化、形成机制、监控对策、现代农业与可持续发展以及土壤圈物质循环等一个个迫切需要解决的新领域。

“现代土壤学必须为人类有充足的食物和清洁的环境做出贡献。”他对自己的选择坚定不移。

《新华日报》1997年9月11日（17605期）A03版 江苏地方新闻

让正义的天平永衡

也许，山河可以改变，但法律的神圣是永恒的，因为它代表着正义和公正。

也许，岁月可以流逝，但无论是现在还是将来，人们对法官品格的期待不变：忠诚无私、刚正不阿。因为他们的使命是伸张正义、铲除邪恶。

在徐淮大地上，人们正传诵着这样一位好法官，他就是铜山县法院院长李开华。

权势、金钱、礼物，面对压力和诱惑，李开华横眉冷对："宁愿院长不当，也不能昧着良心，践踏法律。"对遭受不幸的普通百姓，他总是那样心热如火，农民杨秀玲到法院为他送上"李青天"的镜匾……

四十九岁的李开华，迈入法院大门至今已整整十八个年头，其中任铜山法院副院长八年，院长五年。这些年来，他始终恪守着自己定下的一条规矩：不贪、不占、不怕邪。

1992 年，清山泉乡派出所干警刘某、杜某、崔某刑讯逼供致人死命一案惊动了全县。由于他们的“特殊”身份，起诉时，三被告均未逮捕关押。群众为之哗然，纷纷将疑问的目光投向法院。

果然，案子一到法院，各种干扰接踵而至。有关部门说情，个别领导招呼：“老李，他们也是执法者，过去工作上又有过这样那样的配合，就判个缓刑吧。”个别干警怕接手此案惹麻烦，也心存顾虑。可李开华不怕：“这个案子我来审，有什么事，我担着。”李开华亲自担任审判长，依照事实，秉公执法，最终那三个执法犯法者被分别判处六年、四年和三年有期徒刑。

前年，一位上级领导的亲戚，因违章超车撞死撞伤多人。检察机关以交通肇事罪起诉到法院。案子还未开庭，那位领导的妻子便找到李开华，一开口就是不容置疑的口气：“开华，我已经跟这个案子的承办人说好了，就判个缓刑，到时向你汇报时，你同意就行了。”李开华不仅不理不睬，反而格外留心起案子来。在随后的案件汇报中，那位承办人果然明显倾向肇事司机。按捺不住的李开华拍案而起：“你这人真孬，你受人之托，违背法律，为什么不为死去的冤魂和受伤住院的人伸张正义？被告人违章超车，情节恶劣，该怎么量刑，你比我清楚！”此案最后得到了公正的判决。

有很多人多次问李开华，当真就不怕那些有头有脸的人？他的回答简单而又直率:无欲则刚。是的,没有私念的人,骨头最硬。

朋友和亲人常为他这种硬脾气担心。就连七十多岁的老母亲也不止一次对他说：“铁打的衙门，流水的官，太阳总不能老是12点，给上头说说，干别的不行吗？”李开华每听到这些，总劝慰老人：“您老人家放心，我从没办过一件违背良心、枉法裁判的案子,心里没有鬼,不怕鬼敲门!”

面对金钱和礼物的诱惑，李开华一样过硬。了解他的人都知道那个“不当孬种拒收礼”的故事。那是在他当院长不久，一位县机关干部,为侄女离婚案,拎着两瓶高档酒摸到了他家。李开华二话不说，忙让他把东西拿走，那人以为这是假意推让，坚持将酒放下。哪知李开华厉声说：“谁要是要你的东西，谁就是孬种。你要是不拿走，我就把它扔出去！”见此情景，那人只得尴尬地拎着酒走了。

对李开华的为人，也有人不信。一次，他老家黄集乡一位女同志从门卫那儿打听到李开华的住址，晚上带着东西试着敲开他家的门。结果,毫不例外地被李开华“请”了出去。她只是没想到堂堂县法院院长的家是那样的“寒酸”：家里用的是一台 46 厘米杂牌彩电，客厅里的冰箱上满是锈斑，最亮眼的就属挂在客厅墙上的一面大镜匾。她回头告诉法院门卫侯师傅，这回她真服了。其实她不知道李开华家里那张旧床，还是八年前爱人用单位发的两袋尿素作工钱在乡下打的。身上的那件旧茄克衫已穿了十年。李开华常对周围的同志说：“当官是暂时的，做人是长久的。官不值钱，钱不值钱，人格最值钱。”

不久前，铜山县还发生了这样一件事：一位某企业董事长的哥哥仗着自己有钱，公开纳妾十多年，在群众中造成恶劣影响。年初，当事人的妻子起诉到当地法院，哭诉着请求法院给她伸张正义。法庭考虑到多种因素，将这个案子移送到县法院刑庭处理。这时候，这个乡里的领导找到了李开华，劝他不要受理此案。李开华回答说：“这是人民法院，为什么不让老百姓说话？”就在法院办案期间，当事人家中放风：如果法院办案经费紧张，他们可以赞助。与此同时，受害人也受到了威胁引诱。对方当事人对受害人说：“如果你撤回起诉，还可以得到一笔钱，不然，你人财两空，什么都得不到。”受害人经不住威胁，终于动了心。在庭审一开始，自诉人就要求撤诉，法院只得暂时休庭。李开华气愤地说：“这是典型的钱与法的较量，是金钱对法律的侮辱和蔑视！”有人劝他，向来都是民不告，官不究，就算了吧。李开华义愤填膺：“自诉人可以撤诉，犯罪分子却不能漏网。我们要建议检察机关提起公诉！”他立即打电话向县委领导汇报，得到了支持。不久，经县检察院提起公诉，铜山县人民法院判处被告人一年半有期徒刑。像这样难办的案子，李开华每年都要办上几件。

群众都知道，“硬骨头”院长最放不下的是普通百姓所遭受的不幸。

每个星期三是铜山法院的院长接待日。几年来，李开华总是坚持接待来访者，倾听群众的申诉。面对群众种种不幸的遭际，他常常亲自出面审理案件。茅村乡农民杨秀玲因宅基地被邻居无理打伤，起诉到基层法庭，跑了一年多也未能讨个说法。情急之下找到李开华申诉，李开华听了，马上让人调来卷宗亲自查看，不到一个月就将此案审结，使杨秀玲得到了应有的赔偿。杨秀玲感动不已，连喊“李青天”。她买了一面镜匾，特地请人写了“李青天”几个大字送到法院，李开华把镜匾挂在了自己的办公室，只是当着杨秀玲的面亲手擦掉了“李青天”那三个字。

友情、乡情、亲情，在情与法的天平上，李开华容不得半点私情。他说：“亲友可以不亲，但法律决不能违背！”然而，李开华又是一个很重感情的人。每逢年三十，他总要从家里拎上两瓶好酒和门卫侯师傅喝上几盅……

李开华祖祖辈辈生息在铜山，当过农民，拉过板车，又从这里步入军营，如今，又当上了家乡的“首席法官”。他深知友情、乡情、亲情的分量。但是，他从不把这种感情掺进执法工作，在他眼里，法律超越一切。

1993 年秋的一个夜晚。柳新法庭的陈崇斌敲开了李开华家的门。他和李开华的关系可不一般：都是黄集乡人，同年入伍同年转业，而且还是唐山大地震时从同一间倒塌的屋子里爬出来的患难兄弟。见到老战友，李开华高兴地说：“来，快坐。”不料战友叹了口气：“老哥，今天有事求你了。”原来他的一位亲戚参与斗殴打伤了人。李开华一听，脸立刻沉了下来：“你趁早别提，该怎么判就怎么判。”头一次给顶了回去，老战友不死心，连着往李开华办公室跑了三趟，可每次李开华都是那句话：“该怎么判就怎么判。”老战友也急了：“咱俩关系不错，你咋这么没人情味呢？”李开华正色说：“其他事可以帮，这事，不行！”

战友是这样，家里的亲戚也一概如此。

一次，李开华一位姨哥的儿子对本村的一位女青年实施强奸未遂。事发后他姨哥多次找李开华说情，李开华说：“这件事，你不要再找了，找谁也没有用。”事前，李开华可以声明被告是自己的姨侄，然后回避，这既符合法律规定，又符合人之常情。但为了防止别人定案戴框框、受影响，在研究如何处理此案时，李开华没有说，而是借故走开了，让其他领导研究定案。结果，罪犯被判处有期徒刑四年。事后，姨哥跑到李开华家中大吵：“亲戚，亲戚，怎么到了要帮忙的时候就不亲了！”李开华也火了：“亲戚归亲戚，法律归法律，亲戚可以不亲，但法律不能违背。”

今年春天的一个早晨，李开华八十岁的老岳父领着一个人从三十公里外赶到他家。见到岳父，李开华很高兴，他早就想留老岳父在家多住几日，哪知老岳父是想让他给郑集法庭姓韩的法官写个条子，把一个亲戚的离婚案赶快判离了。李开华一听立刻变了脸："我从来不写条子，离婚的依据是感情确已破裂，而不是条子。你年纪这么大了，少管闲事！"老人气得转身就走。中午回到家，李开华对妻子说，早上我脾气是急了点儿，回头你给老人买点东西，帮我解释一下。

在铜山，有很多人怕李开华，甚至恨李开华，那是因为他们想拿私情与法律做交易。而许多群众却打心眼里喜欢李开华。他们从身边一桩桩平凡的小事中体会到，李开华，其实是一位很重感情的人。

1997 年 11 月 12 日上午 8 时，大雨倾盆。一位被淋得透湿的中年妇女搀扶着一个走路踉跄的男青年跨进铜山县法院信访接待室的大门。正在值班的李开华忙站起身来："大嫂，您今天冒着大雨来，肯定有急事吧。"这位妇女一听，便哭了。她是吴邵乡邓楼村的赵如侠，村里的一位干部把她弟弟刺了七刀，现在医药费花了一万多元，至今还未获得赔偿。

听着听着，李开华落泪了，这些普通百姓的不幸最揪他的心。他分别给姐弟俩递上热茶，转身就去找具体办案人。

两个小时后，一万多元钱交到姐弟手中。这时，赵如侠又哭了："大伙儿都说你是好人，这回俺信了。"

今年六十岁的门卫侯师傅是个临时工，他最敬重的就是李开华，倒不是因为李开华的院长身份，而是他平日里待自己的那份信任，那份平等和尊重。侯师傅到法院看门已经整整六个年头了。

这些年来，每天早上七点钟不到，李开华就来到院里，这时他总会在传达室里坐一坐。大清早，侯师傅有时要帮食堂买菜，李开华就主动帮他“代班”。每逢中秋节和年三十，李开华总要从家里把女儿孝敬自己的好酒拎上两瓶，带上好菜和他喝上几盅。侯师傅有时过意不去，李开华总是对他说：“您老办事认真负责，我敬重您。”

这就是李开华的脾气：不念私情，只讲真情。

曝光栏、禁酒令、错案追究制，在院风整治中，李开华大刀阔斧，从不迁就。他说：“在铜山法院，不干不行，干不好不行，胡来更不行。”从严治警的李开华一刻也没忘从优待警。四年里，他为20余名干警的家属和子女解决了“农转非”、就业安置和工作调动……

那是让李开华刻骨铭心的一幕。李开华刚当院长不久，何桥乡一位胳膊绑着夹板的妇女张某找到李开华，说她丈夫犯重婚罪并多次将她打伤，请求法院为她申冤。听完她的哭诉，李开华当即把她领到刑庭，安排了一名审判员抓紧办理此案。没想到事隔两天，她又来到法院，手里还拎着两条烟两瓶酒找到李开华说：“听人家讲，如今办事都兴这个，这是我从左邻右舍借钱买的，您别嫌少！”

“法院不是你想象的那样，东西你带回去，案子已派人调查，查清了，马上处理。”几番劝说才送走了那位将信将疑的妇女。

这事深深震动了李开华。的确，法院不是真空，现在每接到一起案子，请客的、送礼的、说情的便接踵而至，可谓是“案子一上门，两边都托人”。李开华深知，要抵御不正之风的侵蚀，关键是要带出一支铁的队伍。

铁的队伍源于铁的制度和严格的管理。1995 年，经过酝酿，他推出了全省独一无二的“送礼曝光栏”，定期将法官拒礼、拒贿的事例向社会公开，并将送礼者的姓名与当事人的关系、因何案、送何礼品及礼品如何处理等事项逐一曝光。曝光栏一出，社会反应强烈。群众交口称赞，但也有人私下嘀咕：“官不打送礼的，李开华怎就不通情理？”

“不下猛药，治不了顽症，只要有利于净化执法环境，只要有利于干警队伍的廉洁自律，我们不怕得罪任何人。”李开华带头把给自己送礼的人登上曝光栏。从那时起到现在，全院已刊出曝光栏 96 期，233 名送礼者被曝光，其中涉及给李开华送礼的就有 9 人。

此后，李开华又和党组一班人相继推出了“禁酒令”“错案追究制”“干警行为准则”等 54 项制度。

凡是要求别人做到的，李开华总是自己首先做到。去年底，由李开华介绍招聘的一名驾驶员因违反了《车辆管理规定》，李开华不由分说，当即辞退。平时到法庭检查工作，李开华就餐常常是“一碗羊肉汤，外加两个烧饼”。一次，到郑集法庭检查工作，中午就餐时，庭长多上了两道菜，李开华见状火了：“多上的菜，谁上谁吃，院里的规矩绝不许破。”见此，庭长只好将多上的菜又撤了下去。不论是谁，只要他违反了制度，李开华决不迁就，他说：“在铜山法院，不干不行，干不好不行，胡来更不行！”一名审判员接受当事人吃请，李开华查实后，不仅责令其退还 400 元请客费，还给予行政警告处分。刑庭的一位干警因自己过四十岁生日，中午在家喝了几杯啤酒，李开华发现了一样要他写检查。

副院长陈步兴是法院班子中的老大哥。一次，他在签发一份民事判决书时，由于忽略了审判委员会的意见，致使该案被上级法院发回重审。按照错案追究制度，这起错案必须追究。老院长感到面子上过不去，背后找到李开华：“开华，追究、批评，我都接受，就别再点名了吧？”

“老陈，您是班子里的老大哥，我们都很敬重您，希望您能支持工作，为大家做出表率，事后，我打酒请您都行。”后来，老陈还是在全院干警大会上被通报批评。这项制度实施以来，已先后有十几名审判人员被追究了责任。严格的管理，铁的纪律，带出的是一支过得硬的队伍。如今，全院错案追究率已由 1994 年的 0.4％下降到 0.04％，这一经验也由铜山法院推到全省。

从严治院的李开华一刻也没忘记在生活上关心干警。

张集法庭的助审员晁俊启一次违纪，李开华亲自审查，而当李开华得知他的儿子患急性脑炎住院治疗急需钱时，主动给他解决了 2000 元。小晁感动得流下了眼泪：“我一定努力工作，将功补过。”

单集法庭离县法院最远。五十五岁的周祥标庭长在县院十个法庭庭长中年龄最大。他说，这些年来，工作上没少挨李开华的批，可生活上却经常感受到他无微不至的关怀。一次，他与李开华在闲聊中提到自己的小女儿职中毕业后一直待业在家，李开华悄悄记在心上。几个月后，李开华打来电话，通知老周，组织上已与县水利局协商好，为她安排了工作。

当然，并不光是他们。几年来，院里全力筹措，节省资金，先后解决 73 套住房，全部分配给了有困难和在基层的干警，李开华却没给自己留上一套；他为 20 余名干警家属和子女解决了“农转非”、就业安置和工作调动，而自己的爱人单位效益不好，却不得不常常“赋闲”在家。许多干警感慨地说，李院长不会令人人满意，却能使人人服气。

就地办案、帮教少年犯，李开华时常把目光投注到法庭之外。他说：“法院不能仅仅就案办案，还应担负起更多的责任。”在工作上尽职尽责的李开华多病缠身，而让他最感内疚的是对子女太多的“不兑现”……

铜山法院每年要审结的案件数多达七八千件。即使这样，李开华仍时常把自己的目光投向法庭之外，把那些别人不愿多问的“闲事”揽过来。

在潘塘乡，村民中流传着“10 只鸭子和 5 场官司”的故事。

两年前，该乡潘塘村村民贾春花家的 10 只鸭子不见了，贾怀疑它们跑到了邻居潘有学家，便指桑骂槐。潘与之争吵进而双方大打出手。人打伤了，潘诉至法庭，要求贾家赔偿。

两家从此结下怨仇，以后又多次为小事发生口角和斗殴。短短两年多，双方先后打了 5 场官司。李开华听说此事，皱起了眉头："邻里之间为了这么一点小事就闹成这样，影响太坏了！"他找来张集法庭庭长，要他尽快审理案件，就地开庭。

开庭的那天，潘塘村的老老少少将打麦场上的"临时法庭"围了个水泄不通。庭长就案讲案，当场调解。这使周围的群众也受到了深刻的教育。村民称赞说，法院的同志真是把工作做到了家。

铜山县是全省大县，近几年来，被判刑的青少年人数在全省是最多的，这成了李开华抛不开的一块"心病"。在他的倡议下，从 1993 年起，法院每年都要安排一批干警到句容，对少管所里的本籍少年犯进行回访帮教。他还让干警一个乡一个乡地跑，录下少年犯的家人想对孩子说的话，定期带到少管所，集中播放，用亲情感化那些失足少年的心。

有人劝李开华，你身体不好，那些闲事就别管了。闲事？李开华不这么想，他说，法院不能仅仅就案办案，预防犯罪是每个执法者不可推卸的责任。

李开华就是这样的人，在工作上，凡是他认定应该去做的事，从不放手。然而，他也承认，对子女，太多应该做而未能做的事，一直是他内心深处挥不去的遗憾和内疚……

李开华特别偏爱的小女儿李娟，在外地上大学，今年暑假回到家，多次对他说："爸爸，我们同学都外出旅游了，我知道您工作忙也怕花钱，您能不能在星期天开个小车带我到附近的微山湖去转一转？"女儿的要求似乎也不过分，李开华当时真想点一点头，可最终理智还是战胜了情感，他对女儿说："乖乖，我不能私用公车，你好好上学，以后别说去微山湖，就是出国都有机会。"

大女儿今年 5 月出嫁。出嫁的那天，她看到爸爸又要去上班，哭着跑到他面前："爸，你平时工作再忙，我都能理解，可今天是我大喜的日子，你就不能请半天假吗？"李开华心里一酸，他多想亲眼看着女儿离开家呀，但是……他拍拍女儿，说："乖乖，你都憨啦，咱家离法院这么近，我平时未请过假，今天要是请假，你结婚的事就会被别人发觉，同志们不来不好，来了，咱也过意不去。这样吧，星期天晚上，我亲自做饭，陪你和小吴吃顿饭吧，其他的事由你妈安排，行吗？"当李开华毅然走下楼梯时，女儿退到二楼平台，望着父亲瘦削的背影，无言地流下了眼泪……

李开华的书橱角落里放满了一堆药。长期超负荷工作，使他患上了胆囊息肉、慢性胃炎、支气管炎和神经性耳鸣等多种疾病，身边的人都知道他是一边吃药一边工作的。前年春季"严打"期间，由于连续几天加班处理事务，疲劳过度，致使耳鸣突然恶化，低烧不退。为了节省时间，李开华请人到自己的办公室一边打吊针，一边审理卷宗。一天中午，李开华为准时参加一个会议，擅自加快了输液速度，不料险情发生了，突然的输液反应，使李开华一头栽倒在地。由于抢救及时，方才脱险。事后医生告诉他，如果再晚到十分钟，就没救了。

人有时很矛盾，李开华也一样。他说他有时真想抽出空到一个什么人都不知道的地方静一静，歇一歇。可当组织上今年夏天安排他到北戴河疗养时，他又因手头工作忙而放弃了。

对此，他是这样解释的："不是说少了我就不行，只是法院具有特殊的使命，掌握着生杀予夺的权力。每一起案件都涉及当事人的人身权利、经济利益，甚至政治生命，关系着法的尊严、党的威信和政府的形象，一刻也懈怠不得啊。"

高尚的人格、执法如山的精神和出色的工作，使李开华连续八年被县委授予优秀共产党员称号，先后被市中院和省高院荣记三等功和二等功。日前，他又被评为全省勤政廉政好干部。江苏省委和徐州市委已分别做出向李开华学习的决定。

《新华日报》1997 年 11 月 26 日（17681 期）A01 版 要闻

携成果从实验室走向市场

说来难以置信，江苏省建筑科学研究院一项代表国际先进水平的成果，多次挂牌转让竟无人问津，最后低价卖给一家乡镇企业，但尚未投产就被这家企业“休”回。专家痛心不已，迫于无奈，逼自己从实验室走向市场，短短几年竟使这一成果闯进了全国十多个重点工程，年销售额达亿元，为社会创造效益近百亿元。

这项技术成果俗称混凝土“味精”，是一种改进混凝土性能的外加剂，看起来确实不起眼：本身是国家某重点科技攻关项目一个分题下的子题，是个附带成果；一吨混凝土中只需要一二公斤，而全国已有 500 多家小企业生产同类产品，市场开发难度极大。

主持研究这一成果的省建科院院长兼党委书记缪昌文对自

己的成果情有独钟：技术上国际领先，其性能可与意大利、美国的产品类比，国内基础设施建设工程浩大，完全可以脱颖而出。别人看不上这项成果，为什么不自己干呢？1993年底，缪昌文自筹资金5.5万元，组织项目组的同志搞了一条简易的中试生产线，结果当年就赢利近50万元。随后他们又研制开发出三大系列20多个品种的外加剂产品，销售额连年翻番，2000年的利税达到2500万元。长江三峡大坝、田湾核电站、山西引黄工程、南京长江二桥等工程纷纷采用他们的技术成果。仅推广这一成果，近三年就为国家节约水泥约120万吨，节省煤耗约30万吨，为社会创造效益近百亿元。

伟大的发明在实验室中诞生，但伟大的产品在营销部门产生。缪昌文认为，科研机构是知识生产（科学研究）、知识传播（人才培养）和知识利用（科技产业）的一个综合载体。专家走出实验室，成果走向市场，只有以知识为先导，依靠技术创新，才会源源不断地推出新的产品。缪昌文在院内专门成立了科技产业化领导小组，对科技企业经营者进行监督、考核，做好科技产业化的后勤保障，同时，制定一系列激励政策，吸引科技人员加入产业化行列。院建材研究所专业技术人员中有40％活跃在市场第一线，40％科研与技术推广双肩挑，20％搞新技术开发。科研人员从对市场一窍不通的门外汉变成了熟悉市场、可驾驭市场的内行，一部分既懂技术又懂市场的技术经济复合型人才脱颖而出,成为省建科院科技产业化的中坚力量。

缪昌文在混凝土外加剂及高性能混凝土技术研究方面有较深造诣,享受国务院“政府特殊津贴”,曾先后承担省部级科研项目20多项,其中6项达到国际先进水平,14项获得科技进步奖。他经常受邀赴全国各地授课、讲学,这为成果推广起到了一个很好的媒介作用。有一次缪昌文参加全国人大会议,成都市的两位副市长看到有关他的访谈报道后,特地赶到北京请他前去讲课。后来,成都市政府专门发文指定在成都干道工程上使用南京生产的混凝土外加剂。1998年10月,缪昌文在东南大学的一次国际学术会议上做了报告,三峡工程的同志听后很感兴趣,决定试用他们的产品。当时有40多家企业参与竞争,经国内三家权威机构认定,他们的产品凭借技术优势,不仅在国产品牌中独占鳌头,而且还击败了10多家国外知名企业,一举打入三峡大坝永久船闸输水系统,受到国务院三峡工程专家组的好评。

现在,省建科院已形成一支精干的技术创新型科研人才队伍,产品类的科研成果转化率达到100%,应用型技术转化也达到60%以上。去年,缪昌文被评为“江苏省留学回国先进个人”,今年又先后当选为南京市“十大科技功臣”和省劳动模范。金秋十月,颇具规模的“江苏省混凝土外加剂科技开发基地”在江宁正式挂牌,建成了国内唯一的一条全自动混凝土外加剂生产线,其工艺技术、控制水平和产品质量均处于全国领先地位。这预示着省建科院的产学研一体化之路将越走越宽广。

《新华日报》2001年10月14日(19096期)A01版要闻

人生中的闪亮数字

新闻现场：全省先进典型事迹报告会。吴仁宝充满智慧与真知灼见的报告赢得了阵阵掌声。不过记者发现最能打动听众心弦的还是他报告中的一串串展示富裕和人格魅力的数字。

背景新闻：今年七十五岁的吴仁宝是有“天下第一村”之誉的华西村的党委书记。他曾当过村官、乡官、县官，但最后还是回到了华西村。走过几十年的风风雨雨，他与华西村这面中国新农村的旗帜依然是“鲜艳夺目，青春不老”。不仅如此，在市场经济的大潮中，吴仁宝和华西村的名字都被打造成高含金量的知名品牌。名人、名村、名牌交相辉映，构成了当代中国农村一道独特的风景线。

华西村有多富？也许只有数字能够表达清楚：时至今日，华西村固定资产已达 21 亿元，人均产值由四十年前的 300 元上升到 300 万元，增长了 1 万倍。2001 年，全村实现工商业开票销售收入 45 亿元，利税超 5 亿元。村民存款最少的 40 万 —50 万元，最多的 400 万 —500 万元。

一位外地干部在参观了华西村后，曾情不自禁地写下了这样的对联：

家家住别墅，如杜甫复生，当歌“广厦”；处处似天堂，若陶潜在世，不颂“桃源”。

华西村建村已有四十一年，这是华西村不断发展走向富裕的四十一年。

探寻华西村长盛不衰的缘由，人们发现这与当家人吴仁宝不断实现自我超越与时俱进密不可分。其实华西村的发展历程并不平坦，吴仁宝将其形象地概括为“听”“顶”“拼”“醒”。

吴仁宝坦言：50 年代的“听”，是因为年纪轻，没有经验，上面说啥就做啥。他说这是犯“教条主义”。60 年代是“顶”，由于以前听了上当，所以便“顶”。然而，有的领导不满意，说这是“骄傲自满，目中无人”。受了批评只得调整，当面都答应，谢谢领导之后，不符合华西村实际的绝不执行。这“顶”实际是“形式主义”。70 年代是“拼”。在以粮为纲的口号中，华西村也和其他地方一样把旱田改为水田，两熟改为三熟。农民搞得辛辛苦苦，还只是温饱。这“拼”其实是“官僚主义”。80 年代是“醒”。“醒”就是认识到过去的缺点与错误,不断解放思想,一切从实际出发。

进入新世纪,吴仁宝在华西村为应对加入WTO新形势又推出五大战略:抓好"天边"的,更要抓好身边的市场;抓诚信、抓华西诚信和华西名牌;抓经济与环境协调发展;抓人才战略;抓思想创新和观念创新。由此,他总结出富有灼见的华西村发展观:坚持真发展是硬道理,有条件不发展没道理,没有条件创造条件发展才是真道理。

数字展示的是富裕,而创造这一富裕的却是吴仁宝的智慧与敏锐。

在全国有三个华西村。吴仁宝在发展江苏华西村的同时,还把目光投向了祖国的中部和西部,创建了"宁夏华西村"和"肇东华西村"。除此之外,他还投资近千万元,为欠发达地区培训了1万余名干部,把华西人的发展理念传播到中部和西部。

追求共同富裕是人类的理想,而吴仁宝就是这一理想的积极实践者。还是在他刚刚当上村支书时就提出,要把华西村作为实现共同富裕、建设社会主义新农村的"试验田"。几十年来,他对这一目标的追求和探索一天都没停止过。十多年前,他说:"个人富了不算富,集体富了才算富。"现在他又说:"一个村富了不算富,全国富了才算富。"面对全国有8000万人口还处于贫困状态的现状,他食不甘味,睡不安稳。1995年5月和1996年10月,吴仁宝先后走向西部宁夏银川郊区和中部黑龙江肇东市五站镇,创建了“宁夏华西村”和“肇东华西村”。

几年过去了，两个华西村发展喜人：他们这些年在宁夏华西村投资300多万元，搬迁800多户，5000多人，建成住房2000多间，开发荒地1万余亩，种树18万株。建成了木制地板、荞皮枕芯等40多个中小企业，年总产值已超亿元。

黑龙江肇东华西村建立后，引入华西村的管理规程，选送了200多人到华西村学习培训。现已在一片沼泽地上开发2500亩粮田，1500多亩水面，修筑起10公里长的主干渠。眼下，人均收入已超过3500元。

在帮助别人发展致富的同时，江苏华西村也在把“仁宝”牌和“华西”牌烟、酒、精纺面料和服装等产品大规模地推向了西北和东北市场。

帮富不是“送”富。在帮助别人时，不忘发展自己。在建设三个华西村的实践中，吴仁宝用自己的探索诠释了共同富裕的全新理念。

记者手上有一份吴仁宝几年来应得的奖金明细表。按照上级有关部门的规定，吴仁宝每年应得的奖金：1995年108万，1996年158万，1997年168万，1998年178万，1999年188万，2000年198万，2001年208万。这些奖金吴仁宝分文不取。近几年来他先后把2000多万元奖金留给集体用于再发展。

对生活、对人生，吴仁宝有其特有的领悟与追求。“家有黄金数吨，一天也只是三顿饭；豪华房子独占鳌头，一人也只占一个床位。”这是吴仁宝用来告诫自己的箴言。

人们说，华西村日日在变，月月在变，年年在变，但吴仁宝的本色没变。

在华西村，吴仁宝始终恪守自己提出的“三不”规则：不拿全村最高的工资，不住全村最好的房子，不拿全村最高的奖金。至今，他还住在上世纪 80 年代造的楼房里。

七十五岁的吴仁宝，如今仍每天带头工作 13—14 小时。他算了一笔账：参加工作五十多年，按每天 8 小时工作制计算，自己实际已工作一百年。

在华西村“执政”了几十年，吴仁宝从不收村民礼物。但只有一次破例。幼时的吴荷英患上了小儿麻痹症，双腿瘫痪，长到十五岁还在家吃闲饭。为让吴荷英能用自己的双手过上好日子，吴仁宝亲自摇着小船，把她送到镇上学手艺。荷英手艺满师了，吴仁宝又摇着小船把她接回来，将她安排在村服务组，做鞋、钉掌、补雨衣，使她成了自食其力的劳动者。一转眼，二十多年过去了，吴荷英如今已抱上了孙子、孙女，不但住进了 500 多平方米的别墅楼，还拥有了一辆白色的“赛欧”轿车，家中存款近百万元。为了报答，她从吴仁宝的老伴那儿讨来脚寸，一针一线，做了双布鞋送给老书记。他说这是他一生所收村民的唯一礼物。

有人说吴仁宝是一本书。把传统品德和现代意识融于一身的吴仁宝无疑要比这几组数字丰厚得多。

《新华日报》2002 年 4 月 29 日（19292 期）A01 版 要闻

大爱无痕

——高仁林的人生长镜头

高仁林，1943 年生，1983 年起任扬州灯泡厂厂长。在他的带领下，这家原本只有 4 万元资产的街道福利小厂一跃成为拥有 7000 万元资产的世界最大氖灯生产基地。他曾先后荣获全国五一劳动奖章、全国劳动模范、全国优秀共产党员等荣誉。2002 年 2 月 10 日，高仁林因心脏病突发不幸去世。

高仁林走了。当灵车绕道缓缓驶近厂门时，早已等候在路边的职工们泪流满面，许多人长跪在地，过往的出租车司机也按响喇叭，为他送行…… 短短两分钟，在冷风中凝成了永恒的定格。

“惊闻噩耗，顿觉错愕，苍天何其残忍…… 竟无情让你我天人永隔……”台商黄炳源先生年三十得知高仁林去世，手中置办

的年货撒落一地。他带领全家从台湾急赴扬州，在高仁林的灵前，含泪诵读他连夜写就的祭文

厂里的女工吴金凤因车祸不幸被撞成了“植物人”，连许多亲人都不能辨别的她，一听到“高厂长”三个字，竟然扑到母亲的怀中，直愣愣的眼睛里涌出了晶莹的泪水。

小气与大方的变奏

在扬州，高仁林“抠”出了名。

十三年前，他与台商黄炳源第一次谈判合作，中午，招待他的仅仅是一碗肉丝面。

多少年过去了，厂子由小变大，可高仁林“抠”劲依旧。说起来令人难以置信，如今已合资 8 个企业的灯泡集团，2001 年的招待费，只有 8300 元。

走进厂区，记者看到，号称“世界氖灯巨龙”的厂区，门面依旧，会客室的黑色沙发早已被人坐得油光锃亮 ……

并不是没有钱。高仁林曾经自豪地对人说，灯泡厂即使三年不生产，工人的工资奖金也能照发。他对自己的“抠”有着独到的解释：“企业的竞争力不在你的门楼有多好看，老板的办公室有多豪华，关键是你的产品质量要比别人高，价格要比别人低。”

“氖灯是个微利行业，一只小灯泡才卖角把钱，利润多的几分钱，少的只有两厘钱，这一分一厘由全厂职工‘抠’出来的利润，我

们没有权利大手大脚地花。”

“针尖上削铁，指缝间抠利”，高仁林作为厂长处处身体力行。当年企业困难时，他到上海购买氩气等惰性气体，连汽车都不坐，而是搭乘区燃料公司的煤车。现在企业好了，高仁林用的还是三十六年前刚进厂时配的那张老办公桌。

集腋成裘。连续几年，厂里的利润都在两千万元上下，职工的年平均收入则超过了万元。

然而，对于那些需要帮助和关爱的人们，高仁林却出乎人们想象地大方。

退休留用的会计庄爱菊，被医院确诊为胰腺坏死转往上海治疗，高仁林在财务人员已经封账下班的情况下，自己带头掏出2000 元，在场的人员很快凑到了 4 万多元。灯泡厂支付的药费先后达 16.8 万元。这么多年来，无论经费多紧张，高仁林一直坚持：退休职工的药费，全额报销。

不仅如此，灯泡厂每年都有一大笔资金用于全社会的扶贫帮困。2001 年，厂里捐助的各项资金就达 46.2 万元。区里的解困基金计划要交 10 万元，高仁林让厂里交了 12 万；有关方面帮助下岗工人再就业，希望支持 10 万元，高仁林让厂里资助了 15 万。几年来，厂里先后捐助了 500 多万元。

“像高厂长这样的人，如今真的是不多见了。”许多职工感慨地说，“如果不是在我们身边，我们也许不会相信。”

不变的生命底色

时代在变，厂子的规模在变。但是，灯泡集团有一项记录一直没变：厂里已先后召开过6次职代会，高仁林次次都以全票当选厂长。

职工们为什么如此信赖高仁林？那是因为他始终坚守着自己的生命底色：求实、诚信、廉洁、无私……

台商黄炳源第一次到厂里考察，高仁林坦诚相见，捧出了所有的财务报表。冲着这份诚信，台商先后与高仁林建起了8家合资公司。

一家苏北同行与合资的港商发生经济纠纷，为了袒护本地企业，当地的有关执法部门专程找到高仁林，示意他提供有损港商利益的虚假数据，一向儒雅的高仁林拍案而起，断然拒绝。

灯泡集团这几年发展迅速，区里有领导建议高仁林拆掉旧厂房，建座新大楼，变变企业面貌。高仁林经过多方调研论证，发现高楼的气压、风力等条件都不适合氖灯生产，并未盲从。他说，企业最大的隐患，就是不实事求是。

高仁林身为8家合资公司的董事长，却没有自己的专车。一次，高仁林在美国的弟弟回扬州看中医，为了方便，借用了厂里的车。事后，高仁林找到会计，如数交纳了汽油费。这样的发票，高仁林去世后，人们在他的抽屉里发现了厚厚一叠。

在厂里，他还有一份特殊的“礼品单”，那是高仁林多年来“上交”礼品的登记簿；从金戒指、香烟到内衣、床套，高仁林无一例外地交到了厂里，一律用于业务交往。

身为厂长，企业的资产比接手时增长了1400倍，可高仁林住的房子仍是50多平方米的“小屋”。残疾职工顾素萍感慨地说，怎么也没想到厂长的房子竟比我家的小。

扬州灯泡厂属集体企业性质，为何至今没有改制？对改制，高仁林想到的是既要推进改革，又要保护职工利益。他思考出一个“两全之策”：合资的8家公司改制，而以残疾人为主的灯泡厂不改，解决他们的生活问题。他曾建议，用奖励给他的近600万元企业净资产，设立残疾职工保障基金。如今，心愿未了，他已与世长辞。

高仁林对企业的利益看得很重，对自己的利益却看得很轻。几年来，区委和企业董事会先后奖励给他65万多元奖金，他分文未取。有人曾善意地劝他，你自己可以不要钱，但你怎么能不为自己的子女留点钱？他回答说：儿女有能，留钱有何用？儿女无能，留钱又有何用？

街道腾起氖灯巨龙

千重要万重要，保住职工的饭碗最重要。这是高仁林常说的一句话，也是他发展企业的不竭动力。

1983年的扬州灯泡厂，固定资产不足4万元，200多名职工大多是一些街道残疾人员及生病返城知青，工厂产品氖灯成品合格率只有8%…… 高仁林接手的是如此惨淡的家当。

上任后不久，高仁林为了让企业尽快脱困，曾想到计委批一点钢材。没想到介绍信刚刚递上就被对方揉成一团扔进纸篓。“你们这样的厂也想批钢材？”高仁林从纸篓里捡起介绍信，抹抹平又赔着笑脸递上前去……

如此屈辱的境遇，如此残酷的现实。高仁林凭着自己的坚韧，领着一支疲弱之旅，为生存而搏。

那年，高仁林在扬州率先进行企业改革，打破“铁饭碗”，并实行干部聘任制，职工择优上岗，开始以效益为中心，转变企业运行机制。

那年，高仁林连续三个多月，带领技术工人进行40多次试验，反复摸索绿色氖灯多种惰性气体的最佳配方比例，最终将产品的正品率由8%提高到80%。

那年，灯泡厂产值突破100万元，职工拿到了进厂以来第一笔奖金……

靠着自己的敏锐，高仁林发现了市场潜在的革命性转折：电饭锅等家用电器在广东悄然兴起，与之配套的双丝氖灯显露出广阔的市场前景。高仁林果断决策，从其时仍旺销的信号灯市场撤出，主攻双丝氖灯。

高仁林选择的第一步战略是让自己低价的劳动力与台商的

技术、资金相结合。1989年，合资公司扬捷照明电器有限公司投产，当年便全部收回投资。

在合资的基础之上，高仁林又把目光投入到技术创新上。他组织技术人员经过百余次试验，一举解决了荧光灯的汞污染问题。随后又探索出绿色氖灯电子粉的配方，获得了专利，打破了日本垄断。

管理成本一直是许多劳动密集型企业难以逾越的一道坎。为了降本，高仁林亲自上机器拿秒表测量产量定额、质量标准及所耗材料，并以此确定职工的报酬，在实践中创造出了“倒逼成本法”，这一成果使企业的成本降低了30%，比邯钢早了近十年。

靠着管理，靠着诚信，靠着质优价廉的产品，在高仁林的率领下，扬州灯泡厂由一家街道福利小厂成长为占有全球氖灯产量三分之一的“世界巨龙”，600多名职工捧上了令人羡慕的金饭碗。

半条命系着两个家

解读高仁林，他五十九年的人生是那样的厚重。

他八岁丧父，十九岁那年得了尿毒症，并切除了左肾，剩下半条命。医生断言，他活不过四十岁！

然而就是这“半条命”，却谱写出了辉煌的人生乐章。一边是上有高堂下有病儿的小家，一边是几百职工的“大家”，这“半条命”的支撑力究竟有多大……

在高仁林不足50平方米的陋室里，夫妇俩的卧室里加放了一张单人床，显得格外窄小。那是因为怕他三十岁的弱智小儿子出意外。高仁林最疼小儿子高强，每天出门前，总要到床边亲亲他，而高强也总喜欢拉拉父亲的耳朵。一次，高仁林忙到天黑才回到家，一进门听说高强跑丢了，急忙冲出门外。万家灯火中，大街小巷里，高仁林一遍遍喊着儿子的名字。当他在一棵大树下找到蜷缩成一团的儿子时，禁不住泪水潸然。

或许正是因为家有残疾的儿子，老伴又长期从事残疾人特殊教育，使得高仁林对残疾职工生活的艰辛有着超乎常人的深切体验。而对家庭，他也牵肠挂肚，每天再忙，他都要陪小孙子背背唐诗，陪老母拉拉家常。

1996年，高仁林因心脏病住院，被诊断为不可逆的扩张性冠心病。医生告诉他，这种病最多只能活三四年。为了不让妻儿牵挂，为了不让全厂职工担心，他悄悄把诊断书藏了起来，忙碌依旧。

病魔无情。在此后的日子里，高仁林的身体愈来愈差。他每天要吃几十粒药，中饭只能吃一小块饭团，牙齿已经没有力气了，只能吃青菜。白烧的青菜吃厌了，就放点酱油。

工作或谈话久了，高仁林都会不由自主地把手伸进胸口，不停地揉压心脏部位，以缓解疼痛。时间长了，毛衣的胸口部位都磨出了洞。老伴见他穿的衣服破了，要帮他买件新的，他叮嘱“要买就买件最轻软的吧”。这副肩膀，承受得住600多名职工的重托，承受得住市场巨大的竞争压力，却承受不了一件普通衣服的重量！

2002年2月10日，高仁林最后一次来到灯泡厂，戴上全国劳模和全国优秀共产党员奖章去参加市里的团拜会，最后一次给台商黄炳源先生打电话询问订单情况，最后一次在工作日志上写下2月份全厂已销售氖灯2712万只，最后一次与家人在一起吃了顿团圆饭……他实在太累了，这一躺下，便未再起来。这一天，离春节仅剩两天。

心灵的回声

一个厂长的离去，为何会有那么多职工为他流泪？为何能激起古城上下那么多人发自内心的情感波澜？

在他居住的南河下小区，在厂里的每一个车间，在扬州那些与之相识或不相识的普通市民中，我们谛听到了源自心灵的不绝回声……

——灯泡厂作为一家福利性小厂，有97位残疾人。高仁林在厂里定下一条规矩：无论是谁，都不许给他们起诨名，喊绰号。他说，年龄大的，是我的兄弟姐妹；年纪轻的，算我的侄子侄女。

——今年三十七岁的残疾职工蒋惠，高中毕业后一直求职无门，为此曾几次轻生。高仁林了解情况后，优先安排她当了统计员。

小蒋的普通话不错，高仁林鼓励她参加市里举行的朗诵比赛。当蒋惠荣获一等奖时，高仁林亲自书写大红喜报，还为她晋升一级工资。两年前，蒋惠因脊柱严重变形，高仁林让厂里出钱帮她专门到南京买了一件钢丝背心，并特许中午让她休息两小时。蒋惠说，是高厂长给了我重新生活、战胜残疾的信心和自尊。

—— 身高仅 1 米 3 的残疾职工顾素萍是位知青，回城、进厂，高仁林曾数度帮忙。一次，高仁林无意间听说，她一家三口住在租来的不到十平方米的“棚屋”内，急需买房。未等顾素萍开口，高仁林就主动带她找到房改办，忙申请、办手续。半个月后，她就拿到了 70 多个平方的首批经济适用房的钥匙。为了早日让顾素萍能够还上买房的 3 万元贷款，高仁林又特地让她没有工作的爱人为厂里剪灯泡丝子，原来准备十年还清的贷款二十个月就还清了。

并不仅仅是残疾人，在厂里，在广陵区，许许多多有这样那样困难的人，都曾得到过高厂长的关爱和帮助 ……

爱人者，人恒敬之

这是令许多人至今难忘的镜头 —— 上任之初，为探索绿色氖灯中惰性气体的最佳配方，多病的高仁林连续加班累得吐血住院。全厂 100 多位职工闻讯后，人人手持一枝红色康乃馨，前往医院看望自己心爱的厂长。护理人员动情地说，建院几十年，还从未见过如此规模的“探视大军”。

高仁林时时刻刻心为民系，在职工心中激发出感人的互动效应。已经退休的老职工李红宝讲了这样一件事：几年前，她为住在厂里的客户洗衣服时，从洗衣机滚筒中无意发现了一只从未见过的塑壳氖灯。她的第一个反应，就是把它交给高厂长。厂里由此受到启发，迅速开发出了新型塑壳氖灯，并成功打进了欧美市场，年销达 100 多万只。

在灯泡厂，职工们沐浴在关爱之中，许多残疾职工都找到了健全的“另一半”。在一次聚会时，有人问蒋惠，你为什么找到了这么英俊的丈夫？“骄傲”的蒋惠不假思索地回答：因为我是灯泡厂的。

在高仁林的追悼会上，只能容纳六七百人的吊唁大厅挤满了人，灯泡厂前来送别的几百名职工默默地站在露天下，几个小时过去了，许多肢残的职工都不肯到放在面前的空椅子上坐一会儿，他们动情地说，让我们最后为高厂长尽尽心意吧！

大爱无痕。不求回报的点点滴滴，在人们的心灵中往往镌刻得更深，铭记得更久……

匆匆地，他走了，给家人留下的是不绝的思念。

匆匆地，他走了，给职工留下的是无尽的财富。

《新华日报》2002 年 5 月 30 日（19323 期）A02 版 专题报道

现场篇

现场新闻是彰显纸媒竞争力的常态手段，也是考量新闻记者眼力和笔力的必备答卷。

镜头呈现，鲜活对话，氛围点染，细节捕捉，敏锐思考，都能有效地传递出极具张力的现场感……

除夕，他与600只丹顶鹤相伴

听说盐城滩涂珍禽保护区有位青年已第三次孤身与丹顶鹤在一起辞旧迎新，我忙赶去。

马年最后一天下午4时半，我与三十二岁的殷作家一起登上望鹤楼。从望远镜里看去，黄海浩茫滩涂之上，几百只丹顶鹤玉羽如雪，冠顶似火，怡然自乐。小殷介绍说，今年在这儿越冬的鹤有600余只。说着，他跑下楼去，随着他几声唤鹤，一群丹顶鹤从远方飞落到小殷身边，欢叫着争食盆中的玉米和小鱼。我环顾四野，但见草滩无际，海堤蜿蜒，再也看不见别人。我问小殷："你远离妻儿父母，独自在这儿守岁，不觉得孤独吗？"小殷微微一笑："与600只丹顶鹤相伴迎接新春，有多少人能获此殊荣？"那份自豪与幽默，不由让我肃然起敬。

天色渐晚，我们回到望鹤楼旁一间小屋，煤油灯下，几条鲜鱼，数十只鸡蛋，这便是小殷为自己准备的“年货”了。

“咕”—— 一声鹤鸣，小殷一阵风似的冲了出去。过了一会儿，他回来了：“抱歉！虚惊了一场，不过这里并不平静，有贪婪的豹猫，也有少数的偷猎者。”

时针指向晚 7 时，我起身告辞。远处的小镇传来阵阵爆豆般的鞭炮声，旷野里，只有望鹤楼下，投射出一丝丹心似的光亮……

《新华日报》1991 年 2 月 17 日 (15215 期) A01 版 要闻

情有独钟看升旗

“这是我第一次在天安门广场观看升旗仪式。”3 月 4 日凌晨 6 点刚过，参加第八届全国人民代表大会第三次会议的江苏代表李玉坤就和其他几位代表一道，守候在天安门广场，等待着神圣的升旗那一刻。

的确，对于现任南通如皋工艺丝毯总厂副厂长的李玉坤代表来说，有一段难忘的故事。那是 1988 年，有位得了癌症的美籍华人来到如皋后买了 3 面国旗作为给海外子女的最后礼物。而那年国庆节，李玉坤从街头走到街尾竟然没有看到一面飘扬的五星红旗。作为全国人大代表，他的心被刺疼了。于是，他挥笔疾书，向全国人民代表大会建议制定《国旗法》，在全国范围内加强爱国主义教育，恢复升降国旗的仪式，以唤起人们的“国家观念”。

他的建议立即得到了回应。1990 年 6 月 28 日，第七届全国人民代表大会常委会第十四次会议一致通过了《中华人民共和国国旗法》，并于当年的 10 月 1 日正式实施。

这几年李玉坤仍以满腔热情关注《国旗法》的实施：两年前，他向全国人大提了《关于认真贯彻执行〈中华人民共和国国旗法〉的建议》；今年，通过广泛的社会调查，他又带来了《关于强化国旗标准化生产控制和销售的建议》。

望着广场上涌动的观看升旗仪式的人流，李玉坤告诉记者，自 1990 年以后，人们的国旗意识普遍增强，这是非常可喜的，但是也有不尽如人意的地方。他说："目前全国国旗生产厂家有几百家，而真正符合国旗生产标准的只有几家。"为此，他准备与兄弟厂家共同申请研制生产标准化国旗。昨天，他已抽空把厂里试生产的样品送有关部门进行色标测试。

6 时 44 分，广场上空响起了庄严的《国歌》乐曲，李玉坤和其他几位代表一起将深情的目光投向冉冉升起的国旗。

《新华日报》1995 年 3 月 5 日（16688 期）A01 版 要闻

英烈回家乡

丹阳在静静地迎候。故乡成千上万的父老乡亲在静静地迎候。

人们记住了这一刻：20 日中午 11 时 30 分。许杏虎和他的夫人朱颖烈士的骨灰在亲人们的护送下，不远万里，终于从战火纷飞的巴尔干半岛回到了北京，回到了生他养他的故乡 —— 丹阳河阳镇高甸村。省委副书记顾浩、省委宣传部长王湛，代表省委省政府专程从南京把烈士的骨灰送到烈士的家乡。

“虎子，我们到家了。”一踏上家乡的土地，许杏虎的母亲王凤英老人便含泪轻声地告诉爱子，深情而又悲怆的细语，震撼着周围每一个人的心。

烈士的英灵，回来了。许杏虎曾经就读过的母校北陵小学和北陵中学的千余名师生举着烈士的遗像，静静地站立在河阳镇公路的两旁迎接烈士的归来。路旁的树木草丛中缀满了他们亲手扎制的一朵朵白花。

虎子，回来了。成千上万的父老乡亲从四面八方赶来，守候在村口。人们举着长长的横幅，白布上面写着巨大的黑字："杏虎、朱颖，家乡人民欢迎你们回家。"村口嫩绿的芦苇和桥头上，挂满了系着红带子的白花。村民们说，这是他们祭奠英年早逝者的特有风俗。这些天来，家乡的父老乡亲用各种方式表达着自己对烈士的崇敬。六十九岁的步和忠老人是亲眼看着虎子长大的。"虎子从小就是一个好孩子，到北京上大学后也一点没变。当初学习可用功呢。"自许杏虎的父母和家人到北京后的这些天里，他天天来到虎子的家里，主动守护着许杏虎曾经睡过的小阁楼，不让陌生人随意挪动烈士生前曾经用过的东西。为了迎接烈士英灵的归来，村民一天前就自发在烈士的家门口搭建了一个高大的灵棚。他们有一个心愿——要用最隆重的礼仪迎接自己的英雄。还有 38 户村民自发捐款倡议将烈士故居的一部分建成烈士事迹陈列室。他们说："我们要用烈士的精神激励村里的每一个人，激励高甸村的子孙后代。"

哀乐低回，万人低泣。许杏虎、朱颖烈士的灵棚庄严肃穆。一束束鲜花簇拥着烈士的遗像。灵棚两旁的挽联写着"英魂萦祖国，健笔斥强权"，它表达了家乡人民对烈士的深切悼念，对以美国为首的北约强权暴行的无比愤恨。面对着家乡的父老乡亲，许杏虎的姐姐许琳华在灵棚前眼含热泪说：“感谢党和国家，感谢家乡的人民。党和国家给了虎子、颖颖最高的荣誉。他们在九泉之下一定会感到无比的欣慰。我们憎恨北约，是他们用罪恶的导弹夺走了虎子和颖颖的生命。乡亲们，我们要化悲痛为力量，做好自己的事，种好我们的田，以实际行动告慰虎子、颖颖的英灵。”哀乐声中，人们默默地走过烈士的遗像前，向烈士深深地三鞠躬。

在烈士的遗像前，记者看到有一位叫吕留根的老兵在一块汉白玉上镌刻了烈士夫妇的遗像，并深情地刻着这样一段话：“你们用鲜血谱写了人生最灿烂的乐章，你们崇高的爱国主义精神和对祖国与人民的无限忠诚，你们追求理想、奋发向上的精神风范将与世长存。”

这是虎子家乡人民的心声，这也是每一位中国人的心声。

《新华日报》1999 年 5 月 21 日（18221 期）B01 版 焦点新闻

和平：超越民族和宗教的祈盼

12 月 13 日晚 7 时，美国旧金山圣玛丽大教堂笼罩在肃穆、凝重、庄严的氛围之中。中国清亮的锣声和教堂浑厚的钟声，同时回响在深邃幽静的大殿里。不同种族、不同国度、不同文化背景和不同宗教信仰的人们聚集一起，以虔诚而又博大的心灵，共同追忆六十四年前发生在中国南京的那场血腥暴行，为人类共同祈愿：珍爱和平，反对战争和暴力。

这无疑是一次前所未有的聚会。中国人、美国人、日本人、犹太人，他们共同燃起点点烛光，遥祭六十四年前中国不幸者的亡灵，无论是黄皮肤、白皮肤还是黑皮肤，都在真诚地传达着一个声音：人类应该真诚对待历史，反省过去的罪恶，让战争和暴力走开。

南京大屠杀幸存者，今年七十二岁的夏淑琴老妈妈，在祈祷仪式上禁不住潸然泪下。她说，我是那场大屠杀的见证人，日本有人始终想否定大屠杀是办不到的，今天我们到旧金山来就是想把这一历史真相告诉更多的人。我参加这次和平祈祷，也希望全世界的人能永远得到和平。二十六岁的小野友子是在美国的日本留学生，她从中国同学那里得知圣玛丽教堂要举行和平祈祷仪式，主动报名当了志愿者。“我曾在十年前去过南京大屠杀纪念馆。当时看了那些史料，心里震动很大。”她说，“人类只有真诚对待过去，才能更好地面向未来。”记者看到，仪式开始之前，她与同学一起，忙着分发祈祷活动的宣传材料，热心而又虔诚。美籍犹太人 Zeiden 女士则深深感谢中国人在第二次世界大战中对三万多位犹太人的保护。她希望通过这一活动，能让世界上更多的人像记住德国屠杀犹太人一样，永远记住南京大屠杀事件。

这样的祈祷，在美国，在旧金山，在圣玛丽教堂的历史上也是绝无仅有的。天主教、基督教、犹太教、伊斯兰教和佛教分别以各自的宗教形式虔诚祷告，透过荧荧烛光，穿过凝重低回的圣乐，人们感受到了一份庄严，一份心灵上的震撼。从这座富有现代特色的古老教堂里触摸到了期望中的和平绿洲。

是什么力量激发着人们超越了国界和宗教？那是因为我们还在时时受到战争和暴力的威胁。中国驻旧金山总领事王云翔说，在美国人民刚刚纪念“珍珠港事件”六十周年、“9·11”恐怖事件发生三个月后，在圣玛丽教堂举行这样的活动是适时的。日本政府对侵华战争的态度与德国政府对第二次世界大战的态度大相径庭。德国对在第二次世界大战中犯下的罪行真诚道歉并做出了赔偿，而日本只是极不情愿地表示了道歉，而且只是口头的，不是书面的，不具法律效力。我希望日本政府正确面对历史，防止类似悲剧重演。

旧金山侵华日军浩劫纪念馆馆长熊玮博士为了让世界更多地了解南京大屠杀真相，专门休假一年，积极筹办浩劫纪念馆，组织参与此次和平祈祷仪式。“我将把余生献给这项反对暴力和战争的事业。”她柔弱的身躯肩负着沉重的使命。旧金山市议会参事余胤良感慨地说，这次活动非常有意义，之所以有这么大的号召力，是因为反对战争和暴力已不仅仅是中国人的事，而是人类共同的心愿和期盼。

教堂里的管风琴舒缓绵长，琴声在人们的心头回荡，与远处太平洋波涛拍岸的搏击声融为一体；旷古的自然与旧金山都市的文明交相辉映。是的，血的教训留在历史里，也写在现实中，用我们心中蕴积的切切祈愿祝福：愿每一个生命得到尊重，让世界和平永恒！

《新华日报》2001 年 12 月 15 日（19158 期）A02 版 宏观视野 · 深度报道

述评篇

述评应是理性思维与新闻思维的自觉融合；

是大局视野与微观透析的有机统一；

是宏大叙事与激情表达的相得益彰……

卧龙腾跃当此时

——徐连经济带发展态势述评

一个新的经济隆起带，正在江苏北部边沿出现。这就是规划和建设中的徐连经济带。

经济学家们喜欢用“井”字形，来勾画江苏“四沿”联动开发开放的战略格局。这一战略构想的重点，就是通过沿江、沿海、沿大运河、沿东陇海铁路线的发展，逐步形成全省区域开发和生产力总体布局“南北夹击、东西呼应”的“井”字形结构，带动区域共同发展。徐连经济带，正好处于这个“井”字形结构的上一横的部位。由于它特殊的战略地位，全省人民对这里一直寄予深切的关注和殷切的希望。

盛夏酷暑，记者走进徐连经济带采访，看到这里的潜在优势正在向现实优势转化。专家们估计，徐连经济带的大部分县（市）

已达到苏南地区80年代中后期水平，且具有明显的资源优势，蕴藏着巨大的发展潜力。“不失时机地推动徐连经济带建设步入从务虚到务实，从规划设计到全面实施，从分兵把守到整体推进的新阶段”，已成为徐连地区上上下下的共识。市县领导说：绝不能辜负全省人民的重托和省委、省政府的期望，奋力拼搏，让这块低谷地带早日隆起。

抬起龙头　连云港强化“东桥头堡”地位

1997年5月6日，瑞士日内瓦万国宫。联合国贸易与发展委员会召开的“利用信息技术增进过境安排的效率”会议正在进行。此刻向与会的114个国家的专家代表作专题发言的是中国代表团团长、连云港市副市长程智培。

他专为介绍新亚欧大陆桥东桥头堡连云港而来。他的发言赢得热烈的掌声。

“谢谢你的非常精彩的发言，”会议主席激动地说，“我是法国人，我很想从法国徒步沿着新亚欧大陆桥到中国。”许多国家的代表在会议休息期间纷纷前来与中国代表团洽谈。

这是让人感奋的一幕。它表明，随着实力的增强和知名度的提高，连云港正在吸引越来越多的关注和合作。

的确，连云港所独具的潜在优势，让每一个了解它的人都不能忽视。

连云港地处我国东部沿海和陆桥沿线的交汇点上，与徐州相接，紧扼中西部九省一区的喉颈，再向西伸延 10 900 公里，可直达荷兰鹿特丹港，中间连接中亚、东欧 30 多个内陆国家和地区；东出黄海则与经济发达的日本、韩国及其他东南亚国家相连。1992 年 12 月 1 日，随着首列过境集装箱列车从连云港出发，不仅使构想中的新亚欧大陆桥成为现实，同时，其突出的"大陆桥桥头堡"的位置，也为优化国家和我省生产力的战略布局创造了难得的优势条件。于是，一个个高层决策者的视线投向这里：

党的十四届五中全会通过的《建议》，把建设新亚欧大陆桥经济带确定为我国跨世纪发展战略的重点；

《中国 21 世纪议程》将新亚欧大陆桥沿线的可持续发展、徐一连重工业带和东桥头堡连云港市的建设列入优先实施项目；

省委、省政府为加快连云港的东方大港建设，尽快形成东桥头堡新优势，采取了一系列实际措施。

7 月 25 日晚，我们驱车来到与港区遥相对应的拦海大堤上，极目远望，只见延展五六公里的港口沿岸，灯火璀璨，犹如银龙横卧，展露出未来东方大港的宏伟轮廓。市委书记郁家树告诉我们，连云港正乘势而上，向着既定目标步步紧逼：

——港口建设力度逐年加大。现在已建成各种泊位 29 个，其中万吨级泊位 25 个，年吞吐能力达 2500 万吨，已创下 12 万吨级巨轮乘潮进港装卸货的纪录。

——陆桥运输兴旺。当前从连云港上下桥过境运往第三国的集装箱运输，上半年已达2万标箱，占全国铁路集装箱过境业务量的90%以上，为去年同期的8倍，平均每月开出40个过境集装箱专列。连云港已与世界上154个国家和地区的近1000个港口建立了航运关系。

——全市的综合实力和城市的承载能力有明显增强。一个以港口为中心的现代化立体交通网络在逐步形成。根据发展规划，今后连云港将重点建设墟沟一期和庙岭三期工程，力争本世纪末港吞吐能力达3000万吨；东陇海铁路复线今年将基本建成通车，机场的条件亦已有了明显改善。此外，连徐高速公路、同三高速公路连云港段以及204国道连云港段改造等工程也将相继启动。

这一切都在向人们昭示：连云港的龙头正在抬起。

夯实桥墩　徐州构建区域性商贸都会

登上云龙山主峰的观景台，极目四望，夏夜的徐州城灯火璀璨，车流如织，已初具一座现代化大城市的骨架。省委、省政府提出加快徐连经济带建设，使徐州这座有着四千年悠久历史的古城，又一次显示出她不同一般的战略地位。

徐州市委书记把徐州比作“桥墩”。他说：“连云港是新亚欧大陆桥的东桥头堡，徐州则是新亚欧大陆桥东部的第一个‘桥墩’。大陆桥经济发展和徐连经济带建设离不开桥墩的支撑。加快徐州发展，强化其作为区域性中心城市的集聚和辐射功能，对建设新亚欧大陆桥东部桥头堡地带，带动周边地区经济的发展和繁荣具有重要意义。”

素有“五省通衢”之称的徐州，有着明显的区位、交通和资源优势，说起这一点，徐州市市长张桂生如数家珍：徐州南至南京、西至郑州、北至济南均约350公里，东距连云港220公里，是苏、鲁、豫、皖四省接壤19个地市、17.6万平方公里、1.1亿人口的淮海经济区的中心城市，京沪、陇海两大铁路在此交会，境内公路四通八达。张桂生说：“徐州尽管交通便利，却是‘酒肉穿肠过’，市场建设相对滞后，集聚和辐射能力不强，并没有能够成为商品物资集散的中心；徐州的经济实力不强，城市功能不够完善，与其在徐连经济带中所处的地位和应起的作用还不相适应。”

围绕完善城市服务功能，增强城市的集聚和辐射能力，构建区域性商贸都会这一目标，近几年来，徐州市大力实施“两通先行”的发展战略，使出了一个个精彩的招数：

建设大干线，打通大通道，构筑现代化交通体系。近几年来，徐州市先后建成了长达55公里的三环路，22条城市出入口道路和8条长达500公里的地方市县一级公路，拉开了徐州现代化大城市建设的主骨架。目前，徐州市正集中力量抓好观音机场建设，确保年内竣工通航；积极创造条件，开工建设徐连高速公路徐州段、沂淮靖高速公路新沂段，进一步强化徐州在全国和陇兰经济带“五通汇流”的立体交通优势。

建设大市场，发展大流通，构建区域性商贸都会。目前，全市共有各类市场498个，总成交额达262亿元，年成交额超亿元的市场有24个，初步形成了遍布城乡的市场网络。徐州区域生产资料交易市场，去年购销总额达87亿元，位居全国十大生产资料市场之首。此外还涌现出朝阳服装市场、江苏家具市场、宣武小商品市场和新生里工业品批发市场等一批特色专业市场和铜沛路摩托车配件一条街等专业街。全市广泛推行连锁、配送、总代理、总经销等现代化营销方式，新组建了16个流通企业集团，销售超亿元的流通企业达到了13家。目前，徐州市正在抓紧徐州购物中心等重点流通项目的实施，着力建设区域生产资料市场等大型市场，培育发展徐州物资集团等十大流通企业集团，增强集聚和辐射能力。

拱起脊梁　共筑结构优化的徐连产业带

加快徐连经济带建设，最终将形成一条结构优化的徐连产业带。记者在采访中发现，徐连地区的产业优化已确立了比较清晰的框架：一是进一步发挥农业资源优势，加快推进农业产业化经营，发展以区域资源为依托的特色农业带。二是培育支柱产业，构筑具有特色的工业框架。重点发展包括能源、建材、煤化工、盐化工在内的重化工业带。三是建设徐连商贸走廊，发展以徐州汉文化和连云港自然山水为主要内容的旅游观光带。四是实施“海上苏东”工程，加快建设海洋经济带。尽管这“四带”建设尚在起步，但是我们已经看到一个个发挥优势、凸显特色的经济亮点。

赣榆县发展海洋经济条件优越。县长杨少华介绍，徐连经济带规划启发县委、县政府进一步调整思路，在开发黄金海岸，建设“海上赣榆”的进程中，实行三次产业协调发展。目前，全县鱼虾蟹贝藻样样齐全，已形成育苗、养殖、加工、贸易一体化的发展格局。同时，依托全省面积最大的优质海滨沙滩和风光秀丽的秦山岛，开发建设江苏“北戴河”，使之最终成为陇海线东端最具吸引力的海滨度假区。

东海县县委书记王向明列数当地的水晶、石英砂等资源优势，满怀自信地对记者说：“我们以资源为依托，重点开发人无我有、市场前景看好的项目。”他们大力开发浮法玻璃、镀膜玻璃、家具玻璃、玻璃硅等主导产品，建设“玻璃城”。目前，与法国圣戈班公司、以色列 UDI 公司及省国际信托投资公司联合兴办的浮法玻璃项目已开工建设，这是淮北地区目前利用外资最大的项目，产品 60％外销。

新沂市委书记郭希忠告诉记者，新沂是从“桥头堡”由东向西推进的重要腹地，水陆空立体交汇的交通网络，使其成为仅次于徐州、连云港的经济带中间“支撑点”。发挥新沂呼应东西、承接南北的聚集和辐射功能，建设大市场、搞活大流通，服务带（经济带）和桥（大陆桥），成了该县近年来着力推出的“重头戏”。

记者到铜山县采访时，又感受到另一番景象。走进维维集团偌大的厂区，首先扑入眼帘的是整装待发的厢式食品专用运输车，夹道排成两条长龙，橘黄的厢体上，八个红色大字“维维豆奶，欢乐开怀”格外醒目。这家集团与该县另外两家食品企业“大地”“维桑”，其前身都是县粮食系统的国有小厂，如今都是大型企业集团。其中维维集团跨区域联营，产品在全国市场的覆盖率达到 70%。去年实现销售收入 22 亿元，创利税 3.2 亿元。

更可喜的，是他们在各自凸现优势、构筑亮点的同时，又着眼于形成“带”的整体优势，加强团结协作。连云港的如意集团，充分发挥贸工农一体化的“龙头”功能，集团跨区域建立蔬菜基地 25 万亩，覆盖区域不仅扩大到整个经济带，而且遍及大江南北的 16 个省区。徐州、连云港两地的旅游业，也相互“萌生爱意”，积极筹划携手开发旅游资源，将徐州以两汉文化为特色的人文景观与连云港的山海风光相衔接，联成一条人文、自然景观交相辉映的东陇海特色旅游观光带。

聚敛人气　抢抓本世纪的最后机遇

“实施‘人气战略’，把江苏北边境的人气聚起来，把徐连人民的信心鼓起来！”徐州市政府研究室同志的这番话给我们留下很深的印象。此次采访，记者组横穿徐连 200 余公里，处处强烈感受到徐连上下对加快经济带建设翘首以盼的巨大热情，感受到那股昂扬奋发的旺盛的人气。

旺盛的人气，集中表现为抢抓机遇的历史紧迫感。我们所到之处，听到频率最高的用语就是“机遇”二字。不少同志谈到，我省前两次发展机遇的热点在苏南，受益最多、步子最快的在沿江，而由于种种原因，南北差距仍然十分明显。此次省委、省政府加快徐连经济带建设的战略决策，有明确目标，有全面规划，有具体政策，有实施步骤，有全省支持，这是徐连经济发展的又一次历史性机遇，也是本世纪的最后一次机遇，再也不能耽误了！

“加快徐连经济带建设是一篇大文章，好文章，但现在还没有破题，因为我们是在经济欠发达的基础上起步的。”徐州市委书记王希龙的这番话表明，他们在对徐连经济带建设倾注巨大热情的同时，保持着清醒的头脑。他分析，徐州有“五省通衢”的区域中心城市的美誉，但中心城市能否在经济带建设中发挥中心作用，不完全取决于区位，主要取决于经济实力和功能。市场竞争有如拔河，比谁的力量大，而不在于你处的位置。徐州的现状是经济实力不强，城市功能不够，当务之急是抢抓机遇，尽快加强这两方面的建设，以充分发挥中心城市的辐射带动作用。

不无巧合的是，连云港市委书记对连云港“三顶桂冠”的分析，与王希龙对徐州“中心城市”的分析，恰成桴鼓之应。得天独厚的天然良港、首批沿海对外开放城市、新亚欧大陆桥东桥头堡，这“三顶桂冠”曾激起连云港人多少希望，但十多年的改革开放中，连云港的吸引力和辐射力并不强，原因何在？郁家树分析，原因在于连云港经济总量小、经济质量差、智力优势弱，仍处于工业化的初期阶段，“三顶桂冠”在很大程度上是一种潜在优势。因此在发展思路上，不能把潜在优势当成现实优势，一方面要充分利用“三顶桂冠”带来的发展机遇，另一方面要从欠发达的经济基础出发，实实在在地开好头、起好步。这使我们强烈感受到，江苏北边境的旺盛人气，深深植根于对本地实际的清醒认识。

人气“旺”还需人气“聚”，这就是要把旺盛的人气聚焦到徐连经济带的整体建设上来，东西联动，形成合力。两市领导都谈到，徐州以连云港为出口，连云港以徐州为腹地，两市“口腹相依”，命运与共，没有理由搞行政分割，各自为战。东海县委书记王向明说得好，要在发展经济带的大背景下思考本地的发展路数，发展既竞争又协作的新型关系。竞争是比谁干得更好的良性竞争，协作是在区域分工基础上实现跨市跨县的联合。记者感到，尽管从总体而言，区域联动、上下联手的局面尚未形成，可贵的是观念已经启动了。

《新华日报》1997 年 8 月 7 日（17570 期） A01 版 要闻

告别贫困县：江苏发展的里程碑

1998 年 1 月 12 日，省委、省政府郑重宣布：淮北 200 万人口如期脱贫，江苏从此告别贫困县！这是一次历史性跨越，这是几代人的期盼，这是江苏发展史上的一座里程碑。

序幕：七位厅局长出马沭阳扶贫

淮北四市面积占全省 52%，人口占全省 43%。早在 80 年代，省委、省政府就提出“积极提高苏南，加快发展苏北”的战略；90 年代初又提出“一手抓好以沿江为重点的经济比较发达地区的改革开放，加快经济发展；一手抓好以淮北为重点的经济薄弱地区的改革开放，加快脱贫致富”的战略方针。

然而，贫困的淮北却是积重难返。

曾有江苏头号贫困县之称的沭阳，由于贫困，曾有“三多”：要救济的多，上访的多，人民来信多。

当时造成沭阳干群之间矛盾的原因固然很多，但深层次因素则是经济落后。1992 年初，淮北人均收入在 400 元以下的有 58 个乡镇，而沭阳就占了其中的 30 个。

沭阳的问题必须从根本上解决。省委着眼淮北，选定沭阳为突破。

其时，正值中共中央十三届八中全会之后全国各地开展农村社会主义思想教育运动，省委抓住这一契机迅速向沭阳派驻了工作队。这次工作队阵容空前庞大。队部领导由七位厅局级干部组成。他们是当时的省农林厅厅长俞敬忠、省委农工部副部长郑顺成、省计经委副主任张九汉、省科委副主任李樟云、省水利厅副厅长翟浩辉、省民政厅副厅长李向群、省供销社副主任周金鸿。300 多名队员则是从省级机关、在宁高校、部省属大中型企业和科研院所精心挑选的优秀干部。与过去不同的是，工作队的名称在“社教”后面加上了“扶贫”两字。他们奉命进驻沭阳县最贫困的 30 个乡镇。一场影响深远的扶贫之战，从此拉开了序幕。

沭阳人记住了 1992 年。这一年，被列为全省第一贫困县的沭阳由于工作队的帮扶，粮油生产双双超历史，多种经营蓬勃发展，工业效益全面回升，劳务输出方兴未艾，人们的精神面貌、社会环境及各项事业都发生了显著的变化。

新一届省委常委会一号纪要：推出扶贫攻坚计划

省委在关注沭阳变化的同时，更在关注和思考着整个淮北。

1994年底，江苏省召开第九次党代会，会议将区域共同发展作为全省三大发展战略之一。

1995年1月9日上午，新任省委书记陈焕友主持召开新年第一次省委常委会。会议形成了1995年江苏省委常委会第一号纪要，把加快淮北贫困地区脱贫步伐作为今后五年全省的工作重点之一，并通过了《江苏省扶贫攻坚计划》，以省委、省政府1995年一号文件下发。

扶贫攻坚计划将丰县、睢宁、泗洪、淮阴、涟水、盱眙、滨海、响水、灌云等九县列为省扶贫县，沭阳、灌南、阜宁、东海四县享受有关扶贫政策。1997年，省委又将灌南县作为重点扶贫县，泗阳、宿豫列入享受扶贫政策的县。至此，淮北脱贫致富问题被排上了前所未有的重要位置。

徐州奔小康会议：面向全省的总动员

1995年9月5日，全省奔小康经验交流会在徐州举行。

这是一次落实区域共同发展战略，全面实施淮北扶贫攻坚计划的总动员。

开始，苏南的一些同志有想法：我们已经实现了小康，我们来开什么会！省委书记陈焕友在会上郑重强调：没有苏北的小康，就没有全省的小康；没有苏北的现代化，就没有全省的现代化！

会议把淮北的脱贫致富与全省经济社会发展紧密联系在一起。自此，帮助淮北走出贫困成了全省人民的共同行动。

最早行动起来的是张家港。这一年，当时的张家港市委书记秦振华带领四套班子和主要经济部门以及部分乡镇党委负责人，组成考察组，两上被称为江苏“西伯利亚”的丰县进行全面考察，随后张家港市26个乡镇同丰县25个乡镇签订了挂钩合作责任制和项目意向书，成为南北挂钩扶贫的第一家。

张家港与丰县的实践带动了全省的南北挂钩。今天，当淮北各县已经告别了贫困时，我们不能不想起徐州会议的功绩。

“五方挂钩”的扶贫方略：五年投入37亿

在苏南县市与苏北县市挂钩协作的基础上，省委、省政府又组织省直单位、高等院校和企业集团参与对省扶贫县的挂钩扶贫，实行部门、院校、企业、苏南、苏北县（市）“五方挂钩”。这是一组令人难忘的数据：

从1992年起，省直机关已抽调2600多名干部，连续派遣7批工作队进驻淮北经济薄弱的县乡帮助工作。

从1994年起，全省投入的各类扶贫资金达37亿元。其中有偿资金20亿元，无偿资金17亿元。

从 1995 年起，社会各界向贫困地区献爱心、送温暖，每年投入 1 亿元左右。

1995 年以来，苏南挂钩县（市、区）共支持苏北对口县兴办各类项目近 300 个，投入资金 1.82 亿元，帮助培训各级各类人才 7000 余名，安排劳力 4 万余人。

今天，我们已难以尽展笔墨抒写在这些数字背后的无数个感人的故事，但是每个人都能从这组数字中体味到我省扶贫的一种决心，一种力度，一种前所未有的热情。

兴办的部分扶贫企业效果不好：引发发展思路的调整

在连续三届省委扶贫工作队的帮扶以及沭阳全县干群的共同努力之下，1994 年底沭阳宣布脱贫。然而，一个严峻的现实引起了省委的关注：工作队走后，一些由工作队帮助兴办的企业“死”了。

其实，从当时七位厅局长奉命出马沭阳时起，就在探索淮北究竟应该怎样走出贫困。他们通过调查研究，提出要将富县与富民相结合，以富民为基础，绝不能仅仅指望搞几个项目，办几个工厂，来缓解一点财政困难。为此，以后的扶贫便开始调整策略，提出了“稳定提高农业，突破多种经营，积极发展工业，放手搞活流通，大搞劳务输出，加强基础设施建设”的路子。在扶贫中始终突出农民增收这个主题，安排扶贫项目则以有助于直接增加农民收入为主；对工业项目，则由捡到篮子就是菜转向重点支持农副产品加工、劳动密集型和资源加工型以及产品好的项目。还积极探索符合市场经济规律的开发形式，不少地方用扶贫资金建立了农业和多种经营的发展基金，无偿资金有偿使用，滚动周转，有的还采取股份合作制形式，走出了一条行之有效的脱贫之路。

经济和组织措施并用：何止改变了高沟酒厂

涟水县曾是我省出名的贫困县，这个县有一家高沟酒厂，这个厂维系着全县近 1/2 的财政收入。然而，1995 年，这个厂亏损严重，负债累累。

省扶贫领导小组得悉后，对该厂作了详细的调查，并将情况报告省委书记陈焕友。陈焕友批示，从经济、政治两方面入手，解决高沟酒厂的问题。随后，省委副书记许仲林同志作了批示，省扶贫领导小组组长曹鸿鸣带领扶贫办、金融、财政等部门负责人来涟水现场研究解决高沟问题。

有人认为，破产算了。但是“高沟”一倒，全县的财政将失去支撑，何况当时高沟酒的市场行情并不坏。于是从涟水的大局考虑，工作组一直研究到深夜，最后决定挂账停息，注入 2000 万元资金封闭运行。与此同时，会同市、县委审查酒厂班子问题，随后彻底调整了酒厂领导班子。如今，酒厂活了，重新注册的“今世缘”酒香飘各地。

不只是高沟酒厂，对所有贫困县，这几年省委全都采取了经济、政治手段并用的办法，对所有贫困县的主要负责同志做了重点考察、重点配备，对有严重经济问题的个别领导人进行了严肃处理，从而从组织上为脱贫攻坚提供了保证。

改善生产条件：18级泵站翻水北上

淮北贫困，重要原因是缺水。

沭阳县茆圩乡是我国稀有的贫水区，这里"吃水挑六里，灌溉等下雨""邻间借水，以碗相量"。

响水缺的也是水。"小小张黄六，直通华东局"的"张"（张集），就是一个非常缺水的乡，大面积土地只长盐蒿不长粮。

丰县不仅缺水，而且还是高氟地区。据有关部门调查，该县有一个村村民三十岁左右就开始掉牙，四十岁左右明显衰老，五十岁左右开始丧失劳动能力。全村506人，超过六十岁的老人仅有一位，还是外地退休回来的。

水，捆住了淮北走出贫困的脚步。

1995年，省委做出决定，在淮北启动饮水改善工程和以改善灌溉条件为主要内容的中低产田改造工程。三年来全省每年安排1.2亿元，至1997年，淮北已有500万亩中低产田得到改造，100多万人口的饮用水得到改善。

如今那些出了名的贫困乡村都已解除了"水困"。工程最大的还是丰沛地区。近几年来，省、市连续拨款1.3亿元，通过新建的一座座翻水站18级翻水，使长江水“爬”高39米，北上延伸到丰沛大地的每一根“末梢”。大亚楼村村长陈悦彦告诉记者，以前，这个村祖祖辈辈只能种些玉米、红薯，喝的是高氟水，现在有水了，什么作物都长了，全村人均年收入已达3000多元。大王楼村有水使得相邻的一些外省村民很羡慕，常常提着礼品来“讨水”，还一个劲想把姑娘嫁过来。

与此同时，通电、通路、通信、改屋等一系列旨在改善生产和生活条件的工程也在淮北全面展开。

重点工程挥师北上：跨世纪配套战略相继出台

淮北虽然已经脱贫，但是要想在本世纪末实现小康的目标，任务还很艰巨。

省委审时度势，高瞻远瞩，又一次做出重大决策：让重点工程挥师北上，于是一项项跨世纪的配套战略相继出台：

1996年4月，省委、省政府在扬州召开会议，动员全省各方面力量加快建设“海上苏东”；

1997年8月，省委、省政府在连云港召开会议，提出加快徐连经济带建设；

1998年6月，省委、省政府提出奋战五年，决战苏北，新建高速公路1000公里。现在，总投资近300亿元的淮江、连徐、沂淮、宁徐、宁盐等高速公路已经全面开工建设；还有连云港核电站以及投资 40 多亿元的淮河入海水道也已启动……

这些跨世纪的工程都是实施区域共同发展战略的有机组成部分，都是省委、省政府为了彻底改变苏北落后面貌而做出的重大决策。

走出贫困的苏北，未来的发展不可限量！

《新华日报》1998 年 12 月 21 日（18071 期）A04 版 专版

富民强省断想

一

党代会提出富民强省这一响亮的口号，深深拨动了与会代表的心弦。从大会上代表们聆听报告的热烈掌声中，从小组讨论时代表们踊跃的发言中，从会后代表们自发的交流中，记者深深地感受到了真切的回应和强烈的共鸣。追求富裕不只是党和政府的庄严承诺，也是广大百姓发自内心的热切期盼，更是社会发展的必然要求。

毫无疑问，一个能赢得人民群众热切回应的目标，必将会转化为人们的自觉行动，必定会释放出巨大的发展能量。

二

什么叫富？不同的时代有不同的标准。当人们连温饱都没有解决的时候，丰衣足食就叫富；当人们不再为吃穿发愁的时候，华衣美服、汽车小楼就叫富；今天，我们不仅要物质上的富，还要精神上的富。

什么才是精神上的富？党代会的报告对此做了这样的勾画：要有科学、文明、健康的生活方式，要更加充分地行使当家做主的权利，要使人的思想道德素质和科学文化素质得到更加全面的发展。

在社会主义制度下，我们对富的理解还有更为丰富的内涵：百姓富、地区富、城乡人民共同富。换句话说就是，苏南苏中苏北一道富，城里人乡下人大家富。这样的目标，不能不使人怦然心动，不能不令人为之振奋，不能不使人拍手叫好。

三

强省，无疑是一个令人振奋的话题。

在改革开放的历史进程中，江苏人以自己的聪明智慧，以自己的勤劳苦干抓住了一次次的发展机遇，自豪地走入了领先的第一方阵。今天，当中国以更加开放的胸襟，更加坚实的步伐，融入全球经济大潮的时候，江苏人敏锐地感知到了潜在的危机：身旁的标兵远了，身后的追兵近了。江苏人审视自身，还有许多不足，诸如我们企业的规模还不够大，我们的经济结构还不够优，我们的产业竞争能力还不够强,我们的制度创新还不到位……

强省，于是成了江苏人梦寐以求的光荣理想，成了江苏人坚定不移的现实追求。

怎样才算强省？党代会的报告给了人们清晰的定位：就是要企业强,产业强,全省综合实力强。

四

富民强省，一位代表用朴素的语言作了这样的注解：政府要GDP，老百姓要人民币。全省做大GDP，百姓才有人民币；百姓多了人民币，何愁没有GDP。朴素的话，道出了富民与强省之间的辩证关系：民不富,无以强省；省不强,也无以富民。

五

我们的党，靠什么增强自己的凝聚力和吸引力？我们的政府，靠什么赢得百姓的信赖和爱戴？历史和现实给了我们这样的回答：只有始终作为先进生产力和先进文化的代表者，做中国最广大人民群众根本利益的忠实代表者，我们的党才能获得群众的衷心拥戴，才能带领广大群众完成新世纪的伟大进军。富民强省目标的提出，正是对“三个代表”思想的积极实践。在全省现代化建设的进程中，“富民强省”将始终被放在核心的位置。

我们坚信，未来的江苏大地上，必定会展现出更加辉煌灿烂的前景！

《新华日报》2001 年 11 月 11 日 (19124 期) A03 版 要闻

“率先”：进入新世纪江苏发展的最强音

连日来，记者在省第十次党代会的采访中强烈感受到，率先发展已成为每个代表的共同心声，成为进入新世纪江苏发展的最强音。

是的，回溯过去，江苏取得的巨大成就，得益于“率先”一步；展望未来，江苏要实现新的跨越，更需要牢固树立“率先”意识。

率先，是党中央两代领导核心的殷切期望，更是我们义不容辞的责任

近年来，“率先”一词，在我省早已家喻户晓。因为，对江苏人来说，它有着特殊的意义。

早在改革开放之初，邓小平同志就殷切嘱咐“江苏应该比全国平均速度快”。江泽民总书记提出，希望江苏“努力在改革开放和现代化建设中走在前列，争取率先基本实现现代化”。

党中央两代领导核心的殷切期望，给江苏人民以极大激励。今天，当我们回首昨天的历史轨迹，可以更加深切地感受到“率先”意识所释放出的巨大效能。从改革开放之初苏南乡镇企业在全国的率先崛起，到经济结构调整的二次创业；从外向型经济的率先起步，到经济国际化的整体推进，都证明了一个朴素的真理：只有在思想上牢牢确立率先发展的强烈意识，才能把握稍纵即逝的先机之利，才能使自己在现实发展中处于领先地位。

代表们指出，江苏作为自然条件和人文条件比较优越的东部沿海省份，有着较好的经济发展基础，科技和教育事业比较发达，在现代化建设中应该走在全国的前列，为全国的现代化大局做出自己的贡献。

“率先”发展，是江苏义不容辞的责任。

率先，包含对潜在危机的清醒认识，更是一种永不满足的精神状态

回良玉同志在党代会上响亮地提出“实践‘三个代表’，富民强省，率先基本实现现代化”这一宏伟目标，给全省人民以极大的鼓舞。代表们指出，要把宏伟的蓝图变为现实，更需强化“率先”意识。一些代表说，强化“率先”意识，需要我们对所处的现实方位有准确认识。改革开放以来，江苏经济发展较快，江苏经济总量很大，但人均水平不够高，虽然 GDP 列全国第二，仅次于广东，但人均 GDP 在全国却排在第六位；江苏对全国贡献很大，但人民群众的收入增长不够快，城镇居民可支配收入仅排在全国第七位，农民人均纯收入排在全国第六位；江苏的发展很快，但综合实力还不够强，可支配财力和发展要求相比还有较大差距；全省变化很大，但各地发展还不够均衡，市与市比较，人均 GDP 和人均财政收入最低最高之比为 1∶10，县与县比，人均 GDP 和财政收入最低最高之比为 1∶15。

来自苏南地区的缪根宝、曹新平代表指出，近年来我省产业升级明显，但与更发达的省市相比，产业的竞争优势还不突出。有人举了这样一个例子：不久前，全国百强企业统计，江苏列入其中的企业仅有熊猫、春兰、南钢、沙钢和小天鹅等 5 家，而广东和上海分别有 15 家。山东虽然也是 5 家，但其规模要比我们大得多。我省熊猫集团去年产值是 154 亿元，而海尔却是熊猫的 2.6 倍。

陈德铭代表说，苏州在 20 世纪 80 年代和 90 年代先后抓住了乡镇企业和开放型经济两次重大机遇，经济社会发展取得了很大的成绩，譬如，全省改革开放以来引进外资 540 亿美元，而苏州到今年底引资可达 230 亿美元，财政收入占到全省财政收入总数的 1/5，GDP 接近全省的 1/5。但是在经济全球化的大背景下，苏州要想继续保持发展优势，就一刻也不能松懈。

许多来自苏中地区的代表，更是从地区发展的不平衡中看到了紧迫的危机。他们说，苏中地区这几年改革开放取得重大进展，结构调整进一步加快，城市化水平不断提高，人民生活水平日益改善。去年，该地区GDP总量达1621亿元，是1995年的1.6倍。但近年来，苏中的发展一方面与苏南的差距在扩大，另一方面与苏北的差距却在不断缩小，还有一些主要经济指标低于全省平均水平。

的确，任何优势都是相对的、动态的、发展变化的。在激烈的现实竞争中，一旦失去对潜在危机的清醒感知，陶陶然于已取得的成就之上，就会在新一轮竞争中失去主动权。

率先，是扬长补短超人一着，更是奋发向上的不懈攀登

代表们在讨论中指出，面对国际国内发展环境发生的深刻变化，要占领新一轮竞争的制高点，必须对“率先”的内涵有更深刻的认识。

刘广忠代表说，“率先”与创新密不可分，只有勇于创新，善于创新，才能使自己处于“率先”地位。对于苏北来说，创新首先应该是思想观念的创新。

张雷代表说，“率先”，应该具有敢于冲破现实束缚的品格。昆山当年抓住了创立国家级开发区的机遇，赢得了第一次发展。随后，大力引进台资，又一次发展了自己。在新一轮竞争中，他们又把目光投向了高新技术和国际资本，以此来提升昆山的竞争力。

实践证明，发展的机遇，往往就在于对旧有思维定式和现实禁锢的破解之中。

李驰代表说，“率先”，还应该善于放大自己的优势，克服自己的不足。对于苏北经济欠发达地区来说，尤其如此。如何扬长避短，凸显该地区的人力和自然资源、市场等优势，眼下则显得十分迫切。刘文宇代表告诉记者，今年1至10月，涟水县已成功引进各类项目703个，吸引资金8.1亿元。他认为，苏北当务之急就是要舍得把最具市场优势、最具效益潜力的项目拿出去招商，这样才能赢得后发优势，从而获得新一轮的发展之利。

“率先”，还体现在勇于给自己设立更高的参照系。许多代表指出，现代市场经济的竞争焦点，已转向建立在知识创新和技术创新基础上的产业和产品的竞争。因此，我们必须充分利用当前国际产业重组和转移的有利时机，进行各种优势产业资源的整合，特别要利用好教育、科技、人才资源，率先发展新兴产业。当前，尤其要把信息化作为实现现代化的战略举措，加快发展电子信息产品制造业，特别是软件业，大力推进企业和社会的信息化进程，加快形成高新技术产业规模优势，不断提高我省经济整体素质和核心竞争力。

《新华日报》2001年11月11日（19124期）A02版 省第十次党代会专版

科学决策，引领“两个率先”壮丽征程

打开江苏改革开放的发展史，从省第十次党代会到今天，我们走过的五年是一个值得深深铭记的重要时期。

站在历史与实践的节点上回溯，我们看到——过去的五年，是江苏高扬邓小平理论和“三个代表”重要思想的伟大旗帜，全面贯彻落实科学发展观，全力推进“两个率先”伟大实践的五年。

过去的五年，是省委应对挑战、科学决策，不断开辟发展新境界的五年。

过去的五年，也是承上启下，为新世纪“十一五”发展、推进全面小康社会建设奠定坚实基础和良好开局的五年。

发展是人类社会的永恒主题。在今天面对经济全球化和区域性竞争不断加剧的背景下，能否科学决策，则是决定一个地区率先发展的前提。

细心梳理走过的发展历程，我们发现，在江苏抢抓的每一次机遇中，在江苏引领发展的每一步跨越中，都融入了省委科学决策的智慧，民主决策的胸襟，前瞻性决策的开阔视野。

“两个率先”目标：总揽全局凝聚人心

【镜头回放一】

2003年3月8日下午，人民大会堂西大厅。胡锦涛总书记来到江苏代表们中间，和大家一起审议政府工作报告。总书记对江苏的发展充满了殷切的期望。他说，江苏经济基础比较强，有明显的区位优势，也有很大的发展潜力，提出在全面建设小康社会的基础上率先基本实现现代化的发展目标，既是必要的也是可行的。江苏的同志要始终坚持解放思想、实事求是、与时俱进，努力走出一条符合江苏实际的加快发展的路子。

【镜头回放二】

2003年3月11日下午，人民大会堂东大厅，洋溢着轻松的氛围。江泽民主席参加江苏代表团全体会议，与江苏代表一起共商国是。他殷殷嘱托：江苏的未来前途无量，江苏的发展责任重大。全面建设小康社会，江苏有条件搞得更快一些。相信经过大家的共同努力，江苏一定会拓展新优势，再创新业绩，率先全面建成小康社会，率先基本实现现代化，为全国的发展做出新的更大的贡献。

【核心内容】

“两个率先”是党中央对江苏发展的历史性定位，是两任总书记对江苏干部群众的重托，是江苏全省人民的共同意愿和期盼，也是江苏对全国发展大局应尽的责任。

2003 年 7 月 23 日，省委召开十届五次全会，一致通过了《中共江苏省委关于学习贯彻“三个代表”重要思想，努力实现“两个率先”的决定》，确立了本世纪初叶江苏“率先全面建成小康社会、率先基本实现现代化”的总目标，即 2010 年左右在全省总体上实现全面小康、2020 年左右总体上基本实现现代化。

会上，还明确提出了实现第一个“率先”的总体思路和工作举措，要求把“两个率先”作为江苏贯彻“三个代表”重要思想的最大实践。从此，“两个率先”的目标深入人心。

在推进“两个率先”的历史进程中，省委始终坚持突出抓住三点：一是把握解放思想、与时俱进这个精髓，不断推动新的思想解放，坚持在解放思想中统一思想，以思想上的领先保证发展上的率先；二是抓住立党为公、执政为民这个本质，促进党员干部始终保持同人民群众的血肉联系，实现好、维护好、发展好最广大人民的根本利益；三是紧扣发展第一要务，不断深化细化“两个率先”的具体部署，把各项任务落到实处。

【进程 · 效应】

在全省上下的共同努力下，全省综合实力又跨上了一个新台阶。

2005 年全省地区生产总值达到 1.82 万亿元，比 2001 年翻了近一番，年均增长 13.6%；人均地区生产总值突破 3000 美元，达 3038 美元；财政总收入达到 3124.8 亿元，比 2001 年增加了近两倍；城乡居民收入分别达到 12 319 元和 5276 元，五年实际年均增长 12.3%和 6.7%。

今年以来，我省经济继续保持又好又快的发展态势。1—9 月，全省地区生产总值同比增长 15%左右，规模以上工业增加值同比增长 21.8%，全社会固定资产投资完成额同比增长 19.1%，进出口总额同比增长 23.6%，财政总收入同比增长 23.9%，其中地方一般预算收入同比增长 22.8%，社会消费品零售总额同比增长 16.0%。

江苏的发展站在了一个新的历史起点上。

全面小康建设：精心设计全国第一个指标体系

【镜头回放一】

2003 年全国“两会”一结束，省委书记李源潮就来到昆山，走村串户，了解百姓心中的全面小康到底是什么样子。

在玉山镇泾河村村民黄泉宝家，李源潮问他收入多少、有些什么操心事时，心直口快的老黄说：家里吃住用什么都不愁，养老、医疗也“保”上了，日子过得很舒坦。要说还有些什么不满意，就是村前屋后树太少，收入也要再高些才好。

2006年2月10日，李源潮书记再次来到昆山，回访玉山镇泾河村村民。黄泉宝高兴地说，现在的生活，就是全面小康。

“当年你给我们提的意见，后来写到了江苏全面小康指标体系中。”李源潮告诉黄泉宝。

【镜头回放二】

2003年4月29日，全面小康指标制定工作小组向省委、省政府报送了江苏建设全面小康指标体系的初稿。

其时，全国还没有一部统一的全面小康指标体系可以参照。制定者们告诉记者：“李源潮书记最关心的是富民指标，最后出台的体系中，‘城镇居民人均可支配收入要达2000美元’‘农民人均纯收入要达1000美元’，这两项最为核心的指标当时是李源潮书记提出的。”

【核心内容】

2003年7月，在江苏省委十届五次全会上，《江苏省全面建设小康社会指标体系》获得通过，明确提出要建设一个不含水分的、人民群众得实惠的、老百姓认可的全面小康。此前，省委还就制定江苏全面小康指标体系多次召开座谈会，听取省人大、省政协和专家学者的意见和建议。随后，以省委文件的形式下发。

全面小康体系，其主要指标是四大类，18小项，25个单一指标。“四大类”，分别是经济发展、生活水平、社会发展和生态环境，也是全面小康社会的四个核心部分。与此同时，按照分类指导的原则，分别确定了全省和各个区域的实现时序进度。

在这个指标体系中，针对我省 GDP 总量高而老百姓不够富的实际，将“富民优先”放在了突出位置上，首次明确把城市居民人均可支配收入达到 2000 美元和农村居民人均纯收入达到 1000 美元，与人均 GDP 超 3000 美元一起，作为全面小康的核心发展指标，从而真正把提高人民生活质量作为全面小康的核心内容。这一指标体系，引导各级干部把富民作为最花力气的工作，作为最过硬的政绩。指标体系也是把十六大上关于建设全面小康社会“六个更加”的要求，即经济更加发展、民主更加健全、科教更加进步、文化更加繁荣、社会更加和谐、人民生活更加殷实，结合江苏发展实际予以了“量化”。

指标体系的制定，对推动江苏全面小康建设起到了重要的导向、激励和考核作用。

【进程·效应】

2006 年 2 月，据省统计局及有关部门的权威监测显示，对照全面小康四大类 18 项 25 个指标目标值，2005 年我省有 12 个指标达标，比 2004 年增加六个。自此，从省委十届五次全会以来，我省全面小康各项指标完成时序进度的情况是：2003 年有 19 个，2004 年 19 个，2005 年增加到 23 个。

根据分类指导的原则，我省对苏南、苏中、苏北三大区域实现全面小康提出了不同的时序进度，即省定时间是：苏南为2007年前；苏中为2012年前；苏北为2017年前，宿迁市为2019年前。按省定实现全面小康的时间，在13个省辖市中，20个及以上指标达到时序进度的有10个市。

苏州、无锡两市已经达到了江苏全面小康指标。昆山、张家港、常熟、吴江、太仓、江阴六个县级市达标。在2006年全国百强县评比中，江苏占17席，其中七个县跻身七强，昆山名列第一。

落实科学发展观：明确“四个优先”鲜明导向

【镜头回放一】

2004年5月5至6日，江苏大地，春意盎然，生机勃勃。中共中央总书记胡锦涛到江苏视察。在田间地头、企业车间，在科研院所、百姓家庭，他了解民情，倾听民意，要求江苏的各级干部，要把科学发展观贯穿于发展全过程，让今天所做的一切，给后人多留些赞叹，少留些遗憾。

2005年10月12至14日，胡锦涛总书记又一次来江苏视察。他再次提出希望：江苏既要坚持发展是硬道理，又要坚持科学发展，也就是全面协调可持续发展，尤其是要把着力点放在调整经济结构、转变增长方式、深化改革、扩大开放、降低消耗、减少污染上，努力实现江苏经济社会又快又好地发展。

【镜头回放二】

2006 年 7 月 14 日上午 9 时。在全省环保大会上，省政府和全省 13 个市的负责人一一签订了《“十一五”化学需氧量和二氧化硫总量削减目标责任书》。此次是江苏省首次就单项环保指标签订责任书，标志着江苏在排污控制方面正在与国际接轨。

【核心内容】

2004 年 5 月 30 日，省委召开十届七次全会，强调把科学发展观贯穿于“两个率先”的全过程，明确了江苏落实科学发展观的十大举措。

随后，省委又根据省情特点，把落实科学发展观的要求在江苏具体化，在继续抓好富民优先的同时，又分别对实行科教优先、环保优先、节约优先做出具体部署，使“四优先”方针成为江苏科学发展的鲜明导向。

2005 年 6 月 12 日，全省教育工作会议举行，明确了我省建设教育强省的奋斗目标，到 2010 年，教育整体水平和综合实力位于全国前列，达到或接近中等发达国家水平，率先基本实现教育现代化。

2006 年 3 月 28 日，全省建设节约型社会工作会议举行，要求全省各级各部门树立以发展促节约、以节约保发展的理念，服从全局需要，层层分解节能降耗目标，确保完成“十一五”期间单位生产总值能耗下降 20％的硬指标。

2006年4月19日，全省科技创新大会举行，对建设创新型省份做出全面规划和部署，力争率先建成创新型省份。

2006年7月13日，全省环保大会举行，省委、省政府将中央下达的主要污染排放总量削减指标，层层分解到各地、各重点行业和重点企业，并向全省人民做出承诺：要让人民群众喝上干净的水，呼吸清洁的空气，吃上放心的食物，在良好的环境中生产生活。

【进程·效应】

富民优先，使全省的富民进程提速。全省城镇登记失业率连续四年下降，目前控制在3.5%以内。今年上半年，全省城镇居民人均可支配收入在全国的位次，由去年底的第七位上升到今年上半年的第五位，与人均GDP排位基本相称。这是一个具有历史意义的重要变化。

科教优先，制定了发展《纲要》，在一系列政策的激励下，全省高新技术产业以年均40%的速度递增。全省现有高校115所，在校大学生123.9万人，各类职业学校在校生131万人，数量均位居全国第一。

环保优先，近五年全省GDP翻了一番多，万元生产总值的主要污染排放量下降了30%左右。目前我省有国家环保模范城市15个、全国生态示范区30个，分别占全国的1/3和1/5。

节约优先，去年全省万元GDP能耗为1.06吨标准煤，比全国平均水平低20%；今年上半年全省能耗水平下降3%，比全国多降 3.8 个百分点。

实施新一轮沿江开发，推进苏中加快崛起

【镜头回放一】

2003 年 6 月 25 日,泰州。

省委、省政府举行新一轮沿江开发工作会议。推进苏中加快崛起的重要决策,从这里走向江苏黄金江岸的 15 个县市。

【镜头回放二】

2006 年“6·5 世界环境日”,中国生态安全高层论坛在京举行。国务院副总理曾培炎向首批荣获“国家生态市”的我省张家港、常熟、昆山和江阴四市授牌。首批国家生态市全国有六个城市入选,江苏沿江市县就占了三个。

【核心内容】

新一轮沿江开发启动之初,省委就确定了“整体开发、有序开发、集约开发、联动开发、纵深开发、开放式开发、创新式开发、保护式开发”八条指导原则。提出要把沿江地区建成国际制造业集聚带,发达文明、充满活力的滨江城市带,生态良好、风光优美的大江风光带。

沿江开发规划中绘就了蓝图:利用国际产业转移的重大机遇,以科学发展观为指导,建设国际制造业基地、走新型工业化道路的先行区、长江流域对外开放的重要门户、缩小江苏南北差距的传导纽带。重点发展装备制造、化工、冶金、物流四大产业集群，积极发展电子、纺织、造纸、医药、新材料、农产品出口加工等产业。

【进程·效应】

沿江开发为全省经济发展注入了新的强劲动力，拉动了苏中地区的崛起，沿江地区经济已经成为全省“半壁江山”。2005年，沿江地区实现地区生产总值8970亿元，同比增长15.7%，以占全省约1/3的人口、1/4的土地，创造了全省53%的生产总值。沿江37个开发区共吸引外商直接投资42.7亿美元，占全省1/3。

坚持“在保护中开发，在开发中保护”的原则，使沿江环保和生态建设得到了同步推进。监测显示：目前长江干流水质较好，总体水质达到地表水Ⅱ类标准，沿江主要饮用水源水质全部达标。

加快苏北振兴，促进区域共同发展

【镜头回放一】

2003年以来，省委书记李源潮、省长梁保华多次深入苏北调研，就加快苏北振兴听取基层干部的心声。省领导强调，走新型工业化道路是振兴苏北的“第一方略”，要从根本上激活苏北发展的内生动力。

【镜头回放二】

2005年11月26日，苏北宿迁。

首届苏北国际交流合作会议举行集中签约，42 个项目总投资达 7.74 亿美元，单体项目规模超过了 2500 万美元。一天签下数亿美元大单，这样的事实说明，苏北正在成为外商青睐的理想投资地和产业转移的优良承接地。

【核心内容】

加快苏北振兴，是我省实现“两个率先”的重要战略，是落实科学发展观的必然要求，是构建和谐社会的战略举措。

2005 年 3 月 31 日，省委、省政府在盐城全面部署加快苏北振兴、加快推进苏北全面小康建设工作。

会议明确了振兴苏北经济的主导方向：加快新型工业化、加快城市化、加快经济国际化，继续举全省之力支持苏北加快发展。完善落实加快苏北振兴的政策措施，按照“多予、少取、放活”的原则，由以扶持输血为主转向激活内生造血机制为主。

针对苏北发展滞后主要是工业发展滞后的实际，在提升沿沪宁线高新技术产业带水平、加快沿江基础产业带建设的同时，2005 年 5 月，江苏又一条重要的产业带，沿东陇海线产业带的开发在连云港揭开序幕。

【进程 · 效应】

在政策的推进下，苏北的基础设施状况显著改善，承接了各类生产要素和资本加速落地。今年前七个月，苏北五市实际到账外资 5.3 亿美元，增长 118％，增幅全省领先。

苏北多项经济指标增幅领先全省，超过苏中、苏南，进入了加快发展的历史性起飞期。今年1至7月，苏北地区规模以上工业实现增加值712.16亿元，同比增长22.1%，比苏南高0.5个百分点。苏北规模以上工业实现利税106.83亿元，增长39.5%，分别比苏南及全省平均水平高13个、7.4个百分点。全省财政收入增幅前六位的省辖市，苏北五市全部上榜。

“双轮驱动”，加快发展现代服务业

【镜头回放】

2005年7月5日上午，南京人民大会堂。

来自广州、深圳的四位企业家和政府领导应邀来我省介绍广东发展现代服务业的“真经”。广州市经贸委主任平欣光感叹说：从江苏现代服务业考察团离开广州到报告会开讲，前后不到半个月，江苏省委、省政府抓现代服务业决心之大，动作之快，举措之新，让人佩服。

【核心内容】

2005年7月19日，省委、省政府在无锡召开全省加快发展现代服务业工作会议，对全省加速发展现代服务业作全面部署，出台了加速发展现代服务业的《实施纲要》和《若干政策》，重点发展生产服务业、大力培育新兴服务业、全面提升传统服务业。

发展目标振奋人心：到2010年，江苏实现服务业总量倍增，服务业增加值占地区生产总值的比重提高到40%以上，生产服务业、新兴服务业增加值的比重明显上升，服务业从业人员占全社会从业人员比重提高到40%左右，为加快发展、科学发展、和谐发展注入新动力。

加速发展现代服务业，正努力为新型工业化提供新的低成本支撑，为城市现代化拓宽多元化就业空间，为“富民优先”开辟低门槛创业途径，为经济结构调整建立节约型产业模式，为群众日益增长的消费需求提供全面选择。

【进程 · 效应】

进入服务业领域的外资越来越多。2006年上半年，全省服务业新批外商直接投资项目615个，协议注册外资48.12亿美元，同比增长46.34%；实际到账外资13.11亿美元，比去年同期增长136.3%。

一批服务业品牌和集聚区正在形成。苏宁、苏果等国内著名、国际知名的服务业品牌的竞争力不断提升；无锡不锈钢市场、龙潭物流基地、华东五金城、昆山国际商务中心、宿迁义乌国际商贸城等重点项目进展顺利。

先进制造业发展优势突出，高新技术产业正在实施到2010年总产出达万亿元的“双倍增”计划。电子信息产业已经成为我省第一大支柱产业和第一大出口行业。

统筹城乡发展，推进新农村建设

【镜头回放一】

2005年4月22日，在江苏视察的全国政协主席贾庆林来到淮安涟水王嘴村。

村支部书记王伟章带领大家建设中心村，这里村容整洁，道路宽敞，还有农民公园、农贸市场，办起了外国语学校。

在村头，贾庆林高兴地说："来，我和大家一起照个相吧。"村民们围拢到他的身边，大家开心的笑容瞬间"定格"在人们的记忆中。

【镜头回放二】

2004年10月11日，省长梁保华到徐州调研。在位于邳州市西北部丘陵山区偏僻的燕子埠镇，他走村串户，向村干部和乡亲们仔细询问农村改水、草危房改造、乡村道路建设、合作医疗和税费改革等方面的情况。他说，五件实事改善了农民基本的生产生活条件，在此基础上要千方百计发展经济，增加收入，让农民过上更好的生活。

【核心内容】

过去的五年，是江苏农民得实惠最多的五年。

省委明确提出，坚持以生产发展为中心、农民增收为核心，实行工业化致富农民、城市化带动农村、产业化提升农业。对"三农"实行建设安排、分配政策、财政收支"三个倾斜"，实现了"予得更多、取得更少、放得更活”。

2003年起，乡村道路、农村改水、草危房改造等五件实事惠及千家万户。

2006年省委再次做出重大部署，启动高效农业规模化工程、500万农民转移工程、百万农民培训工程、城乡规划全覆盖、乡村道路通达工程、农村清洁工程、农民健康工程、农村文化工程、农村保障工程、“千村万户帮扶”工程等新农村建设“十大工程”。

【进程·效应】

农民转移加快了。到2005年，全省有750万农村劳动力到外地就业。“十五”以来，我省平均每年有58万人异地转移，是农村劳动力转移最快的时期。

农民收入增加了。到2005年，全省农民人均纯收入达5276元，比2000年增长47%，已连续五年在全国各省区中居第二位。工资性收入成为增收的最大来源。农民增收中有一半以上来自非农收入。

农民负担减少了。近三年来，全省农民负担总额由90亿元下降到8.7亿元，人均减负159元。

城乡差距缩小了。近三年来，江苏一直是全国城乡收入差距最小的省份。今年前三季，江苏省城镇居民人均可支配收入为10 646元，增长14.1%；农民人均现金收入4690元，增长14.2%。农民收入增幅超过城镇居民收入增幅。

从农民要求最紧迫、受益最直接的事做起，以新一轮农村“五件实事”为重点的新农村建设“十大工程”正全面推进。

三创：为“两个率先”注入精神动力

【镜头回放】

2005 年 2 月 28 日，在全省宣传思想工作会议上，省委书记李源潮首次提出要大力弘扬以“三创”为核心的新江苏精神。

2005 年 7 月 14 日，由吴仁宝、邓建军等组成的“省优秀共产党员先进事迹巡回演讲报告团”从南京启程，赴全省各地开展巡讲活动，在全省引起强烈反响。

【核心内容】

省委高度重视塑造与“两个率先”相适应、富有时代特征和江苏特色的人文精神。省委书记李源潮提出，在“两个率先”的进程中，弘扬创业精神，就是要使艰苦创业、自主创业、全民创业成为江苏思想文化的显著特征，鼓励、引导和支持百姓创家业、能人创企业、干部创事业；弘扬创新精神，就是要使思想解放、敢干敢变、与时俱进成为江苏思想文化的显著特征，鼓励、引导和支持制度创新、科技创新、管理创新、产品创新；弘扬创优精神，就是要使争先进位、勇于攀登、争创一流成为江苏思想文化的显著特征，鼓励、引导和支持岗位创优、行业创优、区域创优。

【进程 · 效应】

“创业、创新、创优”，已经成为7400万人民共同的精神动力，成为新时期江苏精神的集中体现，成为推进“两个率先”的“精、气、神”。

据省统计局去年抽样调查，认为“三创”精神对江苏推进“两个率先”、构建和谐社会作用至关重要或有较大作用的居民占86.9%，认为我省在“三创”上已取得成效或成效显著的居民占70.7%。

推进科技创业：建立江苏发展新优势

【镜头回放】

2005年10月22日下午，温家宝总理考察江苏。他一下飞机，就来到南瑞继保电气公司、南京中电光伏公司等一批自主创新型企业调研考察。他说：“这些企业给我的印象是，江苏省委、省政府对发展高新技术产业，推动经济结构调整下了很大功夫。江苏要实现更大的发展，最重要的是增强自主创新能力，加快科技创新和进步。希望江苏能成为创新的热土和沃土。”

【核心内容】

省委十届九次全会把2006年确定为“科技创新促进年”，对落实科教优先方针、推进自主创新和科技创业、建设创新型省份做出全面规划和部署，明确提出走以应用开发为特点的江苏自主创新之路，把引进消化吸收再创新作为江苏自主创新现实的渠道，把推动科技创业作为主要着力点，把培养科技型企业家作为人才工作的重点，推动经济增长由投资拉动向创新驱动转轨，推动“江苏制造”向“江苏创造”跨越。

省委领导要求，江苏各级领导干部要自觉当好“后勤部长”，尽心尽责地为科技企业服务，满腔热忱地为科技人才排忧解难。对科技创新创业的政策支持力度要加大，不只满足于“放水养鱼”,更要追求“放水养龙”。

【进程 · 效应】

全省正通过有效的政策尤其是合理的利益机制，建立更有利于科技成果应用的创新体制和分配机制。鼓励高校师生科技创业，推动江苏实现从农民企业家创业、民营企业家创业到科技企业家创业的跨越。

眼下，全省科技创新活动日趋活跃，涌现出一大批科技创新创业的典型 ——

由中国工程院院士沈国荣领衔创办的南瑞继保电气有限公司，坚持科技创新与产业发展良性循环，在国内电力自动化行业领跑。

建设和谐江苏：五统筹、五兼顾、五大载体

【镜头回放】

2006 年 10 月 19 日，在省委十届十一次全会上，省委委员一致通过中共江苏省委贯彻《中共中央关于构建社会主义和谐社会

若干重大问题的决定》的意见，会场内响起了阵阵掌声。

【核心内容】

省委全面贯彻党的十六届六中全会精神，提出了建设和谐社会“统筹发展、兼顾利益、重在建设”的思路，着重抓好“三个五”。

落实“五个统筹”：统筹城乡发展，扎实推进社会主义新农村建设；统筹区域发展，推动南北互动并进；统筹经济与社会发展，加强社会事业建设；统筹省内发展与对外开放，全面提高经济国际化水平；统筹人与自然和谐发展，加大实施可持续发展战略力度。

坚持“五个兼顾”：兼顾国家、企业、群众三者的利益，建立健全各方利益协调机制；兼顾发展能力强的群体与发展能力弱的群体的利益，建立健全弱势群体帮扶机制；兼顾改革中得益较多群体与得益较少群体的利益，建立健全发展成果共享机制；兼顾社会中先富群体与后富群体的利益，建立健全共同富裕促进机制；兼顾不同行业群体之间的利益，建立健全收入分配调节机制。

建设“五个载体”：全面推进法治江苏、平安江苏、文化江苏、诚信江苏、绿色江苏建设，为构建和谐社会营造良好的法治环境、社会环境、文化环境、市场环境和生态环境。

江苏构建社会主义和谐社会的总体目标是：到2010年左右，在江苏总体上全面建成小康社会之时，使中央提出的和谐社会建设的目标和要求得到更加充分的体现，率先发展、科学发展、和谐发展的特色更加鲜明，努力建设一个经济社会协调发展、人民群众普遍得益、社会充满生机活力、人与自然和谐共生的和谐江苏。到 2020 年，经过全省上下的共同努力，使江苏经济更加发达、人民更加富裕、法制更加完备、文化更加繁荣、社会更加安定、生态更加优良，成为社会和谐程度较高的省份。

【进程 · 效应】

2005 年，在中央综治委组织的社会治安综合治理考核中，我省名列全国第一。在国家统计局对公众安全感的抽样调查中，我省也名列全国第一。

全面建设法治江苏，夯实社会和谐的法治基础；努力打造绿色江苏，创建环境友好型社会；加快建设文化江苏，巩固社会和谐的思想道德基础；积极构建诚信江苏，建立社会信用体系等载体建设也在加快推进。

一个全面协调可持续发展的和谐江苏正阔步走来！

《新华日报》2006 年 10 月 25 日 (20929 期) A01 版 要闻

“大爱中国”：民族精神成长的理性凝视

“5·12”，一场震撼中国和世界的特大地震灾难，正随着时间的流逝，逐渐淡隐在我们的身后，走进未来的历史深处。

新的生活已经重新开始，但记忆却不可磨灭。我们为无数个在灾难中瞬间逝去的生命而撕心裂肺，我们更为在大难磨砺中激发出的民族大爱而刻骨铭心。

大爱汇聚涌流，大义感天动地。它展示了13亿中国人民凝聚团结的巨大力量，它呈现出了当代中国的崭新形象，它铸就了一个民族精神成长新的丰碑。

正如一位哲人所说，一个民族在灾难中失去的，必将在民族的进步中得到补偿。这是极为宝贵的财富，值得我们恒久的理性凝视。

一

汶川大地震震撼了中国,而中国则感动了世界。

数字记录着汶川特大地震天塌地陷的惨烈。此次地震辐射范围近 10 万平方公里,造成 4600 多万人受灾,37 万人受伤,近 7 万人罹难,1400 多万人需要转移安置。地震直接摧毁了近 500 万间房屋、2.2 万公里道路,有 2900 多座桥梁倒塌,27 个隧道受损,灾区交通线瘫痪;地震使 5 万多公顷耕地被毁,2 万多家企业受损,数千家工厂停产。地震使 115 万四川农民失去土地和农业收入来源,37 万灾区城镇新增失业人员,60 万返川农民工等待转移就业;灾区有成千上万间危房需要登记鉴定,加固整修……

数字记录着一个民族撼天动地的巨大力量。举全国之力,动员亿万民众,急灾区之所急、办灾区之所办、解灾区之所难。在地震发生的几天内 14 万官兵从四面八方昼夜兼程、多路突进,迅速抵达救灾一线;近 400 支专业救援队千里驰援、14 万多名医护人员奋战前线,医疗救治队伍覆盖灾区每个村镇,紧急救治几十万伤员。在短短两个月内,已累计解救和转移 147 万多人,修通 52 万多公里公路,修复 4.46 万公里供水管道;向灾区调运的救灾帐篷 157.97 万顶、被子 486.69 万床、衣物 1410.13 万件;为确保灾后无大疫,近 1.4 万人的卫生防疫队伍,实现了对灾区和安置点的防疫全覆盖,消杀防疫面积 40 亿平方米,相当于 57 万个标准足球场。百万套活动板房如期运抵灾区，50 万多套活动板房已安装完毕。全国共接收国内外社会各界捐赠款物总计 56.25 亿元。这不仅是中国抗灾史上的伟大壮举，也是人类历史上创造的救灾奇迹。

期待“大爱”，一直是中华民族千百年来的社会理想，是治国理政的至高境界。儒家说“止于至善”，道家说“上善若水”。无论是“至善”，还是“上善”，那种与“大道”如影随形，让人们无限仰望而又神往的“大爱”，如今不期而至，在危难关头瞬间爆发。

大爱既是抽象的，更是具体的。它是由无数个感人心怀的细节、无数个动人心魄的场景、无数个舍生忘死的抉择汇聚而成的理性感知。在总书记和总理急切赶赴地震灾区决策指挥的行动中，人们体会到了“以人为本”执政理念的博大内涵；在举国千里驰援与死神争抢速度的比拼中，人们目睹了什么是“生命至上”；在满目疮痍的废墟中高高托起的担架上，人们见证了一个民族挺立的不屈脊梁；在全国 13 亿人汇聚捐助的洪流中，全世界都看到了大爱中国的精神成长。

大爱温暖人心，大义传递力量。从城市里自发排起的献血“长龙”，到全国各地络绎不绝的捐款“人流”；从以血肉之躯护卫学生的老师，到为地震灾区孤儿哺育的女民警；从 10 多万自发奋战在灾区志愿者的身影，到举国哀悼中发出“汶川加油，中国加油”的激昂呼喊，人们目击了无数个感人至深的壮举，书写了无数个感天动地的生命传奇。

“在同特大地震灾害的艰苦搏斗中，我们的民族和人民展示出了十分崇高的精神。这就是万众一心、众志成城，不畏艰险、百折不挠，以人为本、尊重科学的伟大抗震救灾精神。”胡锦涛总书记对抗震救灾精神的深刻揭示，使我们感同身受，让我们心灵共鸣。

“真情不语天流泪，大爱无私地动容。”这是中华民族文化灵魂的美丽绽放，这是中国精神造型的不朽定格。

二

伟大的民族精神既能在危机时刻激发，也会在外部的引领中得以提升凝聚。现实证明，“大爱中国”的精神成长，与我们党“以人为本”执政理念的现实引领紧密相连，与中国共产党人的核心价值指向血脉相融。

我们看到，大爱融入党中央和国务院一系列沉着、果断的决策指挥之中。汶川大地震，震后不到一小时，胡锦涛总书记的重要指示立即传遍全国；震后不到两小时，温家宝总理乘飞机赶赴灾区。从中央到各级政府党委政府，创造了许多个“第一”：第一时间，国务院第一次启动Ⅰ级救灾应急响应，地震、民政、军队、政法、卫生、交通、水利、电力、通信等系统迅即行动；第一时间，四川、陕西、甘肃等灾区的各级党委、政府迅速部署救灾，组织群众自救自助；第一时间，其他省市区积极行动，一支支救援队伍、一批批救灾物资以最快速度运往灾区。震后仅半个月，政治局就做出了加快恢复重建的部署。中央政治局会议、全国人大常委会会议、国务院常务会议，一项项重大决策及时做出。23 次国务院抗震救灾总指挥部会议，一项项抢险救灾、恢复重建的措施果断发布。“力争用三年左右时间完成灾后恢复重建的主要任务，使灾区群众的基本生活生产条件达到和超过灾前水平。”党中央面对巨灾再次发出宣言。

我们看到，大爱融入在对人的生命高度尊重之中。“首先救人”“救人第一”“救人是重中之重”“只要有一线希望，就要付出百分之百的努力”，执政者对生命价值前所未有的关切，抚慰着千万人心。从总书记亲吻灾区受伤的小女孩，到总理向遇难遗体鞠躬；从广大救援人员千方百计、分秒必争，以超坚强意志和血肉之躯打开一条条“生命通道”，到“白衣天使”们夜以继日，与死神搏击，一次次把生命从死亡线上挽救过来，整个世界为之动容。而为地震死难者设立全国哀悼日，在共和国历史和中华民族历史上都还是第一次。举国上下，肃立默哀。在呜咽的汽笛声中，在低垂的国旗下，体现的是人民至上、生命至上，彰显的是生命尊严和人性光辉。这一切都向世人昭示，我们的政府是一个关心人的政府，我们的国家拥有一个关怀人的制度，我们的民族是一个关爱人的民族。执政的中国共产党人已经站在当代人类政治文明的新高度。

我们看到，大爱汇聚在千百万共产党员率先垂范的行动中。在地动山摇的危急关头，是基层党组织自觉担当抗震救灾重任，迅速组建起各类“党员突击队”和“党员抢险队”；在满目疮痍的废墟中和每一处倒塌的房屋下，是基层党员舍生忘死，尽力搜救每一个被困人员，创造了无数生命奇迹；在举国涌动的捐助大潮中，是基层党员带头交纳“特殊党费”，他们不论职位高低、不论收入多少、不论身在哪里，竞相表达与灾区人民共渡难关的心意，84.3 亿捐款成为最为耀眼波峰；面对重建的艰巨任务，又是基层党员带领群众从废墟上勇敢站起来，自力更生、艰苦奋斗，恢复生产、重建家园。在这场大考中，千百万共产党员担当起了特殊责任，发挥出了特别能战斗的作用，展示出了特别能奉献的崇高品格，彰显出了巨大的号召力和凝聚力。

回溯当代中国发展的不同历史时期，中国共产党人曾一次次用行动，铸就了长征精神、“两弹一星”精神、九八抗洪精神和伟大的抗震救灾精神，这些精神正以其鲜明的价值指向和特有的感召力，在不断地丰富着中华民族的精神源流，并自觉地内化为一个民族精神成长的价值内核。

三

历经曲折而愈挫愈勇，饱受磨难而自强不息。“大爱中国”的精神成长，在传承中华民族“抗逆境”的文化性格之外，透明开放的媒体传播环境，也成为激发和引导民族精神成长的有机组成部分。

透明开放，体现在信息快速、准确、客观、真实的传播上。此次公布地震信息的速度之快前所未有：18 分钟，新华社向全球发出有震感的电讯；32 分钟，中央电视台作了权威报道；52 分钟，新闻频道推出特别直播节目《关注汶川地震》；随后，央视推出专题报道《抗震救灾、众志成城》；中央人民广播电台推出《汶川紧急救援》直播节目。其他各类媒体，包括报纸、杂志、互联网、手机短信等，都以各自的方式，进行全景式、全天候、全覆盖连续滚动报道。特别是央视，持续以直播的形式，对地震灾情、举国救援、群众安置、全力防疫、抢修道路、规划重建等进行报道，其播出长度达到 1000 多个小时，这在中国新闻史乃至世界新闻史上也是前所未有的。直播是电子传媒时代新闻报道的最高形态，与灾害发生、发展同步的现场直播，把客观真实的景象呈现于人们眼前，往往更能给人以心灵震撼，进而激发出全社会巨大的同情心和关爱力量。这些都最大限度地压缩了谣言和负面报道的空间，有效地占领了舆论和道义的制高点。

透明开放，体现在决策层重大决策的及时发布上。国务院抗震救灾总指挥部从震后第一天起，就实时向全世界发布灾情，把死亡人数、受伤人数、入院治疗人数、受灾人数、损失数额等都精确到个位；国新办、四川省政府新闻办每天举行新闻发布会或情况介绍会，报道党和政府对救灾的重大决策；国土资源部及时向社会通报地震引发的次生地质灾害，地震部门超前发布甘肃、陕西将会发生强烈余震的预告；当地政府还及时公布堰塞湖位置，通告应对措施，引导组织人们向安全地区转移。及时满足人民群众的知情权过程，不只展现出政府应对和处置危机的能力，也极大地提升了政府的向心力和公信力。

透明开放，体现在对民情民意的及时回应与互动上。国家地震台网先后三次测定修正震级，主动更正差错，及时向全社会公布；随着巨额善款源源不断地流进各种慈善机构，人们对救灾善款的用途开始担忧，审计等部门出面承诺，公布监督救灾资金的使用情况和民间举报的查处情况；社会对大量倒塌的学校和医院等公共设施建筑质量发出质疑，国家建设部门做出回应：将对此展开调查，并将追究相关人员的责任；一批救灾不力的干部被就地免职，并迅速在媒体发布；等等。“民之所思，我之所行；民之所需，我之所应。”这些充分体现了政府对民意的尊重，人们也正是在这种积极回应与互动中形成了共识。

互联网正深刻改变传统的舆论格局，也在不断显现出多媒体时代强大的社会动员力和影响力。我们看到，信息在无时间和空间障碍的快速传播中，正日渐深刻地影响着受众的观念和认知，影响着人们的共同行为和价值选择。面对灾害带来的危机，透明开放的传播环境不仅能充分运用真实的力量去最大限度地消除恐慌、抚慰人心、稳定社会，还能最大限度地去展示人性之善、人性之爱、人性之坚韧和刚强。

现实表明，媒体是传播信息的载体，是共同化解危机的中坚力量，是民族精神成长的引导者。

四

在多元文化交流、交融、交锋的背景下，融合普世价值要素，吸纳人类共同的文明成果，是激活民族精神成长并不断保持其蓬勃生命力和创造力的必然要求。面对灾难砥砺，中华民族又一次以博大和从容姿态，拓展着传统的精神疆界。

在接纳中展现包容和自信。为了调动一切力量抢救灾区群众的生命，中国向世界敞开救灾大门，第一次接纳国际救援力量：日本、俄罗斯、韩国、新加坡等国的救援队被先后批准赴四川地震灾区协助救援；中国真诚承接来自国际社会的各项捐助；从沙特阿拉伯的5000万美元援助款项到诺基亚公司提供了一箱箱手机，国际社会的援助规模前所未有；同意境外记者进入灾区进行报道，允许从不同的视角、不同的镜头客观反映灾情。相对于三十二年前唐山大地震后七年才第一次允许外国记者进入采访，此次新闻开放更具有深远的标志性意义。无论是国际救援、国际捐助，还是允许境外媒体进入灾区，全方位的开放突破了种族、地缘、政党、政治和文化的差异，表达了全世界对中国人民的真情关切，展示了共同的人道情怀，而接纳本身则体现了一种开放包容的胸襟和更加开明的文化自信。

在坚守中融合新的时代要素。“同心同德、和衷共济、共克时艰、共渡难关”“一方有难、八方支援”，这是地震灾害发生后响彻在中国大地上的最强音。然而，透过众多的民间志愿者、民营企业家们的“快速反应”，透过他们洋溢着大爱深情的救助行动，人们发现，他们在坚守传统“文化内存”的同时，也在开放的价值体系中不断地吐故纳新，融合进新的价值理念，这就是公民意识的普遍觉醒和公民精神的蓬勃生长。换一个视角看，以往应对公共危机更多的是政府的专利。在此次抗震救灾中民间救援则显露出巨大潜能和活力。地震伊始，在各级政府序列以前所未有的快速反应和动员能力，组织抗震救灾的同时，民间的募捐献血和志愿者行动，也已迅即启动。各地的志愿者们从不同的渠道自驾车、搭乘各种运输车辆前往。10 多万志愿者进入灾区后，免费运送救灾物资，参与救援和重建，为幸存者提供“心理抚慰”，成为一支与政府序列遥相呼应的独特力量。中国的企业家们同样展示出公民的责任情怀：一位江苏企业家于地震当日调集本公司数十台大型机械，日夜兼程，次日便抵达灾区，投入救灾工作，其速度、效率几乎与部队同步；沙钢在“第一时段”主动向灾区捐款 8000 万元；广州王老吉慷慨解囊一亿元赈灾。放眼全国，中国企业踊跃捐款、捐物赈灾，其数量之多，规模之宏大前所未有。每个公民自觉担当起对民族、对国家、对社会的责任义务，这是公民意识的价值核心之一，也是现代公民社会成长的重要标志。令人高兴的是，面对公共危机，企业家的公民意识有了一次集体性的勃发和张扬，这种自觉自愿、以承担非商业的社会责任为基础的价值理念，在整体上向人们展示出一个逐步走向成熟、负责任的企业家形象。

正是这些悄然改变了世界观察中国的目光。新加坡《联合早报》发表署名文章说："中国人在与天灾的抗争中赢得了世界的尊重。在冷酷无情的灾害中，中国人让世界感受到了人间的温暖。中国人以自己的方式，向世人展现了人间的英勇无畏、坚忍不拔、相濡以沫和万众一心。"美国《国际先驱论坛报》说："中国政府出色地通过了汶川大地震的考验。"《亚洲周刊》刊文称："在四川废墟中站起来的信息自由大国，是一个更有文化耐震力的中国。"

中国赢得了世界的尊重，同时也赢得了世界的理解。

五

"民族精神是一个民族赖以生存和发展的精神支撑，是一个民族生命力、创造力和凝聚力的集中体现。"理性凝聚民族精神成长的现实历程并从中汲取新的动能，是时代赋予我们的责任。

我们应当为中华民族精神成长倍感欣慰。然而，也许我们更应该把目光投向未来——

如何让“大爱中国”的洋溢激情，转化为千百万民众常态的行为准则？如何把在灾难中对崇高生命的现实感知，积淀为全民族深沉的精神追求？如何将透明开放的中国，转变为恒久的制度性规范？

激情之后是平凡。让丰厚的抗震救灾精神财富激励我们，以更加从容的姿态应对未来的各种挑战。

《群众》杂志 2008 年第 8 期

昆山：一个值得深度解读的城市

温故而知新。回溯，是对记忆的梳理，是对情感的唤醒，是对理性的触摸。

放眼苏南，昆山并不是我报道得最多的城市，却是我在采访中领悟最多的城市之一。今天，当我们站在新中国成立六十周年的历史节点上，再次打开自己以往对昆山的报道时，记忆与情感再一次升温。

早在20世纪90年代中期，我省首次举办领导干部出国培训班，这对江苏的开放带有标志性意义。出国之前需要采访一些来自基层的领导，恰巧昆山市市长是入选学员之一，于是我选择了处于开放前沿的昆山。由此，昆山的发展一同进入了我的视野，成为我特别关注的热点地区。

在一年一度的省“两会”上，在一次次跟随中央和省委领导赴昆山的视察调研中，在昆山宣布率先实现全面小康的重要时刻，在对“昆山样本”重大典型的深度解读里，自己有幸见证了昆山走在发展前列的现实历程，记录下了昆山人创造的一个个生动传奇。一次次的鲜活采访，一次次的理性梳理，昆山给了我报道的激情，给了我许多深刻的感悟。

昆山，是一个具有持续领跑耐力的城市

昆山创造了令人赞叹的业绩，无论是从当年的自费开发区，还是到今天的金融危机应对，昆山始终稳健地走在前列。昆山的实力值得夸赞，2008 年昆山的经济总量已达 1500 亿元。这个数字意味着什么？意味着昆山一个县级市，已经超过海南（1459 亿元）、宁夏（1099 亿元）、青海（962 亿元）、西藏（396 亿元）四个省和自治区。如果按常住人口 127 万人计算，人均 GDP12.1 万元，折合 1.74 万美元，则超过台湾（1.73 万美元）；如果按户籍人口 69 万人计算，人均 GDP21.7 万元，折合 3.13 万美元，则相当于香港（3.08 万美元）的水平。

昆山持续领跑的“耐力”更值得人们关注。在一个崇尚跨越和“弯道追赶”的时代，昆山无疑给了许多地区赶超的梦想与希望，同时也给人们以许多思考和提醒。实力与耐力之间虽然只是一字之差，但内涵则大不相同。前者追求的是“爆发力”，后者追求的是“持久力”。“爆发力”可以赢得一时的赞誉，而“持久力”则能赢得恒远的魅力。

昆山，是一个充满创新活力的城市

在日常采访中，我们常常会有这样的感觉：有的地方采访一两次就不想再去了，而有的地方每次采访都会有新的发现，都充满着浓厚的新鲜感。昆山正属于后一种城市。

在昆山采访，给我印象最深的是昆山人发展理念的“鲜活度”。这其中既拥有捕捉先机的敏锐度，也包含发展视野的开阔度。无论是主要决策者，还是一般的中层干部，他们都有着强烈的创新冲动与敢于实践的优秀品质。每次采访，都会被他们独到的见地所感奋，都会被他们创新的举措所吸引。也许正是这种充满激情的创新活力，才构成了一个城市的丰富性与厚重感。

一个地区思想解放的深度，既表现在决策层，更体现在执行层。早在 2003 年，我在采访昆山开发区管委会主任宣炳龙时他就坦言：“前十年我们‘吃’的是开发区这块品牌，2001 年开始‘吃’出口加工区这块品牌。这块品牌我看最多再‘吃’两年。率先之机只能引领风骚二三年。”这些直率的话语，即使今天听来，还依然具有很强的震撼力。这种冷静与理性，是昆山所以能不断创新的思想基础。的确，他们自豪但不自满，他们自信却从不自夸。实践证明，只有当一个地区的决策者时时充满着危机感，才能积极应对危机，才能及时化解危机。昆山人在融入全球经济竞争的进程中，自觉地累积着一个地区的发展内力，保持着抢先一步的精神状态，设计着富有前瞻性的规划与制度。当人家还在四处招商引资之时，昆山早已转向招才引智；当许多地区还迷恋于资本驱动的“爆发力”中，昆山则已着力探寻创新驱动的另一路径。

实践检验了昆山人的前瞻性眼光：当全球金融危机的巨大冲击袭来时，昆山又一次机智地立在了汹涌的波峰之上，成为苏南最先回暖的地区之一。

昆山，是一个具有宽阔胸襟与包容度的城市

海纳百川，有容乃大。宽阔是因为文化根基深厚，包容是因为充满发展自信。在昆山的文化基因中，有着“天下兴亡，匹夫有责”的担当气概，有着柔美坚韧、兼容并蓄的昆曲精神，有着自创条件、奋力争先的胆识魄力，有着善于借鉴别人而仍坚守自身特点的鲜明个性。这些特质融汇成昆山人别样的宽阔襟怀。只有开放，才能并蓄；只有海纳，才能博大。开放的昆山具备并拥有了这样的精神气质。

与此相随的是包容度。当越来越多的外来人员来到昆山，与昆山人一起开拓建设时，昆山亲切地称其为“新市民”“新昆山人”。在这些称谓背后，显现出昆山人的开放与自信。从称谓到政策，从硬件到软件，无论是对投资的老板们，还是对引进的人才和打工的农民工，昆山的包容是全方位的，它体现在制度设计的细节之中，渗透在城市管理的每一个层面。毫无疑问，一个懂得包容并能真正做到包容的城市，必定是一个充满无限引力和魅力的城市。昆山的包容，带来的不只是新老昆山人的彼此认同，更创造出一个城市的内在和谐。

决策者们把昆山称作是全面小康的样本，专家学者们把昆山看作是中国走向繁荣富强的一个缩影。而在媒体记者的眼中，昆山则是一个值得深度解读的城市，它常常会给人以别样的惊喜与收获。

这也正是昆山展现出的无限魅力。

《见证昆山 20 年》，江苏人民出版社，2009 年 出版

大真无争写人生

直面自己的人生是需要底气和自信的。

捧读张成林前辈的《这就是我》八十回眸，让我真切感受到流淌于笔端的那种自信与坦荡，领悟到他几十年新闻人生的智慧与担当。

张成林前辈是我步入新闻领域的引路人。虽然他已退休多年，但每逢过节我们总要聚一聚，一起回忆往事，一起畅言当下和未来。多年来，他一直十分关心我的工作和岗位变动，时时给我以提醒与激励，亦如二十多年前对我的提携与帮助。

我们的“遇见”是一种“偶然”。记得1987年暑假，我从复旦新闻助教班学习结业后，回盐城师专中文系任教。一天，同校的前辈沈彦老师派给我一个任务：《新华日报》政治处处长张成林新闻作品要集结成书，希望我能对其中的部分作品做些“点评”。我只是在复旦学了点新闻理论“皮毛”，何以能对前辈的作品“说三道四”？说实话当时自己的心里很忐忑。但是面对沈老师的鼓励，本着学习为先的态度，利用暑假我认真地做了“功课”，按时交出了“作业”。出乎意料的是，正是这份“作业”，让张老认识了我，并引领我步入新闻这一行，也由此改变了我在高校任教的人生轨迹。

张老举荐的并不只是我一人。他爱才在报社是有口皆碑的。在基层只要见到有才情、有潜力的年轻人，他总是热心举荐。当然，有时也会引来一些非议，对此他常常不屑一顾：“《新华日报》发展需要人才，我就是‘举贤不避亲’。”今天读了他的“八十回眸”，我深感这份举才的“情结”，其实也与他的成长经历密切相关。他从一位小学老师做到中学老师，再从县委办秘书做到《新华日报》名记者，既是靠自己的勤奋和努力，有时也得益于身边领导一次次的无私提携。人生关键时刻能得到这样的“帮扶”是幸运的，一个人的命运往往会因此而改变。回首张老当年为《新华日报》引进的那些年轻人，如今大多已在报业集团重要岗位任职，他们的成长和才能，也从另一个侧面证明了张老过人的“眼力”。

发现人才需要慧眼，培养人才则更需要严格和包容。记得我刚到政法处不久，张老派我去盐城阜宁采访一位基层的典型人物。由于自己采访不够深入，人物又不善表达，加之对一些生动细节的挖掘也缺少经验，稿子写得干巴巴的。“伟忻，稿子写得不怎么样。”张老直率的批评给我以深深的震动。这次教训使我体会到了张老的严格，也让我明白了用新闻稿件说话，永远是一个记者综合能力最直接的表达。

张老严格而不严厉，常常会给人以温暖和信心。我被派去给省委书记作跟班报道、参加全国两会和党代会报道，以及被特派到无锡报道32亿元非法集资大案等，都是张老力荐力推的。他不止一次对我说：“伟忻，相信你一定会报道好的。”这种信任给了我持久的动力和信心。

更为令人感佩的是张老的修养和胸怀。跟随张老那么多年，总是见他笑嘻嘻地面对一切，从未看到他与谁红过脸、发过脾气。即使遇到评职称、分房子这些不公平的事，也依然表现得很平和。“不愉快一分钟。”这是他为人处事的自我准则，更是他淡定人生的深厚修养。政法处有几位年轻人，生活处事往往带有自己的鲜明个性，张老总是很包容，也很体己。处里每逢策划一些重大主题报道，我常常坦言自己的一些建议和“想法”，有些人背后议论我“好为人师”。张老对此不以为然：“我就是喜欢伟忻这个性格。”多少年过去了，这些场景依然历历在目。领导的包容，无疑是激励下属成长不可或缺的最好“生态”。

新闻是一个时代的历史记录。纵览《新华日报》报业史，我们看到每个时代的新闻都有其特定的表达方式和话语体系。张老在《新华日报》奋斗的那个年代虽然已经远离我们，但他曾经创造的辉煌与高度依然令人仰望。

二三十年前，是一个信息“短缺时代”，党报版面更是一种“稀缺资源”，一般记者通常一年也上不了几篇新闻稿，要想发表大块头的新闻和通讯更是难上加难。因为这不仅需要记者有敏锐的新闻眼光，还要有吃透“两头”精神的能力和扎实的采访功底。有鉴于此，我们也就更能理解张老当年能发表那么多的长篇通讯并被《人民日报》转载，是何等不易，又是何等自豪。我到报社后，张老还时常用他信奉的“新闻准则”来激励我们：“新闻争头条，通讯争版面。”对于许多新闻人而言，这是一个很高的目标追求，如果没有过硬的业务能力，一切也只能“望版兴叹”。

张老的新闻是真正沉下去“挖”出来的。跟随张老一起采访，给我印象最深的是他与基层同志那种知无不言的坦诚与信任。与其说这是“贴近”，莫如说是“贴心”，这是那一代新闻前辈们最值得自豪的人格魅力。正是因为有了这份情感和信任，才使得张老的新闻里流淌着绵延充盈的“地气”，才使得他的许多人物通讯里洋溢着感人奋进的力量。这是值得我们薪火相传的一笔宝贵精神财富。

时光荏苒，时移境迁。在新技术革命的引领下，中国已步入移动互联网时代。随着新兴媒体的快速崛起，传统的传播格局已被打破，纸媒等传统媒体日渐被边缘化，而无所不在的网络媒体和移动端自媒体，则给每个人提供了无限开放的表达空间。我们看到，越来越多的职业新闻人正在失去张老时代的那种贴近与贴心，特别是随着他们与基层群众“隔网相望”的时空距离不断拉大，主流媒体与普通受众之间的关系也在渐行渐远。在移动互联网的舆论生态中，如何重塑党报的公信力，提振主流媒体的影响力，确实面临着“颠覆性”的挑战，值得我们用互联网思维去创新实践。

“不阿世，不迎俗，自立于天地之间。”这是张老在回眸中展示给我们的鲜明个性与品格。古人说，大真无争。生活中的张老随和从容，内心里则有着自己坚守的做人准则。他不屑于吹吹拍拍，一心执着于新闻业务，坚持用一流的新闻稿说话。不吹，是因为信奉实力，好坏自有评说；不拍，是因为无欲则刚，无求自然能昂首而立。

张老的敬业态度是非常值得赞誉的。他曾经语重心长地对我说：“政法处无小事。”在重大活动中，他会一丝不苟、不厌其烦地核对领导名单；在日常报道中，他总是细心打磨、精选角度，力求在寻常中写出特色。他的经验使我受益匪浅，成为我后来主持政法处工作遵循的一条铁律。

岁月如歌，生命如烟。回眸人生，是一种记忆，更是一种坦然面对。今天当我们学会以淡然的心境，看待生活的千转百回，一切自会释然。我想，无论时间如何匆匆，只有懂得奉献和珍惜，敬爱便会随你一生，友谊便会终身相守。

张老行走在前，我们仰望跟随在后。

《这就是我（序）》，张成林著，2015 年 出版

片语篇

大型电视专题片，是电视媒介回溯历史风云、记录时代变迁、传承地域文化、彰显人文情怀的重要形态，而解说词则是专题片中的核心要素之一。

平实浅显，却又意味深长；朴实无华，却又蕴含丰富；言简意赅，却又极富张力，这应是解说词表达呈现的境界。

小康之路

——献给邓小平同志诞辰100周年

小康，两个普普通通的汉字，却承载着一个源远流长的民族梦想。

80年代初，邓小平以过人的智慧勾画了建设中国小康社会的宏伟蓝图。本片以江苏改革开放二十多年来江苏的成功实践，印证了小康社会构想的丰富内涵和深远意义。

1983年的春天，邓小平踏上江苏大地，带着期望而来。

1992年的春天，邓小平又一次踏上江苏大地，带着嘱托而来。

江苏为何如此吸引他关注的目光，乡镇企业这支异军是怎么突起，江苏人是怎么面向世界，富民优先、协调发展又给江苏人民带来了什么？

一个个历史镜头，一幅幅精彩画面，一段段深情回忆，展现了江苏人民把小康社会宏伟蓝图变成一幕幕现实的历史轨迹。

第一章 千年梦寻

1983 年 2 月 6 日，是中国农历的腊月二十四。

这天下午，一辆乳白色的面包车驶进了古城苏州城南的南园宾馆。

此时的江南大地，垂柳吐丝，一派生机。从车上下来的老人，仿佛给正忙着办年货、迎新春的古城增添了一抹别致景色。

他，就是邓小平。

苏州是邓小平这次视察南方的第一站。

1961 年，他曾来过这里，那是三年困难时期。如今的苏州，呈现在他眼前的却已经是整洁的街道，新盖的房屋，琳琅满目的商品，还有喜气洋洋的人群。

中国的改革刚刚进入第五个年头。这时的江苏，已成为全国经济最发达的省份之一，而苏州又是江苏经济发展的排头兵。

邓小平此行苏州，为何而来？

2 月 7 日下午，在南园宾馆会议室听取江苏省委和苏州地委负责人汇报工作时，邓小平习惯地点燃一支香烟，第一句话就直奔主题：到 2000 年，江苏能不能实现“翻两番”，达到小康？苏州有没有信心？有没有可能？

连着三句问话，道出他苏州之行最关切的话题。显然，他是在验证，在调查一个影响中国命运的大课题。

江苏领导同志的回答，虽然简明实在，却让邓小平感到欣慰。他们说：从江苏经济发展的历史看，自 1976 到 1982 年六年时间，全省工农业总产值就翻了一番，照这样的增长速度，就全省而言，用不了二十年时间，就有把握翻两番。像苏州这样的地方，我们准备提前五年翻两番，实现小康这个目标。

小康，两个普普通通的汉字，却承载着源远流长的民族梦想。

我们的先哲，曾经把他们追求的理想社会叫作大同。而走向大同社会之前的必经阶段，便是小康。

小康社会是一种什么模样呢？按照他们的设想，小康社会的人们拥有自己的财产、日子宽裕、上下有序、家庭和睦而且讲究礼仪。

然而，几千年过去了，小康似乎成了永远期待的期待。

伴随着新中国成立，一个古老的民族经历艰苦奋斗，终于摆脱了“三座大山”的压迫。在中国共产党领导下，饱经忧患的亿万人民真正成为了国家的主人。他们追求富裕美好生活的希望，也伴随着新中国铿锵的脚步升腾萦绕。

于是，中华民族先哲的梦想，被赋予了新的时代内涵，并且有了一个新时代色彩的名字，那就是现代化。

那时候，许多人认为，现代化之路并不遥远。

其实，我们还不真正了解究竟什么是现代化。

路在何方？

或许，走在这条小道上的一位老人，他也在叩问着自己，寻求着这一时代课题的答案。

1969 年，邓小平被下放到江西新建县的一家工厂劳动监管时，每天都要沿着这条小路去上班。

他在江西住了三年，也在这条路上走了三年，思考了三年。

三年多时间与群众朝夕相处，使邓小平对人民的生活处境和期盼富裕日子的心情，有了更深的体会。

1972 年底，在革命老区江西会昌县的一个农村集市上，他向一位正在吃玉米粉的老俵问道：“你一天的工分值多少钱？”老俵没好气地回答："还不到两碗米粉钱！"邓小平沉默了，他的心被深深地刺痛了：革命胜利这么多年，人民的生活为什么还是这样呢？我们太穷了，太落后了，老实说对不起人民。我们现在必须发展生产力，改善人民生活条件。

为了寻求答案，他走出了国门。

在日本，参观日产汽车制造厂时，他了解到这里月产汽车44 000辆，是当时中国长春第一汽车制造厂月产量的99倍。他感慨地说了一句：我懂得什么是现代化了。

在美国，身临其境的邓小平更清楚地认识到了中国与世界现代化先进水平国家的巨大差距。他在与新闻界会面时痛切而坦诚地表示："我们同发达国家相比，经济上的差距不止是十年了，可能是二十年、三十年，有的方面甚至可能是五十年。我们的四个现代化，要在本世纪末达到你们现在的水平已经不容易，要达到你们二十二年后的水平就更难了。"

我们看着世界，世界也在看着我们。

差距刺痛人心，但也激发着民族的尊严，激励着落后者追赶的决心。

上下左右的探索，前前后后的思考，中国必须调整自己的坐标，拨正自己的航向。

1978年12月党的十一届三中全会，实现了这样的历史转折，确立了一条以经济建设为中心的政治路线。

(邓小平同期声)

“不搞现代化，科学技术水平不提高，社会生产力不发达，国家的实力得不到加强，人民物质文化生活得不到改善，那么我们的社会主义政治制度和经济制度就不能充分巩固，我们的国家安全就没有可靠的保障。”

大时代需要大视野,大智慧。

大时代需要大思路,大选择。

党的十一届三中全会以后，一个迫在眉睫的选择摆在了人们的面前，这就是，中国走向现代化的战略步骤是什么？怎样才能不重蹈覆辙,走出一条既积极进取又踏实稳妥的现代化之路？

1979 年 12 月 6 日,邓小平会见了来访的日本首相大平正芳。交谈中，大平正芳突然提出了一个问题：中国将来是什么样的情况？你们的现代化蓝图是如何构思的？

邓小平沉默了一分钟，回答说：“我们要实现的现代化，是中国式的现代化。我们四个现代化的概念，不是像你们那样的现代化概念,而是小康之家。”

历史永远记住了这个智慧的沉默和让人惊叹不已的回答。

一个继承中国传统而又饱含时代特征，并影响中国几十年的概念,在这一刻应运而生了。

邓小平引用了中国先哲提出的小康这个失落在历史中的民族之梦。因为它对中国人来说,是那样亲切朴实,那样容易理解。

邓小平还改造了这个梦想,把它变得更加具体,更加实在,从而让小康不再是永远期待的梦想。

在提出小康概念二十天后,邓小平又对小康作了进一步的解释。他对新加坡政府访华代表团说:“所谓现代化,只能搞个小康之家,比如说国民生产总值人均 1000 美元。即使我们的经济指标超过所有的国家,人均收入也不会很高。总之,既要有雄心壮志,也要脚踏实地。”

按照邓小平的设想,所谓小康就是日子好过。具体说来,到 20 世纪末,实现国民生产总值翻两番,达到人均 800 美元到 1000 美元,就算是个小康水平。他还说:“翻两番,小康社会,中国式的现代化,这些都是我们的新概念。”

在这个基础上,邓小平提出了三步走的现代化发展战略。这就是第一步解决温饱,第二步在 20 世纪末达到小康,第三步是在 21 世纪中叶实现人均 4000 美元,达到中等发达国家水平。

邓小平说,这是我们的雄心壮志。我虽然活不到那个时候,但有责任提出那个时候的目标。

这个“三步走”的战略,勾画了中国七十年的发展蓝图。

近代以来,中国人第一次对自己的未来有如此清晰、如此自信的设计。

用小康社会来描述中国的现代化进程，是邓小平的一个创举。正是这个创举，让中国人现代化之路不再遥远漫长，让小康梦想从天上回到了人间。

于是，1982 年党的十二大明确把“翻两番”“奔小康”作为全党和全国人民在 20 世纪的奋斗目标提了出来。

这个目标是不是能够实现呢？

邓小平决定到基层去了解情况，听取反映。

1983 年 2 月的苏州，便有幸成为邓小平印证小康设想的第一个地方。

当他听江苏领导同志说江苏有信心在本世纪末达到小康，而苏州可以提前完成这个目标时，紧接着又提出了一个问题：达到这样的水平，社会上是一个什么面貌？发展前景是什么样子？

江苏的同志如数家珍，一一列举这些年来经济社会发展带来的物质文化生活的巨大变化。听着这些令人叹服的事实，邓小平为苏州人民取得的业绩激动不已。

南方之行回到北京后，他在同中央负责同志的谈话中，以超乎寻常的记忆力一条不漏地介绍苏州农村的新面貌、新气象 ——

（邓小平同期声）

“去年还是前年我到苏州。苏州，它就一个，人不往上海北京跑，不到外地了，乐于当地的生活；第二，每个人平均20多个平方米的住宅。那不是很好啊，先进水平了；第三，教育普及了，他自己拿钱办教育；第四，人们不但吃穿用问题解决了，电视机、什么几大件、现在那个收音机、缝纫机多起来了；第五，违法乱纪，犯罪的事情大大减少。还有别的，这一些就了不起。”

江浙沿海的情况固然让邓小平高兴，但他依旧保持着应有的冷静。他对当时的中央领导交代，到本世纪末实现翻两番，达到小康，要有全盘的更具体的规划，各个省、自治区、直辖市也都要有具体的规划。

在全国奔小康的这盘大棋局当中，江苏被历史赋予了重要的责任。

二十多年过去了，中国乘上时代的快速列车。

二十多年过去了，江苏人民在探索中，走到了“率先全面建设小康社会”新的历史阶段。

江苏人民是幸运的，因为我们承担了自己的使命。

2003年的春天，在首都北京人民大会堂，中央领导同志再一次对江苏提出明确要求。

江泽民同志满怀深情地说：“江苏的未来前途无量，江苏的发展责任重大。江苏一定会拓展新优势，再创新业绩，率先全面建成小康社会，率先基本实现现代化，为全国的发展做出新的更大的贡献。”

这个要求，使全面小康社会有了更为丰富的内涵；这个要求，是党中央对江苏的又一份浓浓的期待。

第二章 异军突起

过日子的人，在创造财富，追求发展的时候，总是显得最有才智。

这样的才智在奔小康的历史进程中，常常会带来一些意外的收获和惊喜。

比如，当历史进入上个世纪 80 年代，在江苏如雨后春笋般脱颖而出的乡镇企业，便是奔小康的历史大潮中涌现的第一个喜人的波峰。

那时候，江苏乡镇企业工业总产值在全省农村总产值的比重，首次突破百亿元大关，乡镇企业职工总人数达 312 万人。

这样的事情，引起改革开放和现代化建设的总设计师的高度关注。

邓小平高兴地对外宾说："农村改革中，我们完全没有预料到的最大的收获，就是乡镇企业发展起来了，突然冒出搞多种行业，搞商品经济，搞各种小型企业，异军突起。这不是我们中央的功绩。""乡镇企业的发展，主要是工业，还包括其他行业，解决了占农村剩余劳动力百分之五十的人出路问题。农民不往城里跑，而是建设大批小型乡镇。如果说这个问题上中央有点功绩的话，就是中央制定的搞活政策是对头的。"

"异军突起"，从此成为人们对乡镇企业的一个历史性评价。

那么，乡镇企业这支推动社会进步的"异军"，在江苏，特别是在苏南，又是怎样"突起"的呢？

今天的无锡新城，俨然成为了一座气势恢宏的现代化都市。

旧时的模样早已无处寻觅了，但历史的故事却依然鲜活地留存在人们的记忆当中。

在这片近代民族工业的发祥地上，百姓传承着兴办工业的基因。1956 年，无锡县东亭镇的"春雷农业生产合作社"办起了一家"春雷高级社木工场"，那是新中国成立后，江苏大地上出现的第一个社队企业。

后来的故事便从这样的社队企业拉开了序幕。

（采访 江阴市华西村原党委书记 吴仁宝）

"在华士的西边，叫华西村，我们只是小村，全村有 0.9 平方公里，我们有 600 亩耕地，有 1300 多人，属于人多地少，所以我们从经济发展来看,我们发展了工业。”

江苏乡镇企业的星星之火，正是在这样社队企业的基础上燎原起来的。

苏南紧靠上海,有许多从上海等大中城市下放的技术工人,事实上成为社队企业发展的人才基础。苏南农村，人多地少的矛盾十分突出,收入低下的农民,也一直在寻求着改善生活的新途径。

正是改革开放的政策方针，使苏南农民寻找致富新途径的愿望得到了充分鼓励；苏南得天独厚的区位优势得到应有的发挥。农民们在原来的社队企业的基础上,纷纷办起了乡镇企业。

就在邓小平 1983 年视察苏州的那个春天，常熟老浜村一个叫钱月宝的年轻妇女，贷款 2 万元在村里建起了一个小小的绣坊,开始了艰辛创业的第一步。

在此之前,她是村里绣品加工点的负责人。

在这之后，她带着几位姐妹，靠着几台缝纫机和几根绣花针，为苏州绣品厂加工外贸绣品,同时也在编织着她们心中的梦想。

不过几年，她们的绣品成为外贸的抢手货，钱月宝小小的绣坊也在苏南纺织行业中崭露头角。

1986 年,梦兰品牌问世。

但他们创业的脚步并没有停下来。

2004 年 5 月 3 日，中央领导在江苏视察期间，得知梦兰集团正在与科研院所联手开发 IT 软件产品时,赞许他们找到了一个好机制，把企业与科研项目结合起来，促进了高新科技成果的转化。

历史的进步看起来就这样简单，因为有了政策，同样的土地，同样的劳动，同样的人，无数个钱月宝和她的姐妹们就能用自己的智慧改变贫穷的命运，就能以自己的大胆实践，催生出一幕幕历史巨变。

历史的进步事实上又并不是那么简单。萌发于这片土地上的乡镇企业，为何会拥有如此强劲的发展活力，千千万万个农民为何会奇迹般地打开创造财富的源泉？这里又有它不同于以往的内在秘密。

(采访 经济学家 洪银兴)

“江苏的乡镇企业从它一开始成长起来，就属于市场经济的成分，一是它完全是根据市场的需要来进行生产，二是它所需要的各种生产要素都从市场上取得，三是它经营机制的灵活性。企业有自主经营权，完全根据市场来取得资源，根据市场来生产产品。”

在苏北田野上崛起的“中国鞋业著名品牌——森达”，是完全靠闯市场“闯”出来的另一个印证。

森达最初的牌子叫“盂兰桥”，那是森达集团董事长朱相桂“借”用村上一座小桥的名字。

1987 年秋，“盂兰桥”在苏北有了一定的市场后，雄心勃勃的朱相桂想把它打进上海。他通过关系找到上海某公司联系销售。

然而，上海人不认苏北货。朱相桂并不死心。几个月后，他第二次来上海。

（采访 江苏森达集团董事长 朱相桂）

“到了淮海路，放在一家（商店），把鞋子放进去以后，我就在旁边观察谁来买我们的鞋，好像是一个上海人买了我们的鞋，一看是江苏建湖造，苏北造的，不行，是苏北的鞋，不好，又退回去。”

回到厂里，朱相桂率领技术人员重新设计。随后第三次来到上海。但几天后，卖出的一双鞋子出现了质量问题，他当即决定主动退出。

三闯上海，三走麦城。朱相桂看到了自己与沪上制鞋业的差距，于是决定调整战略，与上海联营生产，借上海品牌来开拓市场。不久，贴着上海本地品牌的森达皮鞋开始在上海站稳了脚跟。1988 年，朱相桂又与香港、台湾的企业合资，正式将皮鞋定名为“森达”。

后来，江苏的乡镇企业家们从自己的故事中提炼出一种叫“四千四万”的精神。这就是，为适应市场竞争，“想尽千方百计，走遍千山万水，说尽千言万语，吃尽千辛万苦”。这种精神，成了一向吃苦耐劳的农民，在奔小康的道路上拥有的最宝贵的财富，也凝结成为江苏人民不断激励自我的精神财富。

从 1983 到 1985 年，中央在每年下发的一号文件中，都充分肯定了乡镇企业的地位和作用。1984 年，中共中央、国务院又在下发的四号文件中，专门阐述了发展乡镇企业的重大意义，提出了乡镇企业发展的总方针和政策规定。

农民兴办乡镇企业的伟大创造，就这样获得了它应有的历史地位。

当乡镇企业在全国普遍发展起来以后，江苏的乡镇企业又开始了新的探索。

1983 年，无锡县堰桥乡发生了这样一件事。

堰桥乡镇企业经济体制的改革，是在服装厂打响的第一炮。这个仅有 50 多人的小厂，办厂三年，换了三任厂长，亏本 57 000 多元，弄得工资发不出，工人意见纷纷，乡党委果断决策，搞承包。

经过职工大会民主选举，从三名候选人中，推举了这位杨汉林同志当厂长，原来的厂长就地免职，新厂长狠抓生产管理，改革各种制度，积极开发新产品，一个月就初见成效，完成产值 15 700 元，盈利 490 元，工人工资也增加了 12 元多。

这种情况如果是发生在今天，大概算不得新闻。但在当时，却是对乡镇企业干部制度的一次重大突破，并在乡里和县里产生了强烈反响。

接下来，堰桥镇还就经营体制作了改革，并总结出“一包三改”的经验，这就是“合理确定承包基数，企业分配水平与利润等经济实绩挂钩。改干部任免制为组阁制；改工人录用制为合同制；改固定工资制为浮动工资制”。

在堰桥镇的基础上,苏北宿迁的耿车镇,又进一步对乡镇企业的发展战略进行了调整,并创造了“大的乡企集中上水平,小的乡企分散进家庭,大轮带动小轮飞,小轮带动大轮转”的耿车模式。

无论是苏南的“一包三改”,还是苏北的“耿车模式”,都在一定的程度上拓展了乡镇企业制度创新的视野;在当时对推动各地乡镇企业的发展,都产生了很大影响。

到 20 世纪 90 年代,江苏全省农村社会总产值中,不断发展的乡镇企业已是“五分天下有其四”,工业经济总量已是“三分天下有其二”。乡镇企业为江苏的发展做出了不可磨灭的贡献。

1987 年 8 月 29 日,邓小平在会见外宾时说:“你们到农村去看了一下吗?我们真正的变化还是在农村。十年的经验证明,只要调动基层和农民的积极性,发展多种经营,发展新型的乡镇企业,农村劳动力的出路问题就能解决。”

这是邓小平对乡镇企业的发展规律做出的十分精辟的总结。

历史进入 20 世纪 90 年代以后,人们发现乡镇企业在短缺经济和卖方市场下形成的机制优势正在逐渐丧失,被人们称为“产品科技含量低、管理水平低、经济效益低;资产高负债、资金高占用、消费高支出、额外高负担”的“三低四高”现象日益突出。

乡镇企业要健康发展,必须寻求新的发展动力,拓展新的发展方向。

为了解决乡镇企业进一步发展中面临的问题,1998 年 4 月,江泽民同志来到江苏调查研究。在考察苏南、苏北一批乡镇企业的过程中，江泽民同志深有体会地说：“改革开放二十年来，我国乡镇企业异军突起，迅猛发展，已经成为农村经济的主体力量和国民经济的重要组成，乡镇企业的发展对促进国民经济增长和支持农业发展，对增加农民收入和吸纳农村的富余劳动力，对壮大农村集体经济实力和支持农村社会事业，都发挥了不可替代的重要作用。”

打破社区和所有制界限，深化乡镇企业改革，开创乡镇企业发展新局面，已经成为一个亟待解决的现实课题。为此，江苏省委、省政府明确提出：“不画框框，不搞争论，大胆探索，大胆实践。”从而为乡镇企业制度的深化改革创造了良好的舆论氛围和政策环境。

在新的探索和选择面前，江苏各地把乡镇企业改革的焦点，逐步集中到产权制度上面，进而提出了“改制一批、转让一批、嫁接一批、组合一批、规范一批”的改制新思路。

这个改制新思路，有利于冲破影响乡镇企业发展的条块分割、乡镇分割和所有制分割的束缚，进而促进生产要素的合理流动和优化组合，使乡镇企业带着新的机制优势，跃上一个新的发展平台。

张家港的沙钢集团，就是在新一轮改制中涌现出的优秀企业。

沙钢的改制从 1998 年就开始酝酿，到 2001 年初完成。

十三年前，沙钢还是一家资产仅一亿元左右的集体企业。然而到 2003 年，沙钢的资产增长到 177 亿元。目前，沙钢的综合竞争力位居全国冶金行业第二。如此高速的发展，在国际同行中也是一个奇迹。

令人瞩目的“江阴板块”是乡镇企业改制的又一个亮点。

从 1997 年 2 月第一只股票上市，到 2004 年 6 月，江阴市已有“三房巷”“双良”“长电”“江苏申龙”“霞客环保”等 16 家企业先后成功上市，累计募集资金 76 亿元。作为一个县级市，江阴拥有如此多的乡镇企业演变而来的上市企业，这在全国是少见的，因此被证券界称为“江阴板块”。

法尔胜集团创办于 1966 年，是一个以麻绳起家、借贷发展的集体乡镇企业。今天，在“法尔胜”旗下，已有 21 家合资企业，总资产 2.8 亿美元。其产品也完成了从生产麻绳、钢缆到生产光纤的飞跃。

尤为使人惊异的是，海澜集团与阳光集团两家上市企业，都成长于一个新桥镇。

十多年前，“海澜”的前身是“江阴第三毛纺厂”，他们靠 30 万元资金和七台织布机起步，现已发展成为以服装为主业，涉及面料生产、国际贸易等领域，总资产达 35 亿元的大型企业集团。

与“海澜”仅一河之隔的阳光集团也是从乡镇企业起步，现在生产毛纺织面料，成为世界品牌服装的专用面料，企业总资产达

40 亿元。

“海澜”和“阳光”在地理上是近邻；在纺织行业中，它们却是对手。然而它们在竞争中壮大，在竞争中发展，不仅从乡村走向都市，而且从中国走向了世界，成为“江阴板块”中一道独特的风景,成为江苏乡镇企业发展史上别样的双子星座。

传统意义上的乡镇企业，在历史性的转型中由于吸纳了新的要素，早已不是过去的模样。无论是产权还是规模，无论是资金还是技术,无论是管理还是经营,它们中的佼佼者,早已成为实实在在的现代化企业。

“异军突起”的乡镇企业，开始成为一个拥有特定的时间和历史意蕴的概念。它所挟带的深刻的经济和社会意义，已被深深地铭刻在中国小康的历史进程之中。我们不能忘记的是，正是乡镇企业开创了中国特色的农村工业化新道路，开创了农民奔小康的新路径。

可以说，乡镇企业是小康社会对中国农村的第一声问候，也是现代化与中国农村的最初约会。

第三章 “两个飞跃”

2004年4月8日，美国、瑞士、日本、俄罗斯等六国的驻华记者，来到了江阴市的华西村。

他们实地一看，有些惊异了。在村里的企业里，他们看到了一流的进口设备；在华西农民小区，看到了一幢幢别墅和一辆辆私家汽车。

在这里，他们还听到这样一个消息：华西今年的销售收入将要达到200亿美元，人均年收入超过8000美元。

一位记者禁不住问：“请问这儿是城市吗？”华西人很实在地回答说：“这里是农村，不过是城市化的农村！”

作为江苏农村现代化的引领者，华西村向人们展现了中国农村的未来前景。

而华西村实现这一历史性的跨越，也不过二十多年的时间。

中国农村家庭联产承包责任制是从凤阳小岗村起步的，而江苏是从泗洪上塘开始的。

20 世纪 70 年代末，位于苏皖交界处的上塘乡，为了解决温饱，自发地实行了“大包干”的生产责任制，由此激发了农民的生产积极性。一时间，上塘事迹传遍苏北，影响全省。

邓小平十分关注农业和农村的改革。在农村改革逐渐提高农民生活水平以后，他的目光投向更深远的未来。在 20 世纪 90 年代初，他对中国农业和农村的发展前景做出了“两个飞跃”的预见。

他说：“中国社会主义农业的改革和发展，从长远观点看，要有两个飞跃。第一个飞跃，是废除人民公社，实行家庭联产承包为主的责任制。第二个飞跃，是适应科学种田和生产社会化的需要，发展适度规模经营，发展集体经济。当然这是很长的过程。”

实行家庭联产承包为主的责任制，使江苏农业顺利地实现了“第一个飞跃”。但是，这个飞跃只是解决了农民的温饱，而要让农民们富裕起来，还要走很长的路。

为了从根本上改变自己的生活，农民们继续探索着致富的新路。

“农业一碗饭，副业一桌菜，发展工商才能富起来。”这是江苏农民对农业致富出路最直接，也是最朴素的认识。

20 世纪 80 年代初，海安的农民从农家人不稀罕的活鸡鲜蛋上看到了潜在的商机。他们每天四处收购左邻右舍的畜禽产品，然后结伴开着绑满鸡笼的摩托车到上海、南京等大城市叫卖。那沾着汗水的一叠叠毛票让他们看到了富裕生活的希望。

这样一帮十，十帮百，海安迅速走出了一支蔚为壮观的贩运畜禽等农副产品的大军。于是，“百万雄鸡下江南”的名声，一时传遍大江南北。因养鸡而顺势发展起来的家禽产业也为海安赢得了“全国禽蛋第一县”的美称。

正是在这样的流通过程中，农民们感受到有一样东西将对改变他们的命运发挥关键作用——这就是市场。

正是这个市场，不断激发出千百万农民的创新活力。

正是这个市场，使千百万农民实现了从温饱走向富裕的历史性跨越。

经过二十多年的发展，江苏现在已经建立各类农副产品市场近3000个，年交易额近2000亿元。农业龙头企业近2000家，他们正在成为提升江苏农业市场竞争力的新动力。

历史就这样走到了它的转折点。

农业产业化，由此带来的农业的适度规模经营，正是邓小平提出的实现农业第二个飞跃的应有内容。而与农业的第二个飞跃相生相伴的，是农民生活水平的提高，是农业和农村的现代化。

为了促进农村和农业的第二个飞跃，江苏省委、省政府在党中央、国务院的正确领导下，立足实践，积极探索，把解决“三农”

问题作为富民强省的重中之重。

20 世纪 80 年代，江苏乡镇企业的蓬勃兴起给农业发展注入了活力。正是在这个基础上，江苏各级政府开始了“以工补农”“以工建农”的创新实践。苏州、无锡、常州等地拿出乡镇企业税前利润的 10% 用来“反哺”农业，进行农田水利基本建设和农业技术培训。

进入 20 世纪 90 年代，出于对粮食安全和发展优势农业的高度重视，江苏还自觉地对全省农业结构进行了一系列调整：在种植业内部结构上，调整粮食作物发展经济作物的比例；在农业产业结构上，重点发展畜牧业、园艺业、渔业和林业；在品种结构上，实施农业品种、技术、知识三项更新工程，提高优质农产品比重；在区域结构上，苏南重点发展高效出口创汇农业，苏中建设大中城市副食品基地，苏北发展无公害农产品生产加工基地。

随着农业经济结构的逐步优化，江苏农业也步入了“第二个飞跃”的历史阶段。

实现农业现代化，说到底要靠农业科技水平的全面提升。

江苏省政府还运用卫星现代传播手段，建立了江苏农科院远程培训示范点，并制作了近 200 部图文并茂，通俗易懂的多媒体科技培训教材。到 2004 年 6 月，卫星网络已全面开通，实现了网上传输。

千方百计学习农业技术是江苏农民的新渴求。

在已经成为日常工作的科技、卫生和文艺“三下乡”活动中，在那些科学种田、蔬菜良种资料的发放点和专家咨询处，总是人头攒动。农民们在这里争抢的，不仅仅是技术，也是在追求好收成和富裕生活的希望。

在江苏科技兴农大潮中，有一个特别引人瞩目的亮点，叫“百名教授兴百村”。

2003 年 3 月，南京农业大学等省内高校和科研院所的 107 名农业教授和专家，应邀担任了连云港 107 个村庄的科技发展顾问。

（采访 南京农业大学教授 侯喜林）

“因为我们给他们带去了信息，也带去了技术，更多是带给他们品种。农民们有什么事都要请教我们，特别是我们的教授到了田间以后，农民就围拢过来问这问那。所有的教授全部把电话留给他们，他们随时都可以跟我们联系。从另外一个方面来讲，只有（满足）社会的需求，我们科研人员的干劲才会更大，动力就更大。所以，百名教授兴百村，这个活动，它的后效应不仅是对于农民，而且对于我们科研人员也是非常重要的。”

（采访 东海县桃源镇农民 戴德良）

“我们这里的一些同志，见了教授以后，原来我们根本不知道什么教授，不敢接触啊。现在（种植）园区的一些人，一看到教授来了之后，他们都感到很亲切啊。教授上我家去，我那儿有西瓜。”

这一科技兴农之举，与一般的“科技下乡”最大的不同在于，农民和教授共同确定农业科技项目，既可以让农民找到加快发展的科技“金钥匙”，教授也找到了优良品种、先进技术迅速转化为生产力的试验田与直通车。

农业的现代化，需要大力度的投入。

为了解决投入农业的资金来源，近年来，江苏各地积极引导民间资本、工商资本和外商资本投资开发农业。这“三资”的注入，给江苏传统农业创造了生机与活力，开始引发农业领域一场深刻变革。

不论是从沪宁高速公路东去，还是沿南京长江大桥北上，不时可见“三资”投资开发的农业企业，它们构筑起今日江苏农村的新景观。

目前，江苏已有“三资”农业企业 18 000 多个，投资总资金额达 168 亿元。在有的县市，“三资”投入农业总金额已占全县市农业投入的 80%，涉及种植、养殖、农产品加工、观光旅游和专业市场等多个领域。

专家们预言，“三资”农业将成为“十五”期间，推进江苏农业和农村经济快速发展的新的爆发点。

在广袤的大地上，富有开拓创新精神的江苏人还演绎出一曲曲“超市农业”、“品牌农业”、“生态农业”和“旅游农业”的交响乐章。

“入世先要进超市。”这是中国加入世贸组织后江苏农业采取的一个应对措施。

超市是一个基本平台，农产品进入超市是商品化生产成熟的标志，是发展外向型农业的前奏，也是农民增加收入的有效途径。

名列中国连锁百强第十名的江苏苏果超市，经销近万种农副产品，使千家万户小生产同千变万化的大市场有机地连接起来，推进了农业产品的品牌化和品牌产品的超市化。

在江苏，越来越多的农民和农业企业的经营者接受了苏果的经营新理念，越来越多的农民和企业家开始创造名扬超市的新品牌。

位于苏中的宝应县就是其中的一个典型。

因电影《柳堡的故事》而声名远扬的宝应县，境内河网纵横，水域占全县耕地面积的一半，是全国著名的商品粮基地，也是江苏发展生态农业的大县。

在国家制定的食品标准中，有机食品标准是等级最高的标准。在江苏制定的八个有机食品标准中，其中有五项在宝应。宝应的有机大米不施化肥、不洒农药，身价倍增，在上海的超市上卖到 10 块多一公斤还供不应求。宝应有机藕产品已占到整个日本市场的 70%。宝应的生态农业也由此打出了品牌。

长江东去，给南京留下了一片绿洲。它就是全国农业旅游示范点 —— 江心洲。在这里，一年一度的葡萄节正吸引了越来越多的城里人。

踏上这片环境优雅、风景如画的土地，亲手摘一串葡萄，品尝一下回归大自然的滋味，游客们个个笑逐颜开。

（采访游客……）

游客一：“甜甜的，酸酸的，蛮好吃的！”

游客二：“能看到各式各样的葡萄，好多平时看不到的葡萄，像这么大的乒乓球葡萄呀！”

游客三：“自己采的葡萄自己吃，肯定不一样了。”

（采访农民……）

果农一：“就算这一笔账可以知道了，就我们（运送葡萄）往返的车船费，这个增收就要好几百块钱。”

果农二：“这个葡萄，今天收一千块钱，都不算多。以往一天都要收二三千块，早晨兑给小贩子，现在就采给你们游玩的人了。”

旅游农业的兴起，为江苏农业的现代化增添了几分浪漫的意味。

只有农村的巨大变化，才是整个中国历史进步中最深刻的乐章。

只有农民的真正富裕，才是当代中国变化中最动人的旋律。

在常熟市任阳镇蒋巷村，这一乐章的演奏者，是农民自己。这一乐章的旋律，浓缩了农民们为改变自己的命运不断进取的奋斗历程，浓缩了一个村庄二十多年的沧桑巨变。

如今的蒋巷村，是国家级农村现代化建设的示范村，也是江苏农业实现“第二个飞跃”的示范村。

20 世纪六七十年代，蒋巷村到处是“小雨水汪汪，大雨白茫茫”的景象。村党支书常德盛知道，天虽不能改，地却可以变。他带领大家开展农田水利基本建设，把低洼地建成了稳产高产的吨粮田。

然而，蒋巷村在苏州虽然是水稻单产的冠军，但农民的收入却依然不高，要使农民过上小康生活，必须兴办工业。经历过多次挫折，常德盛在村里办起了彩钢建材厂，全村从此走上了致富的快车道。

随着村里集体经济实力的不断壮大，2003 年，总产值达 7 亿元，人均年收入 12 000 元。

今日蒋巷村田块成方、树木成行、沟渠成网、环境优美，86 幢造型雅致的别墅立在了村中央。

在加快发展工业的同时，他们一刻也没有放松农业。

（采访 中共十六大代表蒋巷村党总支书记 常德盛）

“我们以农业为基础，发展工业，以工建农，总是不放松农业和粮食生产。现在我们蒋巷村这个农业，田块成方，机械化操作，农业服务基础做得很好。我们现在不仅仅贯彻好中央一号文件，把粮食搞上去，我们今天还要搞科学种田，还要通过工业发展反哺农业，准备搞全部的农业机械化操作。这样可以保证高产、稳产、科学种田，把粮食当作我们村经济中一个重要产业。”

2004 年 3 月 27 日，温家宝总理来到蒋巷村。当他看到这里“学校像花园，工厂像公园，家前宅后像果园”的景象时，高兴地对常德盛说：“你这个村叫作全面发展，农业发展，乡镇企业发展，农民富裕。”

如今许许多多像蒋巷村这样的富裕村，正在江苏大地上不断涌现。

他们正在把邓小平提出的“第二个飞跃”的期望一步步变为现实。

2003 年，江苏粮食总产量 2400 万吨，棉花总产量 29 万吨，油料总产量 200 万吨。江苏在占全国 1% 的国土、4% 的耕地上，生产了占全国 5.7% 的粮食、6% 的棉花和 7.1% 的油料，实现了占全国 6.4% 的农业产出。

正是在第二个历史飞跃的伟大进程中，江苏的农业创造出了令人惊叹的业绩。

正是在第二个飞跃的伟大进程中，越来越多农家的命运之弦，弹奏出时代大乐章中一个个动人的音符。

而江苏农村的命运之弦，则合奏出我们建设全面小康社会的理想乐章。

第四章　面向世界

公元 1405 年的 7 月 11 日，古都南京见证了一次中华民族的远行壮举。

一支庞大的远洋船队聚集在南京狮子山脚下，由伟大的航海家郑和率领，起锚远行西洋。

南京，由此也有幸成为中国从长江走向海洋、从内陆走向世界的起点之一。

五百多年后，南京和整个江苏又一次见证并亲历了中华民族对外开放的崭新壮举。

“中国的发展离不开世界！”

20 世纪 70 年代末，邓小平以其深刻的洞察力说出了这句名言。他还说：“现在任何国家要发达起来，闭关自守都不可能，我们吃过这个苦头，我们的老祖宗吃过这个苦头。”“任何一个国家不加强国际交往，不引进发达国家的先进科学技术和资金是不可能的。”

这些判断，可谓字字千钧，振聋发聩。

中国的小康离不开开放！

江苏人民用自己二十多年的实践，证明了这个深刻的判断。

与打开国门一步步走向开放同步，江苏紧紧地抓住了开放带来的每一次机遇。

八面来风，潮涌江海。

1984 年，中央决定开放 14 个沿海港口城市，江苏的南通、连云港两市名列其中。

在改革之船驶向大海的同时，江苏根据中央的政策精神，进一步把开放的进程推向深入。

1988 年，苏州、无锡、常州市及所辖的 12 个县（市）被列入了长江三角洲沿海经济开放区。随后又扩大到了南京、镇江、扬州、盐城及所辖的 19 个县、市。由此，从东到西、从南到北的开放延伸，打开了江苏人的视野和思路，给江苏经济带来了新的发展契机。

（采访 江苏省原常务副省长 高德正）

“针对我们江苏经济发展的整个情况，要大力发展外向型经济。外向型经济的内涵很丰富，包括外贸经济、外资经济、外经经济，也称之为‘三外齐抓’‘三外齐上’‘三外蓬勃地发展’。”

最让人感慨的，还是各地根据实际探索出来的开放之路。

昆山，原本是江南的一个小城。在最早建立沿海经济技术开发区的时候，作为一个小小的农业县，昆山自然搭不上车。但昆山的决策者不想错失良机，他们决定靠自己的力量自筹资金，兴建工业园区。

1985 年 3 月，日本苏旺你有限公司老板三好先生与昆山合资兴办了中国第一家合资企业。1987 年，他向中方提出增资意愿。具有经济头脑的昆山人却在算账：日方占股 51%、中方占股 49%。而合资要靠政府出资 200 万，但财政没有这笔钱，如果从银行贷款，每年 12% 的利息，要等 20 年才能还清贷款。

这一算，他们的头脑清醒下来，违背规律的事坚决不做。

市政府果断决策，由日方三好先生独资。

1988 年 9 月，全国县级第一家外商独资企业在昆山投产，它为昆山乃至全省引进外资拓开了一个全新的视野。

“缺陷招商”是昆山在招商引资中广为流传的故事。

市领导曾经专门找来一台笔记本电脑，将其一一拆开，随后将 800 多个零主件逐一对照昆山的产业目录，找出昆山所缺，然后开始有针对性的招商引资，由此在昆山形成了一个完整的 IT 产业链。

如今，生产一台笔记本电脑，在昆山方圆 70 公里范围内，最快 50 分钟,最慢不超 2 个小时,就能配齐零件。

昆山的这个举动，被人们概括为“缺陷招商”。他们吸引了欧美、日、韩和中国港、澳、台近 40 个国家和地区的外商，累计批准项目 700 多个。有超过 50 亿美元的国际资本逐浪这个小小的县级城市。

“靠城设区、自费开放、筑巢引凤”的“昆山之路”，成为江苏发展开放型经济的一个大手笔，成为江苏开放型经济发展的一面旗帜。

1990 年 4 月，根据邓小平的提议，中央开发开放上海浦东的战略启动实施。

这是中央为扩大对外开放，优化全国经济布局做出的又一次重大部署。意在以上海浦东为龙头，推动长江三角洲地区经济向更高层次发展,进而带动整个长江流域的经济发展。

中央的这一重大举措,开创了外向型经济的新局面。

紧邻上海的江苏，如何把握这一开发开放浦东带来的发展机遇呢?

根据中央的战略部署，江苏省委、省政府提出了“坚决支持，主动服务，迎接辐射，促进发展”的方针，并决定在紧邻上海的昆山、太仓、吴江形成一条连接江苏与上海浦东的接轨带，东向横联，西向传导；在苏州、无锡、常州地区兴建一批开发区和工业小区，成为与上海浦东的接轨站，逐步向国际市场、世界经济接轨。

1992年春天，邓小平发表了著名的南方谈话，在中国大地上掀起了新一轮的改革开放大潮。同一年，江苏建立了张家港保税区和苏州、无锡两个太湖旅游度假区，以及苏、锡、常高新技术产业开发区。

张家港，地处沿江和沿海两大经济区域的交会处。

1992年10月，经过多方努力，国务院批准张家港保税区成立，这是全国唯一的内河型保税区。它的建立，可以利用海关保税的独特条件，借鉴国外实行自由贸易区促进本国经济发展的经验，最大限度地实现江苏经济与世界“零距离”接轨。

邓小平在南方谈话中提出了“借鉴新加坡经验”的要求。1994年，中国与新加坡合作开发的苏州工业园区，总投资200亿美元以上，是一个以高新技术为先导，现代工业为主题，第三产业和社会公益事业相配套的现代化工业园区。

(采访 台商 胡志祥)

“我来到内地差不多十二年了，我大概走过的城市蛮多的，但江苏在最近五六年来的变化让我非常讶异，基本上在基础建设上的变化，还有它的景观，我都觉得蛮符合典型的缩形中国的模型。对于我们公司来说，周边的环境很重要。因为一个工业的形成不是单一的，它是一个综合性的。所以从江苏省的范围来看，它整个招商工业的分布非常均匀，在电子科技方面也非常发达，所以非常有利于我们公司在这边扎根、发展，这样可以减少很多不必要的投资。”

苏州工业园区的启动，使江苏开放型经济站到了一个新的起点上。

如今的苏州工业园区，已经成为国际知名的半导体、精密仪器、生物制药、新材料和航空零部件等一体化高新技术产业的重要基地。在基础设施、软件服务、管理方式上，也不断提升着自己的水平。有1300多家跨国公司投资的企业掩隐在苏州水乡的樟园、枫林和荷塘之间，呈现出“工业”与“园林”的奇妙结合。

苏州工业园区的开发，为江苏开放型经济的发展，提供了一个科学的、规范的与世界全方位接轨的参照坐标。苏州也被联合国工业发展组织评为“中国最有活力、发展最快的城市和地区”。

2001年，中国正式加入了世贸组织。中国经济真正全方位地融入了世界。

中国迎来的并不只是机遇，更多的还有挑战。

应对经济全球化需要大视野，迎接新挑战需要大气魄。

江苏又一次把开发开放的视野投向了800公里的黄金江岸。

一个宏大的沿江开发规划迅速出台。

沿江整个开发将以园区为载体，以项目开发为核心，以沿江基础设施为支撑，重点发展装备制造、冶金、化工等产业，配套发展现代物流业。

如今，在长江江苏段西端，南京大桥、二桥两侧，四个国家级开发区环江而立。各开发区合理分工，错位发展，成为吸引外资的重要平台。

镇江大港这座拥有九个万吨级泊位的港口，已在满负荷运转。港口以东的区域已被先期进入的外资大项目布满，总投资10亿美元以上的有22个项目。

提出“跨出运河时代，走向长江时代”的扬州，重点在基础工业产业带并积极对接南京化工园区，与南京联手打造宁扬化工产业带。

江阴市目前已把沿江开发区面积由24平方公里拓展到80平方公里。

南通则提出了“依托江海、崛起苏中、融入苏南、接轨上海、走向世界、全面小康”的发展战略。

纵观这些产业布局，都贯穿着一条共同的主线，就是建设以大进大出为特征的沿江基础产业；都有一个共同的志向，就是构筑国际制造业的沿江长廊。

曾经有一位国际投资者，在20世纪90年代说：到中国投资，意味着抓住了下一个世界的机会。

投资江苏的外商，更深切地体会到这一点。

而对江苏来说，引进外资，也在引进管理；引进技术，也在引进竞争；引进朋友，也在引进对手。

海风扑来，龙的传人当然不会是弱不禁风。

正是在开放的市场经济海洋里，江苏的外向型企业也走向了成熟。

在中国加入世贸组织以后，中央提出：“必须不失时机地‘走出去’。让我们的企业到国际经济舞台上去施展身手。”“‘迎进来’和‘走出去’，是我们对外开放方针的两个互相促进的方面，缺一不可。”

于是，面向世界的含义，已不仅仅是对门外的客人说一声“欢迎你”，更重要的是要对门外的世界说一声“我来了”。

如今的江苏企业，已纷纷走出国门，当起了“外商”。

江苏民营企业鸿国集团，由制鞋业起家，目前集团旗下除有上市公司鸿国国际外，还拥有南京新街口国贸中心大厦，经营江苏最大的民营书城。

2003 年 6 月 5 日，鸿国国际的股票在新加坡交易所上市。

这一跨越，为江苏其他民营企业的跨国投资起到了积极的示范作用。

素有“中国电子工业摇篮”的南京熊猫集团，已跃升为中国电子信息百强企业的第八位。熊猫集团集中发展通信与信息产业，与爱立信、夏普、LG、麦克赛尔等建立起了战略合作关系，现已成为供应世界市场的出口制造基地。

在江苏，还有许许多多这样的企业在不断走向世界。

目前，江苏全省有外经经营权的企业达 7000 多家，在 70 多个国家和地区投资兴办非贸易企业100多家,到境外投资的企业已接近1000家,从江苏走出去的投资者已经遍及五大洲。

越来越多的江苏人,感受到了开放对江苏的经济发展所起到的巨大推动作用,体察到了开放对江苏全面建设小康所带来的直接效应。

1980年江苏进出口贸易总额仅为9.46亿美元,而到2003年已经突破1000亿美元。目前,江苏经济总量中有1/4以上是通过外经贸实现的。

大规模利用外资,有力地促进了全省固定资产投资的增长,实际利用外资已占全省固定资产投资额的20%左右,成为江苏经济快速增长的一个重要“推进器”。

进入90年代,随着大批外资投资企业在江苏落户,以电子信息、机电一体化、新材料、生物技术和新医药为重点的高新技术产业也得到了迅猛发展,成为江苏经济发展中的一支重要力量。

全方位的开放,正在使江苏的全面小康之路越走越广阔。

2001年金秋,当年郑和七下西洋的起锚地,近5000名世界著名华商云集,第六届世界华商大会在南京召开。

这一年,亚太经合组织21个经济代表团汇聚苏州古镇周庄,参加在这里举行的APEC贸易部长非正式会议。

字幕:世界500强企业有230家在江苏安家落户,

世界 500 强企业的研究机构有 58 家迁入江苏。

江苏已和 100 多个国家的城市建立了友好关系。

今天的江苏，正以前所未有的胸襟，张开双臂迎接来自世界各地的一批批投资者。

今天的江苏人，也在自信地走向世界，把自己经济的每一根动脉，融入到经济全球化的浪潮之中。

第五章 南北携手

淮海大地。

这里曾经上演过中国革命大气磅礴的史诗。

1948 年的冬天，中国人民解放军就是在这里一举歼灭了 80 万国民党军队，为解放战争的最后胜利奠定了坚实的基础。

在苏北，还有许多人在革命史上都会读到的地名 —— 周恩来的故乡淮安，新四军的军部盐城 …… 它们既是革命老区，又是农业主产区。然而，一直到 1994 年前后，苏北还有近 200 万人口处于贫困状态。

长江在地理上把江苏隔为南北，也隔出了南北经济上的巨大差距。

苏北五市人口和面积占全省的接近二分之一，生产总值不足全省的四分之一。

全国有东西差距，而江苏则有南北差距。江苏最富裕的地区是苏州，最贫困的地方在宿迁。两地生产总值的差距近 7 倍。

解决江苏南北地区性差异，一直是江苏实现小康目标的关键课题。

放眼整个中国，面临着同样的课题。

出路在哪里？

依然是邓小平，以一个政治家的远虑提出了一个战略构想。他说："鼓励一部分地区、一部分人先富裕起来，也正是未来帮助越来越多的人富裕起来，达到共同富裕的目的。"

在 20 世纪 90 年代初，邓小平还反复强调："共同富裕，我们从改革一开始就讲，将来总有一天要成为中心课题。社会主义不是少数人富起来、大多数人穷，不是那个样子。"

为了逐步解决全国地区间的发展不平衡现象，党中央实施了西部大开发战略。

在响应中央实施西部大开发战略，积极帮助西藏、陕西等西部欠发达地区的同时，为了解决苏南苏北发展不平衡现象，江苏省委、省政府把关切的目光投向苏北。

没有苏北的小康，就没有全省的小康；没有苏北的现代化，就没有全省的现代化。

1994 年底，江苏省委把实现区域共同发展列为全省三大发展战略之一，并向全省人民承诺：到 2000 年，全省以县为单位总体实现小康。

这是一个激动人心的目标，也是一个前所未有的历史性挑战。

江苏实现小康的重点在苏北，难点也在苏北。1995 年，江苏省委实施《江苏省扶贫攻坚计划》。

经过深入调研，确定丰县、睢宁、涟水、泗洪、盱眙、滨海、响水、灌云八县为重点贫困县，进行重点扶贫攻坚。举全省之力，帮助苏北地区发展优势产业，增强综合实力，迅速提高扶贫的经济效益和社会效益。

派遣扶贫工作队是其中的一项关键措施。从 1992 到 1999 年的八年时间里，省直单位先后抽调了 3000 多名年富力强的干部，组成八批扶贫工作队进驻淮北进行帮扶。

教育，是一个地区发展基础的“基础”。

重视教育扶贫，一直是江苏省委、省政府关注的重点。

2002 年 6 月，由省教育厅、宿迁市人民政府联合江苏八所高校共同投资兴建的多学科大学 —— 宿迁学院正式对外招生。从此，这个全省欠发达的苏北城市，也有了自己的全日制大学。宿迁学院现在的本科生已达 4000 多人，在校生突破 1 万人。

许多有条件的单位和个人，也把帮扶教育作为自己义不容辞的责任和义务。

江苏省人民医院的徐良，2000 年在灌南扶贫时认识了因贫困而辍学的马会会。马会会自小失去父母，与奶奶相依为命。2002年，她以优异的成绩被灌南县中录取，但近3000元的学杂费负担却沉甸甸地压在她那幼小的心头。已经结束扶贫的徐良知道后，在新生报到的那一天，顶着酷暑赶到灌南，将3000元费用交到了马会会的手里。

(采访 马会会)

“我特别特别感谢他，特别特别敬重他，特别特别佩服他。”

后来马会会在信中写道：“敬爱的徐叔叔，我从小就没有父亲，你知道吗？当你走的时候，我是多么想上前叫你一声爸爸！”

在社会力量的资助下，苏北办起了上百所希望小学，千万个像马会会一样的孩子重新走进了课堂。

与教育帮扶同步进行的，是江苏省委、省政府在苏北积极实施的“五大工程”。

由政府投资7亿元实施的“中低产田改造工程”，改造了苏北5市13个县的535万亩低产田。

由政府投资12.87亿元实施的“光明工程”，解决了苏北贫困地区村村通电、户户通电的问题。

政府拨出专项资金实施的“甘泉工程”，每年解决135万人的饮用水，改水受益人口近500万人。

政府每年拨出1000万元实施的“安居工程”，用于重点补助贫困乡镇贫困户的草危房改造。

政府投资百亿实施的“通达工程”,解决了苏北的交通问题。

交通扶贫，被人们称作是江苏交通发展史上的一场“淮海战役”。

如今,江苏省内 13 个省辖市都通上了高速公路,全省已实现乡村公路黑色化和县乡公路路网化。贯穿江苏南北的新长铁路已经建成通车,宁启铁路也正在加紧建设中。

在实践中,对苏北帮扶的思路更加开阔。

在探索中,人们的认识也趋于一致。

对经济欠发达地区的帮扶，既要用政府之手，更要依靠市场之手。

苏南与苏北的挂钩帮扶就是江苏决策者在帮扶思路上的一项创新。

(采访 江苏省人大常委会秘书长 顾介康)

“对口帮扶，是我们省委、省政府在实施区域共同发展战略中的一个举措。那么这样一个举措既是政府层面上的一种行政的推动，同时又是按照市场经济规律，实施互惠互利的一项举措。所以实施南北挂钩以来，在推进江苏区域共同发展方面，取得了很好的效果。这样的一个举措不仅在我们江苏可以使用，而且我觉得对全国东部地区和西部欠发达地区之间的合作交流和相互帮扶,也提供了一种新的模式,一种新的经验。”

进入新世纪以后，在进一步帮助苏北经济发展过程中，各级政府部门努力把资金、技术和人才等多种生产要素向苏北引进。这不仅促进了苏北的经济发展，也同时为苏南产业的转移和升级寻求新的发展空间。

近年来，江苏科技部门在苏北组织实施了600多个升级科技项目，省级科技投入4062万元，引导社会投入近40亿元。

与此同时，许多重要产业开始向苏北倾斜。“十五”规划中安排苏北地区和跨区域涉及苏北的交通、水利、能源、通讯重大项目50个，总投资4320亿元，占全省61.7%。目前已开工建设项目37项。

在政府与市场之手的共同牵引下，苏南与苏北的产业“对接”层面越来越宽，呈现出一波又一波涌动的大潮。

苏州是江苏经济发展最快的地区。这里资本和技术密集型的产业替代了原有劳动资源密集型产业，一批劳动资源密集型产业开始向苏北转移。

宿迁市已接收了苏州500万元以上的转移项目95个，总投资额超过60亿元，已经投产的项目年产值达到7亿元，接纳劳动力5万多人。

产业转移使苏北产业发展的基础有了很大改善，工业化的水平正在步步提升。2003年，除了江苏本省以外，国内外其他地区向苏北转移500万元以上的项目就有1083个，总投资达到227.9亿元。

区域共同富裕，需要帮扶，但更要靠自力更生、艰苦奋斗，靠培育地区发展的内生力，这是苏北实现全面小康的必然选择。

在全省全力帮扶的同时，千百万苏北干部群众以昂扬的精神状态投入到这场改变自己命运的大决战中。

连云港市赣榆县宋口村，曾是一个偏僻的渔村。村总支书记宋世敏带领群众，利用本地资源，大胆创业，千方百计发展海水育苗业，使原来的贫困村一跃成为富裕的“苏北第一村”。

宿迁有 500 多万人口，经济基础在全省 13 个大市中的排位居后。宿迁人奋发图强，进行“追赶型”发展。他们自己有一句形象的描述：摸黑赶路，天亮进城抢先机。

沭阳就是一个例子。1996 年前，沭阳全县 72% 的行政村未通砂石路，人称“汽车跳，沭阳到”。

从 1996 年起，这里的面貌开始发生真正意义上的转变。全县人民硬是靠自己的努力，只用三年多时间就创造了一个奇迹，一跃成为苏北交通道路最好的县。

如今，沭阳的苗木、花卉和盆景已远销全国 20 多个省市自治区。沭阳还是全省农民上网人数最多的县，老百姓坐在家里敲敲键盘就能做成生意。

（采访 沭阳县新河镇花农 吕兆才）

“就一个晚上或者中午，信息朝上一打，这个业务就来了。通过电话源源不断的财源就来了，我想通过这个信息，这个信息不得了。确实我们得到了实惠，今年我们通过网上销售几百万块钱。”

宿迁不过是苏北加快发展的一个缩影。

今天的苏北，展现在人们面前的已不再是农业。一批批工业企业的迅速崛起，开始成为苏北加快发展的引擎。

徐州市把加快工业化进程作为增强地区内生发展动力的第一选择，争做苏北工业化的领头羊。

年产值过百亿的徐工集团，既是中国工程机械行业的领军者，也是徐州工业化的耀眼亮点。从 1989 年组建到 2003 年的 14 年中，企业的销售收入增长了 40 多倍。产品不仅覆盖全国，而且远销欧美。

盐城市是农业大市，但盐城人从不甘于“农业大市”的地位。在建设小康的道路上，盐城人大力发展汽车、机械、纺织等支柱型产业。

2002 年 3 月 29 日，东风、悦达、起亚三方在盐城开始了中国入世后的第一例涉及外资的汽车重组计划，合作生产“千里马”轿车。

它象征着苏北在发展，苏北在追赶，苏北在跨越，苏北人民在用自己的双手绘写着全面小康的美好蓝图。

帮扶苏北，但也决不能忽略苏中。

因为这里是连接和沟通苏南、苏北两大区域的重要过渡带，是接受苏南辐射、壮大自己和梯度转移、带动苏北的重要传导区。

没有苏中的快速崛起，就没有江苏长江两岸的共同繁荣；没有苏中的快速崛起，就没有江苏区域共同发展战略的顺利实施；没有苏中的快速崛起，就没有江苏经济的全面腾飞。

2001 年，在对全省进行新一轮审视之后，江苏省委又提出了对苏南“锦上添花”，对苏北“雪中送炭”，对苏中“釜底加薪”，这一不同区域分类指导的新思路。

于是，江阴大桥、润扬大桥凌空飞架，几千年隔江相望的江南江北，如今可以转眼即至。具有壮阔之美的长江，又平添了畅达之便。

于是，苏通大桥迅速动工了。南通因长江天堑而“难通”的现实成了历史，南通人“跨江达海”的梦想成为现实。

有了大桥之便，无锡市的江阴与泰州的靖江开始了跨江联动开发的壮举。

按照优势互补、互惠互利、整体发展的原则，江阴北上，在一江之隔的靖江市建立江阴经济开发区靖江园区，园区总规划面积 60 平方公里。

七年后，长江北岸的靖江园区将是再造的一个新靖江。

有人形容这种跨行政区域的开发，是文件里没有，惯例上没有，书本上没有。

江苏人又一次在没有路的地方探索着新路。

以江阴与靖江跨江携手为突破口，长江联动发展势不可当。

南通与苏州达成协议，建立两市沿江开发协商会议、联手整治长江岸线。南京与扬州、镇江与扬州之间也纷纷呼应，“隔江对话”渐成潮流。

2003 年，苏北五市人均生产总值达到 8500 元，比计划提前两年跨上人均 1000 美元的新台阶……

2004 年 2 月，江苏省十一届人大二次会议通过的政府工作报告中提出：“要进一步加大对苏北的帮扶力度。加快产业、财政、科技、劳动力四项转移，继续推进南北挂钩协作……”

在有力政策的扶持下，在市场之手的牵引下，苏北的发展必将会进一步提速，苏中的崛起也必将会进一步加快。

在江苏建设全面小康的历史进程中，苏南、苏中和苏北携手并进，正朝着新的目标跨越。

第六章　富民优先

在江苏镇江市，有一位七十二岁的叶滋茎老先生。他拿出五十五年来几十本家庭收支明细账册，给我们摄制组清晰地“回放”了一个普通城市家庭的小康之路。

1966 年，夫妇俩加 3 个儿女，是五口之家，叶家家庭账册显示：这年，全家收入为 1509 元 8 角 9 分，透支 76 元 8 角 7 分。

1981 年，叶家开始“翻身”，当年用全家收入不仅还清了债务，还存款 130 元 4 角 7 分，从此年年有余。

1989 年，叶家日子越过越红火。老大老二此时均已成家，五口之家变成了幸福的“三人行”。1990 年，叶家家庭存款首次突破万元大关，达到 10 309 元 5 角 6 分。

1994 年，最小的孩子成家了，叶滋茎老两口成了快乐的“二人世界”。这年，全家存款超过7万元。2000年老两口积蓄突破10万元大关。

（采访 镇江市退休职工 叶滋茎）

“1991年，当时我的工资只有二百多块。我现在的工资已经达到二千五百多块,增加十倍。十几年,幅度增加了很多。”

让人民过上富裕的日子，是邓小平的一大心愿。在改革开放之初，他就鼓励人们勤劳致富。1992年在南方的深圳，他祝愿全国人民都发财。晚年他说自己的心愿是做一个富裕国家的公民。

党的十六大报告中提出：“放手让一切劳动、知识、技术、管理和资本的活力竞相迸发，让一切创造社会财富的源泉充分涌流，以造福人民。”

二十多年的改革开放，把中国带进了一个前所未有的鼓励创造财富的时代。

富民,已经成为当代中国最大的民声,最强烈的民愿,最广泛的民意。

进入21世纪，江苏的经济建设和社会发展进入了一个新阶段：人均GDP已突破2000美元；在苏南，人均GDP达到4300美元;经济相对薄弱的苏北,人均GDP也迈上1000美元的台阶。

与此相应,许多农民的生活,也得到了极大改善。

在南京高淳县美丽的石臼湖畔，有一个最偏僻的村庄——武家嘴村。从20世纪80年代开始,村民们在绵延数千公里的长江江面上,探索出一条依靠造船和水运迅速发家致富的路子。

别墅、汽车、电脑,这些以前只有城里人拥有的东西,成为大多数武家嘴人现实中的财富。像这样一幢别墅,连装修至少 80 万。现在,村里多数人家都住上了这样的房子。

常州市武进区的五一村,是被誉为"江南一枝花"的中国现代化新农村。这里的农民追求着丰富多彩的精神生活。

(采访 常州市武进区五一村村民)

村民许小红:"我们这边农村生活水平逐步提高了,大家的生活富裕了,很多家长都迫切地想提高自己子女的综合素质。因此,在我们村上,已经有好几户人家的子女开始学钢琴了。"

村民董荷花:"原来我们都想只要能够有电灯电话就可以了,现在不只是这样了,我们都住上了小洋房,家家都有小汽车,电脑都上网了。现在的日子过得越来越好了。"

江苏人的生活一天天富裕起来。他们在享受着幸福的日子,他们在"品味"着小康的"滋味"。

富裕了,江苏城镇居民把投资的目光投向了住房。于是,人均居住房的面积不断扩大。

在都市,在乡村,一幢幢设计新颖的住宅楼拔地而起,一个个风格别具的新社区亮人眼目。二十多年来,江苏乡村经历了从草房到瓦房,再到楼房的变迁;城镇实现了从福利房到商品房的转换。2003 年底,江苏城镇居民人均住房建筑面积达到 26.86 平方米，农村人均面积35.46平方米。

富裕了，江苏人把新的消费目标锁定在汽车上。于是，一辆辆私家车迅速开进了千家万户。仅2003年，私家车就由39.5万辆增加到58万多辆。

富裕了，越来越多的江苏人，在节假日，走出了家门，走向全国，走向世界。他们到乡间休闲，他们游览大好河山，他们尽情地领略别样的异域风光。2003年，江苏国内旅游收入830亿元人民币，比上年增长22.8%。

发展总有先后，富裕难有平均。

江苏的决策者们注意到了一个不容忽视的省情：江苏的GDP已连续十多年保持了两位数的增长。但是，许多群众的收入增长幅度却不高。

由此，一个共识形成了，这就是：仅仅看GDP的增长是不够的，它只代表社会经济发展这份综合答卷中的一项单科成绩。

必须在以人为本的前提下追求发展。

只有为了人民，追求财富才有意义。

想方设法增加群众收入，已经成为全面建设小康社会必须破解的一道难题。

在2003年7月召开的江苏省委十届五次全会上，与会者贯彻党的十六大精神，以寻求突破。

江苏省委提出："江苏实现全面小康必须以人为本，富民优先。必须坚持以富民为第一责任。”

富民优先,成了江苏的响亮口号。

这个口号,是对以民为本、执政为民理念的准确定位,是对社会民意的深刻理解。

怎样才能做到这点呢?

江苏的思路是:既鼓励因地制宜利用本地资源增收,又引导人们开拓国内外市场增收;既依靠新的政策激励增收,又鼓励和引导群众创业增收;既通过统筹实现城乡就业,提高城乡居民的工资性收入,又调节国民收入分配机制,全面推进制度创新,增加城乡居民收入。

从此江苏的富民视野更为开阔,手段也更为多样,路径也更为宽广。

丝绸溢彩,日出万匹,流淌对未来的无尽希望。

商场熙攘,人流如织,绘就都市的繁华景象。

奔涌的民营经济,潮起乡村田垄,潮起城市街坊,潮起千家万户。

它挟带着创业者的激情和智慧,势不可当地汇入市场经济的大海。

民营经济,适应了我国现阶段的生产力水平,来源于人民群众的实践,它凝聚着不同人群走向富裕的梦想,深深地根植于社会民众之中。

1997 年，党的十五大报告明确提出：“公有制为主体，多种所有制经济共同发展，是我国社会主义初级阶段的一项基本经济制度。”与此相应，非公有制经济也是“社会主义市场经济的重要组成部分”。

1998 年，江苏在全国率先制定了发展个体、私营经济的条例。

2000 年，江苏省委又提出了对民营经济放心、放胆、放手、放开、放宽和放活的“六放”政策。

省委、省政府的鼓励、支持和引导，为江苏民营的快速发展提供了强有力的政策平台和法律保护，同时也营造出更加宽松的社会舆论氛围和创业氛围。

闻名遐迩的吴江市盛泽东方市场，起步于20世纪80年代末。如今这里店铺林立，人气升腾。来自全国 18 个省市的 4000 多家丝绸纺织商行汇集于此。

2002 年，盛泽镇 40 多家民营纺织企业联手开出的一张巨额采购“订单”吸引了江苏乃至世界的目光。

它们向日本丰田自动织机株式会社采购 3500 台最先进的喷气织机，成交总额达 7 亿元人民币。

现在，吴江市的民营企业，已经成为地方财政新的增长点和农民增收的主要来源。

在苏中泰州农业大县的兴化市，戴南镇和张郭镇的民营经济也闪耀着自己的亮色。

戴南享有“不锈钢之都”的美誉。从天安门前国旗杆的钢丝芯，到民航班机上的不锈钢餐车，从自行车的曲轴，到汽车轮胎的钢帘线，都是戴南人的创业成果。

实现富民优先，广大党员干部义不容辞，他们用实际行动履行人民交给的历史使命。

南京六合山区的大泉村支部书记李元龙，经过五年奋斗，和乡亲们一起，把大泉村带上了致富路。他在日记中写道：要立足高起点，多办实事好事，群众满意的事；要克服小富即安的思想，让大家早日富起来。

为了实现这一愿望，他放着镇工业公司经理的职务不做，回到偏僻贫穷的村里当了一名村官，经过五年努力，他带着大泉村乡亲把人均收入从2200元提升到4200元。

为了使村民尽快致富，他忘我工作，最后倒在了村官的岗位上。

山路蜿蜒，泪雨纷飞。1000多名乡亲自发赶来，为他们致富的领头人送行。

富民的关键，在于解决城乡低收入人群的困难，减少他们的负担。

富民优先，同样是重点在农村，难点在农业，焦点在农民。

为此，江苏加大统筹国民收入分配，以此来缩小城乡差距。全省农业税率已由7%降到4%，南京、苏州、无锡、常州和宿迁五市已全额免征了农业税。仅此一项,农民减轻负担 17.4 亿元。

在 2003 年江苏省“两会”上，代表审议通过的政府工作报告宣布了一项令人鼓舞的计划：用三年时间，投入 200 亿元，全面实施惠及农村千家万户的五件实事：即建立以大病统筹为主的新型农村合作医疗制度；实施新一轮农村改水工程；基本完成农村草危房改造任务；大力推进农村公路建设；调整和完善农村税费改革政策。

这一计划,赢得了代表们的热烈掌声。

充分利用本地资源,发展产业化,是致富农民、富裕农村最现实的选择。

在启东市和合镇裕丰村,一年长三季日本菠菜,当天收,第二天就上了日本的超市货架。宝应的莲藕经济，东台的瓜果经济，洪泽的螃蟹产业,盱眙的龙虾产业 ……

在江苏，几乎每个市县都有叫得响的特色产业。这一个个富民产业的崛起,促进了一方经济的发展,带动了一方百姓的致富。

江苏人多地少，劳务输出是当前提高农民工资性收入、致富农民的有效途径。

洪泽职教中心主任侯正宇带领一批又一批由农村青年组成的劳务大军开赴上海。他所经营的劳务中介，目前已与上海 130 家外企建立了合作关系。浦东新区每四名外企员工中，就有一名是由他培训的。侯正宇由此被称为“农民劳动局长”。

“年输一万人，万人挣万元，万户奔小康！”

在淮安，劳务中介机构已发展到 200 多家。

到 2003 年底，江苏全省 2600 多万农村劳动力已经有 1380 万转移到二、三产业。今后八年，江苏还将转移劳务输出 500 万人。省里专门成立了农村劳务输出工作协调小组，要求各地特别是苏北要像抓招商引资、就业再就业工作那样重视劳务输出，并组织苏南、苏北有关市县签订目标责任状，推动苏北劳动力向苏南有序转移。

在城镇，要做到富民优先，必须拓展百姓的增收渠道。

昆山市提出了“人人有工作，个个有技能，家家有物业”的富民目标。2002 年 2 月，昆山市在陆家镇车塘村成立了第一家富民合作社，经营项目主要是建造标准厂房、打工楼、店面房和农贸市场。因为投资回报率较高，许多农民纷纷要求投资入股。像这样的富民合作社已发展到十多家，成为农民投资性收入的一个新增长点。

苏州，早在二十年前就被邓小平预言是“四个现代化希望很大”的地方。

今天，在富民优先的道路上，他们又推出了一系列创新之举。

2004 年，苏州市政府出台了《关于建立健全农村基本保障体系的意见》，着力建立城乡统一的就业制度，使农民和城市居民享受相同的待遇；完善农村社会保险体系，将从事农业生产为主的本市户籍的农村劳动力纳入农村基本养老保险,惠及了千家万户。

(采访 常熟虞山镇蜂蚁村村民 陈俊元)

六十八岁的陈俊元是常熟一名普通农民,他真真切切地感受到这项政策的好处。

“我们老夫妻俩,(政府补贴)1600元一年。到我们七十岁,(每人)每年可以拿1000元。这样的话,从生活方面来看,也有了保障,不用再向子女要钞票。只有在我们共产党领导之下,才能够做到。”

从陈俊元的开心笑脸中,我们看到邓小平当年的预言在这里已成为现实。

这是一方富饶的土地。

这是一泓滋润的江水。

这是一片明朗的蓝天。

那茶楼剧场里传出的丝竹管弦,那街头巷尾变幻不定的时尚色彩,那广场草坪上优雅动人的健身舞步,让人们忘却时光的流逝,舒展开幸福的笑脸。

字幕:全省城乡居民人均收入比2.18:1

2003年,城镇居民人均可支配收入9262元

农民人均纯收入4239元

今天的江苏，虽然离达到共同富裕还有不短的征程，但经过让一切创造财富的源泉充分涌流的实践和探索，“先富带后富”，已经变成了实实在在的行动。

“富民”的欢歌，已经唱响。全面小康社会的身影，已经在不远的地方向人们招手致意。

第七章　碧水青山

踏上江苏的土地，给人印象最深的，是那无处不在的水和满眼郁郁葱葱的绿。

“江南好，风景旧曾谙。日出江花红胜火，春来江水绿如蓝。能不忆江南?”这是鲜活在诗人笔下的江南春色。

生活在这里的每一个江苏人，都深爱着这片养育他们的山水,尤为珍惜这一片绿色。

1974 年 6 月，在“文化大革命”后期刚刚复出工作不久的邓小平，收到了一封“反映南京中山植物园被挪作他用，损毁严重”的人民来信。看到这封发自江苏的来信，邓小平以果断的语气写下批示:“如来信属实,应坚决归还。”

老一辈人常说：有好水土才有好日子。

无论是革命还是建设，中国共产党人都为的是让人民过上好日子。邓小平一向提醒人们要关爱我们的生存环境，保护自然留给我们的财富。或许，具备了这种认识和境界的人，才真正懂得什么样的日子是好日子，什么样的经济发展，才是造福于人民的发展。

为此，在改革开放中，中央提出了可持续发展战略。而环境保护工作,则是实现经济和社会可持续发展的基础。

江苏跨江滨海，水网密布。境内的扬子江横贯东西，大运河穿行南北,还有太湖、洪泽湖等将近 300 个大小湖泊,像蓝色的星星一样洒落在江苏的大地上。

千百年来,有了水的滋润,才有了江苏鱼盐舟楫的便利；有了水的哺育，才有了江苏农耕蚕桑的发达；同样，有了水的承载，才有了江苏经济文化的繁荣。

素有“太湖明珠”美誉的无锡，一直把碧波万顷的太湖视为城市的骄傲。无锡人还把动人的《太湖美》选定为自己的城市之歌。

然而，这方水土曾经在时光中被掠夺得太多，得到的爱抚太少了。

20 世纪七八十年代，连年的工业污水直接排入河道，洗涤剂的大量使用使生活废水剧增；落后的灌溉和过度使用化肥农药,导致严重过量的有害污水排放,大大超过了太湖的承载能力。

现实的教训让无锡人警醒起来：失去了良好的水环境，不仅失去了重要的环境资源，更失去了可持续发展的基础。

无锡市从此开始了全面参与的浩大的治水治污工程。生态清淤、污水截留、动力换水、一项又一项治污工程在太湖有条不紊地展开。

今天的五里湖，初步换回了无锡太湖应有的美丽。

和苏南一样，在经济发展相对滞后的苏北，也是在付出环境污染的沉重代价后，开始把水资源的保护提到了特殊的位置。

1996 年 4 月上旬，淮河流域的盱眙河段，发生了一起震惊全国的污染事件。

（采访 盱眙退休教师 马培文）

"这个淮河的水啊，变得又绿又臭。鱼啊，都死掉一层，鸭子、鹅这些家禽都死了很多，漂在水面上。盱眙城里面十几万居民没有饮用水。"

随后，一场沿河四省联合整治淮河污染的战役全面打响。

1997 年 12 月 31 日的午夜，江苏对辖区内淮河流域的污染企业，同时采取了号称"零点行动"的大检查。

在"零点行动"以前，仅徐州就有 150 多家造纸企业，而现在只留下 16 家造纸企业。在江苏，对淮河的污染排放点和污染排放总量开始明显削减。

不懂得善待环境资源的人，在创造文明的过程中，事实上也埋下了毁灭文明的祸根；在创造繁荣的同时，也在创造荒漠；在攫取财富的同时，也在为后人引来了贫困。

这就是经济发展与环境资源的辩证法。

“既要金山银山，更要绿水青山。”力求经济发展与生态保护的双赢，已成为江苏建设全面小康社会的不懈追求。

2001 年 12 月，江苏省人大常委会出台的《关于加强环境综合治理推进生态省建设的决定》，确定了全省环境治理的目标。

扬州，南临长江，北依淮河，大运河穿城而过，是一座拥有 2400 年历史的名城。

2000 年夏天。在瘦西湖旁的扬州国宾馆，市领导与来自莱茵河畔的德国客人签订了合作“生态市建设”的协议。全新的计划摒弃过去“先发展，后环保”的老路，引进了国际上最新的环保理念，使一批具有“循环经济观念”的新企业和新项目脱颖而出。

“城在园中，园在城中。”扬州还投入巨资对古运河和瘦西湖实施活水工程，为城市增添了一道流动的风景。而大面积、多风格的绿化和美化，则疏通了古城的“绿脉”，形成了绵延不断的生态流。

“七溪流水皆通海，十里青山半入城”的常熟，是一座曾经孕育了吴文化精华的历史名城。常熟是江苏苏州“四小龙”之一，在发展中，市里主动确立“亲近自然”理念，着力营造最佳人居环境。虞山脚下退耕还湖建设而成的尚湖风景区，就是其中浓墨重彩的一笔。

（采访 常熟尚湖风景区 陆健）

“目前为止，尚湖风景区的绿化覆盖率达96%，在这里栖息的鸟类据统计有63种，近万只。许多鸟类因为留恋尚湖的山山水水和优美风光，已经在尚湖栖息，从原来的候鸟变成了留鸟。”

如今的常熟，融山、水、城为一体，古城、新区、港口交相辉映。在全国县域经济的排名中，常熟竞争力排名第二，是全国第一个荣获国家园林城市的县级市。2003年，常熟被国家授予了“中国人居环境范例奖”。

如何使经济开发与生态保护同步进行，一直是各地发展中面临的一道难题。在迎接新一轮沿江开发开放的大潮中，江苏就面临着这样的挑战。

对此，江苏省政府在2003年8月出台的《江苏省沿江开发总体规划》提出了一个新思路，这就是“沿江开发要在全国率先走出一条科技含量高、经济效益好、资源消耗低、环境污染少、人力资源优势得到充分发挥的新型工业化道路。”

在这个目标定位下，长江两岸将建成可持续发展的示范区；积极推进清洁生产，大力发展循环经济，促进资源永续利用；创造绿色生产和适宜人居的环境，形成生态平衡、环境优美的沿江风貌。

为了实现这个目标，沿江各市行动起来，改过去的“招商引资”为“招商选资”，将一切有污染的项目拒之门外。环保优先的“绿色行政”已经列入了各级政府的议事日程。泰州市先后否决了制革、造纸、化工等生产工艺落后、污染较重的建设项目 120 多项。

与此同时，一些影响环保的沿江企业，也推行了清洁生产的循环经济模式，以实现资源的合理分配和永续利用。

坐落在长江南岸的镇江“金东纸业”造纸厂，是目前亚洲最大的造纸企业。在人们眼里，造纸业都是污染大户，可是当您走进金东的厂区，见到的却是另一番景象：先进的设备使造纸用水循环达95%以上。出色的水处理使他们获得了“国家环境友好企业”光荣称号，全国获此殊荣的企业只有四家。

1979 年 3 月 12 日，邓小平和其他中央领导人在北京参加了植树活动。也就是从这一年开始，新中国有了植树节。每年的这一天，邓小平都要种下一棵树，种下未来中国的绿色希望。

1983 年，邓小平视察苏州的时候，苏州的园林和城市绿化引起了他的浓厚兴趣。

(采访 南京军区原司令员 向守志上将)

“小平同志下车，兴致勃勃地穿幽径，过曲桥，参观了拙政园。他提出来，要高度重视绿化，要制定规划，动员广大群众多植树，扩大绿化面积。同时提出来，苏州要首先达到小康社会，人均达到 800 美元。”

或许，在邓小平心目中，小康社会的建设本来就是和绿树青山联系在一起的。

水是流动的诗,树是永恒的画。诗画相间才是最美丽的家园。

美丽的家园,绿色的家园,要有绿的水,青的山。

南京,绿色的古城。南京人民几十年精心培育的绿色环境,感染着每一位来这里的客人。南京,有一片片迷人的森林绿地;南京,有一代代执着的种树人。

李立云,一位南京郊区汤泉镇的农村会计。二十多年前的一天,他徒步六七十里路,背回了一大捆雪松枝条,开始了自己种植苗木的事业。二十载的耕耘,这些小小的树苗,绿了周围的山坡,富裕了身边的乡亲。

在经济后发展的苏北地区,各级政府利用当地的优势,大力开发绿色产业。

(采访 南京林业大学原校长 中国工程院院士 王明)

“从世界各国的经验来看,就是要对苏北土地进行复合的经营。在80年代开始,我们通过国家的改革开放,获得了意杨这个良种资源。学校里认真地组织这个实验,通过学校的小试,通过在每个地区设立示范点做区域实验,逐步发展到大面积推广利用,这样,林业产业来促进资源的发展,资源发展了以后,会促进对木材的开发利用。相互促进的过程中,杨树产业形成了现在这样一个规模的支柱产业。”

江苏的杨树总面积已经达到了150万亩,总蓄积量达1000万立方米。近三年,江苏成片造林面积达471万亩,是过去二十年造林面积的总和。绿色产业的发展，不仅改变了自然生态环境，同时也增加了农民的收入。对此，大力种植银杏树的苏北农民最有体会。

（采访 邳州市港上镇农民 冯之臣）

“银杏产业还是非常可以的，因为它样样卖钱，苗子卖钱、果子卖钱、叶子卖钱。所以，老百姓这几年种银杏还是可以的。今年银杏叶又开始涨价了，现在鲜叶子卖到 8 角钱一斤，还有再涨的趋势。老百姓都非常高兴，乐意搞这个产业。”

1983 年，在黄海之滨射阳县的滩涂上，江苏人建立起全国最早的国家珍禽自然保护区。360 多万亩天然植被，成了鸟类的天堂。每年都接纳着大批来这里越冬的国家一级保护动物丹顶鹤和多种候鸟。

1986 年 8 月，大丰县麋鹿自然保护区迎来了第一批 39 头麋鹿。

十多年的时间，保护区的占地面积达到了 3000 多公顷，放养的麋鹿种群规模已达 600 多头，这在世界上都是罕见的。

2004 年《江苏生态省建设规划纲要》正式出台，标志着江苏人民环保意识的理念跃升到一个新的层面。热爱我们生存的环境，就是热爱我们的家园，最终是热爱我们自己。没有资源和生态的环境保护，就没有可持续发展；没有可持续发展，就没有真正的全面小康社会。这已经成为江苏人民的共识。

到目前为止，江苏已创建国家环保模范城市 15 个，占全国总数的三分之一。创建国家级生态示范区 26 个，占全国总数的四分之一。

当然，江苏省目标的环境承载能力依然很脆弱，整体治污的压力还很繁重，建设生态省的路还很漫长。但经过多年的探索实践，人们越来越明确了一个道理：走可持续发展的路子，就必须以高度的科学认知和道德责任感，理性地规范自己的行为，创造一个和谐的世界。

人们用美丽的歌声呼唤着一种美丽的精神。

1986 年春天，一位名叫徐秀娟的女大学生，从黑龙江扎龙保护区来到江苏盐城射阳珍禽自然保护区。她与鹤为伴，悉心驯鹤。白天，她把怕冷怕脏的丹顶鹤抱在怀里，晚上带着它们在一个被窝里睡觉。人民亲切地称她为“鹤娘”。一年后，她为寻找一只飞失的小鹤，滑进了沼泽地就再也没有上来。年仅二十三岁的徐秀娟，成为我国环境保护领域的第一位烈士。

徐秀娟走了，她所演绎的人与自然和谐相处的故事，还有她的美丽精神，将随着这样的歌声永远在天地间飘荡。

第八章　协调并进

凡是亲眼见到过苏州手工刺绣的人，都会被它“双面绣”的高超技艺所折服。

由于蜚声中外的苏绣是苏州城市的象征，于是，有人就形象地说：苏州的发展也如同“双面绣”，一面是科技，一面是人文；一面是传统文化，一面是现代经济。双面绣，绣出了苏州人的纤细与聪慧，也绣出了江苏人在精神文明世界的追求。

事实上，全面小康的建设，乃至建设整个中国的现代化，又何尝不应该是一种完美的“双面绣”的景象呢？

如何处理物质文明建设和精神文明建设的关系，从改革开放一开始，就成为总设计师邓小平密切关注的课题。

（邓小平讲话同期声）

“我们为社会主义奋斗，社会主义精神文明建设很早就提出了。不加强精神文明的建设，物质文明的建设也要受破坏，走弯路。”

面对客观现实，邓小平经过认真缜密的思考，开启了一个具有时代意义的命题。

从此，“两个文明”协调发展的目标，被写进了党和政府的大政方针。

从此，“两手抓，两手都要硬”的举措，上升为一个民族持久的追求。

正是在奋力创造物质文明的过程中，江苏人也创造了富有特色的精神文明。

距离苏州 50 多公里的张家港，是长江南岸一座新兴的港口工业城市。从改革开放之初，张家港人就一直努力探索一条经济与社会协调发展的道路。

1995 年 5 月 13 日，江泽民来到张家港视察。看到张家港两个文明建设取得的成就，十分高兴。他欣然题写了十六字精神——“团结拼搏，负重奋进，自加压力，敢于争先”。

从此，“张家港精神”就成了江苏全面建设小康社会的一笔精神财富，成为江苏加快发展的一种精神激励。

同年 10 月，全国“精神文明”建设经验交流会在张家港召开。

（采访 江苏省人大常委会原副主任 王霞林）

“张家港精神，它不是凭空产生的，它是改革开放奔小康，奔向现代化建设中的一个产物。所以，正是以这种精神推动了人们，催人奋进。出现了张家港的速度、张家港的效益、张家港的奇迹、张家港的形象。”

物质贫穷不是社会主义，精神贫穷也不是社会主义。在经济快速增长的同时，社会需要协调发展；在社会主义市场经济的大潮中，同样呼唤着高尚的人格精神。高尚的精神，并不总是体现为轰轰烈烈，它常常像“随风潜入夜，润物细无声”的春雨，滋养着人们的心田，化作实实在在的行动。

徐州市下水道四班，是20世纪90年代涌现出来的光荣集体。十几年来，“宁肯一人脏，换来万人净，辛苦我一人，幸福千万家”的奉献精神化作了全体职工的自觉行动。

在南通市，有一位共产党员，多次匿名向一些贫困学生和苦难群众捐款。他使用的化名是“莫文隋”，意思是“不要问我是谁”。尽管人们不知道他的真实姓名，但此事公开后，不少人向他学习，形成了一个叫“莫文隋”的向困难群众捐款的群体。

群众性的精神文明创建活动，使人们在拥有美好生活家园的同时，也拥有了美好的精神家园。于是，精神文明，不再高远；先进文化，也不再陌生，它就在你我的身边，就在你我的日常生活和工作的每一个细节之中。

物质文明和精神文明互动并进，协调发展，一直是江苏人民的不懈追求。因为他们明白，如果缺失了精神世界，缺失了文化的滋养，只有财富，哪怕你占有的空间再大，你的生活也不会明亮起来。

1949 年 4 月 38 日，南京解放后的第六天。邓小平和陈毅乘车抵达硝烟刚刚散尽的古城。

走进国民政府的“总统府”大院，一路兴奋的邓小平顿时沉下了脸，他看到院子里古树和长廊柱子上拴着一些战马，禁不住发火了。

（采访 南京军区原司令员 向守志上将）

“当时，邓小平政委发现以后啊，就命令部队尽快撤出。要保护好这个总统府。因为南京的历史文物很多，比如说中山陵、明孝陵，这些都是历史遗留下来的宝贵财富，要把它保护好。”

江苏，曾孕育了优秀传统文明。

晴朗的天空，回荡着绵延千年的悠悠吴韵、浩浩汉风。

中国古代的四大名著，有三部诞生在江淮大地上。

顾恺之、王羲之、唐寅、吴承恩、施耐庵、曹雪芹 ……

一代代文人墨客，曾为这里的山山水水，挥洒着神来之笔。

这是江苏永远的财富。

昆曲、吴歌、云锦、紫砂、苏绣、园林 ……

一朵朵中华文化的奇葩瑰宝，从这里破土而出，名扬天下。

这是江苏永远的骄傲。

梅兰芳、徐悲鸿、林散之、傅抱石、刘海粟……

从江苏走出了新中国一位位艺术大师和文化巨匠。

这里是江苏昆剧院的排练场。中国的昆曲老师，正在细心地辅导着一位前来求学的日本姑娘。

起源于14世纪江苏昆山的昆曲，是唯一列入联合国《人类口述和非物质遗产名录》的中国戏曲珍品。这一植根于江南水乡的古老艺术，在人类文化多样性发展中，有着特殊的价值。江苏采取了多项措施保护和继承这一人类文化瑰宝。

昆曲不仅陶醉了江苏的百姓，它也正在为越来越多的中外戏曲爱好者所传扬。

2003年5月，在法国巴黎的世界遗产大会上，南京“明孝陵遗址”正式入选《世界文化遗产名录》。

2004年6月28日，第二十八届世界遗产大会在拥有九处世界文化遗产的古城苏州开幕。

苏州坚守传统与加快发展并行不悖，为中国，也为世界发展中国家提供了又一个成功的范例。

江苏人民不仅传承着历史文化，更是执着地继承和发扬着近代以来中国革命的优良传统。

江淮大地，是一片热土，是一片凝聚人间美好理想和崇高精神的热土。无数先烈为了民族的振兴，为了中国人民的好日子，在这里成长，在这里奋斗，在这里牺牲。

苏北的淮安，是走出伟人周恩来的地方。

苏南的常州，走出了三位中国共产党的早期领袖人物：瞿秋白、张太雷、恽代英，他们在风华正茂的时节为中国革命献出了生命，人们称他们为“常州三杰”。

而坐落在盐城的新四军军部旧址，依旧鲜活地诉说着轰轰烈烈的抗日故事。

还有南京的中山陵，伟大的革命先行者孙中山，依旧以他深情的目光关注着他期望振兴的中华是如何实现他的愿望的。

著名的雨花台，像它的名字一样美丽。著名的雨花石，也像它的光泽一样，仿佛散发着在这里牺牲的无数革命烈士的动人光彩。

这些地方，都是江苏省有名的爱国主义教育基地。

2004 年 6 月 30 日，为纪念中国共产党成立 83 周年，江苏省委主要负责人带领省级机关 1000 多名新老党员来到南京雨花台烈士陵园，举行学习革命先烈、重温入党誓词活动。在烈士纪念碑前，他们许下永葆共产党员先进性，坚持立党为公、执政为民的庄严承诺。

用丰富多彩、健康向上的文化来满足人民的精神需求，是全面建设小康社会的应有之义，在推进小康社会的建设进程中，江苏人民付出别样的努力，创造和传播着我们时代所需要的先进文化。

1996 年 10 月,江苏省委明确提出了建设“文化大省”的目标。

2001 年 5 月,江苏省委、省政府再次出台了文化大省建设“规划纲要”和一系列政策,加速建设“文化江苏”。

新的发展理念,新的文化经济政策,激活了全省文化事业发展的内动力,江苏文化产业跃上了新的平台。新闻、出版、广播、电视、文艺各个文化领域,异彩纷呈,成为创造和传播先进文化的主渠道。

文化与教育,是小康社会建设中互动的双翼。教育的普及和提高,是文化繁荣与发展的源泉与动力。

人民群众受教育是小康社会的重要指标,也是衡量一个地区人口素质的重要标志。

字幕:江苏 2003 年,小学入学率达 99.8%;高中普及率达 83%;高考升学率达 73.8%。

字幕:“十五”以来,江苏各类职业学校培养毕业生 100 多万人,培训城乡劳动者 400 万人次,职业学校毕业生就业率保持在 90% 左右。

在江苏,形成了以中等职业教育为主体、高等职业教育相衔接、与普通教育相沟通的职业教育体系框架,为推进全面小康社会建设提供了重要的人才支撑。

1994年8月,为贯彻落实中央提出的“科教兴国”战略,江苏省委、省政府提出了“科教兴省”战略,将“科教先导”与“教育优先”紧密结合,加快了建设教育大省的步伐。

目前,江苏省的高校数量、年招生数和在校生数已连续多年位居全国第一。江苏已率先跨入了高等教育大众化的行列。

半个多世纪以来,从江苏的著名大学里,已先后走出了230多位中科院、工程院院士和20多位共和国的功勋科学家。

遍及海内外的江苏高校校友当中,有六位诺贝尔奖获得者。

字幕:江苏现有中科院院士40人,工程院院士43人。

江苏是教育大省,也是科技大省、人才大省。全省的两院院士人数居全国第三。他们既是“学科带头人”和各级政府决策“科学化、民主化”的参与者,同时也是将科技成果转化为生产力的主要推动者。

字幕:江苏“九五”以来共有200项成果获国家级重大科技成果奖,1500多项成果获升级科技进步奖。

2002年10月,党的十六大提出,发展社会主义民主政治,建设社会主义政治文明,是全面建设小康社会的重要目标。政治文明是物质文明和精神文明的保证。

民主与法制建设是文明建设重要内容之一。

江苏要率先在全国建成小康社会，率先基本实现现代化，不仅要求经济发达、人民富庶、文化繁荣，而且要求政治民主、法制健全、社会和谐。

2002 年 2 月 19 日，春节后的第一个工作日。南京市“万人评议机关”活动结果揭晓。由此，南京市确立了建设服务型政府的新目标。

2004 年 7 月 1 日，“中国江苏”政府门户网站正式开通运行。

这个由全省县级以上政府和省政府各部门网站构成的网络，为推进政务公开、转变政府职能，开创了一个新的窗口。网站上开设的“省长信箱”“市长信箱”成了人民与政府紧密联系的纽带。

2004 年 7 月 15 日，令人瞩目的《法治江苏建设纲要》正式颁布出台。这标志着江苏“依法治省”进程进入全面实施的新阶段。

提出建设法治省份的宏伟目标，是 7400 万江苏人民梦寐以求的政治理想和迫切的现实愿望，是依法治国方略在江苏的探索性实践。

昨天不是今天，今天也会变成昨天。

旧的不是新的，新的也会变成旧的。

因为生活需要创新，创新就是生活，何况是文明呢？

飞速发展的物质文明富裕了人们，激发了人们崇尚更和谐、更有内在意蕴的生活方式，渴望享受越来越多的文化阳光。物质文明、精神文明协调并进，成为全面建设小康社会需要不断探索的时代课题。

第九章　走在前面

1983年的春天，邓小平踏上江苏大地，他带着期待而来。

1992年的春天，邓小平又一次踏上江苏大地，他带着嘱托而来。

“江苏应该比全国平均速度快。”这个嘱托，传达出邓小平同志对江苏人民的信任，更让人感受到一位八十八岁老人的急迫心情。

老人的期待和急迫，化作了他浓浓的人生愿望。1989年9月，他对中央领导同志说了这样一句话：“到本世纪末翻两番有没有可能？我希望我活到那个时候，看到翻两番实现。”

遗憾的岁月，没有满足老人的这个愿望。

飞奔的时代，却实现了老人的战略设想。

加速奋进的江苏人民，牢记邓小平的殷切嘱咐和期待，在沸腾的江苏大地，把他胸中的蓝图变成了一幕幕现实。

2000 年底，江苏宣告总体上达到了以县为单位全面实现小康的目标。

全省国内生产总值 1992 年提前八年实现翻两番，1997 年实现翻三番。

GDP 总量从 1998 到 2001 年的四年间，相继迈上 7000 亿元、8000 亿元、9000 亿元三个“千亿元”大台阶，2002 年又实现了万亿元大关的历史性突破，达 10 636 亿元。

自邓小平最后一次踏上江苏土地后的十一年间，江苏的 GDP 一直保持着两位数的增长。

2003 年全省生产总值达 12 000 多亿元，占全国的 10.7%，实现财政总收入近 2000 亿元。江苏的进口总额 1100 多亿美元，成为继广东之后全国第二个超千亿美元的省份。

江苏阔步跨进了小康社会的门槛。

江苏奋力走向全面小康社会。

（采访 华西村老支书 吴仁宝）

“我们华西，1978 年我们的产值是多少呢？是 105 万元。而到今年是 200 个亿，等于增加了 20 000 倍。什么叫幸福？就是生活富裕、精神愉快、身体健康。做到了，就幸福。而且，一个村富了不是富，全国富才是富。先富还要帮后富，这是邓小平同志讲的。”

邓小平设计的小康战略是那样的宏伟，带给寻常百姓的小康生活又是那样的实在。

小康，带来的不仅仅是物质的极大丰富，生活的不断改善，还使每个人拥有了更大的民主、平等和自由的空间。

人民从来没有像今天这样，可以自由地选择就学，可以自由地挑选就业，可以自在地出国旅游，可以充分享受到来自全世界的物质产品和文化产品。

小康，让我们与世界的沟通更加快捷，更加方便，也更加密切。

二十年前，江苏城乡的家庭电话仅有 43 万多部，今天已有近 3000 万部，国际互联网用户与日俱增。一款款造型别致的手机，成为人们生活中的必备品和流行的时尚风景。

小康，使我们的生活半径不断扩大。在江苏，南到苏州，北到徐州，东到盐城，任何一个省辖市都能朝发夕回。

如今，江苏的高速公路总里程已突破 2000 公里。京沪高速、宁连高速、宁徐高速、宁通高速和宁盐高速先后通车，沿江高速和沪宁高速的双向 8 车道扩容工程，也已全面启动。还有润扬大桥、苏通大桥、南京三桥的顺利建设，宁启铁路扬州段的通车，进一步编织出江苏交通的全新格局。

小康，把我们的城市变得更高，变得更美，空间也变得更大。

如今，江苏的城市化率达 46.8%，进入了城市经济时代，并形成和推进了南京、苏锡常和徐州三大都市圈的建设。

越来越多的农民变成市民，越来越多的农民住进了社区。

（采访 江苏省社科院院长 宋林飞）

“城市化的进程，有利于形成一些小城镇，能够改善农民的生活条件，也有利于今后的农业的规模经营。另外一方面，现在我们的耕地比较宝贵，这个资源很紧缺。如果集中居住的话，可以节约一些住宅用地。”

事非经过不知难。正是这些日常生活的细微变化和社会变迁，才汇聚成中国社会最深刻的跨越。

2003 年，全国“两会”期间，江泽民同志和胡锦涛同志又一次把“率先在全国建成小康社会，率先基本实现现代化”的重任交给了江苏等经济发展走在前列的省、市。

从此，“两个率先”像邓小平同志当年对江苏的期待和嘱托一样，使江苏人民明确了自己在下一步国家发展战略中的特殊位置。

从此，“两个率先”成为凝聚人心、超越自我、开拓未来的一面前进旗帜，成为本世纪头二十年发展机遇中一个崭新的起点。

为了落实中央领导提出的“两个率先”的任务，2003 年 7 月，在中共江苏省委十届五次全会上，省委集中全省人民的智慧，勾画出江苏发展的战略步骤。

这就是到 2010 年总体上全面建成小康社会，实现党的十六大提出的使经济更加发展、民主更加健全、科教更加进步、文化更加繁荣、社会更加和谐、人民生活更加殷实。

建设全面小康社会，应该是一幅更加突出以人为本的宏伟蓝图，应该是一个更加协调的发展目标。

在“两个率先”奋斗目标的感召下，江苏人民写下了一系列具体可感的综合指标。这当中，既有人均GDP、产业结构、城市化水平等经济发展指标，又有城乡居民人均收入、就业、社会保障、住房、恩格尔系数等民生指标；既有科技、教育、文化、卫生等社会发展指标，又有森林覆盖率、环境质量等生态环境指标和社会治安满意率、村民依法自治率等文明指标。

浏览这张宏伟而又具体的蓝图，人们看到，那些曾经是几代人梦寐以求的数字，那些已经跃上地平线可圈可点的举措，无一不是以老百姓的切身感受为依据，无一不是以老百姓的满意为标准，无一不是以提高人民生活质量为目的。一个把城乡居民人均收入，特别是农民人均收入作为核心指标的全面科学的测评体系，真正体现了以人为本的理念和执政为民的思想。

令人欣喜的是，2003年江苏全面建设小康社会四个方面25个指标中，已有人均生产总值，二、三产业增加值占GDP比重，城市化水平以及城镇登记失业率等19个指标达到时序进度。

在经济全球化的背景下，面对日趋加剧的区域性竞争的现实，实现“两个率先”并不是轻而易举的事情。对照全面小康的时序进度，在农民人均纯收入、高中阶段教育毛入学率、城市绿化覆盖率和森林覆盖率四个指标,我们还存在着不小的距离。

江苏省委清醒地意识到，没有更为开拓的决策视野不行，没有敢于创新的发展理念不行，没有积极稳妥的发展路径不行。总之,必须既要高屋建瓴,又要脚踏实地。

江苏建设全面小康的思考在深化 ——

这就是放手让苏南及沿江地区抢抓机遇，趁势而上，形成江苏两个率先的先导拉动；放手让苏北探索新路,积蓄力量,形成次发达地区的后发优势；放手让中心城市做大做强，形成城乡统筹发展的支撑点。

江苏建设全面小康的步伐在加快 ——

一个新型工业化道路的“三沿”战略全面启动。

横贯苏南的宁沪线尽收东南形胜。沿沪宁线将实施高新技术产业十年双倍增计划,把昆山、吴江、苏州工业园、苏州新区和无锡新区等建成 IT 产业的集聚区。

新一轮沿江开发全面推进。沿着奔腾的扬子江凌空俯视，可见一个个万吨级良港。纷至沓来的引进项目落户两岸，如同给长江戴上了璀璨夺目的项链。

根据国家建设陇兰经济带的发展战略，江苏启动了沿东陇海线加工工业带建设，以此延伸国际制造业基地的产业链条，带动苏北工业化和沿海进一步开放。

江苏建设全面小康的实践在延伸 ——

海外资本和产业的大量涌入，过去和将来都是江苏发展的重要驱动力。有经济学家曾形象地比喻说：“在当今世界经济蓝图上，由于大量的产业集群的存在，形成了色彩斑斓、块状明显的经济马赛克。世界财富的绝大多数都是在这些块状区域内被制造出来的。”

江苏的各类国家级和省级经济开发区，就是这种色彩斑斓、块状明显的“经济马赛克”。今天，开发区接纳和集聚的来自全球的资本和产业必将更多，这里的投资强度和产出效益也必将进一步提升。

江苏建设全面小康的认识在升华——

追求物质文明、精神文明和政治文明的协调发展，互动并进，这不仅是江苏过去建设全面小康的鲜明特点之一，更是江苏未来目标的必然定位。建设“文化江苏”“绿色江苏”“平安江苏”“法治江苏”，一个个“纲要”相继推出，一项项措施迅速落实。江苏在发展中走向协调，在互动中走向全面。

江苏正呈现出前所未有的竞争魅力。

江苏的成功实践，让人们看到了中华民族实现伟大复兴的曙光。

无论是回顾过去，还是展望未来，江苏人民的共同信念和普遍实践，就是一句话，走在前面。

走在前面，是江苏人民必须始终履行的一种政治责任，是必须始终坚持的一种工作追求，是必须始终保持的一种精神状态，是必须肩负起的一种历史使命。

走在前面的江苏，比过去拥有了更加殷实的家底，积累了更多的发展经验，迎来了更多的发展机遇。

但是，走在前面，却意味着率先面临着发展的难题，意味着面临更多的挑战。过去走在前面，也并不意味着将来一定会走在前面。

走在前面的江苏人，清醒地意识到，还有许许多多的焦点和难点等待着我们去研究，去突破，去解决。如何让苏北尽快地发展起来，缩小南北的差距；如何有效地增加农民和城镇困难群众的收入；如何有效地保护稀缺的土地资源和仍然比较脆弱的生态环境，对江苏的发展来说，都是严峻的考验。

于是，走在前面的真正含义，应该是始终开拓在前、探索在前、创新在前、发展在前。

“雄关漫道真如铁，而今迈步从头越。”

坚持邓小平理论和“三个代表”重要思想，把科学发展观贯穿于发展的整个过程和各个方面，使全面小康社会有了更为丰富的内涵。

有信心、有能力继续走在前面的江苏人民，更加明确了自己的历史使命。

有计划、有步骤继续走在前面的江苏人民，正在以自己的方式，丰富着小康社会的内涵，诠释着未来生活的意义。

江苏建设全面小康社会的目标，激励人心。

未来的全面小康又将会怎样？江苏人在用最简洁的语言，勾画着自己的理想，畅想着更加美好的未来。

（采访 江苏百姓）

“我想全面小康的江苏，可能应该是人人有一份工作，能住上大的房子，能开上私家车。”

“每个家庭都安居乐业，不是单纯的过日子，而是享受生活。”

“生产车间都像家里一样干净整洁，我们都能在电脑面前操作，精确又方便。”

“在我的心目中，应该是人人享受高等教育，人人享受优质的医疗条件。”

“农田都是机械化操作，农民都能像城里人一样，住在漂亮整齐的小区里。”

“天是蓝蓝的，水是清清的，树木是茂盛的，小鸟会唱歌。”

千言万语，也是一句话，要建成一个全面协调可持续发展的新江苏。

小康之家，其乐融融；小康社会，国泰民富。

伟人百年，伟业常新。此时此刻，我们不能不更加怀念这一切的总设计师邓小平，不能不更加感谢这位中国人民的伟大儿子。

在这片土地上，他描绘了小康，设计了未来。

在这片土地上，我们创造着小康，奔向了未来。

于是，一位永远的老人，和我们一道拥有着辉煌的未来！

（备注——为纪念邓小平同志诞辰100周年，由中央文献研究室、江苏省委宣传部、江苏省广电总台联合摄制、南京电影厂承制九集大型电视专题片《小康之路》，作者为专题片解说词总撰稿。该片当年在央视10频道连续播放两次；《新华日报》2004年8月14日B03版整版节选刊发；《扬子晚报》四个整版同步节选刊发。荣获江苏省“五个一工程”奖。）

宿迁，历史性的跨越

电影纪录片解说词

宿迁8555平方公里的大地上，一个新的城市在拔节生长——蓬勃是它展露的面容，求变是它不竭的动力，现代是它流溢的气质，热情是它永远的魅力，跨越是它恒久的目标。

在这片流溢着汉风楚韵的大地上，宿迁人正以前所未有的激情、勇气和智慧抒写出令人瞩目的当代传奇。

在江苏走在全国前列的大格局中，宿迁不懈突围的身姿，展露出苏北释放后发优势的希望之光。

2003年，宿迁泗洪县青阳镇孙何窑场有了一次惊奇的发现。考古人员说，古象牙化石在此出土，见证着苏北平原七万多年前一派百草丰茂、四季如春的热带自然生态；而早在50年代宿迁境内下草湾遗址的发掘，则折射出人类五万多年前起源的久远曙光。

在传承千年的历史章回中，秦汉文化曾在这里风云际会。大青墩汉墓“泗水王陵”和下相都城遗址的发掘，使神秘消失的泗水王国，从久远的历史岁月中走来，显露出一个王朝曾经拥有过的兴盛“背影”。而在汉代这座缩微的“庄园”里，则仿佛还悠扬着当年的古瑟琴韵，弹奏出两千多年前这片土地上经历过的富庶而又怡然的生活乐章。

从下相城梧桐巷里走出的千古英雄项羽，以其“力拔山兮气盖世”的威武人生和“生当作人杰，死亦为鬼雄”的忠直品格，卓立于中华民族的历史长卷之中。他与生死相依的虞姬，成为这片土地上永远的自豪和不朽的传奇。

时光流逝，沧海桑田；社会进步，时事变迁。

1996 年 7 月，经国务院批准，新的宿迁地级市诞生 —— 这是宿迁发展史上一个值得铭记的世纪节点，也是宿迁跨越发展的一个崭新起点。

从此，宿迁 8555 平方公里的大地上，一个新的城市由此拔节生长 —— 蓬勃是它展露的面容，求变是它不竭的动力，现代是它流溢的气质，热情是它永远的魅力，跨越是它恒久的目标。

绿色，是宿迁大地上最为厚重的底色，是宿迁建设生态城市和美好家园的坚实根基，是宿迁人最为自豪而又持久的拥有。

公元前 233 年，下相城梧桐巷的一座府邸里，一个孩童在大人的指点下栽下了一棵槐树苗。如今虽历经千年，这棵槐树却依然挺拔苍翠，它就是宿迁妇孺皆知的“项王手植槐”。

郁郁葱葱的槐树留下了人们对逝去英雄的念想，更给这片土地植下了生生不息的绿色希望。

走进宿迁，满目是绿。田边的绿，岸边的绿，路边的绿，广场的绿，城区的绿 —— 绿得舒展，绿得透肺，绿得广阔，绿得深厚。

蜿蜒千里的废黄河，在宿迁城内拐了一个 90 度的大弯。千百年来，“无风三尺沙，风起埋庄稼”的废黄河曾经害苦了两岸百姓。如今这里已是桃李争春,杨柳依依,百鸟飞聚,真可谓是“黄河九曲十八弯,绿色玲珑上画船”。

“让森林走进城市,让城市拥抱森林。”这是宿迁市城市定位的目标之一。由此大手笔规划绘制出一个新兴城市的绿地系统:“一环”,是沿城市规划区外围建设一条长57公里的城市生态防护林带,形成城市绿色走廊;“二带”,是大运河风光带和古黄河风光带;“三区”,是在城区北部建设骆马湖旅游度假区、嶂山森林公园保护区和六塘河生态保护区;“四片”,是市府新区、宿豫新区、老城区、宿城新区四片全面绿化。

“多园”,是在城市建设用地范围内规划建设120个以上城市街头绿地、休闲广场,设置城市“绿色氧吧”,改善城区人居环境。

放眼远眺,无数现代化建筑掩隐在绿色之中,一座绿色生态城市跃然于苏北广袤的平原之上。

人们来这里都会有一个共同的发现,都会有一个共同的感受:这里的树比人多,这里的鸟儿比树多,这里的蝴蝶比鸟儿多,这里的花朵比蝴蝶多。

今天的宿迁已是“路在林中,桥在林中,村庄在林中,城镇在林中,田地在林网中”。

在政府的带动下,宿迁人确立了绿色经营的理念,不断做大绿色产业,成为致富千万家百姓的“绿色银行”。

绿色中彰显着勃发的生机,绿色中蕴含着生命的依托,绿色中生长着致富的希望。

红色是这片热土上绵延的血脉。淮海大地曾上演过中国革命的恢宏史诗。一批批共产党人为了民族的解放和振兴，为了让人民过上好日子，在这里奋斗，在这里成长，在这里牺牲。

泗洪烈士陵园内安息着 150 余名献身宿迁大地的烈士英灵。1939 年 1 月，年仅二十八岁的中共皖东北特支书记江上青，为了党的统战工作，把自己的青春热血洒在了这片土地上。“抗日初期，我党在皖东北与盛子瑾的统战，是一个统战的首例。”这是刘少奇对他短暂而又辉煌的一生做出的高度评价。

“半壁山河留战绩，两淮风雨慰忠魂。”一代抗日骁将彭雪枫为巩固和扩大淮北和皖东北抗日根据地，在这里展开了波澜壮阔的敌后斗争。1944 年 9 月，他在一次战斗中为国捐躯，从此长眠在洪泽湖畔。

宿北大战马陵山革命烈士纪念碑，是这片红色土地的又一个象征。它昂扬向上的造型依然鲜活地诉说着陈毅与粟裕将军，1946 年冬天在此运筹帷幄、浴血奋战的故事，无数将士的热血染红了新中国的灿烂黎明。

无论时代发生怎样的变化，红色将永远在这片土地上熠熠生辉。因为，它是这片土地上丰厚的精神财富；因为，它是激励人们创造美好生活的巨大力量；因为，它是引领红色之旅的永恒魅力。

翠柏常青，鲜花含露，缅怀恒久。这一座座雕塑，这一片精心设计的纪念广场，汇聚着宿迁人民的共同心愿：让红色的历史告诉今天，将红色的血脉传承未来。

湖水清清，掬而可饮。宿迁南依洪泽湖，北傍骆马湖，卧躺在大湖的怀抱之中。

宿迁人是幸运的，江苏四大湖泊，宿迁得其二。还有千年流淌的大运河和轻吟低唱的古黄河穿城而过，更有新沂河、徐洪河、六塘河逶迤汇聚。

宿迁的土地，因水的滋润而丰饶肥沃；宿迁的人民，因水的哺育而生生不息；宿迁的人文，因水的灵气而张扬蓬勃。

伴星月陶醉，和渔歌唱晚。片片白帆是洪泽湖飘飘的衣袂，网网鱼虾是骆马湖年轻的心跳，湿地里一群群盘旋归巢的鸟儿，则是湖河飞出的美丽音符。

看帆影濡湿一轴水墨，听涛声荡涤满河空灵。

“汴水流，泗水流，流到瓜洲古渡头。”这是大诗人白居易当年途经宿迁时留下的诗句，今天我们依然能够从中感受到顺水而下时的畅快。

然而，千年河湖无涯，必然伴随有千年的水患艰辛。

公元 1194 年，黄河首次夺淮。从此，坐落在淮河流域下游的宿迁也因水患而一夜搬迁。

这座建于清康熙年间的龙王庙行宫，又叫安澜龙王庙，是清代祈求龙王安澜息波的祭祀建筑。乾隆皇帝六下江南，五次宿顿于此。

然而，千年的希冀，只有在今天才真正演绎成千年的美丽。

蜿蜒的废黄河，水变清了，河变宽了，岸变绿了，在宿迁建设者的手中重新还原了她天生丽质的本色。淮河母亲的千年呻吟终于得到了抚慰，几十年不懈的水利工程建设，使历史上狂傲肆虐的“洪水走廊”，变成了风景这边独好的鱼米之乡。

运河上修建的九座运河大桥，犹如飞架碧波之上挥舞的彩虹。它给这座新兴的城市带来更多的便捷与通畅，也成为新世纪宿迁展露城市个性的独特标识。

水上泛舟，河边漫步，吟诗谈笑，这里呈现出一幕幕让那些古代帝王难以想象的都市欢歌。

诗人说，骆马湖和洪泽湖是自然赐给宿迁的“银盘”。而清清的湖水，就是这银盘里的“玉波”。

它的清纯和甘甜引来了传说中的凤凰。于是，跟随而来的“曲哥”和“琼妹”在此酿造了四处飘香的美酒，醉倒了古今英雄，八方宾朋。

它的细流和温润，泽被了宿迁的阡陌田野。于是，千姿百态的盆景，五彩缤纷的花木，从这里远销五湖四海。

湖河水碧，也是宿迁新一轮发展中独特而又稀缺的资源。今天的宿迁人认识有了新的飞跃：水利不仅是农业的“命脉”，也是工业的“命脉”，更是城市发展的“命脉”。

如今，宿迁中心城市建设中又实施了“引湖纳山”战略，一条条大道，一座座新桥，打通了时空的阻碍，古黄河、大运河、骆马湖一同被揽入了60平方公里的城市怀抱。

当水的灵韵融进城市的灵魂后，这座新城就必定会更宜人居，也自然会更加迷人。

空中俯视宿迁，一片片深蓝色尤为醒目。这是宿迁工业区一排排标准厂房的屋顶。其实，这又何尝不是在传统纯农业区土地上快速兴起的工业文明的诗意象征?!

1904年，早在中国洋务运动兴起之际，张謇就以其实业家的独到眼光，看中了宿迁拥有的石英砂等资源禀赋和运河运输之便，在此规划兴建了耀徐玻璃厂。

这是走进宿迁农耕土地上最早的现代工业文明。

然而，命运多舛。1911年因严重的自然灾害，工厂遭受破坏，从此倒闭。

一次挥泪的损失，酿成了宿迁人的百年遗憾。一次无奈的错过，丧失了引领发展的一个时代。

在此后的漫长岁月中，固守的农耕意识，落后的经济基础，自然而又理直气壮地扼杀了工业文明的深根与勃兴。

放眼江苏，直到1996年，这里依然还是全省农业、农村和农民比重最大，工业化、城市化和市场化比例最低的地级市。特殊的市情、特殊的区位和特定的发展阶段，决定了这里是沿海发达省份的欠发达市份，经济发达地区中的不发达区域。

在追赶的起跑线上，宿迁决策者面对的只能是“零基础，零起点，零起步”。

居弱必须图强，洼地亟待崛起。

省委、省政府把关注的目光投向宿迁，苏北提速的热切期待深深地灼烤着宿迁，江苏率先实现全面小康的目标急切地催赶着宿迁。

省委、省政府给了宿迁以特别的政策空间：允许和扶持宿迁市在不违背国家政策法规的前提下，采取更加灵活的政策和实践，探索加快发展的新路子。

变者恒久，应对恒艰。

求变就有机会，发展就有机会，创新就有机会。

面对贫困和挑战，宿迁人以自己的行动做出了应答：他们以时间差、空间差、信息差、制度差，打破经济社会发展中的各种束缚。他们以地缘、人缘、物缘、商缘优势，招商引资，探索工业化突破新路径。

宿迁大地上终于升腾激荡起一股子传承千年的英雄气：这是不甘落后的志气，这是奋起直追的勇气，这是后来居上的豪气。宿迁人把自己的命运和发展的机遇一同拽在了手中。

政府的政策推力，民间的致富推力，外商的资本推力，汇聚成宿迁依靠一切力量加快发展的不竭动力。

它深刻地改变了宿迁人的精神面貌，它催生了宿迁的历史性跨越。

于是，全市上下节衣缩食，人人出力。在短短的几年里，由交通最差的市跃为苏北交通最好的市：京沪高速、宁宿徐高速、宿新一级公路、徐宿淮盐高速等成了宿迁连接全国各大中城市的快速通道。

于是，在确保义务教育健康快速发展的前提下，多渠道吸纳社会资本，大力兴办各级各类民办学校。而教育水平的提升，则加快了人力资源的快速转化：把人口变成了人手，人手变成了人才，人才最终变成了资本。

于是，蕴藏于人民群众之中的深厚民力被极大地激发出来：2005 年末，全市已拥有私营企业 13 000 多户，个体工商户 83 000 多户。

于是，有中国经济“蜂群”之誉的浙商，被这里优良的投资环境所吸引：2000 多人在此创办了 3600 多家企业，总投资额超过百亿元。其投资企业占宿迁企业的 40％以上，已成为宿迁经济建设的重要支柱。

在全省“十一五”规划中，省委、省政府再一次给予了特别扶持：继续加大对苏北的支持力度，下更大力气帮助宿迁实现突破。

“十一五”的宿迁又有了新的目标和定位。要将这里打造成东陇海线中部最大的产业集聚区，江苏北部新兴的外商投资密集区，苏北乃至整个淮海经济区新兴的制造业基地。

今天，在这片流溢着汉风楚韵的大地上，宿迁人正以前所未有的激情、勇气和智慧，抒写出令人瞩目的当代传奇。

今天，在江苏走在全国前列的大格局中，宿迁不懈突围的身姿，展露出苏北释放后发优势的希望之光。

（备注 ——2007 年为扶持宿迁经济发展，进一步提升其地域传播力和影响力，省委宣传部支持立项，由江苏省广电总台、南京电影制片厂、宿迁市委宣传部联合摄制电影记录片《宿迁，历史性跨越》，作者应邀为纪录片撰写解说词。）

拥抱创梦时代

解说词

先进的信息技术革命在蓬勃兴起，移动互联网时代正潮涌而来。

网络，从未像今天这样深度融入我们的生活；网络，从未像今天这样深刻地改变着我们的传播格局；网络，也从未像今天这样带给我们无限的梦想空间。

世界因互联而美好，生活因移动而便捷，传播因网络而精彩。

历经十四年风雨砥砺的中国江苏网，犹如青春少年，朝气蓬勃、昂扬自信，在新起点上，走向激情迸发的创梦时代。

一

2001 年，南京市管家桥 85 号华荣大厦 13 楼。在人们期待的目光中中国江苏网正式上线。由此，我们融入了网络传播新潮流。

中国接入互联网二十年，中国江苏网发展走过十四年。

2010 年，省委、省政府做出重大决策，重组改制中国江苏网。从此，为我们注入了新动力，拓展了新平台。

时光荏苒，中江网人薪火相传，一茬一茬耕耘，一棒一棒接力。我们坚守新闻理想，坚持舆论导向，肩负引导使命。

我们深入一线，服务大局，紧贴中心，关注民生；我们全天候在线，全方位参与，全媒体出击，始终保持着一路向前的昂扬身姿。

我在路上——有新闻的地方，就有中江网记者的身影。在全国两会北京演播室里，对话两会代表委员；在地震灾区，冒着余震聚焦感人故事；在南京河西高架爆破现场，忘我记录城市变迁；在青奥赛场，探访世界各国选手的多彩瞬间。

传在指上 —— 力争秒级传播时效，抢夺第一传播速度，追求新闻第一落点，赢得网民第一信赖。新闻发布厅里，我们第一时间传递最新政策；突发事件现场，我们连线发布最新资讯；自然灾害面前，我们及时播报紧急预警。

人在线上 —— 无论白天还是黑夜，无论双休还是节庆，我们时刻在线。全天候播发，全时段编辑，全方位渗透，时刻聚合国内外时事，时刻关注身边的爆料，时刻更新百姓期待的政务资讯。

读在屏上 —— 碎片化阅读大势来袭，屏览天下已成现实。从纸媒到视频，从 PC 端到移动端，从手机报群的定制资讯到电视屏端的图文点播，再到户外大屏的滚动发布，中江网快捷精彩的信息正在覆盖一个又一个“屏端”。

二

新兴传播载体在快速迭代，千百万受众在日渐迁移，传统主流媒体正遭遇前所未有的边缘化危机，融合转型成为我们无可回避的现实选择。

—— **我们在转型**。转变理念，转型发展，关键在人。从受众到用户，从互动到互联，从“作品”到“产品”，从数字到数据，从专业化到社会化，从可读性到可视化，中江网全力以赴实现多向度、全方位的转变。

—— **我们在突围**。2014 年，中江网改革强力推进，14 个部门合并为 8 个中心。以省委新闻网为龙头，构建覆盖全省 20 多家厅局网站的党务政务网群。《政风热线》网上诉求平台，实现省市县三级全覆盖，成为中国互联网品牌栏目。连续四年主办“我身边的好青年网络海选”，先后吸引 2000 多万青年参与。紫金文创文化聚合服务平台，助力江苏文化产业发展转型。

—— **我们在融合**。融合是生存，是目标，是战略，更是责任。走出边缘化，提升影响力，赢得话语权，掌握主动权，我们必须融合。在新华报业传媒集团党委领导下，中江网自觉推动报网融合，在重大报道中采访联动，团队合力。在发展布局中实施载体融合，将 PC 端、手机端、电视端、户外大屏资源有效整合。我们还全力推进跨界融合，探索混合所有制，高点借力，加快用户大数据分析系统和网络安全远控平台项目建设。

三

眼光有多远，未来就能走多远。只有自我颠覆才不会被别人颠覆。

跨越发展，需要勇立潮头的胆识与实力。布局未来，需要超越行业的胸襟与智慧。

我们用行动植入互联网基因，我们以变革融入互联网思维；我们积极布局，打造多元化平台；我们奋力拓展，建构传媒新的业态。

清朗网络空间，必须让主流声音占领移动多端平台。

面对移动互联，必须加快从守阵地向占领地的目标转变。

传播正能量，必须创新表达影响网络化生存的新生代。

走向融合，肩负使命；弯道超越，目标在前。

站在新起点，面对新高度，让我们激情再出发！

（备注——2014年底，中国江苏网随新华报业集团从新街口搬迁至河西新华传媒大厦。为纪念江苏网历经四年风雨的发展历程，网站举办“新起点 新高度 新发展”高层峰会，《拥抱创梦时代》即为峰会创作摄制的专题片解说词。）

后 记

经过近一年的梳理和编辑，这本收集自己近三十年不同新闻题材和电视专题片解说词等作品的《江苏记忆》集终于付印了。

翻阅这些新闻作品，真有点百感交集。它们从不同视角记录了江苏近三十年来不同发展阶段的历史侧影，浸透了我的敬业汗水，也洋溢着记者职业的澎湃激情。坦率地说，我的记者生涯是幸运的，因为我记录了许多党和国家领导人来江苏视察的“那一刻”，我见证了震惊全国的32亿元非法集资大案和沈阳马向东大案的查处，我聆听和报道过江苏许多重大战略的决策过程，我先后参与过四届全国党代会与全国两会江苏代表团的策划报道，我曾被抽调到省扶贫办参加基层的扶贫工作，我组织过江苏媒体参加上海世博会和北京奥运会的采访，特别是我为江苏广电客串撰写的大型专题片《小康之路》解说词，是首次以宏观的视角对江苏改革开放三十年辉煌历程所进行的一次全景呈现……这些作品正是往日岁月的凝聚与再现，是自己对时代温度的感知与记录。

新闻人的作品深度与其拥有的人生厚度是相辅相成的。经历是每个人最宝贵的财富，从中为自己拓展了新闻视野，丰富了生活历练，锤炼了个性品格，提升了人生境界；许多次重难任务的应急考验，同样也为新闻作品注入了别样的价值与内涵。这其中蕴含着一个质朴的道理：你付出了自有回报，你努力了总有所成，你投入了必有所得。

在此要深深地感谢我的爱人沈薇薇。2015年临近退休的她，本应享受轻松自在的生活，却在上班途中不幸遭遇南京扬子江公交车的野蛮车祸，左腿被严重碾压。两年多来虽经南京和北京骨科专家的精心医治，却承受了别人难以想象的疼痛煎熬。为此我深感内疚，从中也更加体会到往日她所担当起繁杂家务的那份负重。过去的几十年里因为有了她的忘我付出，才成就了我的这些新闻作品。

我要感谢《新华日报》，在我的记者生涯中，《新华日报》给予我许多参与重大报道的机会，而它绵延丰润的红色文脉则深深滋养了我的个性与心灵。我还要感谢张成林、姚晓东、王伯森、陈钢、顾雷鸣、陆峰、周旭东、陆剑、耿联、沈峥嵘、王晓映、蒋廷玉等同志，这是一份很长的名单，因为有许多重大报道常常是团队或合作采访，分头执笔，因而在我所选的一些作品中，也有他们的智慧与付出。还要感谢熊晓绚同志，是她帮我检索收集了近三十年在《新华日报》上发表的1600多篇作品。

译林出版社顾爱彬社长对本书的出版给予了大力支持，并提出了很好的专业化修改意见。年轻的谢山青副社长专门携编辑王玉强登门商谈出版细节，令人备受感动和温暖。

中国书法家协会顾问、著名书法家言恭达先生在百忙之中题写了书名，江苏省版画院副院长、版画家陈超老师以其独到的创意设计了藏书票，而神交已久的江西制印名家邹水平先生则精心镌刻了“江苏记忆”和“一默堂”两方篆刻印章，这些都给本书增添了别样的人文亮色。我还要特别感谢好朋友杨小民，正是在他的一再鼓励下，才促使我最终决定编辑出版个人作品集。

“复盘”往日，自然也有许多遗憾。我深知，在一些文稿中自己的表达方式，还或多或少地烙上了那个时代特有的印记；有些稿件由于受到个人的视野局限，在开掘的深度与广度上也多有不足，内在的思考张力还很欠缺；等等。

我想，每个时代都有其特定的底色，每篇新闻都会融入个性表达的色彩，而每个新闻人都有属于自己的故事。选择了新闻职业，你也就选择了一种生活方式和表达方式。

我们无法改变过往，但是仍可以诗意地遥望未来。

金伟忻策划、主持制作的大型网络专题《祭·忆》荣获中国新闻奖一等奖

作者简历

金伟忻

1958年3月生，江苏盐城人。历任新华日报社党委委员、中国江苏网总编辑、《新华日报》副总编辑、江苏省副刊协会会长、江苏文化记者协会理事长。高级记者、江苏省高校新闻院系特聘教授、南京大学新闻传播学院校外硕士生导师。

办报、办网、撰写大型专题片解说词，是江苏新闻界的“三栖”人。发表文化散文、诗歌及各类新闻作品1600多篇，达260多万字。策划、主持制作的大型网络专题《祭·忆》、网络评论《拒绝空谈：需从学会“不念稿子”做起》、《中美科普国际连线之极端天气》分别荣获中国新闻奖一、二、三等奖。先后有近30篇文章获得全国党报、党刊、江苏省报纸优秀新闻奖和江苏省网络好新闻奖一、二等奖；主持中国江苏网改版转型，创建中共江苏省委新闻网、江苏国际在线、江苏文明网、江苏省纪委政风热线、紫金文创平台等20多个政务网站及频道。

图书在版编目（CIP）数据

江苏记忆 /金伟忻著. —南京：译林出版社，2018.1

ISBN 978-7-5447-7092-7

I. ①江… II. ①金… III. ①散文集－中国－当代
IV. ①I267

中国版本图书馆CIP数据核字（2017）第236180号

江苏记忆　金伟忻 / 著

责任编辑　王玉强
装帧设计　韦　枫
排　　版　景秋萍
校　　对　张　萍
责任印制　颜　亮

出版发行　译林出版社
地　　址　南京市湖南路 1 号 A 楼
邮　　箱　yilin@yilin.com
网　　址　www.yilin.com
市场热线　025-86633278
印　　刷　南京爱德印刷有限公司
开　　本　787 毫米 × 1092 毫米 1/32
印　　张　17.375
版　　次　2018 年 1月第 1 版　2018 年 1月第 1 次印刷
书　　号　ISBN 978-7-5447-7092-7
定　　价　48.00 元